WIT GOUD

ARIANE MEIJER

WIT GOUD

De top van de onderwereld
lijkt onaantastbaar

SIRENE

Elke overeenkomst met de werkelijkheid berust op louter toeval. Noch de personages, noch hun handelwijzen zijn gerelateerd aan bestaande personen of situaties.

ISBN 978 90 5831 509 0
NUR 305

Ter nagedachtenis aan papa, de allerliefste van de hele wereld.

Catastrophy equals opportunity
Oude Chinese volkswijsheid

Inhoud

DEEL EEN

Water

Ben ik er al aan toe om alleen op reis te gaan?

Ik overzie de berg zomerkleding die ik zojuist heb gepast, haal een paar vuilniszakken uit de keuken en begin mijn oude kleren erin te stoppen. De gevulde zakken zal ik later bij de boom zetten. Bij een enkel stuk slik ik de herinneringen aan een vorig leven moeizaam weg. Ik houd een zomerjurkje met spaghettibandjes voor me en kijk in de spiegel. Zo zag Gidon me het liefst. Mijn smalle bleke schouders in een pastelkleurig bloemetjespatroon gestoken en mijn steile blonde haren los. Ik haal het elastiekje eruit en strijk het achter mijn oren, mijn haar heeft een uitgroei van ten minste twee centimeter. Mijn schouders zijn ontsierd door de littekens die ik overhield aan het auto-ongeluk, nu ruim een jaar geleden.

Gidon is dood. Ook de couturejurk verdwijnt in een zak.

Om aan de eenzame kerst die voor de deur staat te ontsnappen, de achterliggende motivatie voor deze reis, had ik ook een bestemming dichter bij huis kunnen kiezen. Maar Julia woont nu eenmaal in Goa. Niet tussen het plebs in Marbella of tussen de zogenaamde beroemdheden op Ibiza, maar in het land van uitersten: India. Ten tijde van de Romeinen was het binnen Europa gewoon om slaven te hebben. Nu moet je voor goede hulp in de huishouding verder afreizen, aldus het belangrijkste argument van mijn dochter om zich voorlopig te vestigen in het land van haar verloofde Deepak, de vader van mijn vijf maanden oude kleindochter Maxime.

Nadat ik de vuilniszakken naar beneden heb gesjouwd, ga ik terug naar mijn slaapkamer. Dit monumentale Amsterdamse herenhuis is te groot voor een vrouw alleen. Als ik terugkom, zal ik knopen moeten doorhakken. Ik laat me achterover op bed vallen en sluit mijn ogen.

Het pakken en ander geregel voor vertrek maken plaats voor een golf, nee, een tsunami aan herinneringen. Een maalstroom waar slechts één medicijn tegen opgewassen is.

Ik richt me op, leg twee oxazepam op mijn tong en spoel ze weg met een paar flinke slokken water. Daarna leg ik mijn handen op mijn buik en wacht ik tot de rust mij zal toedekken. Ik concentreer me op mijn ademhaling, als voorbereiding op een diepe droomloze slaap.

Flitsen van Gidon die in zijn eigen bloed verdrinkt, de jacht op de code, de achtervolging, het ongeluk, Maxime... over 48 uur zal ik je weer in mijn armen kunnen sluiten.

Mijn zachtroze velours Juicy joggingpak is een must-have. Voor de stijlbewuste, op comfort gestelde dame behoort het – samen met mijn Uggs – tot een van de de beste uitvindingen van de modewereld. Ik plaats een 'over the top'-grote pilotenbril op mijn neus voordat ik uit de taxi stap.

Amsterdammers zijn onbeschoft. De taxichauffeur zet mijn koffer in een plas naast de stoeprand op straat. Taxichauffeurs tip ik nooit, het is alsof hij het ruikt. Al is het de vraag of hij ook maar iets zou kunnen ruiken boven de geur van zijn eigen oksels uit. Ik reken tot op de cent nauwkeurig af en werp hem een vuile blik toe over de rand van mijn zonnebril, voordat ik door de schuifdeuren de vertrekhal in verdwijn.

Terwijl ik naar de televisieschermen toe loop om te kijken waar ik moet inchecken, heb ik ineens een lumineuze inval. Victoria Beckham zou een fashionprijs in het leven moeten roepen! Het moet een 'Must-have Award' worden voor de gaafste zonnebril, het nieuwste model laarzen of een joggingpak. Niet alleen kleding dus, maar bijvoorbeeld ook accessoires, zoals een tas of een chihuahua – helemaal hot in Hollywood – of make-up zoals 'eyeconcealer', waarmee je donkere kringen kunt camoufleren.

Gedesoriënteerd kijk ik om me heen. Vandaag moet ik zelf uitzoeken waar de incheckbalie zich bevindt. Met een zucht zet ik mijn koffer neer, mijn handtas plaats ik erbovenop. Met mijn ticket met daarop het vluchtnummer in mijn hand, werp ik een blik op het scherm met vluchtgegevens. Het vluchtnummer komt niet voor in de lange lijst cijfers en letters. Net als ik naar de informatiecounter wil gaan, zie ik waar het mis is gegaan. Op het scherm boven mijn hoofd wordt alleen de aankomstinformatie weergegeven. Gegeneerd kijk ik om me heen. Voorzichtig schuif ik een aantal meters opzij.

Met Goa als eindbestemming was het vinden van een vlucht, zo rond de feestdagen, niet gemakkelijk. GoGoa-air had als enige nog een ticket beschikbaar dat me voor de kerstdagen naar mijn dochter, haar vriend, haar toekomstige schoonvader en mijn kleinkind kon brengen. De aanblik van de lange rij met wachtenden vliegt me aan. Wie a zegt, moet ook b zeggen, ik sluit me aan.

Voor me staat een asociaal Amsterdams gezin; de vloekende vader worstelt met een overvloed aan bagage, de zonnebankbruine moeder negeert haar jengelende kleuter en schreeuwt haar man op luide toon instructies toe. Achter me staat een stel new age hippies met veel te luide muziek op hun mp3. Ik onderdruk de neiging tot vluchten. Waarheen kan ik gaan? De KLM-counter first class opzoeken? Geen onaantrekkelijk idee. Maar hoe dan verder? 'Hallo, ik ben mevrouw Fisher en dit is mijn gold-membercard. Check me in. Please, please, pretty please...'

GoGoa kent slechts één klasse. Ik zal op mijn beurt moeten wachten. Met mijn nagels tik ik op het witte leer van mijn tas, van pink naar wijsvinger en weer terug. Ik focus me op het ritme in een poging mijn kalmte te bewaren. Ook gaap ik er een aantal keren luidruchtig op los.

Als het stelletje aso's eindelijk is ingecheckt, leg ik mijn papieren op de counter. 'Wat een volk, werkelijk niet te geloven...' laat ik me ontglippen tegen het meisje in het gifgroene mantelpakje achter de counter.

Het lelijke mokkel doet alsof ze me niet heeft gehoord.

Zuchtend zet ik mijn tas op de band. Twaalf kilo.

'Keurig, nietwaar?' vraag ik mierzoet.

'Kan ik van u niet zeggen!' antwoordt het kreng en ze overhandigt me de boardingcard.

Stoel nummer 28D. Ik doe mijn zonnebril af.

'Ik wilde graag een plaats bij het raam, indien het tot de mogelijkheden behoort.'

Mijn glimlach heeft geen enkele invloed op haar. 'Dat willen we allemaal.' Met een klap legt ze mijn papieren op de balie en gebaart de volgende naar voren te komen.

'Hai mam, wazzup?'

'Oh liefie, niets bijzonders. Ik wilde alleen je stem even horen. Het inchecken was een ramp!' Ik ben neergestreken in de KLM-lounge en heb mezelf om bij te komen getrakteerd op een glas champagne. Gelukkig heeft de familie de afgelopen jaren genoeg punten verzameld om hier altijd te mogen wachten, ook al vlieg je met een andere luchtvaartmaatschappij. In de relaxruimte zijn ligstoelen en kranten, er is volop te eten en te drinken, maar bovenal bevindt zich hier uitsluitend OSM – ons soort mensen.

'En verder?'

'Niets eigenlijk, ik zie een beetje op tegen het alleen vliegen. Da's alles.'

Na alle hectiek van vanmorgen kan ik wel een dutje gebruiken. Ik heb dan ook voldoende slaappillen bij me om niets van de vlucht te hoeven meemaken. Op natuurlijke wijze mijn slaap-waakritme bereiken is me al een lange tijd niet gegund.

'Komt goed. Hé mam, luister, Senior organiseert een gigantisch oudejaarsfeest. Je weet niet wat je mee gaat maken. Er komt wel duizend man, onder wie een aantal wereldberoemde Bollywood-sterren en een bekend Amerikaans fotomodel, hoe heet ze ook alweer?' Ze hapt naar lucht en roept haar verloofde: 'Deep...' Op de achtergrond hoor ik dat ook hij zo snel geen bijbehorende naam kan noemen.

'Leuk liefie, maar ik heb geen avondjurk meegenomen.'

'Dit is Goa!'

'Ja. Dus...'

'Dus, wij gaan shoppen. Je wilt niet geloven hoe goedkoop hier alles is. We vinden zeker iets geweldigs, sterker nog, we laten iets voor je maken. Je moet er natuurlijk wel *smashing* uitzien voor...'

Ik weet dat ze doelt op Senior. De vader van Deepak is niet-afla-tend attent geweest sinds de moord op Gidon. De ellende in de na-sleep van de liquidatie zou zonder hem nooit zo goed zijn afgehan-deld. Ik ben hem erg dankbaar voor alles wat hij voor ons heeft ge-daan en bovendien is hij ook nog eens zeer aantrekkelijk. Zowel vader als zoon Vanishkuram hebben een lichtgetinte huid en een aristocratisch voorkomen.

'Senior verheugt zich er enorm op om je weer te zien. We gaan ook allemaal leuke uitstapjes maken. En naar het strand natuurlijk. Weet je al hoelang je blijft? Ik denk dat we de eerste week te veel party's hebben om bij het zwembad te liggen. Eerst maar eens...'

Terwijl ik luister naar Julia, die op haar praatstoel zit, voel ik me langzaam maar zeker tot rust komen. Ondertussen wenk ik een hostess om mijn glas bij te vullen.

'Hoe is het met Maxime?' vraag ik als ze even pauzeert.

'Goed, ze wordt uitstekend verzorgd. Ze hebben hier toch zulk aardig personeel. Mam, zoiets heb je nog nooit...' Ze vertelde me dit al eerder, maar dat maakt mij niets uit. Mijn laatste maanden wa-ren stil. Bellen met mijn dochter en luisteren naar de verhalen over mijn kleindochter behoren tot de hoogtepunten van mijn bestaan.

Ik ben blij voor Julia dat ze haar geluk heeft gevonden met Dee-pak, maar ongelukkig dat ze hebben besloten om voorlopig in In-dia te gaan wonen. Het is logisch, de Vanishkurams runnen vanuit Goa hun familiebedrijf en zo te horen bevalt het Julia daar maar al te goed. Desalniettemin is het jammer voor mij.

Niet te geloven! Van alle pech op de wereld treft juist mij de aller-grootste ramp. Ik weet werkelijk niet hoe ik de komende elf uur moet doorkomen en draai me direct om richting uitgang. Tegen de stroom in manoeuvreer ik me door het smalle gangpad, op zoek naar het cabinepersoneel dat met hun afzichtelijke groene kleding duidelijk herkenbaar is. Een beleefd lachende steward werpt me een vragende blik toe.

Ik steek meteen van wal. 'Ik zou graag van plaats willen veranderen.'

'Het spijt me, mevrouw, we zitten vol. Mag ik uw boardingcard even zien?'

'Nou ja, dat mag,' – ik heb 'm nog in mijn hand – 'maar...'

'U zit op stoel 28D, dat is verderop aan uw linkerhand.'

Ik verzet geen stap.

'Wat is precies het probleem?' De vraag klinkt allervriendelijkst.

'Nou kijk, ik zit naast een kind.' Om nog maar te zwijgen over het stel non-opvoeders dat voor me in de rij stond.

Kermit is duidelijk een grote kindervriend. Ik hoor hem vertellen dat ze leuke cadeautjes uitdelen aan hun jongste passagiers en dat het kind daar voorlopig zoet mee zal spelen.

Wat weet die nicht daarvan? Spelende kinderen die zoet zijn, gedurende elf uur op een vliegtuigstoel, die bestaan niet! Op onze vluchten vroeger, toen Julia nog klein was, waren we altijd vergezeld van een au pair om haar bezig te houden.

Voordat ik iets terug kan zeggen, word ik overvallen door kleine speldenprikjes bij mijn haargrens. Dat heb ik steeds vaker de laatste tijd: acute hyperventilatie. De tintelingen verspreiden zich in ijltempo over mijn hoofdhuid. Ik voel me benauwd worden en vraag de steward om een glas water. Lichtelijk geïrriteerd krijg ik te horen dat het water tot na het opstijgen zal moeten wachten en dat ik nu toch echt terug moet gaan naar mijn plaats.

'Hoi!' klinkt het opgewekt.

Ik rommel wat in mijn tas op zoek naar mijn pillen, terwijl ik de kleine smurf naast me probeer te negeren.

'Hoi, hoi!'

'Hoi,' zegt zijn moeder die zich over hem heen buigt en me recht in de ogen tracht te kijken. 'Zeg maar: "Ik ben Sam."'

Ik overweeg eerst om te doen alsof ik er helemaal niet ben, ver-

volgens om te doen alsof ik geen Nederlands versta. Maar tegelijkertijd weet ik ook wel dat ik daar geen elf uur lang mee weg ga komen en dus kijk ik haar recht aan als ik antwoord: 'Hoi, ik ben gesteld op mijn privacy.'

De boodschap is overgekomen, ze kijkt me verontwaardigd aan.
Ik sluit mijn ogen. De tintelingen verdwijnen, godzijdank. Ook
krijg ik weer normaal lucht. Zolang ik de boel maar enigszins onder controle weet te houden, komt alles goed.

'Hoi!' hoor ik het kind het nogmaals proberen.

'Ssst... zachtjes, mevrouw slaapt,' hoor ik zijn moeder zeggen.
Een grotere aansporing had ze hem niet kunnen geven.

Het terrein van het vakantieverblijf van de Vanishkurams is gelegen aan het strand en doet in formaat nauwelijks onder voor een
Crowne Plaza of Holiday Inn. Het bouwwerk is opgetrokken uit
zachtgele zandsteen en de omringende tuinen zijn gevuld met de
meest exotische bloemen. In het gastenverblijf heb ik vast personeel tot mijn beschikking. Heb ik honger of dorst, wens ik een massage, een nieuwe jurk of een schoon badlaken? Op elke vraag krijg
ik hetzelfde antwoord: '*Yes of course, madam.*' De reusachtige villa,
die volgens Julia door de lokale bevolking 'het paleis' wordt genoemd, heeft de nodige bewaking en een metershoge omheining.
Vanaf het terras heb je een prachtig uitzicht op de baai waar het Va-
nishkuram-familiejacht met zijn vaste bemanning te allen tijde
klaarligt voor vertrek. Het is een zilverkleurig zogeheten strijkijzer-
model, met vier verdiepingen, waar op eerste kerstdag een groot
feest zal worden gegeven. Als voormalig Portugese kolonie is Goa,
als enige Indiase deelstaat, overwegend christelijk.

De eerste dagen ben ik niet van het terrein af geweest, zodat ik
goed kon uitrusten van mijn jetlag. Met Julia heb ik nog flink gelachen om mijn avonturen aan boord van GoGoa-air, dat soort dingen zijn achteraf gezien altijd leuker. Nadat ook de vader van Sam
zich met de kwestie begon te bemoeien, stak mijn hyperventilatie
direct weer de kop op. Ik zou hem in feite dankbaar moeten zijn,
want door zijn toedoen belandde ik na langdurig overleg met het

cabinepersoneel – ik zal hen nog lang heugen – uiteindelijk op een rustige reservestoel.

Deepak en zijn vader komen vandaag terug van hun zakenreis, vanavond is het kerstavond en dineren we voor het eerst met z'n allen. Een vrouwtje in traditioneel gewaad, met een mysterieuze rode stip precies tussen haar ogen, is m'n haar aan het föhnen als mijn dochter binnenkomt met op haar arm de kleine Maxime.

Mijn kleindochter heeft met haar vijf maanden al een flinke bos blonde haartjes. Ze is in de afgelopen maanden enorm gegroeid en kijkt me met haar diep donkere ogen nieuwsgierig aan. Julia's haar is inmiddels hoogblond door de dagen die ze in de zon bij het zwembad doorbrengt, ze heeft het los langs haar sproetige gezicht hangen. Haar ogen lijken door haar licht gebruinde huid blauwer dan ooit. Ze ziet eruit als een topmodel, ook al zou ik als moeder graag zien dat ze een paar kilootjes aankwam.

'Zo mam, gaat-ie weer een beetje? Heb je lekker geslapen?' Achttien en al zo volwassen, een paar jaar geleden had ik dit allemaal niet voor mogelijk gehouden.

'Ja, ik moet zeggen dat ik me uitstekend voel vanmorgen. En jij? Heb je Deepak en Senior al gesproken?'

'Nog niet. Ze landen ergens in de namiddag. Ben je er klaar voor?'

We hebben afgesproken dat we vandaag kerstinkopen zullen gaan doen. Het vrouwtje heeft de föhn inmiddels uitgezet en borstelt nu mijn haar. Met langzame halen strijkt de zachte borstel over mijn hoofdhuid.

'Nog heel even. Wat gaan we eigenlijk precies doen?'

'Ik wilde eerst met je naar het nabijgelegen Anjuna. Daar is elke woensdagochtend een markt met van alles en nog wat. Kleding, sierraden, tassen... Je gelooft het niet als je de prijzen ziet en dan moet je ook nog eens afdingen. Daar zullen we wel alle cadeautjes vinden die je nodig hebt. En daarna dacht ik met je te gaan lunchen in het centrum. Als je dan nog genoeg puf hebt, kunnen we daar verder shoppen en anders gaan we terug naar huis.'

Ik knik om aan te geven dat ik mijn haar zo in orde vind en draai me om naar Julia en Maxime. 'Prima, dan gaan we zo meteen. Maar nu wil ik eerst mijn kleindochter een lekkere knuffel geven!'

Julia zet Maxime bij me op schoot, ze ruikt naar babylotion. Ik kriebel haar onder haar kinnetje en word getrakteerd op een brede tandeloze lach die mijn omahart doet smelten.

'Ja lieve schat, ik ben je oma en ik ga vandaag een heleboel leuke cadeautjes voor je kopen. Vanavond vier jij je eerste kerstavond, het wordt een groot feest.'

Een auto met chauffeur loodst ons door het gekkenhuis dat hier verkeer wordt genoemd. Er wordt officieel links gereden, maar verder zijn er geen regels te ontdekken. Zowel rechts als links worden we ingehaald door allerlei voertuigen. Met twee wielen: fietsen, brommers, scooters en een enkele ossenkar. Op drie wielen de scooterriksja's en op vier wielen een collectie oud schroot waarvan het merendeel slechts door een wonder lijkt te worden voortbewogen. Langs de kant van de drukke weg zijn winkeltjes, of althans stalletjes, gemaakt van stukken hout, stenen of schroot. De meeste zijn afgedekt met golfplaat of plastic. In de schaduw van stoffige kokospalmen lopen, zitten, slapen en eten Indiase families. Een stoep is er niet, het verkeer raast voort langs de gezinnen die aan de rand van de weg wonen en werken. Een enkele toerist wandelt tussen de koopwaar en wordt aangeklampt om goederen te kopen. Heilige koeien sjokken nietsvermoedend te midden van de chaos op de weg, op zoek naar eten. Ze horen in het Indiase plaatje thuis, maar komen op mij compleet verdwaald over. Een koe midden op de weg, kauwend op een plastic zak met afval, zorgt voor een enorme verkeersopstopping. Een vrachtauto haalt in en mist op een haar na het tegemoetkomende verkeer op de rechterweghelft. Als het niet al bloedheet was, zou je het er warm van krijgen.

'Rijd jij hier zelf?' vraag ik uiteindelijk aan mijn dochter die genietend door het raampje naar buiten kijkt.

'Nee, en dat ben ik ook niet van plan!' antwoordt ze lachend.

'Gelukkig maar.'

Vorig jaar zomer zaten we naast elkaar in de volgauto naar de begrafenis van Gidon. Ik wil Julia niet helpen herinneren aan de gruwelijke tijd die achter ons ligt. Ik wou dat ik het kon vergeten: hoe Gidon op klaarlichte dag werd vermoord op het terras van zijn favoriete café, bij ons om de hoek. Toen pas werd mij duidelijk dat Gidon werkte als bankier voor de onderwereld. Zijn compagnon en beste vriend Daniel was betrokken bij de aanslag. Hoe precies, dat is nooit duidelijk geworden. Er is nooit iemand voor de moord gearresteerd.

Ik zucht diep.

Julia kijkt op. 'Het is hier geweldig, vind je ook niet?'

Ik knik. De temperatuur in de auto is inmiddels enigszins aangenamer, de airco staat op vol vermogen.

We zijn het centrum voorbij en rijden over een zandweg, omringd door groene rijstvelden. Een groep witte vogels stapt parmantig door het hoge gewas. De elegante vogels lijken op hun zoektocht naar voedsel nog het meest op lenige ballerina's. Met hun hoofd achter in hun nek doen ze mij ergens aan denken, al weet ik zo snel niet waaraan. Met een sierlijke beweging laten ze hun vers gevonden hapjes naar binnen glijden.

'Wat zijn dit eigenlijk voor vogels, Julia?'

Mijn dochter kijkt me ondoorgrondelijk aan en geeft geen antwoord.

We stoppen op een parkeerplaats, als je het zo mag noemen. Het verkeer op deze weg loopt dood. Auto's en een enkele toeristenbus trachten op de smalle weg te keren. Tussen het verkeer door lopen behalve de toeristen een paar honden en een kudde geiten. Een politieagent manoeuvreert zijn motor met veel lawaai – afkomstig van het zwaailicht met bijbehorende sirene dat op het koffertje achter de zitting is bevestigd – naar voren.

Aan het einde van de weg ligt een indrukwekkende rotspartij met daarachter, een stuk lager gelegen, het strand en de zee. Het uitzicht is adembenemend, maar de chaos om ons heen is te groot om er lang van te kunnen genieten.

De lokale bevolking dringt zich op aan de toeristen met kledingstukken, armbanden en andere prullaria. Vrouwen die naar de markt zijn gekomen om textiel te verkopen, dragen overvolle manden met felgekleurde kleding op hun hoofd.

De hoeveelheid aan indrukken is zo overweldigend dat ik me als een zombie op de drukke markt laat meevoeren. Stevig houd ik Julia's hand vast. Koopwaar, koopwaar en nog eens koopwaar. Maar de spreien, kleding en het zilver kunnen me niet boeien.

Julia draagt vandaag een wijde, lange witte rok met kleine spiegeltjes erin verwerkt. Erboven heeft ze een strak wit hemdje aan dat langzaam omhoog kruipt. De tattoo op haar onderrug toont zich langzaam aan de buitenwereld, totdat de afbeelding van de elegante kraanvogel uiteindelijk in volle openheid wordt onthuld. Plotseling realiseer ik me dat ik zojuist dit dier in levenden lijve heb mogen aanschouwen.

Mijn gedachten gaan terug naar die afschuwelijke tijd vlak na Gidons moord, waarin bleek dat de kraanvogel tevens de naam is voor een relatief onbekende sterrenconstellatie. Gidon – amateursterrenkundige – had de cijfercombinatie die aan dit teken verbonden is, gekozen als geheime toegangscode voor de zwartgeldrekening die hij beheerde voor de drugsmaffia. Een code waar iedereen na zijn dood naar op zoek ging, en waarvoor men tot alles bereid was.

Julia heeft haar zinnen gezet op een stel zilveren armbanden die ze heeft opgepakt van een dekentje op de grond. Met een fel betoog begint ze af te dingen: 'No, no. It's not worth that much!'

Het beeldschone donkerbruine meisje dat de armbanden probeert te verkopen, lijkt niet ouder dan twaalf. Ze gebaart dat het bedrag wat Julia noemt toch echt een belediging is.

Julia probeert desalniettemin een deal ver onder de vraagprijs te sluiten.

Het meisje stapt over op een smekende blik.

'I've got two baby's.' Ze wijst op een klein meisje van nog geen vijf jaar oud dat vlak achter haar zit. De kleuter heeft een baby van Maximes leeftijd op haar schoot.

'It's Christmas. They need to eat.' Ze maakt een gebaar met haar hand naar haar mond. 'This is not too much,' wijst ze op de armbanden.

Maar Julia geeft zich niet zomaar gewonnen. Al haar zakenin-stinct – zonder enige twijfel afkomstig van haar vader – heeft ze in-gezet om het zilver te krijgen voor tweederde van de vraagprijs.

'Dan hebben ze er nog vette winst op, hoor mama,' vertelt ze me als ze even later de buit voor het door haar beoogde bedrag aan het afrekenen is. 'Waar wil je nu naartoe?' vraagt ze me vervolgens ter-wijl ze het 'kerstcadeautje voor zichzelf' omdoet. De armbanden maken een vrolijk rinkelend geluid.

'Even iets drinken?' stel ik voor. Het spel van afdingen in de ver-zengende hitte in combinatie met een gevoel van onrust dat ik zelf nauwelijks kan verklaren, zorgen ervoor dat ik geen puf meer heb.

'Maar de markt wordt over een uurtje opgebroken, en jij had toch nog cadeautjes nodig?' En daar heeft zij wel weer gelijk in.

Een half uur later zitten we bepakt en bezakt op een terras dat bo-ven de zee in een klif is uitgehouwen. Het uitzicht is magnifiek, maar de directe omgeving te goor voor woorden. De tafels zijn niet afgenomen, ogenschijnlijk al in geen jaren. Op de grond ligt zoveel rotzooi dat het nauwelijks mogelijk is om de stoelen te verschui-ven. Ik durf niet te kijken wat ik allemaal precies onder mijn slip-pers voel, maar aan de geur te bepalen is het – wat het ook is – al lange tijd dood. Ik ril over mijn hele lichaam ook al is het inmid-dels minstens dertig graden. Een hoogst noodzakelijk wc-bezoek schuif ik nog even voor me uit.

Julia gaat binnen cola voor ons bestellen. Bob Marley zingt op de achtergrond zijn versie van het levenslied. De reggaetune vormt passende achtergrondmuziek. '*Don't worry about a thing*': dat is precies de houding die Julia uitstraalt als ze terugkomt. Ze lacht naar me. Haar stralend witte tanden, ooit rechtgezet voor een ab-soluut vermogen, steken blinkend af tegen deze smerige omgeving. Maar valt er wel iets te lachen?

'Mam, dit is nou India,' verklaart ze.

Alsof ik dat nog niet doorhad. 'Misschien ben ik hier te oud voor, ik weet het niet.'

'Geeft niets, als je straks liever thuis wilt lunchen, begrijp ik dat prima. In het begin moest ik ook heel erg wennen. Maar geloof me, dat gaat over.'

Niet bij mij, antwoord ik in gedachten.

De cola wordt neergezet door een onverzorgd uitziende man die Nederlands blijkt te spreken. Hij doet overdreven amicaal tegen mijn dochter en lacht daarbij zijn smerige tanden bloot. Ik staar hem aan terwijl ik flarden van het gesprek opvang. Iets over de drukte zo rond de feestdagen. Voor iemand die het zo druk heeft, blijft hij vrij lang staan praten.

Op mijn vakanties met Gidon, veelal samen met Daniel en Zoë, had ik altijd plezier, waar we ook waren. Of het nu was in Marbella of op de Antillen, in Lech of in Milaan, vakantie betekende altijd: zorgeloos genieten. Gek genoeg mis ik de goede oude tijd, ondanks het feit dat ook Gidon me achteraf gezien in zekere zin altijd heeft voorgelogen. Wie had toentertijd ooit kunnen bedenken dat Gidon op een dag zou worden vermoord en dat Daniel bij zijn liquidatie betrokken zou zijn? En dat Zoë, Daniels vrouw en mijn voormalige beste vriendin, me juist wanneer ik haar het hardste nodig had, zou laten stikken?

Julia en ik zitten zwijgend naast elkaar. Schuin voor ons nemen een man en een vrouw plaats aan een tafeltje. Ze pakken hun zojuist gedane aankoop uit en buigen zich over een of ander pakje. Ik staar naar hen terwijl ik een paar kleine slokjes cola drink. Ze zijn gehuld in Indiaas katoen en zien eruit alsof ze hier al jaren wonen. Hun haren zijn onverzorgd, hun gesprek voltrekt zich op fluistertoon. Volgens mij zijn ze Engels. Schichtig kijkt de vrouw om zich heen, ze ziet eruit alsof ze van mijn leeftijd is. Als ze doorheeft dat ik naar haar kijk, staat ze in een fractie van een seconde op van haar stoel en stormt ze met een gestoorde blik in haar ogen op me af.

De ober grijpt vanuit het niets in en begeleidt haar terug naar haar tafeltje. Ik snap niet wat ik heb misdaan. Sinds wanneer is het onbeleefd om naar mensen te kijken? Dat is toch juist het hele punt van op een terrasje zitten?

'Ze is een beetje vreemde vrouw,' zegt de ober als hij weer bij ons tafeltje staat.

Ik blijk nog minder in staat tot praten dan ervoor en ga naar binnen op zoek naar de wc.

Het stel met de gestoorde dame vertrekt net innig verliefd van het terras als ik weer naar buiten kom. Ze hebben kennelijk niets te drinken besteld, de tijd die ik op het toilet doorbracht was niet langer dan anderhalve ademteug. Langer hield ik het niet vol om daar te verblijven, de grond was bezaaid met uitwerpselen.

'Zullen we?' Julia is klaar om te vertrekken.

'Nog niet.' Ik ga weer zitten. Ik wil hier nog iets langer blijven, ook al weet ik niet precies waarom.

Ik staar naar de zee en probeer te verklaren waarom ik me zo onrustig voel. Langzaam zuig ik aan het rietje. Een moment van bezinning, rust – ik sluit me af van alles om me heen.

'Waarom heb jij eigenlijk twee jaar geleden opeens besloten om die tattoo op je rug te laten zetten?'

Julia kijkt me gesloten aan. Haar pupillen zijn klein door het felle zonlicht; de ring eromheen grijs, de invulling blauw. Wat erachter ligt: een raadsel.

'Ik wil een antwoord op mijn vraag.'

'Dat weet je toch? Dat was papa's idee.'

Dat is de verklaring die ik er zelf ooit aan heb gegeven. Een verklaring waarvan me vandaag duidelijk is geworden dat deze wellicht te voorbarig is geweest.

'Dus op een dag zei papa tegen jou: "Ik wil dat jij een kraanvogel op je rug laat zetten." Is het zo gegaan? Interessant.'

Julia schuift ongemakkelijk op en neer. 'Wat doe je nou moeilijk, mam. Het is precies gegaan zoals ik heb gezegd dat het is gegaan. Verder is er niets aan de hand, behalve dat jij kennelijk nog steeds paranoïde bent.'

Hiermee gaat ze te ver. Paranoïde ben ik geworden door alles wat ik heb meegemaakt. Eerst Gidons dood, daarna Julia's ontvoering door een stel criminelen die op jacht waren naar de code. De code, die ik uiteindelijk ontdekte, waarna ik door een auto-ongeluk bijna om het leven kwam. Er is te veel gebeurd in het afgelopen jaar, dus om mij nu paranoïde te noemen...

Ik zucht. Misschien heeft Julia wel gelijk en draai ik langzaam maar zeker door. Er is te veel veranderd, in te korte tijd. Mijn hoofdhuid begint te prikken, ik moet hier vandaan.

'Mam...'

De groezelige ober zegt nog iets tegen me terwijl ik hem in het voorbijgaan per ongeluk aanstoot.

Julia is vlak achter me, ze grijpt me bij de arm. 'Mam!'

'Ik moet hier weg,' hoor ik mezelf zeggen.

Op de terugweg komen we weer langs dezelfde rijstvelden met de elegante vogels. De kraanvogel: op Julia's rug, in de sterren en nu hier in werkelijkheid. Het verhaal klopt gewoon van geen kant.

Ik draai me naar Julia toe. 'Je kan mij nog meer vertellen, jongedame, maar je liegt dat je barst.'

En met deze woorden bevrijd ik mezelf voor even van het loodzware gevoel van naderend onheil.

Een half uur later staan we, voor mijn gevoel vlak bij het huis, vast in het verkeer. '*We wish you a merry Christmas, we wish you a merry...*' We hebben de hele terugweg geen woord tegen elkaar gezegd. De krakende autoradio vult de leegte die tussen ons in hangt met Bollywoodmuziek.

'Mam.'

'Ja.'

'Zullen we er evengoed een gezellige avond van maken?'

'*Jinglebells, jinglebells, jingle...*' De Amerikaanse klassieker met Oosters accent is niet om aan te horen.

'Ik snap het niet,' zeg ik na lang nadenken.

'Wat snap je niet?'

'Ik wil weten wat ik niet weet,' formuleer ik zeer behoedzaam.

Julia houdt haar blik strak naar buiten toe gericht.

'De afgelopen maanden bleef ik alleen achter, Juul. En dat voelde zo ontzettend...'

'Klote?'

'Ja, maar nu ik je weer zie, weet ik dat niet alleen het feit dat ik al-

27

leen achterbleef me dwarszit. Het grote probleem is, dat ik...' Ik zoek naar woorden. 'Dat ik het idee heb dat het te gladjes is verlopen. Ja, dat is het. Ik was in eerste instantie allang blij dat wij het allemaal – nou ja, de drie generaties dames Fisher dan – hadden overleefd. Maar al snel kwam de twijfel. En ik heb mijn best gedaan om me daar...' Ik voel de weerstand bij mijn dochter groeien. 'Geloof me, ik wil ook niets liever dan deze periode achter me kunnen laten.'

We zijn een paar meter stapvoets vooruitgereden. Nu staan we weer stil. Er staan koeien op de weg.

'Ik denk dat je gewoon een beetje in de war bent.' Julia geeft me een bezorgde blik.

'Leg me dan nog maar eens uit hoe je ertoe bent gekomen om die tattoo te zetten.'

'Je weet toch hoe dat zit, mam.' Het klinkt alsof ze het tegen een kleuter heeft. 'Dat wilde papa.'

'Maar waarom kwam je zelf dan niet op het idee dat de kraanvogel wel iets met de code te maken zou kunnen hebben?' spreek ik het probleem, dat me onderbewust al langere tijd dwars zit, uit. Als Gidon haar zou hebben aangeraden deze tattoo te nemen, dan had zij volop de gelegenheid gehad om ons en later haar ontvoerders zelf op dat feit te wijzen. Het probleem was juist dat niemand wist hoe die code eruitzag of waar we hem moesten zoeken.

'Dat kan ik je niet vertellen, maar...'

'Wat?!' Ik kan het nauwelijks geloven.

'Maar het is niet zoals jij denkt dat het is,' vervolgt ze kalm.

'En hoe zit het dan wel in elkaar? Je maakt me nu toch wel verschrikkelijk nieuwsgierig.' En kwaad, denk ik erachteraan. Liegen tegen je moeder is één ding. Maar doen alsof ze gek aan het worden is als ze je doorheeft, dat is een heel andere zaak. Dat Julia, nu haar leugen is ontmaskerd, mij de waarheid niet wil vertellen, is niet alleen het toppunt van brutaliteit. Het is alsof ik mijn eigen dochter niet meer ken. Haar moeder niet meer ben. Een klap met een koekenpan recht in mijn gezicht was minder pijnlijk geweest. Ik blijf haar strak aankijken.

'Ik kan je niet meer vertellen dan ik al heb gedaan.' Ze is bezweken onder mijn blik en kijkt weer naar buiten. Ze geeft geen duimbreed toe.

Mijn kookpunt is bereikt, ik moet hier weg. Abrupt open ik het portier van de langzaam optrekkende auto.

'Hé, stop, niet doen.'

Ik stap uit en steek dwars tussen de koeien door de weg over en verdwijn het eerste het beste steegje in.

Langs het stoffige pad liggen verschillende kleine restaurantjes en winkeltjes die zijn versierd met kleurige kerstverlichting en grote glimmende sterren. Een enkeling heeft zelfs een complete kerststal bij de ingang staan. Ik baan me een weg langs spelende kinderen, honden, koeien en geiten. Als een stel toeristen op glimmend nieuwe scooters het pad afscheurt, druk ik mezelf tegen een afgebrokkeld stukje muur. Daarna loop ik rechtdoor, weg van de benauwende drukte, in de richting van de zee.

Waarom voel ik me zo? Wat is er met Julia aan de hand? Of ben ik veranderd? Ben ik doorgedraaid? Had ik niet beter in Amsterdam kunnen blijven? Alleen op de laatste twee vragen weet ik met zekerheid het antwoord en dat luidt tot tweemaal toe een volmondig ja. Als ik de psychiatrische hulp zou hebben gezocht die mij tijdens mijn revalidatie tot driemaal toe is geadviseerd, had dit dan voorkomen kunnen worden? Ik wou dat ik me nooit had laten overhalen om hiernaartoe te komen. Te laat. En vanavond is het kerstdiner, ook dat nog! Zo dadelijk zie ik Deepak en zijn vader weer voor het eerst. Senior. Hij vloog direct na Julia's ontvoering naar Nederland om orde op zaken te stellen. Toen de code eenmaal terecht was, voerde hij de onderhandelingen met verschillende criminele partijen en bracht weer rust binnen de organisatie. Hij heeft onze zaken allemaal goed voor ons afgehandeld. Bovendien was ik niet ongevoelig voor zijn charmes.

Mijn oog valt op een barretje, gelegen in de tuin van een klein en slecht onderhouden hotel. Door de roestige poort betreed ik het terras. Een paar aanwezige gasten kijken televisie, er wordt onderling nauwelijks gecommuniceerd. Er worden herhalingen van Engelse voetbalwedstrijden uitgezonden. Ik loop direct door naar de vrouw achter de bar, neem plaats op een barkruk en bestel een whisky. Deze kieper ik in één keer achterover.

Ik bestel meteen een tweede glas.

Naast me zit een gezette man van middelbare leeftijd, hij kijkt me grinnikend aan. 'Geen zin in vanavond?' Hij heeft een verzorgde bruine baard en glimmend rode wangen.

'Hoe weet je dat ik Nederlands ben?'

'Gewoon, een gokje.'

Zwijgend nip ik van mijn whisky. De eerste keer dat ik Senior ontmoette, was ik stomdronken. Het was zelfs zo erg dat ik onderuit ben gegaan en de boel heb ondergespuugd. Zo ver mag het vandaag niet komen.

'Ik ben Thomas.' Baardmans steekt zijn stevige hand naar me uit.

Ik kan niet anders dan me aan hem voorstellen. 'Donia.' Vervolgens wend ik me van hem af om aan te geven dat ik niet uit ben op een goed gesprek.

'Waar komt die naam vandaan?'

De enige vraag die opening biedt voor nadere conversatie is gesteld. 'Ik ben vernoemd naar een beroemde vrijheidsstrijder uit de zestiende eeuw,' antwoord ik trots. Ik ga er eens goed voor zitten. 'Hij was een Friese herenboer wiens landgoed plat werd gebrand. Maar hij liet het er niet bij zitten, hij pakte zijn zwaard op en sloeg de bezetters kort en klein.' Het is lang geleden dat ik dit heb mogen vertellen. Met armgebaren zet ik mijn woorden kracht bij.

Thomas kijkt geamuseerd toe.

'Aan Donia wordt in de Friese geschiedenis een reusachtige gestalte en bovenmenselijke kracht toebedeeld. Mijn familie komt oorspronkelijk uit het Noorden. In onze familiestamboom komt Donia elke andere generatie als vrouwennaam voor, mijn oma heette ook Donia, in feite ben ik dus naar haar vernoemd.' Genietend van de schaduw en de anonimiteit van deze nieuwe omgeving begin ik hem te vertellen over oma Doetie, zoals ik haar altijd noemde. 'Ik ben door mijn oma opgevoed. Ze leerde me goede manieren en lekker koken, gaf me warmte, liefde, eigenlijk alles behalve een realistische kijk op de wereld.' Ik neem een flinke slok. 'Ze leerde me dat alles in het leven een reden heeft. Maar dat de wereld slecht is, daar heeft ze me nooit iets over verteld. Mensen liegen en moorden, en ondertussen doen we allemaal alsof dat normaal is... dus misschien is het dat ook wel. Maar, waarom? Wat is daar de reden van?' De whisky begint er al aardig in te hakken. 'De wereld is slecht,' herhaal ik weemoedig.

Thomas gaat over tot het bestellen van een volgend rondje. 'Kerst doet rare dingen met de mens,' mompelt hij voor zich uit.

'Mijn man is geliquideerd,' licht ik toe.

Thomas plukt aan zijn baard en kijkt me – nu toch wel enigszins onder de indruk – aan.

'Ja, echt waar. Hij is vermoord, vorige zomer. En weet je wat het gekke is?'

'Nee.'

'Ik ben door zijn dood zo veranderd dat ik er zo nu en dan zelfs dankbaar voor ben dat ik alleen ben komen te staan.'

'O.'

'Aan de ene kant mis ik mijn oude leventje natuurlijk wel, maar aan de andere kant wil ik er nooit meer naar terug. Natuurlijk mis ik Gidon, heel erg zelfs. Maar ik leefde zo'n afgeschermd bestaan, ik had nergens weet van. Ik had er zelfs geen flauw benul van dat hij werkzaam was voor de drugsmaffia. Het is belangrijk dat ik voor mezelf opkom en zelf leer nadenken. Daar ben ik pas na Gidons dood mee begonnen. Het klinkt misschien gek, maar het is echt waar.'

Mijn ontboezemingen komen niet alleen voor mijn gesprekspartner als een verrassing.

'Je kan de dingen op verschillende manieren bekijken, wist je dat? Neem bijvoorbeeld de aanstaande schoonfamilie van mijn dochter. Ik logeer bij ze, even verderop, langs de kust. De vriend van mijn dochter zit in zaken bij zijn vader, die heeft een handelsmaatschappij. Op het eerste gezicht zijn het keurige, aardige, gastvrije mensen. Maar het probleem is, ik weet nauwelijks iets over de familie Vanishkuram! Of laat ik het anders zeggen, ik weet net genoeg om te weten dat ze zich inlaten met zaken die het daglicht niet kunnen verdragen. En mijn dochter? Haar maakt het allemaal niets uit, net zoals het mij vroeger niets uitmaakte hoe wij aan ons geld kwamen.' Ik zucht. 'Alleen ligt dat weer anders, ik had me zelfs nooit afgevraagd hoe wij aan ons kapitaal kwamen. Maar dat doe ik nu wel als het gaat om de zaken van de aanstaande schoonfamilie van mijn dochter.'

Onze glazen worden bijgeschonken.

'Want wat voor 'n bedrijf runnen de mannen waar mijn kleindochter over een paar maanden papa en opa tegen zal zeggen? En is mijn dochter van hun zaken op de hoogte? Ik denk van wel, ze is altijd al slimmer geweest dan ik. Volgens mij is ze er zelfs bij betrokken, al weet ik dat niet zeker, hoor...' Mijn stem sterft weg. Verbeeld ik me de blikken die ik van haar in de auto kreeg niet gewoon? Nou ja gewoon... een gewone familie zijn we allang niet meer. Maar ooit waren we een gelukkig gezin. Terwijl ik nip van mijn whisky, verlies ik mezelf in plezierige herinneringen aan vroeger tijden. En zo zitten we een tijdje zwijgend naast elkaar.

'Het probleem is,' hervat ik mijn monoloog, 'dat ik, nu ik de wereld eenmaal op een andere manier ben gaan bekijken, niet meer terug lijk te kunnen. Het is alsof ik een gang in ben gelopen en de deur achter me in het slot is gevallen. En ik moet helemaal doorlopen tot het einde – ook al word ik er soms gek van! – want een andere uitweg is er niet.'

'Klinkt verstandig.'

'Wat?' Ik was even helemaal vergeten dat ik tegen iemand – een wildvreemde – aan het ouwehoeren was.

'Het leven is een leerproces. Teruggaan naar je oude zelf na zoiets ingrijpends als de dood van je echtgenoot is onmogelijk, dat moet je dus niet willen.'

'Maar toch zou het wel heerlijk zijn.'

Een groepje verbrande Engelse toeristen komt terug van het strand, ze verblijven in dit achenebbisj hotel. Ik kijk toe hoe ze de vrouw achter de bar om hun kamersleutel vragen. Zij is al minstens een kwartier bezig het koffieapparaat schoon te maken en zegt er zo aan te komen. Eerst plaatst ze de laatste onderdelen een voor een, een stuk of vijf in totaal, zorgvuldig terug. Haast kennen ze niet in India.

'Vanmiddag overkwam me toch zoiets vreemds.'

'Vertel.' Thomas hoeft kennelijk nergens naartoe.

'Ik zat op een terrasje in... Anjuna heet het geloof ik, er is daar een vlooienmarkt.'

Thomas knikt. 'Ik ken de omgeving goed.'

'Daar liepen twee mensen binnen. Ze hadden iets gekocht op de markt en gingen het vervolgens op het terrasje uitpakken. Toen de vrouw doorkreeg dat ik naar haar keek, sprong ze op en stormde ze op me af. Maar ik keek alleen maar! Da's toch raar?!'

'Wat hadden ze gekocht, kon je dat zien?'

'Nee, want toen ze doorkregen dat ik keek, stopten ze het weg.'

'Er zijn hier nog altijd veel drugstoeristen te vinden. Goa stond vroeger internationaal gezien bekend als een Sodom en Gomorra; van over de hele wereld kwamen toeristen hiernaartoe om te feesten en te beesten. Maar tegenwoordig treedt de politie keihard op. Het klinkt alsof ze bang waren te worden gesnapt.'

'Ze zagen er inderdaad wel een beetje uit als een stel oude hippies.'

'Nou, dan was dat het.'

Hoe knus dit barretje ook is – het liefst zou ik hier mijn kerst willen doorbrengen –, ik weet dat ik zo langzamerhand naar het paleis terug moet. En dus neem ik een verstandig besluit en kom ik van mijn kruk, nu ik dat nog kan.

'Dus jij bent hier in de buurt bekend?'

'Het is mijn derde jaar in Goa, meestal blijf ik zo'n twee maanden.'

'O.' Ik vraag niet door. 'Weet jij hoever het ongeveer lopen is naar het grote huis van de familie Vanishkuram? Ken je dat? Het is een vrijstaande villa, met grote hekken eromheen.'

'Iedereen hier weet welk huis je bedoelt. Als je over het strand gaat, ben je er in een kwartiertje.'

Ik tel een stapeltje bankbiljetten uit, de roepies zijn oud en smerig. Als ik zeker weet dat ik voldoende geld achterlaat, wil ik Thomas bedanken voor zijn goede gezelschap. We beginnen tegelijkertijd te praten.

'Jij eerst,' lach ik. Dit gesprek heeft ervoor gezorgd dat de verwarring en woede die door me heen raasden, zijn gaan liggen. De lucht is geklaard, dankbaar steek ik mijn hand naar hem uit.

'Kijk goed uit.' De ernstige blik die hij eraan toevoegt herken ik. Het maakt me er pijnlijk van bewust dat ik er waarschijnlijk niet in ben geslaagd geestelijk gezond over te komen.

'Zal ik doen. Bedankt hè, ik vond het erg gezellig en een fijne kerst!'

Met een ongemakkelijk gevoel verlaat ik de tuin en loop ik het zandpad af richting kust.

Even lekker uitwaaien zit er niet in. Eenmaal uit de schaduw van de hoteltuin brandt de zon op dit hete middaguur op volle sterkte. Het zweet breekt me aan alle kanten uit. Aan het einde van de weg klauter ik een niet al te steile zandheuvel op, halverwege betwijfel ik of mijn hart tegen deze actie bestand is. Ik vraag een passerende toerist naar de tijd, het is pas kwart voor twee. Misschien is het geen gek idee als ik een uurtje voor mezelf uittrek voordat ik terugga. Boven op de heuvel staat een restaurantje met aan de achterzijde een lange houten trap die naar de fel glinsterende zee afdaalt. Ik bestel een kop koffie en vraag of ik deze op een ligstoel op het strand mag nuttigen. Dat is *no problem.*

De Indiase jongen die mij, na minstens een kwartier, een dienblad met compleet koffieservies en een bloem in een vaas brengt, blijft bij me rondhangen. Als ik hem vraag om de rekening, gebaart hij 'later'. Hij staart relaxed voor zich uit over het water. En zo zitten we even later naast elkaar, ik op een ligbed en hij op zijn hurken in de schaduw van de parasol naast me.

Bij de eerste slok twijfel ik nog even of ik niet per ongeluk thee aan het drinken ben, maar de geur en kleur doen me vermoeden dat ik heb gekregen waarom ik heb gevraagd. En verder heb ik het toch te warm om te klagen, ik rek me uit en geniet van het ongelofelijk mooie uitzicht op de oneindige zee die zich voor me uitstrekt. Langzaam soes ik weg.

'*Madame, you wanna buy?*'

Ik schrik op van een meisje in een felroze gewaad, die enkele stukken handelswaar over mijn benen begint uit te spreiden.

'*Please, madame, I'll show you.*'

'*No, thank you,*' antwoord ik tegen dovemansoren.

De mand die op haar hoofd stond, staat inmiddels naast me in het zand. Met haar kleine handen begint ze de inhoud in een razendsnel tempo uit te pakken. Ze toont me haar jurkjes, T-shirts en blouses. Te sloom om assertief te kunnen reageren en gefascineerd door de hoeveelheid aan producten die zij in deze hitte op haar hoofd met zich meedraagt, trekt de hele santenkraam aan me voorbij. De ober die nog steeds naast me zit, volgt de handelingen van het meisje. Af en toe wisselt hij een enkel woord met haar in een zangerig taaltje waar voor een westerling geen touw aan vast valt te knopen.

'*For you, madame. For good luck.*' Ze pakt mijn pols en doet er een klein gevlochten armbandje omheen.

'*Thank you.*' Dat geluk zal ik nog hard nodig hebben vandaag. Ik vind het bandje van gevlochten roze, oranje, gifgroen en blauw draad me leuk staan. Vanmorgen ben ik in een zalmroze linnen pak de deur uitgegaan, een outfit die beter geschikt is voor de Amsterdamse P.C. Hooftstraat, waar ik het ook heb gekocht. In dit land lijkt de kleur flets en misplaatst. Ik wijs naar een zuurstokroze gebatikte omslagdoek, de vraagprijs is omgerekend twee euro. Ik betaal haar vijf en wens haar een *Merry Christmas*. Ze *blessed* me veelvuldig.

Als ze met al haar spulletjes weer is vertrokken, draai ik me op mijn zij. Ik ga liggend op mijn nieuwe roze doek een klein middagdutje doen.

'*Madame, you wanna buy?*' Ik begrijp dat ik als rijke toerist het ideale doelwit ben. Verstopt achter mijn zonnebril doe ik alsof ik slaap, iets waar ik weinig acteerwerk in hoef te leggen. Al snel voel ik me tevreden wegglijden.

Wanneer ik op het strand wakker word, reken ik snel mijn koffie af. Daarna ga ik op zoek naar huize Vanishkuram. Het paleis is zo gevonden, maar de hekken aan de achterzijde blijken op slot. Aangezien er geen bewaker staat, moet ik eerst over de heuvel heen klauteren alvorens ik me aan de voorzijde bij de portier kan melden.

Julia wacht me op bij de fontein, op het plein achter de ingang. Nadat ik het vragenvuur – 'Waar was je?' – en de scheldkanonnade – 'Hoe kon je!' – heb doorstaan, bied ik haar mijn excuses aan. Het was misschien ook wel zeer onaardig van me om zomaar uit de auto te stappen om vervolgens de hele middag niets meer te laten horen.

Terug op mijn kamer sta ik voor mijn kledingkast. Wat zal ik aantrekken? Er hangen twee nieuwe jurken voor me klaar, op maat gemaakt. De een is rood, de ander wit, ik heb ze nog niet gepast. Mijn hand stopt bij een zwart jurkje dat ik zelf heb meegenomen uit Amsterdam. Zwart is altijd goed. Ik verkleed me, doe mijn haar in een staartje, om het vervolgens toch maar weer los te gooien. Met een lichte lippenstift en zwarte mascara op besluit ik dat ik er zo feestelijk genoeg uitzie voor vanavond.

Mijn tasjes met inkopen stonden bij thuiskomst keurig op mijn bed. Ik haal de cadeautjes uit de tasjes en kom erachter dat ik geen pakpapier heb. Misschien heeft Julia nog wel iets voor me liggen. Ik laat het zacht turkooizen jurkje voor Maxime door mijn handen glijden en druk het tegen me aan. Ze zal nog even moeten groeien, ze hadden het niet in een kleinere maat, maar wat zal het haar lief staan. In dezelfde kleur heb ik Crocs voor haar gekocht, in deze kleine plastic klompjes zal ze straks haar eerste stapjes zetten. Julia was een poppetje om te zien, ik zie haar nog zo op me aflopen. Wiebelend op haar toen nog mollige beentjes, met haar armen door de lucht zwaaiend op zoek naar evenwicht. Steeds deed ik een stapje naar achteren, met mijn armen uitgestrekt, om haar op te vangen als ze zou vallen. Zo afhankelijk als ze toen was. Nooit had ik kunnen dromen dat de rollen zouden worden omgedraaid, en zo snel al. Als ik Maxime wil zien opgroeien, zal ik moeten werken aan het herstel van de band met mijn dochter. Het ziet ernaar uit dat ze voorlopig in India wil blijven. Ik houd de stoere O'Neill-zwembroek die ik voor Deepak kocht in de lucht, Julia zei dat hij hem mooi zou vinden. De andere spullen zijn eigenlijk meer rommeltjes, overbodige prullen, lokaal handwerk gefabriceerd voor de toeristen. Ik kocht voor Julia een met parelmoer ingelegd asbakje, zij rookt nog steeds. Zelf ben ik gestopt sinds het ongeluk, al zou ik nu wel zin hebben in een sigaret. Voor Senior kocht ik voor een behoorlijk bedrag een nutteloze, zilveren opbergdoos. Belachelijk natuurlijk. Maar ach, het gaat om het gebaar, nietwaar?

Twee jaar geleden vierden we voor het laatst Kerstmis met het hele gezin, ik was al weken van tevoren bezig met de kerstinkopen. Gidon kreeg een lamswollen trui, in een zachte kleur blauw, afkomstig van de Bijenkorf. Ons leven was perfect, ik snap niet waarom ik vanmiddag tegen een volslagen vreemde heb lopen beweren dat ik er na de dood van mijn man op vooruit ben gegaan. Ik was honderd procent gelukkig in de rol van verzorgende, geldverkwistende vrouw van Gidon Fisher. In ons huis in Amsterdam Oud-Zuid stonden drie kerstbomen, op elke etage een, tot in de puntjes opgetuigd met witte en gouden ballen en slingers. Zodra je het huis binnenkwam, rook het naar dennenbos. We hadden de openhaard aangestoken en ik had een kalkoen gebraden. Julia was voor de kerstdagen thuisgekomen uit Beverweerd, de internationale kostschool waar ze naartoe was gezonden om haar schooldiploma's te halen. Iets dat er, ondanks het kapitaal dat in haar opleiding is geïnvesteerd, niet van is gekomen. Ze heeft alleen Deepak overgehouden aan haar tijd op het internaat. Gidon had het adres van Beverweerd gekregen van Deepaks vader met wie hij – zo bleek later – veel zaken deed.

Er wordt geklopt. Ik merk dat ik heb gehuild en veeg de zojuist uitgelopen mascara onder mijn ogen vandaan.

'Donia, ik ben het,' hoor ik de zware stem van Senior.

'Momentje, even de cadeautjes verstoppen, hoor.' Mijn stem is omhoog geschoten. Ik haal de spullen van het bed en leg ze onder in de kledingkast. 'Nog even.' Ik loop naar de badkamer en werp een blik in de spiegel. Mijn ogen zijn rood, niets meer aan te doen.

'Hai,' is alles wat ik weet uit te brengen nadat ik de deur heb geopend. Senior is ontegenzeggelijk een zeer aantrekkelijke man. Hij draagt een crèmekleurig pak van soepel vallend dun katoen waartegen zijn olijfkleurige huid en diepbruine ogen gevaarlijk afsteken.

'Hoe is het met je, Donia?' Zijn Nederlands heeft een vleugje oosters accent, zijn blik is warm en bezorgd.

Bijna zeg ik nog een keer 'hai'. Ik word duidelijk nerveus van deze man en loop om dit te maskeren terug mijn slaapkamer in. 'Goed,' zeg ik terwijl ik me pas midden in de kamer weer naar hem durf om te draaien.

'Als je er klaar voor bent, wil ik je uitnodigen om met me mee te gaan naar het terras.'

'Eigenlijk wilde ik Julia nog vragen om pakpapier.'

'Geloof jij nog in de Kerstman?'

Ik schud mijn hoofd.

'Ik ook niet.' Hij strekt zijn arm naar me uit, ik kan niet anders dan samen met hem het vertrek verlaten.

Het ruime terras naast het zwembad biedt een uitzicht zoals ik het nooit eerder zag. De hemelkoepel boven ons is bezaaid met sterren. De maan is driekwart en schijnt op het water om daar een dans aan te gaan met de lichtjes van de boten die ronddobberen voor de kust. Het lijkt op een filmdecor. Mijn tegenspeler komt naast me staan en overhandigt me een hoogpotig kristallen glas gevuld met champagne.

'Onder de indruk?'

'Zeer.' Het glinsterende wateroppervlak voor ons lijkt een hypnotiserende werking te hebben. Het kost moeite om mijn ogen ervan los te maken.

'Weet je wat ik me vanmiddag afvroeg? Je wordt Senior genoemd, maar je hebt toch zeker wel een voornaam?'

'Dhawal Hemendur.'

Ik kijk hem vragend aan.

'Dat zijn de namen die in mijn paspoort staan. Dhawal betekent wit en Hemendur gouden maan. Deze namen heeft mijn moeder me gegeven omdat de zee zo mooi oplicht als de maan erop schijnt.'

'Hoe wil je dat ik je noem?'

'Dat mag je zelf bepalen.'

'En de naam Senior?'

'Die heb ik te danken aan de tijd dat ik in Europa op de *International Boarding School* zat. Mijn neef zat op dezelfde school, maar ik ben een paar jaar ouder, vandaar.'

Mijn ogen dwalen terug de ruimte in. Ergens ver boven mij, miljoenen lichtjaren hiervandaan, zweven de sterren die met elkaar verbonden zijn onder het teken Kraanvogel. Zou Gidon ze nu van dichtbij kunnen bekijken?

'Zou er leven zijn, na de dood?' vraag ik hardop.

'Hier in India geloven we in reïncarnatie.'

Seniors vrouw, de moeder van Deepak, is op zeer jonge leeftijd overleden, heeft Julia me verteld. Ik sta te weinig stil bij het feit dat ik niet alleen ben in het verlies van een dierbare. Elke dag nemen miljoenen mensen over de hele wereld afscheid van hun geliefden.

'Mis je je vrouw?'

'Nog elke dag. Familie betekent alles voor mij. Maxime is mijn eerste kleinkind, zij is de toekomst. De eerste telg van een nieuwe generatie binnen het Vanishkuram-geslacht.'

Zoals hij zijn eigen achternaam uitspreekt heeft het iets keizerlijks. Net als ik hem er voorzichtig op wil wijzen dat Maxime evengoed Fisher-bloed door haar aderen heeft stromen, komen Julia en Deepak aanlopen.

Julia is gehuld in een jurkje van losjes gehaakt zilverdraad, dat ze draagt over een strak crèmekleurig satijnen onderjurkje. Zonder enige twijfel couture, het zit als gegoten. Om haar polsen rinkelen de nieuwe armbanden. Ze loopt op hooggehakte zilveren open schoentjes en torent enkele centimeters boven Deepak uit.

Deepak loopt op me af en geeft me een warme omhelzing, hij ruikt peperduur. Vader en zoon zijn een uniek charismatisch duo, maar naar mijn smaak misschien wel iets te *overpowering*. Ik kan me niet bedwingen en zoek achter zijn rug naar mijn kleindochter.

Op de hoek van het terras staat de nanny met op haar arm de kleine Maxime, ze draagt een rood kerstjurkje met witte biesjes en zwarte lakschoentjes. De feestelijk rode strik had van haar kennelijk niet gehoeven. Met een geconcentreerd snoetje probeert ze het lint met twee handjes tegelijk los te trekken. We moeten allemaal om haar lachen.

'Kom maar bij oma!' Ik stuif nog net niet op haar af.

Maxime laat de strik voor wat-ie is en strekt haar armpjes naar me uit. Dat betekent dat ze weer helemaal weet wie ik ben, de eerste dagen na mijn aankomst wilde ze niets van me weten. Ik laat mijn emoties die nauwelijks onder het oppervlak liggen de vrije loop en maak allerlei gekke kiekeboegeluidjes tegen mijn kleine, kwijlende nakomeling.

Ondertussen hoor ik Deepak en zijn vader om iets lachen.

Julia is naast me komen staan. 'Zand erover?' vraagt ze.

'Zand erover. Ik hou van je.' Ik geef haar een kus op haar wang. 'En ook van jou, mijn lieve Maxime.' En zo staan we met z'n drieën dicht tegen elkaar aan, toegedekt door de immense sterrendeken.

Nadat de nanny Maxime heeft meegenomen om haar in haar bedje te leggen, duurt het wachten totdat we aan tafel gaan me veel te lang. De champagne vloeit rijkelijk. Bij het uitwisselen van de cadeautjes krijg ik een zoet parfum van Deepak, een gouden, met diamanten afgezet horloge van Dhawal en een zilvergrijze kamerjas van dunne zijde van Julia. Met toenemende honger converseer ik over ditjes en datjes, oppervlakkigheden en onbenulligheden. Totdat ik op ben. Ik voel me leeg vanbinnen, zowel letterlijk als figuurlijk, en volg met mijn ogen de kustlijn. Overal branden lampjes, overal wordt vanavond kerstfeest gevierd. Ik vraag me af hoeveel gezelliger het elders is.

Ik verzin een smoes en loop naar mijn slaapkamer. Nadat ik de deur achter me dicht heb getrokken, wil ik het liefst op bed gaan liggen om niet meer op te staan. Hoe kom ik van dit gevoel af? De Vanishkurams zijn aardig en zeer gastvrij, maar het zijn geen vrienden en of het een goede schoonfamilie is voor mijn dochter, valt nog te bezien.

Ik zit gewoon niet goed in mijn vel, spreek ik mezelf krachtig toe.

Uit mijn toilettas in de badkamer haal ik een potje uppers tevoorschijn. Deze pillen helpen me wel vaker over mijn drempelvrees heen. Straks zal ik in staat zijn tot beleefd converseren, ondanks mijn innerlijke verwarring. Ik spoel er twee weg met een paar slokken water uit een fles. Dan werp ik een blik op mijn nieuwe, opzichtige horloge, het is half elf geweest. Ernaast zit nog steeds het armbandje van gevlochten touwtjes. Julia zei me dat ik het onmiddellijk af moest doen. Ikzelf voel me wel vrolijk worden als ik ernaar kijk, maar desalniettemin leg ik het braaf op mijn nachtkastje.

'*Good luck*,' zeg ik hardop terwijl ik de slaapkamerdeur achter me dichttrek. De lange gang die voor me ligt, is leeg.

Eenmaal terug op het terras constateer ik opgelucht dat de anderen inmiddels aan tafel zijn gegaan. Ik loop door naar de helder verlichte kamer met openslaande deuren.

Bij het binnengaan van de eetzaal, want zo kun je dit hoge, ruime vertrek met gotische zuilen gerust noemen, blijf ik als bevroren in de deuropening staan. Mijn hongergevoel is in één klap verdwenen, mijn hart lijkt een paar slagen over te slaan. Aan het einde van de tafel die vol staat met de schitterend opgemaakte schalen, hangt een in het oog springend schilderij aan de muur. Ademloos staar ik naar een vogel die in gebogen houding zijn hoofd lenig en elegant in zijn verenpak duwt. Op de achtergrond van het doek verlicht een volle maan het water, het dier lijkt zijn blik voor het licht te willen afschermen.

Wanneer mijn ogen de afbeelding eindelijk kunnen loslaten, ontmoeten ze die van Dhawal. Hij zit onder het doek aan het hoofd van de tafel en kijkt me ondoorgrondelijk aan. Met de grootst mogelijke moeite onderdruk ik allerlei lichamelijke reacties en neem plaats aan de tafel.

Mijn hoofd voelt aan alsof er zojuist een heleboel deuren tegelijk dicht zijn geklapt. De gang is gevuld met echo's, ik hoor Julia meerdere malen aan me vragen of het wel goed met me gaat. Uiteindelijk antwoord ik, om van alle vragende blikken af te zijn: 'Ja, het gaat uitstekend'. Een antwoord dat oneindig lang blijft nagalmen in mijn hoofd. Met tegenzin schep ik op.

Bij elke hap die ik neem, zie ik op tegen het doorslikken. Mijn slokdarm maakt spastische bewegingen. Mijn drie tafelgenoten negeren me, ik hoor hen als op een afstand gezellig converseren. Ik ben me ervan bewust dat ik raar overkom.

Ik sluit mijn ogen en haal diep adem: 'Hoe zit het met de kraanvogel?' Er is niets mis met mijn intonatie. Het is geen vriendelijk verzoek en zo wilde ik het ook niet laten klinken.

Werd het kerstfeest in het verleden nog wel eens door de bokkige buien van onze opgroeiende dochter versjteerd, vanavond is het mijn beurt. Ik heb geen keuze.

De anderen hebben, alsof er een stilzwijgende afspraak over bestaat, hun bestek neergelegd. Gek genoeg is mijn eetlust opgewekt en glijdt mijn volgende hap een stuk makkelijker naar binnen. Zwijgend eet ik mijn bord leeg, terwijl Dhawal vertelt.

'Lang geleden leefde er in het oude India een arme student. Hij kon prachtig schilderen, maar geld had hij niet. Straatarm en uitgehongerd ging de jongen op een avond langs bij een herbergier, deze zette hem een maaltijd voor. Uit dankbaarheid maakte de jongen een tekening voor de waard. Aangezien hij zo gastvrij was ontvangen, keerde hij de volgende avond weer terug, en de dag erna, en de dag daarna. En elke avond kreeg hij weer een maal voorgezet, in ruil voor een schilderij. En zo werden de herbergier en de kunstenaar goede vrienden van elkaar.

Op een avond doopte de jongen zijn penseel in een pot Oost-Indische inkt en begon hij de muur te beschilderen. Verwonderd keken de waard en zijn gasten naar de schitterende vogel die op het pleisterwerk van de gelagkamer verscheen. Het was een kraanvogel, hij zag er zo levensecht uit dat het leek alsof hij elk ogenblik zijn vleugels zou kunnen uitslaan en wegvliegen. Toen de jongen klaar was, richtte hij zich tot de waard.

"Mijn beste vriend, kennelijk weet u wat honger is, u geeft me immers altijd te eten. Hierbij geef ik u mijn afscheidsgeschenk. U hoeft slechts driemaal in de handen te klappen en de vogel strijkt neer op de vloer en zal gaan dansen voor u en uw gasten. Maar let op: hij mag maar één keer per dag tot leven worden gewekt."

Hierna klapte de student driemaal in zijn handen en zowaar, het dier kwam los van de tekening en stapte zomaar midden in de herberg de vloer op. De aanwezigen keken ademloos toe terwijl het dier op een wonderbaarlijk sierlijke manier begon te bewegen. Na afloop van het betoverende schouwspel liep hij terug naar de muur en nam zijn plaats weer in. Na een luid applaus nam de student afscheid van de verblufte waard en zijn gasten, en verdween in de nacht.'

Julia is opgestaan van tafel en excuseert zich. Ze is te netjes opgevoed om van tafel te gaan om tussentijds naar het toilet te moeten. Kennelijk is het haar beurt om van slag te zijn. Toch spijt het me niet dat ik de aandacht op 'n mysterie heb gericht waarvan ieder ander in deze ruimte op de hoogte schijnt te zijn. Dhawal vertelt verder.

'Het spectaculaire nieuws dat de herberg over een mysterieuze dansende kraanvogel beschikte, deed al snel de ronde. Het waren gouden tijden voor de waard. Tot de dag aanbrak dat een van zijn gasten, een luidruchtige dronken man, begon te schreeuwen dat hij de vogel nog wel een keer wilde zien dansen. Toen de waard hem ervan probeerde te overtuigen dat dit niet kon, smeet de gast een zak goudstukken op tafel. De herbergier bezweek onder het zien van zoveel rijkdom en klapte voor de tweede keer die dag in zijn handen. Maar de vogel bewoog langzamer dan anders. Met een droevige kop streek hij neer op de vloer en begon aan een vreemde dans. Het was de dans van een dier dat sterven gaat.'

Dhawal is een begenadigd verteller. Hij last een melodramatische pauze in.

'Plotseling werd de deur geopend, de student verscheen in de opening. Hij had een fluit in zijn handen en begon te spelen. Moeizaam liep de vogel met hem mee en samen wandelden ze het dorp uit.' Zelfingenomen leunt Dhawal achterover. 'Nooit heeft iemand nog iets van hen vernomen,' weerklinkt de laatste zin.

Ik besluit dat ik het ronduit als een belediging mag opvatten dat hij me probeert om de tuin te leiden met zijn – overigens schitterende – verhaal.

'Ik neem aan dat dit een sprookje is?' reageer ik terwijl ik mijn laatste hapje wegspoel met een slok wijn.

Dit is duidelijk niet de reactie waarop Dhawal gehoopt had. 'Het is een oude legende,' zegt hij geïrriteerd.

De wijn en de pillen, in combinatie met het voortreffelijke maal, zorgen ervoor dat ik me uiterst kalm en zelfverzekerd voel. Een uniek gevoel waar ik onmiddellijk, kerst of niet, gebruik van ga maken.

'Goed, en dan zal ik jullie nu gaan vertellen wat de kraanvogel voor mij betekent. Dat heeft namelijk in de verste verte niets met sprookjes te maken. Kom er vooral bij, Julia.'

Ze staat in de deuropening van het terras te roken. Ik zie dat ze met haar ogen rolt, een trekje dat ik zo goed van haar ken. 'Mijn god, wat schaam ik me kapot voor het feit dat jij mijn moeder bent,' lijkt ze hiermee te willen zeggen.

Ik voel hoe de spanning toeneemt en begin te praten voordat het moment dat ik mijn verhaal kan verwoorden voorbijgaat.

'Het is inmiddels alweer één, nee anderhalf jaar geleden dat Julia tijdens de zomervakantie, we waren met z'n allen in Marbella, doodleuk aan de ontbijttafel verkondigde dat ze een tatoeage wilde laten zetten. De keuze was niet gevallen op een hartje of een roos – niet dat ik het er dan wel mee eens zou zijn geweest – maar op een vogel waar ik eigenlijk nauwelijks ooit van had gehoord: de kraanvogel. Haar vader vond het direct een goed idee, iets waar ik me achteraf, tot op de dag van vandaag, over heb verbaasd. Ik was tegen, een discussie die ik heb verloren, dat moge duidelijk zijn.'

Ik neem tussendoor een slokje water, nu ik eenmaal ben begonnen met praten wil ik coherent overkomen. Het personeel dat in de hoek van de eetkamer staat wordt, voordat ik verder ga, weggestuurd door Deepak.

'Enige tijd later, toen Julia de tattoo al had laten zetten, ben ik er nog een keer met Gidon over begonnen. We zaten in een restaurantje en hij kon er alleen maar om lachen. Het was niets voor hem om zoiets als een tattoo goed of zelfs grappig te vinden. Ik vond en vind het nog steeds jammer van haar lichaam.' Iets klopt er niet aan het feit dat Gidon het goedvond, maar dat kan ik niet duidelijker overbrengen dan ik nu heb gedaan. Gevoelens laten zich nu eenmaal lastiger verwoorden. Terug naar de feiten.

'Een paar maanden na de moord waren Julia en ik, samen met Deepak, op zoek naar een code. Een code die iedereen wel leek te willen hebben. Een cijferreeks die toegang gaf tot zwartgeldrekeningen in het buitenland. Het feit dat niemand zonder die code aan het geld kon komen, was de reden dat de "organisatie"' – ik accentueer het woord door met beide handen aanhalingstekens in de lucht te maken – 'plat lag. Niemand kon nog "handel"' – ik maak hetzelfde gebaar – 'drijven. Handel, waarvan later bleek dat het om cocaïne ging. Handel waarvan de kern van de organisatie in jullie handen ligt.' Als een echte Miss Marple wijs ik Dhawal en Deepak aan. Misschien een beetje overtrokken, ik laat mijn arm weer hangen.

'Maar tijdens het zoeken naar de code heeft Julia noch Deepak ooit aan de kraanvogel gedacht. Ik ben ervan overtuigd dat ze geen idee hadden dat er een constellatie bestond met die naam. Behalve door het symbool Kraanvogel wordt diezelfde constellatie ook weergegeven door een reeks cijfers en letters die samen de positie van de constellatie bepalen. Acht cijfers en vier letters, die samen de toegangscode tot de zwartgeldrekeningen vormden. En dat betekent dus dat ze de afbeelding van haar tattoo met een heel andere reden heeft uitgekozen.'

Plotseling voel ik hoe weinig feiten ik in handen heb. Kan het dan toch niet gewoon stom toeval zijn? Ik hervat mijn betoog: 'In elk geval valt het me sinds ik in India ben op dat alles om die vogel lijkt te draaien. Een jaar geleden vond ik het nog logisch klinken dat haar vader haar de suggestie had gedaan om die tattoo op haar rug te laten zetten, maar inmiddels weet ik dat dit niet juist kan zijn. Want ík was uiteindelijk degene die de code moest zien te ontdekken. Ík kwam erachter dat de Kraanvogel een constellatie is, en ík moest Julia zien te bevrijden. Iets dat me nota bene bijna het leven heeft gekost!'

Het feit dat ik tijdens de ontknoping van Julia's ontvoering een ernstig auto-ongeluk heb gehad, maar desondanks nog steeds word buitengesloten van alle ins en outs van wat hier gaande is, is voor mij onverteerbaar.

'Vandaag zag ik kraanvogels door de velden lopen en zojuist heb ik geleerd dat ze deel uitmaken van een oude legende...' Ik wijs op het schilderij. 'Maar het is te veel om toeval te zijn, en dus vraag ik me af waar de kraanvogel daadwerkelijk voor staat. Ik weet het, dit klinkt wel heel erg vaag. Maar dat doet niets af aan het feit dat mijn dochter tegen me heeft gelogen, en mensen liegen niet zonder dat ze een reden hebben. Ik wil gewoon weten wat ik niet weet.' Terwijl ik deze laatste woorden uitspreek, voel ik hoe naïef ze overkomen. 'Echt, dat is alles. Wat het ook is, ik zal het niet doorvertellen, er niemand mee lastigvallen.'

De sfeer in de eetzaal is om te snijden. Ik besluit er nog een schepje bovenop te doen.

'Dat jullie drugshandelaren zijn, is tot daar aan toe. Dat er tegen me is gelogen door Julia, oké, dat gebeurt wel vaker tussen opgroeiende tieners en hun ouders,' vervolg ik, me ervan bewust dat ik met mijn vorige opmerking alle aanwezigen tegen de haren in heb gestreken. 'Maar om me af te schepen met een of ander lullig verhaaltje, dat vind ik ronduit misselijk. Ik heb beter verdiend.' En deze laatste boodschap komt werkelijk recht uit mijn hart. Ik bekijk de gezichten aan tafel een voor een, maar er valt geen enkele reactie van af te lezen.

'Zo, ik heb gezegd,' zeg ik ten overvloede. Raar dat ik zo kalm ben gebleven. Ondanks mijn twijfels halverwege voelde ik tegen het einde van mijn betoog een innerlijke overtuiging dat ik, voor het eerst sinds lange tijd, op de goede weg zit.

Het blijft stil.

Ben ik nog iets vergeten te zeggen? Er is nog iets dat ik er graag aan zou willen toevoegen, alleen kan ik er niet zo snel op komen wat dat is.

In eerste instantie ervaar ik het uitblijven van een reactie als prettig, maar met het verstrijken van de minuten begin ik me er ongemakkelijk onder te voelen.

Ik sta op en loop naar het terras. Julia staat nog steeds buiten te roken. Automatisch, nadat ik ruim een jaar geleden ben gestopt, steek ik er ook eentje op.

'Dat is dodelijk,' zegt ze me met een blik die niet voor haar tekst onderdoet. Dan keert ze zich van me af en loopt bij me weg.

'Julia...' Ik blijf staan waar ik ben. 'Ik kan er gewoon niet meer tegen.'

Julia staat enkele meters bij me vandaan met haar rug naar me toe.

Niemand gaat mij vanavond vertellen hoe de zaken in elkaar zitten.

Met het licht uit en mijn kleren aan lig ik op bed. Het voelt alsof er een vulkaan tot uitbarsting is gekomen, lava over de wereld heeft uitgekotst en het neerdwarreldende stof in mijn ogen terecht is gekomen. De tranen stromen over mijn wangen. Zo anders had ik me deze hereniging voorgesteld. Wanneer gaat er eindelijk een einde komen aan de nachtmerrie die begon op die ene zonnige nazomerdag waarop Gidon nietsvermoedend naar zijn werk vertrok om vervolgens nooit meer terug te keren?

Na een tijdje sta ik op en loop naar het venster. Ik open het raam en adem de warme avondlucht in. In de verte zie ik Deepak en zijn vader op het terras staan, ik hoor hen praten, maar kan niet opvangen wat er gezegd wordt. Jammer, ik zou er heel wat voor over hebben.

Plotseling weet ik wat me nog meer dwars zit en waar ik tijdens mijn monoloog aan tafel niet op kon komen. Ik focus me op een voorval dat vlak voor mijn auto-ongeluk plaatsvond. Ik zat samen met Laura, Julia's vroegere beste vriendin, op haar bovenetage in Amsterdam-Centrum achter het computerscherm, toen we beneden hoorden hoe de voordeur werd geforceerd. We vluchtten het dak op. Er volgde een wilde achtervolging, waarbij ik op een haar na van drie hoog naar beneden ben gevallen. Later bleek dat de Vanishkurams deze mannen achter ons aan hadden gestuurd. Maar waarom ook alweer? Het is niet zo heel gek dat ik het me niet weet te herinneren. Niet lang daarna belandde ik in een coma ten gevolge van het auto-ongeluk.

In de badkamer gooi ik een plens koud water in mijn gezicht en houd ik mijn mond onder de lopende kraan. Ik neem een paar flinke slokken water.

Terug bij het raam zie ik dat de mannen nog steeds staan te overleggen. Zouden vader en zoon alle touwtjes van deze drugsorganisatie in handen hebben? Is dat mogelijk, helemaal vanuit hier? Je kunt toch moeilijk wereldwijd je zaken regelen vanuit een ontwikkelingsland? Vanuit Amerika of Amsterdam, ja, daar kan ik me nog iets bij voorstellen. Maar vanuit Goa?

Aan de andere kant, met de hedendaagse communicatietechniek is alles mogelijk: videoconferenties, niet traceerbare geldtransacties. Niet dat ik er verstand van heb, ik kom niet veel verder dan e-mailen.

Laura en ik hebben elkaar het afgelopen jaar regelmatig mailtjes gestuurd. Zij zit ook in India, maar dan helemaal aan de andere kant van het land, of eigenlijk subcontinent. Thuis in de atlas bladerend had ik pas 'n idee gekregen van de enorme uitgestrektheid van India. Ze heeft zich met heel haar ziel en zaligheid gestort op een scholenproject waar ik op mijn beurt de nodige financiële middelen voor verschaf. Regelmatig verschijnen er aandoenlijke plaatjes op mijn beeldscherm van kinderen die, mede dankzij mijn geld en haar inzet, kans hebben op een beter leven.

Ik besluit morgenochtend contact met haar op te nemen. Laura vroeg me de afgelopen tijd meerdere keren of ik haar wil komen opzoeken. Iets dat tot op heden de nodige weerzin bij me opriep, want het dorp waar ze verblijft, ligt *in the middle of nowhere,* er is niet eens stromend water! Maar onder de huidige omstandigheden wordt de gedachte om Goa te verlaten, al is het maar voor een paar dagen, steeds aantrekkelijker. Het zou in elk geval een mooi excuus zijn om uit deze gouden kooi te ontsnappen. Mooi opzitten en pootjes geven is een kunstje dat ik ben verleerd, daarvoor heb ik te veel meegemaakt. Onhandig, maar het is niet anders.

Gerustgesteld door het feit dat ik een plan heb, loop ik naar mijn bed. Ik kruip onder het laken en ben binnen een minuut onder zeil.

Ik word wakker van een stekende pijn in mijn onderbuik. Met beide handen omvat ik mijn maagstreek terwijl ik me zo klein mogelijk maak. Ik heb nauwelijks tijd om te bevatten wat er aan de hand is, maar neem het zekere voor het onzekere en ren naar de badkamer. Mijn darmen zijn verwikkeld in een hevige strijd, mijn lichaam beeft, ik ben klam van het zweet. Als ik even later een slokje water wil nemen, besef ik wat er mis is. Julia had me nog wel zo gewaarschuwd: je mag in dit land geen water uit de kraan drinken!

Ik wil naar huis.

Huilen, ik kan alleen nog maar huilen… en poepen.

Aan alle kanten loopt mijn lichaam leeg.

Het gezicht dat de volgende ochtend in de badkamerspiegel naar me terug staart, is verkreukeld en ziet grauw; als de spreekwoordelijke dweil. Liefst wil ik vandaag nog terug naar huis vliegen, maar ik realiseer me dat de kans dat de vliegtuigen tot aan de jaarwisseling volgeboekt zijn, groot is. En als het me al zou lukken om weg te komen, dan zou ik er hoogstwaarschijnlijk achteraf spijt van krijgen. Maxime. De gedachte dat ik haar weer voor langere tijd zal moeten missen, is me te veel. Ik verbied mezelf opnieuw in tranen uit te barsten en stap onder de douche, waarbij ik mijn lippen stijf op elkaar houd. Mijn buik is vannacht minstens een maat in omvang geslonken. De storm die er binnenin heeft gewoed, lijkt te zijn overgewaaid. Een zeurend gevoel van honger duw ik opzij. Gezellig met z'n allen ontbijten zit er vanmorgen niet in.

Het belooft weer een stralend warme dag te worden. Ik knoop mijn nieuwe knalroze doek als wikkelrok om. Erboven trek ik een wit hemdje aan, mijn voeten steek ik in een paar teenslippers.

Zachtjes trek ik de slaapkamerdeur achter me dicht. Op de gang houd ik stil, ik bedenk me en ga terug de slaapkamer in. Ik schrijf een kort briefje voor Julia waarin ik haar vertel dat ik in alle vroegte naar het strand ben vertrokken.

Op de een of andere manier voel ik me vanmorgen prettig te midden van de chaos die er op straat heerst. Ik probeer een taxi aan te houden. Het eerste voertuig dat voor me remt, is een aftandse, driewielige bromscooter met overkapte zitplaats. Mijn leven is al avontuurlijk genoeg zo, ik bedank hem vriendelijk maar stap niet in. Hierna stopt er een vehikel op vier wielen, een auto kun je het barrel nauwelijks noemen. Ik zie zo snel geen beter alternatief en besluit het erop te wagen. De chauffeur spreekt redelijk Engels en belooft me bij een internetcafé af te zetten.

De roestbak is gevuld met een mengelmoes van de meest uiteenlopende geuren: een kruidige aftershave waarvan de chauffeur zich rijkelijk bediend heeft, een luchtverfrisser die in de vorm van een dennenboompje aan de spiegel bungelt, een pittige maaltijd die zojuist in de auto is genuttigd... Ik leun achterover en probeer van het ritje te genieten. Het verkeer maakt vandaag minder paniekgevoelens bij me los. Weliswaar protesteert mijn holle maag tegen het spel van flink optrekken en hard op de rem staan, maar aangezien ik toch nog niet heb ontbeten, maak ik me daar niet al te druk om.

'*Where are you from?*' Het hoofd van de chauffeur wiebelt op en neer alsof het los op zijn nek zit. Daar hebben een heleboel Indiërs last van, is me opgevallen. Het doet me denken aan de speelgoedhondjes die je vroeger wel op hoedenplanken aantrof.

'Amsterdam.' Waar je ook bent in de wereld: iedereen kent Amsterdam.

'*Ah, Amsterdam.*'

'*Yes, Amsterdam.*'

'*You like Goa?*'

'*Yes I do.*' Deze stoffige Indiase kustplaats kan er ook niets aan doen dat ik me zo ellendig voel.

Na een gesprek dat verder bol staat van clichévragen en -antwoorden, word ik keurig voor een internetcafé afgezet. Ik reken af, geef de chauffeur een goede tip en loop vervolgens een klein stukje terug, richting een espressobar die ik vanuit de auto heb gezien.

'He, you, stop! Amsterdam-madam, stop!'

Als ik me realiseer dat ik word geroepen, draai ik me om. De taxichauffeur rent me achterna. Hij heeft zijn auto, met ronkende motor, midden op de weg laten staan met als gevolg dat de auto's die achter hem staan luid beginnen te toeteren.

Instinctief grijp ik naar mijn handtas terwijl ik me afvraag wat ik in de taxi heb laten liggen. Maar de man blijkt me er alleen op te willen attenderen dat ik voor het internetcafé de verkeerde kant op loop. Beduusd van zoveel vriendelijkheid bedank ik hem hartelijk en leg ik uit dat ik eerst trek heb in koffie.

'Okay, first coffee. Coffee is good.' En weer schudt zijn hoofd alsof het elk moment van zijn lijf kan vallen. Lachend bedank ik hem nogmaals hartelijk. Rustig sloft hij terug naar zijn auto waaromheen inmiddels een flinke verkeerschaos is ontstaan.

Midden in het centrum kom ik ogen te kort om alles te kunnen bekijken. Ik neem plaats op een terras en bestel een cappuccino en een muffin. Mijn darmen heb ik vanmorgen niet meer gevoeld en ik hoop dat de verschrikkelijke kramp van afgelopen nacht zal wegblijven.

Het is, ondanks het vroege uur, een drukte vanjewelste. Kerst of niet, er moet geld verdiend worden. Ik vrees een aanval van hyperventilatie, maar stel mezelf gerust met de gedachte dat als dit gebeurt, ik gewoon weer een taxi terug naar huis kan nemen.

Vreemd eigenlijk hoe afhankelijk ik de laatste jaren ben geworden van mijn uppers en downers. Al jaren voor de dood van Gidon slikte ik kalmeringsmiddelen, pas recentelijk heb ik een tweede variant aan mijn huisapotheek toegevoegd. Ik werd suf van de oxazepam maar kwam, vanwege mijn hyperventilatie, de dag niet door zonder. Mijn leven zonder Julia en, daarvoor al, zonder Gidon, stelde niets meer voor. Ik bracht het merendeel van mijn tijd alleen door. Thuis, meestal in de keuken. De incidentele keer dat ik een afspraak had, bijvoorbeeld om te gaan winkelen, presteerde ik het om vlak van tevoren af te zeggen. Niet uit onwil, maar omdat ik het gewoon niet trok. Angst voor mensenmassa's; al die mensen met hun eigen leugens en bedrog.

Maar met behulp van mijn uppers kwam ik weer in actie. Zo dank ik het feit dat ik nu in India zit, mede aan deze pillen. Maar nu is het genoeg geweest. Medicijnen veranderen je, en zo goed als ik me – leeg geschoten als ik ben – vanmorgen voel, heb ik me sinds lange tijd niet meer gevoeld.

Ik reken af en ga naar het nabijgelegen café.

Mijn 'postvak in' is leeg, op wat oude opgeslagen berichten van Julia en Laura na, de enige twee mensen die mijn hotmailadres kennen. Ik begin te schrijven:

Lieve Laura,

Surprise! Ik zit in India, hoe vind je dat? Spontaan heb ik een week geleden geboekt. Ik breng de feestdagen door in Goa, bij Julia en Maxime. Ik ben hier nu een paar dagen en je hebt gelijk, het is een fantastisch mooi land! Aardige mensen, mooie natuur, kleurrijke lokale marktjes, er is overal volop levendigheid.

Maar het is niet alleen maar leuk, tussen mij en Julia loopt het niet helemaal soepel. Deepak en zijn vader zijn erg gastvrij voor me, maar ik voel me slecht bij hen op mijn gemak. Graag zou ik dat anders zien, maar daarvoor zit ik momenteel nog met te veel vragen.

Kan jij je misschien nog herinneren wat de verklaring was die wij indertijd kregen voor het feit dat de Vanishkurams die mannen achter ons aan stuurden? Ik meen me te herinneren dat ze ons juist wilden beschermen. Maar dat is dan wel een hele rare manier om dat te doen, vind je ook niet? Enfin, ik kan het niet loslaten.

En dan heb ik nog een vraag: ken jij nog meer betekenissen

van de kraanvogel, los van de constellatie? Alle informatie is welkom, ik ben op zoek naar antwoorden in de hoop dat ik de achterliggende periode daarna kan afsluiten.

Ik wens je hele fijne feestdagen, dank je wel voor je lieve mailtjes, en hopelijk zien we elkaar weer in het nieuwe jaar. Misschien zelfs wel in India (wie weet).

Liefs,

Donia

Het is de eerste keer in mijn leven dat ik mail vanuit een café en ik ben dan ook trots op mezelf wanneer op mijn beeldscherm verschijnt dat het bericht is verzonden.

Achter me zit een groepje Engelse toeristen. Een ongewassen meisje met dreads zeurt dat ik op moet schieten. Net als ik haar blij wil maken met het goede nieuws dat ik klaar ben achter deze computer, bedenk ik me. In plaats van op te staan snauw ik haar toe dat ze rustig op haar beurt moet wachten, net als ieder ander.

Ik google en leer dat de kraanvogel in de christelijke iconografie symbool staat voor waakzaamheid.

Bij Wikipedia vind ik het volgende verhaal: *In het verhaal van Ibycus en de Kraanvogels werd Ibycus (een dichter uit de zesde eeuw voor Christus) door een dief aangevallen en voor dood achtergelaten. Ibycus riep een vlucht passerende kraanvogels te hulp, die de moordenaar volgden tot aan een open plek waar ze net zo lang boven hem bleven hangen totdat hij verslagen door schuld de misdaad bekende.*

Ik merk op dat de waakzaamheid waar het dier voor staat, slechts geldt voor degenen die iets te vrezen hebben. Een heel ander verhaal en een volstrekt andere symboliek dan ik gisteren te horen kreeg. Met een groot gevoel van tevredenheid sluit ik de computer af.

Het meisje met de dreadlocks vraagt me zuchtend: '*So grandma, pretty difficult for you to work a computer, huh?*'

'*Not as difficult as it is for you to brush your hair.*'

Grandma's done...

Verbaasd laat ik haar achter.

Thuis tref ik Julia net als gisteren bij de achter het huis gelegen fontein aan, met dit verschil dat ze nu pas echt woedend op me is. Ik vraag haar of ze mijn briefje niet heeft gelezen. Ze smijt het in een prop naar mijn hoofd.

Elke keer dat Julia thuiskwam uit Beverweerd, hadden we dit soort scènes. Alleen kon ik haar toen vertellen dat ze zich diende te gedragen in haar ouderlijk huis en dat ze anders weer kon vertrekken. Dit laatste gezagsmiddel, dat toch al niet werkte, is mij uit handen genomen nu ik bij haar logeer.

'Maar ik ben er nu toch?' probeer ik haar te kalmeren.

'Ja, nu ja! We werden al een uur geleden aan boord verwacht!'

Ze heeft me dagen geleden verteld dat we eerste kerstdag zouden gaan varen. Ik was het vergeten. Of heb ik het wellicht verdrongen? In elk geval is het niet een boottochtje waar ik me erg op verheug. Ik beloof dat ik me snel zal omkleden.

Een witte broek met een gestreept hemdje, een witte pet en een grote zonnebril, gympies eronder en klaar. Na een paar minuten sta ik weer beneden. Julia zit al in de auto die met ronkende motor op de binnenplaats klaarstaat voor vertrek.

We worden afgezet in een nabijgelegen haventje. Doodzwijgen is een daad van machteloosheid – Julia heeft de hele rit geen woord meer tegen me gezegd. Nu beent ze in haar witte hotpants, hakjes eronder en hoerig topje erboven, met loshangende wapperende haren voor me. We komen langs verschillende luxe plezierjachten. Uiteindelijk houden we stil bij een sloep, waar een in gesteven wit gestoken bemanningslid ons aan boord helpt.

De golven zijn een stuk hoger dan ik had verwacht. Ik houd me vast aan de perfect onderhouden houten reling terwijl ik de kustlijn van Goa achter me zie verdwijnen. Goa is een Indiase deelstaat die zich kilometers langs de zee uitstrekt, met een hele rits dorpen en stadjes, die zo dicht tegen elkaar aan liggen dat ze bijna in elkaar overlopen. De Vanishkurams wonen vanaf het water gezien rechts. In het midden ligt een drukker gedeelte met een heleboel strandtenten. De toeristen zien er vanuit de verte uit als een mierenkolonie die over het strand krioelt. Links van het drukkere gedeelte, dat

54

ook wel doorgaat voor het centrum, ligt een veel groener gedeelte met enorme rotspartijen. Verschillende grote bouwwerken, waarschijnlijk hotels, bepalen daar het landschap. Ik schrik op van een parasailer die vlak boven ons hoofd door de lucht suist. De speedboot die de toerist achter zich aantrekt, veroorzaakt hoge golven. Ik houd me nog steviger vast en draai me om, het jacht van de Vanishkurams komt dichterbij.

Julia zit als een boegbeeld op de uitkijk. Met een wapperende sjaal die ze voor de duur van de reis om haar haren heeft gebonden, en een grote zonnebril die haar gezicht grotendeels verbergt, ziet ze eruit als een filmster.

Vanaf haar puberteit is ons contact verslechterd. Ik moet onder ogen zien dat we geen van beiden pogingen hebben ondernomen om die band te herstellen. Maar is onze relatie eigenlijk ooit wel goed geweest? Ik probeer me voor de geest te halen hoe het ging tussen ons, toen ze nog klein was. Wat voor een moeder was ik toen ze nog op de basisschool zat? Ik heb moeite het me te herinneren. Wel zie ik de gezichten van opeenvolgende au pairs voor me en voel ik weer de ergernis, omdat ze nooit precies deden wat er van hen werd verwacht.

Het aanleggen op volle zee, zo'n half uur na vertrek uit de haven, is nog een hele kunst. Ik wil geen *grandma* lijken en dus stap ik stoer over op het platform aan de achterkant van de boot, dankbaar dat ik voor gympen heb gekozen. Boven aan de ladder staat Dhawal ons op te wachten. Naast hem staan twee kleerkasten van mannen, zonder enige twijfel verantwoordelijk voor de beveiliging aan boord. Ze dragen een zonnebril en zijn gestoken in een zwart pak: jasje, lange broek en stropdas. Een dracht die je alleen al gezien de vochtige hitte, crimineel zou kunnen noemen.

Dhawal reikt me breed lachend zijn hand, hijst me aan dek en slaat vervolgens zijn armen om me heen. Opgelucht dat ik veilig aan boord ben gekomen, leun ik een kort moment tegen hem aan. Gisterenavond lijkt vergeten en vergeven.

Vroeger, in Marbella, huurden we tijdens de vakanties een kleine ronddrijvende villa voor – als ik het me goed herinner – een slordige ton per week. Dat was dan wel inclusief bemanning en ligplaats. De aanschafprijs van een jacht als dit gaat mijn voorstellingsvermogen ver te boven. De jachten die Gidon huurde, waren slechts veredelde badkuipen in vergelijking met dit drijvend paleis van Vanishkuram Senior. Nieuwsgierig laat ik me aan zijn arm rondleiden.

Op het achterdek speelt een bandje, donkere Indiërs in oogverblindend wit serveren de gasten champagne. Dhawal neemt me mee naar een zitgedeelte dat direct achter de openstaande schuifpui van getint glas is gelegen. Ik vergaap me aan de immens grote ruimte en zijn inrichting vol dure wansmaak. Goud, dieppaars, glimmend notenhout... het is gewoonweg afschuwelijk!

Vastbesloten om vandaag de rem op mijn ongeleide uitspraken te houden zeg ik dat ik helemaal ondersteboven ben van de weelde die ik hier om me heen mag aanschouwen. Een juiste woordkeuze, zo lees ik af aan de tevreden oogopslag van Dhawal.

Hij loodst me naar een bar waar de obers druk in de weer zijn. Drie man poetsen de glazen. Anderen schenken ze vol met champagne. Volle dienbladen worden meegenomen, lege teruggebracht. Vanuit de kombuis komen me de heerlijkste geuren tegemoet. Als ik aangeef dat ik er trek van krijg, geeft Dhawal onmiddellijk de opdracht dat er hapjes voor me moeten worden geregeld. Hierna excuseert mijn gastheer zich: er wacht een persfotograaf op hem, verklaart hij gewichtig.

Ik sta alleen naast de bar en bestel een glas bronwater. Voor mij geen toestanden vandaag op deze party.

Julia is direct na aankomst uit het zicht verdwenen. Misschien is het maar beter zo. We moeten een manier vinden om te communiceren, maar dat zal niet van vandaag op morgen lukken. Ik laat mijn blik dwalen over de mensen die op het achterdek staan te praten. Gedanst wordt er niet, alhoewel de band behoorlijk swingt. Mannen in pak, keurige mensen, dames zowel in gekleurde Indiase gewaden als in moderne westerse cocktailjurken. Ik ben *underdressed* op deze party verschenen, op zich ook al een unieke ervaring.

Een geluid waarvan ik in eerste instantie niet precies weet hoe ik het moet plaatsen, komt dichterbij tot het punt waarop het oorverdovend is. De groep op het achterdek kijkt nauwelijks op of om, een kortstondig moment vraag ik me ongerust af of alleen ik het hoor. Ik loop naar het raam en lokaliseer het lawaai. Een helikopter, slechts enkele honderden meters van het jacht verwijderd, koerst af op een landingsplaats die zich – zo blijkt even later – op het bovendek bevindt. Vrijwel automatisch, alsof er een speciaal teken voor is gegeven, grijpen de aanwezigen naar hun haar. Ik sta veilig beschut in het vrijwel lege loungegedeelte en wacht met naar buiten gaan totdat het geluid van de klappende wieken is verstomd.

Ik installeer me aan een statafel vlak bij de deur met het zojuist gebrachte bordje *fingerfood*. De hapjes zijn van exquise kwaliteit. Terwijl ik genietend voor me uit kijk, maak ik onbedoeld oogcontact met een man met gitzwarte ogen; ik kijk snel de andere kant op. Er verschijnt een ober in beeld, ik besluit alsnog een glas champagne te nemen.

Bij de reling poseert Dhawal met een paar andere mannen, een fotograaf geeft aanwijzingen. Hij poseert lachend, ze proosten met elkaar.

Op de achtergrond scheuren een paar jongens voorbij op een waterscooter, ze snijden elkaar levensgevaarlijk. Nadat ze een kleine demonstratie langs het achterdek hebben gegeven, enkele gasten moeten opzij springen vanwege de spetters die worden veroorzaakt, verdwijnen ze uit het zicht.

Tegen de tijd dat de helikopter met het nodige misbaar zijn motor weer start – waarschijnlijk om nieuwe gasten op te halen – keer ik terug naar binnen. Kennelijk kijk ik vragend om me heen, want ik word door iemand van de bediening een gang in gewezen. Ik bedank hem vriendelijk, de toiletten zijn vast ook de moeite van een bezoekje waard.

De deurknop lijkt van goud te zijn, iets dat ik me nauwelijks kan voorstellen. Ik vertel mezelf dat het waarschijnlijk goed gepoetst messing is. Maar bij nadere beschouwing blijken alle accessoires, zoals kranen, zeepbakjes en dergelijke, wel degelijk van puur goud te zijn gemaakt.

De wc's, drie op een rij, net als in een hotel, zien er potsierlijk uit. Wit met blauw, waarschijnlijk Hollands, aardewerk. De ruimte is bekleed met gelakt hout en er hangt een indringende lucht van duur parfum. Er staan diverse flesjes met dure luchtjes op de kaptafel, zodat een ieder deze ruimte welriekend kan verlaten.

Ik begin hardop te lachen. Wat een absurd decadente toestand! Ik wilde dat Gidon hier was. Als hij nog leefde, zouden we er samen over hebben kunnen roddelen.

Ik besluit van de gelegenheid gebruik te maken en trek een wc-deur achter me dicht. De hendel om door te trekken is zelfs van goud! Ik neem plaats op de gelakte houten bril. Welke gestoorde binnenhuisarchitect hebben ze hier losgelaten? Dat zou ik wel eens willen weten. Wat motiveert iemand om deze combinatie van sanitair uit te zoeken? Misschien is hij er wel bij vandaag, ik zou het hem graag vragen. Dit is geen toilet, dit is een potpourri, grinnik ik terwijl ik me leeg plas.

Dan hoor ik de deur van de toiletruimte open en dicht gaan. Julia: 'Hoezo moet ik vandaag in de buurt van mama blijven? Weet je wel hoe gestoord ze momenteel is? Echt, ik vind dat we haar terug naar huis moeten sturen!'

Ik sluit mijn ogen en wens dat ik dit niet had gehoord.

'Luister, Deep, als zij Jim hier straks onder ogen komt, dan hebben we zeker een rel, en al helemaal als ze weer eens te veel heeft gezopen.'

Jim...

'En als ze al niet hysterisch wordt, dan zal ze toch op z'n minst de nodige lastige vragen gaan stellen.'

De man die Jim wordt genoemd, ken ik als Jason. Eens was ik verliefd op hem, hebben we samen gevreeën. Maar hij bleek onbetrouwbaar, het ging hem alleen om de code. En toen hij die niet vond, bleek hij tot alles in staat.

'Mama moet onmiddellijk terug naar het vasteland. Ze mag hem absoluut niet tegenkomen! En hoe kan het dat ik niet wist dat hij kwam? Dat had je me wel eens mogen vertellen! En al dat gezeur over de Kraanvogel, ik word er gek van! Misschien moeten we er wel voor kiezen haar in vertrouwen te nemen.'

'Donia in vertrouwen nemen?! Je draait door, lieverd.' Voor het eerst is Deepak aan het woord. Hij weet ook dat je Julia eerst moet laten uitrazen.

Ik geef geen kik en luister naar het geluid van Julia's hakjes die over de betegelde vloer op en neer trippelen.

'Maar Deep, jij begrijpt het niet! Ze zal doorgaan. Ik ken mijn moeder zo langzamerhand goed genoeg om te weten dat ze zich hier als een pitbull in heeft vastgebeten!'

'Wij zijn allemaal van hem afhankelijk. En jij weet net zo goed als ik dat hij het nooit zal accepteren als we je moeder van zijn bestaan op de hoogte brengen.'

De Kraanvogel is dus een man, een man met macht. Senior?

'Nou, aan jou heb ik duidelijk ook geen reet!' Julia klinkt hysterisch. De deur van de toiletruimte gaat open, het geluid van haar voetstappen verdwijnt.

Stilte.

Net als ik wil doortrekken, opent Deepak de toiletdeur naast de mijne. Met mijn handen voor mijn ogen gevouwen, hoor ik hoe hij zijn blaas en darmen leegt. Nog iets waarvan ik liever geen stille getuige zou zijn geweest.

Lachend komt een groepje gasten de ruimte binnenlopen. Als mijn deurknop op en neer gaat ontsnapt er een onderdrukte kreet uit mijn keel, op hetzelfde moment trekt Deepak door. Niemand lijkt zich te realiseren dat ik hier zit.

Pas als ik er zeker van ben dat Deepak weg is, durf ik ook door te trekken.

Mijn lijf smeekt om een pilletje. Ik leeg de inhoud van mijn handtas op de marmeren plaat die dienst doet als kaptafel, maar ik heb niets bij me. Ik wil zo snel mogelijk terug naar huis, iets dat kennelijk zonder al te veel problemen geregeld kan worden.

Alles voelt op afstand, alsof er tussen mij en de rest van de wereld een glazen wand staat, waartegen mijn eigen gedachten weerkaatsen. Het is onmogelijk om na te denken.

Ik bestel een whisky die ik langzaam naar binnen laat glijden.

Zwarte ogen, ze kijken me indringend aan. Ze horen bij een man met donkere wenkbrauwen, zwart haar en gedistingeerd grijzende slapen. Mijn aandacht heeft zijn ijdelheid gestreeld, ik word beloond met een ontspannen lach. Hij rondt het gesprek dat hij aan het voeren was af en loopt naar me toe.

'Julia's moeder?'

Ik schud zijn uitgestoken gemanicuurde hand, hij draagt geen ring. Bang dat mijn zieleroerselen in mijn ogen te lezen zijn durf ik hem niet recht aan te kijken.

'Zo erg is het hier toch niet?' Hij loopt op teenslippers en draagt een loodgrijze short met een wit overhemd erboven. Sportieve kleding die je eerder zou verwachten van iemand die een dagje gaat zeilen. 'Volgens mij is al dit opgedirkte gedoe ook niets voor jou,' zegt hij terwijl hij een biertje bestelt. 'Voor mij is er in elk geval weinig vervelender dan de uitjes van mijn oom. Maar ja, iedereen is er, hè? Alle sponsors. Ik moet dan ook eigenlijk aan het werk vandaag.'

Ik schat hem zo rond een jaar of vijfendertig, maar zijn uitstraling heeft iets jongensachtigs. Hij spreekt vloeiend, maar geen accentloos Nederlands.

'Je bent een held als je wint en een loser als je een honderdste van een seconde later over de finish komt. Mijn team traint zich te pletter, maar het gaat om het samenspel van mens en techniek. Dat lijkt de wereld nog wel eens te vergeten. Mensen denken dat alles te koop is: hoe meer geld, hoe beter de techniek, en dus hoe groter de kans op de overwinning. Maar het is niet zo simpel als het lijkt. De x-factor, die moet gunstig zijn en daar ontbrak het ons aan. We hadden gewoon een *lousy* jaar. En tja, leg dat maar eens uit: het is de x-factor die me parten speelt.'

Ik kijk 'm voor het eerst recht aan.

'Jij snapt toch zeker wel wat ik bedoel?'

'Geen idee,' mijn stem zit vast, ik schraap mijn keel. 'Ik heb geen idee waar je het over hebt.'

'Formule 1.'

'Auto's?'

Hij begint keihard te lachen.

'Ja, zo zou je ze ook kunnen noemen. Sorry, wat onbeleefd van me. Ik ben Junior, ik ging ervan uit dat zo'n beetje iedereen aan boord me wel kent. Ik ben het jongere neefje van Dhawal. Ik kende Gidon, een aardige man. Het spijt me erg wat er met hem is gebeurd. Hebben ze de dader eigenlijk ooit te pakken gekregen?'

'Nee.'

'Het is toch verschrikkelijk. Daar hebben we binnen de racesport gelukkig geen last van. Presteer je slecht dan lig je eruit, maak je een inschattingsfout dan kan dat een coureur het leven kosten, dat wel. Maar goed...'

'Waarvan kende je Gidon?' Ik heb hem nooit gehoord over Junior Vanishkuram. Niet dat dat iets zegt. Ook van Gidons contact met Senior was ik niet op de hoogte.

'Monte Carlo.'

'O, daar kwamen we graag, ja. Maar over jou heb ik Gidon nooit gehoord.'

Hij haalt nonchalant zijn schouders op.

'Dus jij racet?'

'Niet meer. Inmiddels heb ik de leiding over het Formule 1-team van Bilah Staal, het bedrijf van mijn oom. We trainen momenteel hard voor de Grand Prix van Australië. Maar ja, garanties zijn er niet, en dat probeer ik vandaag dus aan iedereen uit te leggen.' Dan blijft het even stil.

'Jij ziet er eerlijk gezegd uit alsof je ook geen al te beste dag hebt.'

'Dank je wel.' Toch kan ik het niet nalaten erbij te glimlachen.

'Gaat-ie wel een beetje met je? Dit,' hij wijst even om zich heen, 'is zeker heel anders dan de kerst doorbrengen in Nederland. Ik kom zelf graag in Amsterdam, maar in december is het weer hier toch een stuk prettiger.'

'Het weer is inderdaad heerlijk.' Het koude zweet breekt me uit als ik Jim de bar binnen zie komen.

Junior volgt mijn blik en pakt me losjes bij mijn arm. 'Zal ik weggaan?' Hij maakt al aanstalten om te vertrekken.

'Nee.' Ik grijp zijn arm stevig vast.

'*Hé, beauty.*'

Vandaag lijkt alles in een stroomversnelling terecht te zijn gekomen. Dit gezicht uit het verleden kan ik er eigenlijk niet meer bij hebben. Mijn '*hé, to you too*' klinkt desondanks sterker dan verwacht. Als Jim degene was die met de helikopter is geland, vlak voordat ik naar het toilet ging, dan is hij direct na het uitstappen naar mij op zoek gegaan. Zijn rossige haren staan nog alle kanten op.

'*Junior, my friend.*' Vriendschappelijk slaat hij mijn nieuwe kennis op de schouder. '*So, you lost!*'

'Kijk, dat bedoel ik dus,' fluistert Junior nauwelijks hoorbaar in mijn oor.

Er volgt een geanimeerde conversatie over de racebusiness, een wereld waarvan ik geen kaas heb gegeten. Ondertussen vraag ik me af of er überhaupt iets is dat ik met Jim zou willen bespreken, en zo ja wat dat dan zou zijn.

Het gesprek is stil gevallen. Ze kijken me allebei vragend aan. 'Jim vroeg hoelang je van plan bent in India te blijven,' verduidelijkt Junior.

Ik haal mijn schouders op en mompel dat ik dat nog niet weet.

'Ik ga terug na oudjaar.' Jim praat in gebroken Nederlands. Hij grijnst van oor tot oor als hij eraan toevoegt: 'Ik logeer in het paleis.'

'Dan zullen we elkaar nog vaak tegenkomen,' antwoord ik ad rem.

'Hoe bevalt het leven je op Curaçao?' Junior probeert het gesprek over een luchtiger boeg te gooien.

Jim heeft, mede naar aanleiding van zijn betrokkenheid bij de ontvoering van Julia, Nederland achter zich gelaten. Alles komt weer bij me terug, hij had er alles voor over om de toegangscode in handen te krijgen: het doorzoeken van mijn huis, mij versieren, drogeren en mishandelen. Ik volg zijn oppervlakkige blufpraat over de gevaren van het duiken tussen de haaien nauwelijks. Het is vreemd dat er, zoals hij hier gebruind en breed lachend voor me staat te vertellen, niets van zijn duistere kant aan zijn gezicht valt af te lezen.

'Ben jij misschien vergeten dat je me hebt vergiftigd en mishandeld?' onderbreek ik hem zo vilein mogelijk. 'Ik namelijk niet.'

Op de een of andere manier voel ik me tegenwoordig beter als de mensen om mij heen zich minstens net zo rot voelen als ik.

Tevreden giet ik het laatste restje uit mijn glas achterover.

Junior doet alsof hij iemand ziet die hij hoognodig de hand moet schudden en verdwijnt uit het zicht.

Eenmaal met z'n tweeën kijk ik Jim strak aan. Hij heeft geen excuus nodig en loopt zonder een woord te zeggen bij me vandaan.

Als ik een confrontatie met Jim aankan, dan kan ik de hele wereld aan. Het gezelschap op dit feest is plotseling een makkie in vergelijking met ervoor, en dus besluit ik ook de andere ruimten aan boord met een bezoek te vereren.

Op het voordek in de jacuzzi tref ik Julia aan. Ze bubbelt met een groep vriendinnen die ik niet eerder heb ontmoet. Als ze opstaat om iets te pakken, valt het me op dat er geen spoor meer te bekennen is van de zwangerschap en de bevalling, ze is broodmager. Ze plaatst zichzelf constant in de schijnwerpers. Ze heeft niet door dat ik er sta of laat dat in elk geval niet blijken. Ik wil – in tegenstelling tot een half uur geleden – niet naar het vasteland worden afgevoerd en loop verder.

De warme middagzon is voor mij, ondanks de lichte zeebries, een beetje te heftig. Ik ga naar binnen. Onder het voordek ligt een airconditioned ruimte gevuld met roulette- en pokertafels. Ik biets een sigaret van Junior die verrast opkijkt als ik naast hem plaats neem aan de blackjacktafel.

'Hoe kom ik aan fiches?' Hij geeft me een vuurtje en schuift me een stapeltje toe. Van een voorbijkomend dienblad pak ik een glas met bubbels.

Ik krijg twee kaarten toegeschoven. Een vrouw en een acht,

achttien punten. Zonder aarzeling vraag ik om een derde kaart.

'Zoek jij altijd het gevaar op?' glimlacht Junior.

'Achttien is niets, dan kan ik net zo goed meteen ophouden met spelen. Maar ik ben niet bang als je dat misschien bedoelt.'

'Een goede eigenschap.'

Ik krijg een drie, samen met de achttien punten die er al lagen, maakt het eenentwintig. Tevreden leun ik achterover. 'En jij? Je hebt geracet, dus je bent waarschijnlijk ook niet snel bang voor gevaar.'

'Ik ben gewend aan gevaar, dat is iets anders. Ik weet dus wanneer het gezonder voor me is om gas terug te nemen.' Hij legt zijn kaarten open op tafel en geeft aan te passen bij negentien.

De bank wint met eenentwintig. Overmacht. Er wordt opnieuw ingezet. Gidon speelde regelmatig een spelletje poker samen met Daniel. Ze waren een sterk team en maakten menig casino onveilig. Zelf heb ik nauwelijks ervaring met de ingewikkelde regels van het pokerspel, maar een potje roulette of blackjack gaat me altijd wel goed af. Toch is na een half uur mijn stapeltje fiches gehalveerd. Niet eens omdat ik een slechte dag heb, mijn kaarten waren juist betrekkelijk sterk. Maar de bank is vandaag de winnaar.

Samen besluiten Junior en ik om ons geluk te beproeven aan de roulettetafel.

Ik zet een stapeltje op even in.

Drieëndertig, zwart.

Een man die tegenover me aan de speeltafel zit, krijgt een enorme stapel fishes naar zich toegeschoven. Hij draagt een ongelofelijk duur pak en een extravagant horloge. Dat alles strookt niet met zijn gezicht, waarvan er dertien in een dozijn gaan. Als hij opnieuw inzet op hetzelfde nummer, stoot ik Junior aan: 'Moet je kijken, hij gaat lekker! Kom, ik zet in op hetzelfde nummer, wie weet...'

'Jij hebt een voortreffelijk zakeninstinct, weet je dat?' lacht Junior.

Het balletje lijkt een eeuwigheid te blijven rollen, maar dan, zowaar, voor de tweede keer achter elkaar valt het op drieëndertig.

'Ongelofelijk!' juich ik uitgelaten. Dit is mij nooit eerder overkomen.

Nu ik mijn oorspronkelijke aantal fiches terug heb gewonnen, vind ik het tijd om een pauze in te lassen. Ik bedank de man en de croupier, en ga met Junior mee naar het buffet in de naastgelegen ruimte.

Op de lange tafels is volop keuze uit zowel oosterse als westerse gerechten. Ik schep op totdat mijn bord rijkelijk is gevuld met kreeft en bijbehorende hollandaisesaus.

'Het gaat me allemaal niet aan, maar er zijn toch een paar dingen die ik me afvraag,' begint Junior eenmaal aan tafel, terwijl hij een gamba bij zijn staart afhapt. 'Wat weet jij precies van de moord op Gidon?'

'Jij weet...' Ik kijk om me heen of niemand meeluistert. 'Jij weet wat je oom doet om aan zijn geld...' Hij knikt zeer kort waarmee hij lijkt aan te geven dat ik daar verder beter niet over kan praten. Ik durf hem niet te vragen of Senior ook wel De Kraanvogel wordt genoemd.

'Dan weet je ook wat Jim doet?' Jim zorgde er in Nederland voor dat de cocaïne – de belangrijkste bron van inkomsten van de organisatie – op de straat en dus uiteindelijk bij de gebruiker terechtkwam.

Junior haalt schokkerig zijn schouders op, hij heeft iets kinderlijks, en dat zit 'm niet alleen in zijn naam. Ik ga ervan uit dat hij me nog kan volgen.

'Dan weet je ook dat Gidon de bankzaken voor het hele stel verzorgde.'

'Dus?'

'Nou, zoals ik het heb begrepen, kwamen ze op een dag aan met een andere bankier die zijn taken zou moeten overnemen. Gidon zag dit niet zitten, maar Daniel, zijn zakenpartner, wel. En waarschijnlijk is dat uiteindelijk zijn dood geworden.'

Het is lang geleden dat ik het er met iemand over heb gehad. Enerzijds doet het me goed er weer eens over te praten, anderzijds bekruipt me een benauwd gevoel.

'En meer weet ik je eigenlijk niet te vertellen over de moord op mijn man.' Ik focus mijn aandacht op het verrukkelijke maal dat voor me staat. De combinatie van kreeft en champagne heeft altijd al een onweerstaanbare aantrekkingskracht op me uitgeoefend.

'Gek hè, ik ben een kreeft en ik ben dol op kreeft.'

Het is duidelijk dat mijn gesprekspartner de draad even kwijt is geraakt.

'Astrologie,' verduidelijk ik.

'Ah, *cancer*!'

'Raar eigenlijk dat het in het Engels geen *lobster* wordt genoemd.' Spontaan schijn ik mijn vermogen tot oppervlakkige conversatie te hebben hervonden. 'Welk sterrenbeeld ben jij?'

'Leeuw, koning van de dierenriem.' Met een ondeugende grijns gromt hij, een klauw voor zich uitstrekkend. Om er een seconde later aan toe te voegen: 'Niet dat ik erin geloof, hoor.'

'Dat doen mannen nooit. Maar toch, kijk jij nooit voor een race naar je horoscoop?'

'Natuurlijk doe ik dat.'

We moeten allebei lachen en keuvelen door over bijgeloof, zijn werk en hoe ik de komende dagen in Goa zal gaan doorbrengen. Ik plan, nu ik weet dat Jim ook in het paleis verblijft, allerlei activiteiten buitenshuis. Junior geeft me een paar leuke toeristische tips.

Als onze lege borden worden weggehaald, bestellen we koffie met cognac toe. En zo zitten we onderuit gezakt en redelijk aangeschoten als Dhawal binnenkomt.

Hij kijkt ons aan met een voor mij lastig te interpreteren blik. 'Ah, ik zie dat je mijn kleine neefje hebt ontmoet.'

Zijn intonatie verrast me.

'We hebben het erg gezellig,' zegt Junior relaxed.

'Dat zie ik natuurlijk graag. Donia, wil je zodadelijk nog een gokje met me wagen?'

'Ach, de bank wint toch. Van mij hoeft al dat gokken niet zo.' Volkomen onbedoeld lijk ik hem hiermee te hebben beledigd. 'Maar ik kijk wel graag hoe jij speelt,' voeg ik er snel aan toe.

'Dan kom ik je straks ophalen.' Hij beent uit het zicht.

Ik vraag me af wat er nu weer precies aan de hand is. 'Hoe zit het eigenlijk tussen jullie?' gooi ik een balletje op.

'Tja.' Op Juniors jongensachtige gezicht vormt zich welgeteld één denkrimpel.

'Volgens mij ben jij het zwarte schaap van de familie, klopt dat?' help ik hem een handje.

Hij kijkt me geamuseerd aan. 'Dat zou je zo wel kunnen zeggen. En dat met mijn achtergrond!' Dan barst hij los in een schaterlach en ik lach met hem mee. Hierna staat hij op. 'Ik moest maar eens verder gaan. Gezellig om nader kennis te hebben gemaakt.'

'Ga je je vriendinnetje opzoeken?' Zo'n mooie jonge knul is vast niet meer alleen.

'Je bent nieuwsgierig!' Flirterig prikt hij in mijn zij, daarna overhandigt hij zijn laatste fiches aan mij. 'Maar inderdaad, ik moest mijn vriendin maar eens opzoeken. Ik wil haar natuurlijk niet jaloers maken.'

Ik biets nog een laatste sigaret, daarna zeggen we gedag. Eenmaal alleen denk ik terug aan het gesprek dat ik op het toilet afluisterde. Julia heeft geheimen die ze van Deepak niet met me mag delen. Wat zou ik hebben gedaan als Gidon mij ooit had gevraagd iets geheim te houden? Ik zal het nooit weten, mijn echtgenoot hield me overal buiten.

Dhawal is nog niet teruggekomen, ik ga buiten een kijkje nemen. De middaghitte valt als een vochtige deken over me heen. Ik kijk om me heen en loop over het 'pooldek' met de jacuzzi naar de toilet- annex doucheruimte om me op te frissen. Zo te zien heeft Junior zijn vriendin gevonden. Een lang slank blond type, net als Julia; mijn dochter is zelf nergens te bekennen.

De doucheruimte zit op slot, erachter hoor ik een stel meiden giechelen. Ik voel me oud. Ouder dan de leeftijd die mijn paspoort aangeeft. Op mijn veertigste verjaardag was er geen reden tot feest, zo vlak na Gidons dood. Ik bracht de dag alleen door met Julia en Maxime. Mijn dochter had die ochtend het hele huis voor me versierd, zo lief. 's Avonds bleven we thuis, heb ik iets lekkers gekookt en zijn we daarna samen dronken geworden. Ons contact, hoe moeizaam het ook was door de jaren heen, leek zich na Gidons dood juist te herstellen. Het is zo frustrerend dat we nu kennelijk niet in staat zijn om dit contact weer op te pakken. Wat is er de laatste maanden met haar gebeurd? Waarom voelt de afstand tussen ons plotseling zo groot?

De deur gaat open. Julia springt als eerste tevoorschijn. Haar ogen staan vreemd. Ze lacht te hard. Ze geeft me een vluchtige zoen op mijn wang en rent joelend, gevolgd door twee andere graatmagere grieten, terug naar de jacuzzi. Hysterisch geschater.

Ze is moeder. Mijn eigen dochter is moeder van een beeldschone dochter, maar dat valt hier vandaag nergens uit af te leiden. Maxime is thuis bij haar nanny. Op de wc poeder ik mijn verhitte gezicht en stift ik mijn lippen. Was alles maar anders, was Gidon maar nooit vermoord. Zijn moordenaar heeft ook mijn leven verwoest.

Het warmste moment van de dag is aangebroken, binnen zitten de speeltafels stampvol. Dhawal is in geen velden of wegen te bekennen. Ik vind het wel even rustig zo. Ik ga in de rij staan en schaf als ik aan de beurt ben een stapel fiches aan. Er wordt me uitgelegd dat iedereen, tot een bedrag van omgerekend duizend euro, speelgeld van de gastheer krijgt aangeboden.

Echte winst maak je door op nummer te spelen. Ik zet in op 5, Maxime is vijf maanden; ik verlies. Ik zet in op 13, ik voel me ongelukkig; ik verlies.

De champagne wordt aan de lopende band aangevoerd, lege glazen worden afgevoerd. De service hier aan boord is optimaal. Vanishkuram heeft zijn personeel goed getraind en strak in de hand. In feite heeft hij al zijn zaakjes goed onder controle.

Ik zet in op zwart, de kleur van mijn gemoed; de bank wint. Ik moet me bij mijn verlies neerleggen, de bank wint uiteindelijk altijd. Als dat niet zo zou zijn, zouden de casino's en masse failliet gaan. Het is geen schande, want we doen er allemaal aan mee. Iedereen wil immers meer, niemand heeft ooit genoeg van dat o zo verslavende goedje: geld.

Rien ne va plus. Het balletje valt op mijn nummer, ik had het niet eens in de gaten! Waar had ik ook alweer op ingezet? Er liggen weer een heleboel nieuwe fiches voor me op tafel. Ik ga voor 36, de leeftijd waarop mijn leven nog fantastisch was.

Weer verloren.

Ik twijfel, waarop zal ik nu inzetten? Wat maakt het nog uit? Dhawal staat plotseling naast me, althans, misschien stond hij er al langer. Ik kijk hem brutaal aan en schuif alles wat ik heb naar 'even'.

'Jij hebt de boel hier goed voor elkaar.' Mijn dubbele tongval is hem niet ontgaan. Het interesseert me niets. Wat zal het mij nog uitmaken wat wie dan ook van me vindt! Vanuit mijn ooghoek zie ik hoe mijn fiches over het linnen worden weggeharkt en precies op dat moment voel ik hoe er iets in mijn hoofd knapt.

'Ik heb alles verloren,' roep ik met luide stem. Ik kijk de stilgevallen gezichten aan tafel een voor een aan. 'Zien jullie dat? Alles is voor de bank!'

Niemand zegt een woord.

'Dat is nu mijn karma! De bank als absolute winnaar. De bankier is de koning...' Ik klop Senior flink op de schouder en zie hoe zijn neusvleugels licht beginnen te steigeren. '*The king rules!*' Daarna richt ik me weer tot de rest van de aanwezigen. 'Gidon was *the king*, maar *the king* is dood,' spreek ik hen toe. '*Long live the king! Hoera! Hoera! Hoera!*'

Nog steeds heerst er doodse stilte.

'Wil de nieuwe bankier van de onderwereld nu voor me opstaan?'

'*Rien ne va plus.*'

Hebben ze me misschien niet goed verstaan?

'*Who's the new banker? I'd love to meet him.*'

De stilte is ondraaglijk.

Ik haal diep adem en schreeuw zo hard als ik kan: '*Because he killed my husband!* Hij heeft Gidon vermoord!'

Met mijn hoofd diep begraven onder een kussen en met twee oxazepam in mijn bloed om me te kalmeren, voel ik me weer enigszins op bekend terrein. De herinnering aan afgelopen middag is gehuld in nevels. Maar als ik de scène waarbij ik luid protesterend word afgevoerd, opnieuw beleef, weet ik me steeds meer details voor de geest te halen. De gezichten van mensen die me aanstaren. De mannen in het zwarte pak, de sterke armen die me optillen. Mijn verzet als ik in de helikopter word geduwd. Het klappend geluid van de wieken, als paukslagen op mijn trommelvliezen. Het geluid van mijn eigen geschreeuw.

Dorst... ik richt me op en drink wat water, uit een fles dit keer. Zo gek ben ik nu ook weer niet.

Was deze eerste kerstdag werkelijk de meest onvoorstelbaar grote ramp aller tijden?

Ik verstop mijn hoofd weer onder het kussen.

Tegen de tijd dat ik weer wakker word, is het donker buiten, mijn laken en kussen liggen naast me op de grond. Als de beelden van de nachtmerrie van het afgelopen etmaal zich weer aan me opdringen, begin ik te rillen, van de kou kan het niet zijn. Ik moet iets eten.

Een blik uit het raam geeft aan dat dit onmogelijk is. Het terras beneden staat vol met mensen. Er klinkt muziek. Tom Jones? Bizar, misplaatst.

Ik doe mijn joggingpak en mijn Uggs aan, borstel mijn haar en bind het in een staart.

Als ik genoeg moed heb verzameld om naar beneden te gaan, blijkt dat de slaapkamerdeur van buitenaf op slot zit. Ze willen me voorlopig afgezonderd houden.

Mijn lichaam is gestopt met rillen.

Nijdig been ik op en neer.

Zacht geklop. Ik snel naar de deur en meld aan degene die erachter staat dat deze op slot zit. Het heeft iets onlogisch dat degene die aanklopt, ook degene is die vervolgens de sleutel omdraait om zichzelf binnen te laten. De bediende glimlacht opgelaten en rolt een gedekte tafel voor zich uit de kamer in. Net als ik onder de zilveren afdekschaal wil kijken om te zien wat zich eronder bevindt, hoor ik hoe hij de deur weer achter zich op slot draait.

Opgesloten! Ik ben weer opgesloten!

Ik heb geen honger meer. Een aantal keren probeer ik tevergeefs de deur te openen, hij geeft geen millimeter toe.

Uiteindelijk neem ik een hap eten, omelet met aardappel of iets dergelijks, ik krijg het nauwelijks door mijn keel.

De maan schijnt op het water; Dhawal Mehendur. Ik ben klaar-wakker. Het feest beneden is in volle gang. Mijn slaapkamer ligt op de eerste etage. Ik overweeg om naar beneden te springen en me daar gewoon – alsof er niets aan de hand is – in de rij voor het buffet aan te sluiten, maar ik ben bang voor de val. Het is inmiddels half tien, zie ik op mijn nieuwe horloge. Ik slinger het kwaad uit het raam. Stom. Nu weet ik straks niet meer hoe laat het is.

De ouderwetse ontsnappingsmethode dan maar. Ik pak het laken van de grond en laat het door mijn vingers glijden. Als ik hier nu repen van maak en die aan elkaar vastknoop, het uiteinde bind ik vast aan... Mijn ogen zoeken de ruimte af. Als ik het bed naast het raam schuif, kan ik het ene uiteinde aan een poot vastmaken.

Pas op het moment dat ik met het nagelschaartje in mijn hand klaarzit om repen te knippen, begin ik te twijfelen. Ik zie voor me hoe iedereen tegelijkertijd opkijkt terwijl ik uit het raam bungel.

Ik leg het schaartje onder mijn kussen. Als er straks iemand zich over me heen buigt...

Zacht geklop. Zal ik langs het personeel naar buiten schieten? Nee, zij hebben vast instructies meegekregen om me niet te laten ont-snappen. Terwijl de sleutel al in het slot wordt omgedraaid, kruip ik snel onder het laken dat ik even eerder nog in stukken wilde scheuren.

Mijn ademhaling, vele malen sneller dan die van iemand in een diepe slaap, houd ik met de grootst mogelijke moeite onder controle.

'Ze slaapt,' hoor ik mijn dochter fluisteren. Ze klinkt alsof ze het over Maxime heeft die in haar wiegje ligt te slapen. 'Hoe moet dit nu verder, Deep?' Een vraag waarop ik ook wel graag het antwoord zou willen weten.

'Je moeder moet terug naar Amsterdam. Ze kan er niet bij zijn op oudejaarsavond. Als ze zo tekeergaat tegen De Kraanvogel, brengt ze ons allemaal in gevaar.'

Deepak heeft het hier niet over zijn vader. Gewoon stil liggen houd ik niet langer meer vol, ik draai me om.

Het blijft stil.

Dan hoor ik Julia weer: 'Ik zal morgen een vlucht voor haar boeken.'

Pas als ik zeker weet dat ze beiden de kamer hebben verlaten en ik de sleutel heb horen omdraaien, knip ik het licht naast mijn bed aan. Ik knipper met mijn ogen, dan sta ik op. In de badkamer laat ik een bad vollopen. Voorlopig kan ik niet meer slapen.

Het gloeit aan de nachtelijke horizon. Oranjekleurige stralen van de zon sturen hun licht als een warme boodschapper van de dag ver vooruit.

Ik heb de hele nacht opgezeten. Twee uppers hielpen me nadenken.

De Kraanvogel is een man met macht, iedereen is afhankelijk van hem. Het moet hier dus wel gaan om de leider van de hele organisatie, dat kan niet anders. Een allesweter die zich bezighoudt met productie van en handel in drugs, en vervolgens het witwassen van de opbrengst van deze criminele activiteiten. Een driehoek waarbinnen gouden zaken worden gedaan en geweld niet wordt geschuwd. Dat er een bepaalde hiërarchie is, een structuur waarbinnen de zaken worden gedaan, ligt voor de hand. Het ligt zelfs zo voor de hand dat ik er nooit over heb nagedacht.

Een planner, een logistiek en financieel genie met als pseudoniem De Kraanvogel. Het dier dat geroemd wordt om zijn waakzaamheid en dat degenen die van hem te vrezen hebben er feilloos tussenuit pikt. Gidon had van hem te vrezen. Hij wilde stoppen, dat had hij me zelf verteld, het werd hem te hard en te gewelddadig. Toentertijd begreep ik nog niet waar hij het over had, nu wel. Stoppen met werken voor De Kraanvogel, dat doe je niet zomaar.

En Julia? Hoe heeft het kunnen gebeuren dat recht onder mijn neus eerst mijn man en daarna mijn dochter voor dezelfde enge organisatie zijn gaan werken? Hoe is zij hierin betrokken geraakt? Gidon vond het een goed idee dat ze de tattoo liet zetten, maar dat was om een aanwijzing achter te laten waar we de code moesten zoeken, mocht hem iets overkomen. Maar vond hij het goed dat ze voor deze criminele bende aan de slag ging? Hij wist toen nog niets af van haar relatie met Deepak, bedenk ik met grote opluchting. Maar daar schiet ik nu verder niets mee op. Ik sta er helemaal alleen voor.

Als ik terugdenk aan gisterenavond kan ik mezelf wel voor mijn kop slaan, hoe heb ik me zo kunnen laten gaan? Terugvliegen naar Amsterdam zou misschien niet eens zo'n heel slecht plan zijn, dan hoef ik niemand meer onder ogen te komen. Maar ik ben vastbesloten om deze Kraanvogel in levenden lijve te ontmoeten, ik zal erbij zijn, wat er ook gebeurt.

Ik heb schreeuwende honger. Onder in mijn handbagage vind ik nog een zakje nootjes uit het vliegtuig, ik eet ze op. Mijn waterfles drink ik leeg.

Na dit ontbijt was en föhn ik mijn haar, mijn lippen stift ik zachtroze. Vervolgens oefen ik uitgebreid voor de spiegel op de minzame glimlach waarmee ik Dhawal even later in mijn vertrek ontvang.

'Hoe gaat het met je?' De gespeelde bezorgdheid druipt ervan af.

'Niet zo goed,' antwoord ik zachtjes, schaamtevol sla ik mijn ogen neer. 'Er bestaan geen woorden om aan te geven hoe erg het me spijt.' Ik houd mijn blik op mijn handen gericht. 'Ik kan je niet langer meer onder ogen komen.'

Hij komt naast me staan. Ik voel zijn adem in mijn nek als hij zijn harige arm om me heen slaat. Toen ik hem pas leerde kennen, heb ik me serieus afgevraagd of het ooit iets tussen ons zou kunnen worden. Ik vlij mijn hoofd zacht tegen hem aan. Wat heeft mij ooit bezield?

'Gidon was een lieve man. Hij hield vreselijk veel van je, Donia.'

'En ik van hem.' Is het een gevolg van de uitputting of een Oscarwaardige acteerprestatie? In elk geval begin ik te huilen. Hij strijkt zijn hand over mijn schouders.

Wat nu? Ik veins algehele wanhoop en wurm me van hem los. 'Ik weet gewoon niet wat ik zonder hem moet beginnen!' roep ik uit. Dan vlucht ik geëmotioneerd naar de badkamer. Het huilen stopt na het sluiten van de deur onmiddellijk. Ik *fake* nog een paar laatste snikken terwijl ik mezelf in de spiegel aankijk. Ik adem een paar keer flink in en uit, snuit luidruchtig mijn neus en ga terug de slaapkamer in.

'Sorry.' Ik sta tegenover hem en recht mijn rug. 'Misschien is het beter als ik terugga naar Amsterdam.'

Dhawal kijkt me verrast aan.

'Ik heb professionele hulp nodig. Het is duidelijk dat ik het niet meer alleen aankan. En ik wil jullie niet langer tot last zijn.'

Hij komt voor me staan. 'Weet je het zeker?' Met boter en suiker. Dhawal is zichtbaar opgelucht dat zijn missie van vanmorgen tegen alle verwachtingen in, eenvoudig lijkt te verlopen.

Heel even doe ik alsof ik twijfel. De schrik slaat hem zichtbaar om het hart. Na niet langer dan een paar seconden schud ik vastberaden mijn hoofd. 'Je moet het me niet kwalijk nemen, het ligt niet aan jullie. Jij bent zo lief voor me geweest en zo gastvrij, maar mijn aanwezigheid hier mag jullie feestdagen niet langer verpesten...' Ik stop hem met een simpel gebaar alsof hij me wil gaan tegenspreken. 'Julia zou een hekel aan me krijgen.'

Vrouwenlogica, daar krijg je elke man mee stil.

Opgelucht zie ik Dhawal naar de deur lopen. Dan draait hij zich om. 'Heb je honger?'

Ik verbijt me en zeg niet dat ik zojuist lekker heb ontbeten met pinda's en water. 'Als je iets van koffie naar de kamer zou willen laten brengen...' Ik werp hem een laatste kwetsbare blik toe. Wie heeft ooit beweerd dat ik lastig kan zijn?

'Wordt direct geregeld. Zal ik ook...' Hij bedenkt zich. 'Fijn om te zien dat je je weer wat beter voelt.'

Ik pers er een lachje uit. 'Veel erger dan gisteren is nauwelijks mogelijk.'

Als de deur weer achter hem op slot is gedraaid, steek ik mijn middelvinger in de lucht. 'Lul,' zeg ik zonder geluid.

'Hai, mama.' Julia staat midden in de kamer, ze wiebelt van het ene been op het andere. Aan haar gezicht valt af te lezen dat ze nauwelijks heeft geslapen. In tegenstelling tot Dhawal heeft ze de deur niet achter zich op slot gedraaid.

'Dag lieverd.' Ik mag mijn missie niet vergeten.

'Hoe voel je je?'

'Niet al te best.' Het begin is gemaakt. 'Ik denk dat het beter is als ik terugga naar Amsterdam.'

'Dat heb ik van Dhawal begrepen.'

Er hangt een zware stilte in de kamer.

'Mam.'

'Ja?'

Ze begint te huilen.

Ik loop naar haar toe. 'Sorry, lieverd.' Ik verzet me tegen mijn eigen tranen en ga door met mijn vooraf gerepeteerde verhaal. 'Misschien moet ik me maar een tijdje vrijwillig laten opnemen. De laatste weken, nee zelfs maanden, heb ik geleefd op pillen en ik drink natuurlijk al jaren veel te veel. Het is de hoogste tijd dat ik voor mezelf ga zorgen. Anders word ik echt gek.'

'Maar, mam...'

'Jij maakt het zo te zien goed. Je hebt mij hier niet nodig. Het enige wat ik doe, is je mooie leventje overhoop gooien met mijn hysterische gedrag. Ik denk niet dat het verstandig is om nog langer te blijven.'

Mijn hart wordt uit mijn lijf gerukt als ik zie dat ze oprecht in tranen is over het feit dat we weer afscheid moeten nemen. Dat had ik niet verwacht. Het besluit om te vertrekken, dat in feite door de Vanishkurams is genomen, maar waarvan ik nu doe alsof het mijn eigen idee is, druist in tegen haar wensen. Ergens diep vanbinnen kiest ze voor mij en wil ze dat ik bij haar blijf, ondanks het feit dat ik me zo heb misdragen. Vechten moet ik. Vechten tegen de onzichtbare vijand die mijn leven, mijn gezin, heeft verwoest. Vechten tegen de tranen.

'Senior heeft heus papa niet vermoord.'

Ik doe een stapje achteruit. 'Maar dat heb ik ook nooit beweerd.' Hoe stom en ontactisch mijn idiote gedrag aan boord ook is geweest, ik heb geen moment gedacht dat Dhawal achter de aanslag zat. Of wel? Ik heb even getwijfeld of hij De Kraanvogel is, naar aanleiding van het gesprek tussen Julia en Deepak dat ik in het toilet afluisterde. Misschien...

'Dat heb je wel gezegd!' Ze huilt nog harder dan ervoor.

Het heeft geen enkele zin om uit te leggen wat ik bedoelde, ik zou het niet eens meer kunnen. Ik dronk gisteren alles door elkaar, haalde van alles door elkaar, ik was compleet doorgedraaid. Ik zucht diep en ga terug naar het oorspronkelijke script, de enige manier om deze kamer uit te komen. 'Ik hoop dat je zo snel mogelijk een ticket voor me kan regelen. Ik zou graag voor de jaarwisseling terug zijn in Amsterdam.' God weet wat ik daar zou moeten doen om mijn dagen door te komen...

'Is al geregeld.' Die lui laten er ook geen gras over groeien! 'Je vliegtuig vertrekt om drie uur vanmiddag.'

Shit!

'Dat is mooi,' antwoord ik, maar het klinkt nauwelijks overtuigend.

Julia wil me omhelzen, maar ik creëer een zekere afstand. De tijd tikt weg. Het vliegveld is zeker twee uur rijden hiervandaan, en dat zou betekenen dat ik al over een of twee uur moet vertrekken. Als ik weg wil komen, zal het nu moeten gebeuren.

'Ik zou zo ontzettend graag Maxime nog even zien. Vind je dat goed?'

'Ja natuurlijk, mam.' Ze droogt haar tranen.

'Ik zal haar toch zo verschrikkelijk missen. Jou natuurlijk ook, maar haar... Ik had me er zo op verheugd om met haar naar haar eerste vuurwerk te kijken en haar eerste halfjaar-verjaardagsfeestje mee te mogen vieren. En ik zou niets liever willen dan je helpen met het voeren van de eerste hapjes...'

Julia staat op. 'Ik ga haar halen.' Ze snelt de kamer uit en laat daarbij de deur op een kier.

Dit is mijn laatste kans om weg te komen voordat ik zodadelijk, onder strikte begeleiding, op het vliegtuig word gezet. In een paar tellen raap ik de meest noodzakelijke spulletjes bij elkaar. Geld, paspoort, pillen... verder zou ik het eigenlijk niet weten. Ik pak mijn teenslippers en houd ze in mijn hand. Blootsvoets werp ik een blik om de hoek, de gang in. Links zie ik niemand en als ik mijn hoofd naar rechts draai, hoor ik Julia al pratend tegen Maxime mijn kant oplopen. *Tot snel, mijn liefjes...* Ik ren naar links.

Aan het einde van de galerij – er zit geen glas in de vensters van deze gang – neem ik de trap naar beneden, deze leidt direct naar de tuin. Een kamermeisje kijkt verschrikt op als ik recht op haar afloop. 'Sst!' gebaar ik.

'*Bye, madame,*' zegt ze glimlachend.

'*Bye,*' fluister ik.

Het zal onmogelijk zijn om ongezien langs het zwembad te komen. Ik hurk tussen de struiken onder mijn slaapkamerraam, zodat ik een goed overzicht krijg van wie zich daar hebben verzameld. Junior hoor ik, maar zie ik niet. Ik herken de rug van Jim, hij staat te praten met Dhawal; een lekker stel. Onder de weelderig bloeiende bougainville kom ik langzaam op adem. Als ik naar de grond kijk, zie ik mijn horloge liggen. Met trillende vingers pak ik het op, ik doe het om. Goede kwaliteit, het loopt nog, het is kwart voor twaalf.

Ik plan mijn ontsnapping. Het terrein heeft maar één toegangspoort, ik zie mezelf niet zo snel over een hek met prikkeldraad heen klauteren. Wanneer ik om het gebouw heen sluip, zo dicht mogelijk langs de muur, zal ik bij de binnenplaats uitkomen. Maar, gezien de afmetingen van de villa, zal dit te veel tijd in beslag nemen. Tijd die ik niet heb. Ik moet de straat zien te bereiken voordat er alarm wordt geslagen.

'Deepak!' Julia komt de trap afgehold. 'Deeeep!' Op nog geen twee meter afstand rent ze schreeuwend langs me heen. Maxime, die ze op haar arm heeft, huilt luidkeels van de schrik.

Zonder aarzeling sluip ik de hoek om en ren ik terug de trap op. Dit is voorlopig mijn laatste kans om bij de voordeur te komen.

Ik ren langs mijn slaapkamer, naar de voorkant van het gebouw.

Als ik bij de fontein aankom, minder ik vaart, op de binnenplaats is alles nog rustig. Voor het wachthuisje staan twee mannen in uniform met elkaar te kletsen, vanuit het huisje klinkt telefoongerinkel. Als ze mij zien naderen breken ze hun gesprek af, de een gaat naar binnen, de ander komt op me af. Vriendelijk doch lichtelijk paniekerig wijs ik op mijn wijzerplaat. '*Hurry, sorry!*'

De deur in de zware toegangspoort wordt keurig voor me opengehouden.

Terwijl ik over de verhoogde drempel de buitenwereld in stap, hoor ik zijn collega 'Stop!' schreeuwen. Ik zet het op een rennen. Pijlsnel manoeuvreer ik tussen de toeterende auto's, brommers en scooters door. Pas als ik aan de overkant van de weg sta, kijk ik even achterom. De twee mannen zitten vlak achter me. Zonder enige twijfel hebben ze opdracht gekregen me veilig thuis te brengen.

Ik verhoog mijn tempo en passeer een kudde geiten, winkeltjes en eettentjes. Met mijn slippers struikel ik over de ongelijke ondergrond. Een man wil me overeind helpen, als ik me los begin te vechten kijkt hij me verschrikt aan.

'*I'm sorry,*' mompel ik en ren verder.

Een van de vele zijstraatjes biedt me de gelegenheid om op adem te komen. Als ik voorzichtig om het hoekje gluur, zie ik niemand achter me aan komen. Ik kijk om me heen. Ik sta voor een huisje dat volhangt met kledingstukken en duik snel naar binnen.

De vrouw die rustig op me afkomt, is gekleed in traditioneel gewaad. Ik leg uit dat ik niet op zoek ben naar Diesel, Ray-Ban of Crocs – merken waarvan hier overal kopieën te koop zijn – en wijs haar op haar eigen jurk. Ze begint te lachen en probeert me er vervolgens van te overtuigen dat ik toch echt naar haar collectie moet kijken. Pas als ik mijn portemonnee trek en een aanzienlijk bedrag neertel met de vraag of ik alsjeblieft haar kleding van haar mag overnemen, verdwijnt ze pijlsnel achter een deken die bij wijze van paskamer in de hoek van de ruimte is opgehangen. Even later komt ze tevoorschijn gehuld in een zeer ruimvallend T-shirt en jeans, en overhandigt mij de jurk die ze zojuist uit heeft getrokken.

De jurk die uit een lange smalle strook stof blijkt te bestaan, is lastiger aantrekken dan verwacht. Als ik aangeef dat het me alleen niet lukt, komt ze me helpen. Ze heeft diepbruine amandelvormige ogen, waarmee ze me vragend aankijkt. Ik geef geen uitleg en kijk toe hoe ze de doek behendig omknoopt en vervolgens vastspeldt. Als ze hiermee klaar is, pakt ze een spiegel. Het paarse katoen met zijn ingeweven gouden banen geeft me direct een ander voorkomen, alleen ben ik een stuk forser en blonder dan de gemiddelde Indiase vrouw en dus blijft het een verkleedtruc die snel doorzien zal worden.

Als ik afscheid neem, drukt de vrouw met haar duim een zogenaamd derde oog, een stip van kohl, tussen mijn wenkbrauwen.

'*Bless you*,' zegt ze indringend.

Ik pak haar handen vast en bedank haar.

Goa kent maar één weg die ertoe doet: de kustweg. Deze slagader ligt nog geen halve kilometer van de daadwerkelijke kust en strekt zich kilometers lang uit. Ik probeer me te herinneren waar ik eergisteren – het voelt veel langer geleden – uit de auto ben gestapt, maar heb moeite me te oriënteren. Dat ik niets herken, kan te wijten zijn aan het feit dat ik toen aan de andere kant van de weg liep.

Als ik wil oversteken, herken ik Deepak en Julia in een passerende auto. Ik buig snel mijn hoofd naar de grond. De truc werkt, de auto rijdt door. Er passeren geen andere dure auto's en ik durf alsnog over te steken.

Eenmaal aan de overkant wandel ik terug in de richting van het paleis. Een nieuwe slaapplaats vinden waar ik de komende nachten onopgemerkt kan verblijven, is mijn eerste prioriteit. De zijstraat naar het hotel waar ik de middag voor kerstavond aan de bar doorbracht, is gauw gevonden.

De tuin van het kleine hotel ligt er verlaten bij. Rechts van de poort ligt onder de schaduw van een grote loofboom een piepklein, met houten luiken afgeschermd huisje: de receptie. Aan het plafond hangt een loom draaiende fan, achter de counter hangt een bord met kamersleutels. In een ruime fauteuil in de hoek zit de vrouw die ik eerder achter de bar heb zien staan. Ondanks mijn verkleedpartij heeft ze meteen door dat ik het ben, ze staat op en maakt aanstalten naar de bar te lopen. Als ik haar staande houd en uitleg dat ik niet voor een borrel maar voor een kamer kom, schudt ze meewarig haar hoofd. Alles zit vol. Het zijn de feestdagen, legt ze me uit.

Ik neem plaats op een bankje in de schaduw naast de receptie, niet wetend wat mijn volgende stap moet zijn. Ik kijk toe hoe een meisje verborgen achter een enorme berg wasgoed voorbijschuifelt. Dit hotel is vol in bedrijf. De vrouw achter de receptie is kennelijk haar bazin, misschien zelfs wel de eigenaresse. Ze blaft het wasmeisje op een verschrikkelijke manier af, waarop deze op haar beurt verschrikt het trappenhuis in verdwijnt, om daar even later met een nog veel grotere stapel wasgoed uit tevoorschijn te komen.

Ik heb last van maagkramp en voel me oververhit. Niet vreemd aangezien ik de afgelopen nacht geen oog dicht heb gedaan. Draaierig laat ik mijn hoofd in mijn handen rusten. De schaduw van de boom boven mij danst op de grond. Plotseling kotsmisselijk wil ik vragen naar het dichtstbijzijnde toilet, maar het is al te laat. Tussen mijn benen deponeer ik de pinda's en drie koppen koffie, die ik vanmorgen op mijn kamer heb genuttigd.

Het meisje wordt gecommandeerd mijn kots op te ruimen, ik wil iets doen om haar te helpen, maar voel me te verzwakt om zelfs maar op te staan. Ik rommel in mijn handtas en wil haar geld toestoppen. Haar bazin grist de fooi snel tussen mijn vingers vandaan. Ze kijkt me streng aan.

'*One hundred American dollars*,' zegt ze.

Ik volg haar niet.

'*For one night only*,' voegt ze eraan toe.

Ik knik dankbaar.

Ze loopt voor me uit. '*Come!*'

Op driehoog, pal onder een plat dak, laat ze me een kamer zien die op dit moment nog bewoond is. Ze raapt enkele spullen bij elkaar, trekt de lakens recht en staat voor me. '*One hundred*,' herhaalt ze.

Zakelijk type, denk ik respectvol terwijl ik mijn nagenoeg lege portemonnee inspecteer.

'Creditcard?' vraag ik.

Ze maakt een sissende klank tussen haar tanden en schudt met haar hoofd.

'*Later!*' Ze gebaart me op bed te gaan liggen. '*Toilet is in the hallway.*'

Binnen een paar tellen val ik in een diepe slaap.

'*Pssst, madam...*' Het meisje van de lakens staat naast mijn bed, ze heeft een glas water in haar hand. '*Madam?*'

Overeind komen lukt nauwelijks. Mijn hoofd, nek en schouders doen pijn. Ik begin te hoesten. Ze helpt me voorzichtig rechtop zitten en voert me een glas water. Dan pakt ze een paar spullen uit de kast. Ik lig in haar bed, begrijp ik. Hopelijk zal ze iets van het geld dat ik ervoor heb neergelegd terugzien, maar het is waarschijnlijker dat haar bazin de centen in haar zak zal steken. Als ze weg is, sta ik op.

Buiten is het inmiddels donker geworden. Aan het eind van de gang vind ik het toilet. Ik doe een plas, keer terug naar de kamer en zet het raam open. Verzwakt wil ik maar één ding: terug naar bed. De lakens ruiken onbekend. Vanuit de binnentuin bereikt me het geroezemoes van de gasten en ergens staat muziek op. In de verte hoor ik honden blaffen, niet een of twee, maar een heleboel. Het klinkt bijna als een groep hongerige wolven. Geuren van scherp gekruid eten dwarrelen de kamer binnen. Dankbaar voor deze veilige rustplaats draai ik me om.

Boven en onder me is water, er strijkt zeewier langs mijn gezicht. Ik zwem op de tast door een lange tunnel. Het is aardedonker. Ik ben op zoek naar de uitgang, mijn handen tasten de wanden af, ze voelen slijmerig en glad, alsof ze bekleed zijn met rottend alg. Ik heb geen grip en probeer met behulp van een ouderwetse schoolslag vooruit te komen. Mijn ademhaling is kalm. Gek genoeg krijg ik geen water binnen, ook al draag ik geen zuurstofmasker. Als ik moe word, pau-

zeer ik even. *Plotseling wordt de omgeving opgelicht door een school lichtgevende visjes, ze zwemmen overal om me heen, ik voel ze tegen mijn buik en rond mijn voeten. Een grote paars met oranje gekleurde vis zwemt vlak voor mijn gezicht. Ik wil de vis aanraken, maar elke keer als ik dichterbij kom, zwemt ze een stukje bij me vandaan. Voor me uit, als een lichtje dat ik moet volgen. Mijn opdracht is nog niet voorbij, lijkt ze te willen zeggen. Daarna kunnen we spelen. Ik zwem achter haar aan, af en toe kijkt ze om of ik haar nog volg. Ze gaat steeds sneller. Ik doe mijn best haar bij te houden maar mijn slagen zijn weinig effectief, ik lijk nauwelijks vooruitgang te boeken. Ook de kleine visjes verliezen hun geduld, ze schieten me voorbij. Ik heb geen puf meer en dobber rond in het donker, ik houd ermee op. Het spelletje, of wat het ook was, is voorbij. Dan verschijnt de paars-oranje vis weer voor me, ze is teruggekomen om me op te halen. Vlak achter haar beweeg ik me steeds soepeler door het water, en zo gaan we voort, niet wetend waar de uitgang is en of we deze ooit zullen bereiken. Plotseling lijkt het lichter te worden. Wat zal ik aantreffen aan het einde van de tunnel? Het schijnsel waar ik nu naartoe word gezogen, is oogverblindend. Er staat een sterke stroming, het water wordt kouder. Ik knijp mijn ogen samen en voel dat ik begin te tollen. Een draaikolk. Het tempo wordt steeds sneller. Waar zijn alle visjes gebleven? Waar is...?*

Ik knipper met mijn ogen, waar de ochtendzon recht in schijnt. Het felle licht is te veel van het goede, ik houd snel het kussen voor mijn gezicht. Eenmaal gewend aan het daglicht, ga ik rechtop zitten. De rust van het afgelopen etmaal heeft me wonderbaarlijk opgeknapt. Ik pak mijn horloge en zie dat het half zes in de ochtend is. Ik laat het sieraad door mijn vingers glijden, het is vast zeer kostbaar, toch doe ik het met afgrijzen om. Een kleine rekensom leert me dat het vandaag zaterdag is, nog drie dagen te gaan tot oudjaar. Ik heb niet veel tijd meer om deze puinhoop op te lossen. Ik trek mijn gewone kleren aan, de Indiase doek laat ik opgevouwen op het bed achter, en verlaat de kamer.

Op de binnenplaats heerst nog alle rust. Behalve bij de vogels: een muzikaal ensemble waar het filharmonisch orkest jaloers op zou zijn, schettert door de tuinen. Een paar vogels kwekken er luidruchtig bovenuit. Van fluiten is bij hen nauwelijks sprake, deze dieren zijn groter en klinken eigenwijs. Een pittige meeting bij zonsopgang in de top van de boom naast de receptie. Even zie ik Dhawal en Deepak weer bij het zwembad staan overleggen. De dierenwereld verschilt eigenlijk niet zo heel erg veel van de mensenwereld.

De receptie is nog gesloten. Achter de bar slaapt een man, hij ligt opgekruld met onder zijn hoofd een dubbelgevouwen kledingstuk. Uit de pet die naast hem ligt, maak ik op dat het de bewaker van het hotel betreft. Ik glip door de poort naar buiten.

Een groep zwerfhonden scharrelt door het smalle straatje dat naar de hoofdweg leidt. Ze jagen me angst aan totdat ik doorheb dat ze wegschieten als ik in mijn handen klap. Op de kustweg is het verkeer al in volle gang. Het duurt niet lang of ik heb een taxi te pakken.

Vanuit het open taxiraam zie ik Goa ontwaken. Overal liggen er mensen langs de kant van de weg te slapen. Opgerold op een bankje in een bushalte, of eronder. In een primitieve hut gemaakt van karton en een stuk gespannen zeil, alleen of met meerdere mensen naast elkaar. Ouderen en kinderen, samen of alleen, met of zonder primitief dak boven het hoofd, alle mogelijke combinaties trekken aan me voorbij.

De opgaande zon zorgt voor een gouden gloed, waardoor een oud Portugees landhuis dat we passeren, sprookjesachtig oplicht. Europeanen hebben zich door de eeuwen heen gevestigd in deze plaats, een geschiedenis die je overal om je heen terugziet.

Ik word afgezet vlak bij het strand waar ik deze morgen het internetcafé wil gaan bezoeken en betaal met mijn laatste roepies. Nu heb ik eerst geld nodig. Een lokale bank, herkenbaar aan het bordje CHANGE MONEY opent zijn luiken. Het is een schitterend koloniaal bouwwerk met afbladderende witte verf. Als ik de veranda op loop, vraag ik of ze ook cash opnames met een creditcard doen. Ik word verwezen naar een bank verderop langs de kust.

Ook bij de strandtenten begint de boel langzaam te ontwaken. Onder de opgestapelde ligbedden voor toeristen liggen hele families te slapen. Een paar jonge mannen zitten op hun hurken bij elkaar, ze drinken thee, zeggen niet veel en kijken samen uit over de zee.

Het is eb en het strand is veel breder dan ik het tot nog toe heb gezien. Mijn blote voeten waden door de vloedlijn. Een gevoel van vrijheid overvalt me als ik naar de grote schepen kijk die in de verte voorbij varen. Verderop voor de kust, schuin voor het paleis, ligt het jacht waarop zich de scène van gisteren heeft afgespeeld.

Hoe zou Julia gereageerd hebben op mijn verdwijning? De slaap en mijn droom hebben me geholpen alles in perspectief te plaatsen. Je kunt gedane zaken niet terugdraaien, de tijd niet stilzetten, je kunt alleen vooruit. Het is bijna oudjaar, ook daar word ik, net als de rest van de wereld, naartoe gezogen. Het is alsof alle zaken die zijn gebeurd en alle vragen die ik heb gesteld, puzzelstukjes vormen die uiteindelijk samen zullen vallen. Ik moet me mee laten voeren, totdat ik het einddoel van deze reis zal bereiken: de dag waarop ik Gidons moordenaar ontmoet.

Het idee dat de grote baas over een paar dagen hier zal neerstrijken, in dezelfde villa waar ik gisterenochtend nog opgesloten zat, vult me met een ongekend gevoel van opwinding. Ik weet nog niet hoe ik op het oudejaarsfeest moet binnenkomen, daar moet ik nog iets op verzinnen. De Vanishkurams maken ruim baan voor de grote baas, er mag geen hysterische oma roet in het eten komen gooien. Nou, ik heb nieuws voor ze. Ik ben inmiddels lekker uitgerust en ik zal erbij zijn!

Na een kwartiertje lopen verlaat ik het strand bij het drukste gedeelte van de stad. Hier zijn de banken, het ziekenhuis en de apotheek te vinden, aldus een bordje dat dit alles met internationale symbolen aangeeft.

De dichtstbijzijnde bank is al open. Een paar minuten later sta ik met een dikke bundel geld in mijn portemonnee weer op straat. Er zijn nog niet veel toeristen te vinden, handelaren hebben hun handen vrij om mij hun waar te tonen. Ik voel me bezwaard dat ik zonder zaken te doen doorloop, maar ik ben inmiddels toe aan mijn cappuccino.

Het is onmogelijk om iedereen in dit land te helpen, maar ik snap deze behoefte nu wel stukken beter dan voordat ik hier naartoe afreisde. Laura is na een studiereis in India gebleven, zij vond hier haar roeping. Ze is vastbesloten om haar steentje aan de bestrijding van ongelijkheid bij te dragen, door arme kinderen een kans te geven op onderwijs. Ik vraag me af of ik dat zou kunnen, alles opgeven, mijn leven in Nederland achter me laten, om hier daadwerkelijk iets goeds voor anderen te doen.

Alle mogelijkheden liggen open, er ligt nog een heel leven voor me dat ik naar eigen believen kan invullen. Het besef dat mijn zogenaamd rijke bestaan in Amsterdam me niet meer gelukkig maakt, groeit met de dag.

Gesterkt door een ontbijt bestaande uit een muffin, twee cappuccino's en een sigaret, genuttigd in een trendy espressobar, neem ik even later plaats achter een beeldscherm in het verlaten internetcafé. Ik heb antwoord op mijn mail van eergisteren:

Lieve Donia,

Wat fantastisch dat je in India bent. Als ik het had geweten dan had ik een tripje naar Goa gepland, maar nu zal mij dat de komende weken helaas niet gaan lukken. Kom vooral deze kant op als je tijd hebt. Dat zou geweldig zijn! Dan kunnen wij je laten zien welke projecten we aan jou te danken hebben. Een schoolgebouw, lesmateriaal en drinkwater, allemaal gerealiseerd met behulp van jouw gulle giften. Als je de dankbaarheid zou kunnen voelen die je toekomt, zou dat voor jou een unieke ervaring opleveren, dat garandeer ik je.
Ik hoop dat jij en Julia jullie problemen bij hebben kunnen leggen. Misschien is tegen de tijd dat je deze mail leest jullie relatie alweer verbeterd. Er is te veel gebeurd in de afgelopen

tijd. Alles moet opnieuw een plek krijgen in het universum, zo zeggen ze dat hier (en daar geloof ik ook in). Dat kost tijd en energie, maar na een periode van onrust komt er altijd weer een kalmere tijd. Tijd die jij zal doorbrengen met Julia en Maxime, wie weet misschien zelfs wel in India, daar moet je op vertrouwen.

Je vroeg me of ik nog wist wat de verklaring was voor het feit dat de Vanishkurams ons lieten achtervolgen. Jij had het erover dat ze ons wellicht bescherming wilden bieden, kijk, dat is natuurlijk bullshit. Dat ze ons wilden tegenhouden op onze zoektocht staat als een paal boven water. Dus dat er iets niet klopt aan het hele verhaal lijkt me wel duidelijk.

Pas maar goed op Julia, ze zou je hulp nog wel eens hard nodig kunnen hebben. Wij zien elkaar helaas niet meer, we mailen momenteel ook niet. Wie weet kruisen onze wegen elkaar weer in de toekomst.

Dat jij en ik zo dik bevriend zouden raken, dat had ik nooit gedacht, en jij vast ook niet. Maar ach, het hele leven is constant onderhevig aan verandering. Dat heb ik geleerd in dit land, waar iedereen leeft bij de dag.

Ja, en dan vroeg je me ook nog naar de betekenis van de kraanvogel. Ik heb even voor je rondgevraagd en weet alleen dat de kraanvogel staat voor geluk of een voorspoedig leven. Sorry, maar meer kan ik je er niet over vertellen.

Tot slot wens ik jou een heel gelukkig en gezond Nieuwjaar!

Veel liefs,

Laura

Het kippenvel staat op mijn armen. Zoveel liefde ontvangen per mail, van een jonge vrouw die ik al ken sinds ze als buurmeisje bij Julia wilde komen spelen. Ze werd altijd Muis genoemd, omdat ze zo stil en teruggetrokken was. Ze speelden altijd samen, en ook in het begin van de pubertijd trokken ze veel met elkaar op. Daarna raakte de vriendschap tussen haar en Julia een beetje over, ze groeiden uit elkaar. Nu lijkt het onvoorstelbaar dat zij en Julia ooit hartsvriendinnen zijn geweest, grotere uitersten kun je niet vinden. Deze conclusie zegt veel over hoe ik momenteel over mijn eigen dochter denk.

Als ik wil beginnen aan mijn antwoord, komt er maar weinig uit mijn vingers. Ik schrijf eerst een mail voor Julia, iets waar ik erg tegen opzie.

Lieve Julia,

Het feit dat jij inwoont bij mensen die mij en je beste vriendin vorig jaar naar het leven stonden, doet me pijn. Ik snap niet hoe de organisatie waarvoor je werkt in elkaar zit, hoe je erbij bent gekomen of wat je er precies voor doet, maar...

Ik delete het hele verhaal weer en begin opnieuw.

Lieve Julia,

Het spijt me verschrikkelijk wat er allemaal is gebeurd, ik wil het graag met je uitpraten. Ik wilde echt niet meer terug naar Amsterdam, ik was daar de laatste tijd zeer ongelukkig. Niets zou me beter doen voelen dan...

Nee, dat ik de jaarwisseling met haar wil doorbrengen is veel te doorzichtig, en dat ik niet terug wilde naar Amsterdam heeft ze inmiddels ook wel begrepen. Ik laat het bij die ene eerste zin en verzend de mail voordat ik de kans krijg hem te veranderen, hij is goed zo. Hierna rolt mijn antwoord aan Laura er soepel uit. Ik vertel haar dat ik geraakt ben door de schoonheid van India, en dat ik me stellig heb voorgenomen haar op te zoeken als alles achter de rug is – wat ik hiermee bedoel laat ik in het midden.

In het hotel word ik direct aangeklampt door de eigenaresse. Ze is zeer ontstemd, ze dacht dat ik met de noorderzon was vertrokken. Ik geef haar geld voor afgelopen nacht, haar humeur klaart meteen op. Ik voel me thuis in dit kleine rothotel en vraag haar of ze misschien voor nog twee nachten een kamer heeft. Ze zegt te zullen kijken wat ze voor me kan regelen.

Aan de bar, met natte haren, zit Thomas voorover gebogen aan een espresso. Ik ga naast hem zitten. Hij lijkt nauwelijks verbaasd me weer te zien.

'Dat ze dit espresso durven te noemen,' gromt hij.

'Ze hebben hele lekkere koffie in het centrum.'

Hij kijkt me aan met een gezicht van 'maar ik ben nu toch niet in het centrum'.

Ik besluit hem even rustig wakker te laten worden. Als je een paar maanden per jaar doorbrengt in dit hotel met zijn afschuwelijke koffie, begrijp ik best dat je zo nu en dan humeurig bent. Gewaarschuwd bestel ik een verse jus d'orange. Ik pak een Engelse krant op en blader erdoorheen. En zo zitten we een tijdje naast elkaar zonder dat er een woord wordt gesproken.

'Hoe was je kerst?' klinkt het na een poosje naast me.

'Niet zo best.' Wat heeft het voor zin om hem meer te vertellen?

De eigenaresse komt me vertellen dat ik de komende twee nachten in dezelfde kamer mag verblijven. Ik bedank haar overdreven enthousiast en betaal haar op verzoek vooruit.

'Was het zo erg?' vraagt Thomas als ze weg is.

Ik knik.

'Je weet dat je zojuist veel te veel hebt betaald?'

'Geen keus, alles zit vol. En daar,' ik wijs in de richting van het paleis, 'kon ik echt niet meer blijven.'

Hij staart me aan. 'Kerst kan zwaar vallen.' De toon doet vermoeden dat hij er alles vanaf weet.

'Maar vanmorgen gaat het alweer stukken beter met me. Ik heb de zon zien opkomen en ben al naar de stad geweest. Wat wil een mens nog meer?'

'Ben jij altijd zo positief?' gromt hij korzelig.

'Nee, niet altijd.' Waarschijnlijk is het de – weliswaar tijdelijke – afwezigheid van rampen die mij laat inzien dat het leven vandaag lang zo slecht nog niet is.

Twee vrouwen komen door de hoteltuin op Thomas af lopen. Ze zeggen hem in het Nederlands gedag en informeren hoe het is gegaan. Niet zo goed, luidt zijn korte antwoord. Meer doet hij niet uit de doeken. Ik vraag niet waar het over gaat, ik heb genoeg aan mijn eigen sores.

Voordat ze verder gaan, vertellen ze dat ze over een kwartier een massageafspraak hebben – daar toon ik wel belangstelling voor. Ze nodigen me uit om mee te lopen naar een salon die om de hoek schijnt te zijn.

Al pratend over hun geslaagde vakantie, het is hun tweede jaar in Goa, naderen we de hoofdweg. Lopend over straat, op nog geen vijfhonderd meter afstand van de villa, voel ik me onrustig worden. Ik zorg dat ik tussen de vrouwen in blijf als we de straat oversteken. Met versnelde hartslag kijk ik extra goed om me heen. Niemand lijkt aandacht aan me te besteden. Toch word ik pas rustig als ik in de beschutting van het trottoir met zijn constante mensenstroom ben aangekomen.

De massagesalon heeft een bord opgehangen waarop in het Engels wordt uitgelegd wat ayurvedische massage precies inhoudt. Ayurveda staat voor kennis – *veda* – van het leven – *ayur*. Het is een massage die gebruik maakt van warme olie en die tot doel heeft het reinigen, stimuleren en activeren van lichaam en geest. De salon biedt verschillende behandelingen aan. Een man die bij de ingang staat, neemt het geld van de dames aan en begeleidt hen naar binnen waar ze door twee Indiase dames mee naar achteren worden genomen. Ik vraag hem of ik ook zo'n behandeling zou kunnen krijgen. Hij vraagt me te wachten en begint druk gebarend met zijn mobieltje te bellen.

Terwijl ik sta te wachten lees ik de informatie aandachtig door. Ik leer dat de constitutie van ieder mens gebaseerd is op fundamentele energie van de elementen. Mensen, in wier persoonlijkheid het element water overheerst, zijn gehecht aan gewoonten en maken zich vaak zorgen. Ze reageren sterk op hun omgeving, op alcohol en ruzie. Ik voel me aangesproken. Mensen bij wie vuur overheerst, doen alles voor actie. Aardse mensen zijn voorzichtig en diegene bij wie het element lucht overheerst, zoekt vooral contact met anderen.

Na een paar minuten verschijnt er een meisje achter op een scooter. Ze wordt voor de deur afgezet. De man rekent vooraf met me af waarna zij me gebaart mee te lopen naar het bord met de uitleg. Ze spreekt geen woord Engels, maar weet me duidelijk te maken dat ik de door mij gewenste behandeling zelf mag aanwijzen. Ik kies voor een aardse behandeling: ik wil mijn relatie met Julia verbeteren. Als dat mogelijk is door middel van een beetje olie en een flinke massage, dan is dat mooi meegenomen!

Mijn schouders, nek, armen, rug, billen, dijen, knieholtes, kuiten en voetzolen worden stevig gekneed, met behulp van warme olie. Als het meisje me na een half uur vraagt om me om te draaien, voel ik terwijl ik me opricht het verschil in mijn lijf met ervoor. Zo licht en plezierig heb ik lang niet in mijn vel gezeten. Via mijn nek en gezicht streelt ze mijn borsten en daarna mijn buik. Als deze luidruchtig begint te rommelen richt ik me op, ze gebaart dat ik weer moet gaan liggen. Met het gênante geluid – het klinkt gelukkig anders dan wanneer ik honger heb of aan de diarree ben – voel ik alle spanning uit mijn lijf verdwijnen. Als ze klaar met me is, bedank ik het meisje. Ze kijkt me intens en langdurig aan, alsof ze weet wie ik ben.

Na een louterend middagdutje besluit ik dat het hoog tijd is om te gaan winkelen. Behalve nieuwe kleren zal ik ook flink moeten inslaan bij een drogisterij, ik moest al mijn toiletspullen achterlaten. De hoogste tijd dus voor een *shopping-streak*.

Als ik bij de receptie aankom, zie ik dat Thomas op een voor het hotel geparkeerde scooter stapt.

'Wil je een lift?' vraagt hij.

'Ik moet naar het centrum.'

'Kom ik langs.'

Vanmorgen liet ik me door de fietstaxi bij de poort van het hotel afzetten. Achterop bij Thomas zal ik niet naar de hoofdweg hoeven lopen, bovendien lijkt het me wel avontuurlijk. Ik besluit achterop te klimmen en klem mijn handen stevig om zijn buik.

Niet geremd door enige angst manoeuvreert hij kriskras tussen de medeweggebruikers door. Het ritje, waarbij ik me geen enkele keer in gevaar gebracht voel, duurt veel te kort. Achter op de scooter is Goa nog veel leuker. Met een verfomfaaid kapsel en rode benen van het opstuivende zand word ik afgezet bij een gedeelte dat je zou kunnen omschrijven als het toeristische hart van de kustlijn.

Ik bedank hem en we nemen afscheid. Hij gaat verder richting Anjuna, ik vraag hem niet wat hij gaat doen, maar ik neem aan dat hij gaat toeren.

De kraampjes hangen en liggen vanaf de grond tot het plafond vol met de meest uiteenlopende kledingstukken, zoals jurkjes van indiakatoen in frisse zomerkleuren. Ik pas er drie achter een gordijn dat in 'n hoek van de ruimte is opgehangen, en besluit ze alle drie te kopen. De witte, grijs-rood gestreepte en de rode. Tevreden reken ik af, het totaalbedrag is omgerekend nog geen vijftien euro. Het begin is gemaakt.

In het volgende winkeltje word ik enthousiast door een stel kinderen naar binnen getrokken, ik ben aan mijn tasjes herkend als toerist in een kooplustige bui. Vol goede moed wordt mij van alles en nog wat voorgehangen. Ze zijn vriendelijk maar een tikkeltje opdringerig, de spullen zijn niet mijn stijl. Uiteindelijk koop ik twee t-shirts om van het gezeur af te zijn.

Buiten loop ik meteen weer in de val, degene die hier de kleding inkocht heeft gelukkig meer mijn smaak. Drie tassen gevuld met rokjes, topjes, kaftans en een nieuw paar teenslippers later, stap ik uiterst goedgehumeurd weer naar buiten.

Hierna loop ik een van de weinige echte winkels binnen, er is airco en ze rekenen Amerikaanse prijzen. In de etalage die fel verlicht is, hangt dure feestkleding. Ik pas een knalrode avondjurk, hij zit me perfect.

In de spiegel zie ik mezelf al naast het zwembad van de Vanishkurams staan. Ik kijk zoekend om me heen. Dan kijk ik een man op de rug, hij is omringd door Senior, Jim en al die andere schoften die

91

voor hem werken. Ik loop op hem af en tik op zijn schouder, hij draait zich om. Ik kijk hem recht in de ogen en vraag: 'Wie heeft Gidon vermoord?'

Als het duister met tropische abruptheid is ingevallen, gaan overal gekleurde lampjes aan. Een bijzondere sfeerverlichting, die alles transformeert tot een magisch schouwspel waarin ik kan opgaan en verdwijnen. Zaterdagavond om half zes is het hier op zijn allerdrukst. Bussen, auto's, motors, scooters, riksja's, koeien, honden, geiten, verkopers en toeristen krioelen allemaal over en door elkaar heen in de smalle straatjes van het kleine centrum dat hooguit een paar vierkante kilometer omvat. Doelgericht loop ik naar het internetcafé, ik heb trek in een koud biertje en ik wil mijn mail controleren.

Eenmaal achter een beeldscherm zie ik dat ik mail van Julia heb ontvangen. Ze heeft vanmorgen direct geantwoord. Ik steek een sigaret op alvorens ik 'm durf te openen.

Inderdaad, we moeten praten. Ik hoop je vanavond om 6 uur te treffen bij de Ganesh Beach Bar.
Julia

Shi-it! Een blik op mijn horloge vertelt me dat het al kwart voor zes is. Ik sluit af, graai mijn tasjes bij elkaar en ren de straat op. Daar besef ik dat ik niet weet waar ik naartoe moet. Ik ga terug naar binnen. Het meisje achter de bar is druk bezig, maar na een portie flink aandringen wijst ze me de weg. Het is een kwartiertje lopen.

Aan de overkant van de weg zie ik hoe een man uit een taxi stapt, hij loopt om de auto heen om zijn vrouw te helpen uitstappen. Met gevaar voor eigen leven slalom ik tussen het verkeer door, maar de taxi wordt benaderd door verschillende toeristen en rijdt weg voordat ik zelfs maar halverwege ben met oversteken. Tegen de tijd dat ik de overkant heb bereikt, zijn er meerdere taxi's voor mijn neus weggekaapt. Dit gaat niet lukken, ik zal te voet moeten.

Het plastic van de tasjes snijdt in mijn vingers. Met mijn tassen als stootbumpers loop ik worstelend tegen de mensenstroom in de juiste richting.

'Kan je niet uitkijken waar je loopt!' klinkt het in plat Amsterdams. Het gezin uit het vliegtuig. Een huilende Sam, die ik zojuist omver heb gelopen, wordt door zijn moeder overeind geholpen. De vader herkent me onmiddellijk. Hoe is het mogelijk dat ik juist tegen hen opbotste? Opgelaten mompel ik 'Sorry, het spijt me echt verschrikkelijk', om me daarna zo snel als ik kan uit de voeten te maken.

Naarmate ik dichter bij de plaats van bestemming kom, wordt de mensenmassa dikker. Ik kom nauwelijks nog vooruit. Zaterdagavond betekent feest in Goa, iedereen is op straat. In de altaartjes die overal te vinden zijn, branden kaarsjes en wierook om de goden gunstig te stemmen. De lucht is gevuld met een concert van galmende toeters van de immense file die zich hier op straat heeft gevormd. Aan een taxi zou ik niets hebben gehad.

Ik duik een steeg in met als plan via het strand naar de Ganesh Beach Bar te lopen.

Bijna een half uur na de afgesproken tijd ben ik in de tent die in de loop van de dag in een grote party is veranderd. Luide Bollywoodmuziek schalt uit de speakers, een mengeling van Indiërs en toeristen hangt rond op ligbedden en stoelen op het strand. Er wordt gegeten, gedronken en uitbundig gedanst.

Mijn ogen zoeken mijn dochter, maar als eerste ontdek ik Junior – van een afstand lijkt hij sprekend op Dhawal. Hij zit op de rand van een strandbed, Julia ligt, ze zijn druk met elkaar in gesprek.

Ik loop op hen af. 'Sorry, dat ik er nu pas ben. Ik las net pas...'

De sfeer verkilt. Julia wendt haar blik van me af, ze staart de andere kant uit.

'Je mailtje, ik zag net pas...'

'Willen jullie iets drinken?' Charmant staat Junior zijn plaats naast Julia aan mij af, ik stroop de tasjes van mijn polsen en leg ze in het zand. Ik vraag om een groot glas bier, hij gaat het meteen halen.

'Wat is dit?' Julia heeft haar stem teruggevonden.

'Hoezo?'

'Mam, hoe wist je dat we hier zaten?' Eindelijk kijkt ze me aan.

'Jij hebt mij gevraagd hiernaartoe te komen.' Op haar niet-begrijpende blik voeg ik eraan toe: 'Per mail.'

'Eikels. Godverdomme.' Ze kijkt kwader dan ik haar ooit eerder heb gezien en ik begrijp dat zij niet degene is geweest die me gevraagd heeft hiernaartoe te komen.

De zwarte lucht boven zee vertoont nog een enkele rode streep, het laatste teken van een zonnige dag die voorbij is.

Junior komt terug met de drankjes en neemt plaats in het zand naast ons.

'Er is een probleem,' opent hij het gesprek. 'We weten wat jij van plan bent en dat kan niet.' Zijn toon is *matter of fact*.

'Wat ben ik volgens jou dan van plan?'

'De grote man ontmoeten en ontmaskeren.'

Julia rolt met haar ogen, ze kan het nog steeds nauwelijks geloven dat ik hier ben.

'Dat kunnen we niet goed vinden. Het is een belangrijke week voor de familie.' Junior spreekt op kalme, zakelijke toon verder. 'Ik wil het goed met je maken. Je bent erg emotioneel, dat hebben we allemaal kunnen zien. Waarom ga je niet een weekje naar een luxe hotel? We hebben het Hilton met een *all-inclusive* Wellness-arrangement voor je geregeld, de laatste kamer die ze nog hadden. Ik neem aan dat jij ook wel wat rust kan gebruiken. Dan praten we in het nieuwe jaar verder.'

Ik voel me weliswaar vies, graag had ik me eerst verkleed en gedoucht voor dit gesprek, maar ik ben glashelder als ik antwoord: 'Ik pieker er niet over.'

Julia heeft duidelijk alweer genoeg van me. Ze staat op, werpt een pisnijdige blik op Junior en beent weg.

Ik verberg mijn gezicht in mijn handen. *Shit, shit, shit!* Ik heb het weer helemaal verkeerd aangepakt! Ik had mijn antwoord eerst moeten overdenken. Julia, we moeten het uitpraten, we komen er samen wel uit!

Als ik opkijk zie ik hoe Junior ongeïnteresseerd in de verzameling plastic tasjes graait. Hij bekijkt een van mijn aankopen. Dan staat hij op, mompelt dat hij nog iets te drinken gaat halen en loopt achter Julia aan de strandtent binnen.

Julia... Ik graai snel mijn tasjes bij elkaar en ren haar achterna. Godverdomme, ga toch eens allemaal opzij. Waar is Julia gebleven?

'Julia!'

Mensen kijken om, mijn dochter niet. Wat ben ik toch een supertrut! Dit was een uitgelezen kans geweest om het goed te maken. Misschien had ik zelfs een kans kunnen creëren om op oudejaarsavond bij het feest aanwezig te zijn.

'Julia!'

Ik kan haar nergens ontdekken en worstel me de drukke zaak weer uit.

Plotseling word ik vanachter vastgegrepen. Voordat ik me kan omdraaien, word ik hardhandig tegen de grond gewerkt. Mijn hoofd raakt een steen, mijn mond zit vol zand, mijn arm wordt ruw op mijn rug gedraaid.

Vanuit een ooghoek zie ik een agent toekijken. *'What did I do?!'* roep ik. Ik krijg geen reactie en word omhoog gehesen. Eenmaal overeind word ik meegenomen naar de hoofdweg.

'Stop it! Hey, stop it!' De agenten geven geen enkele reactie.

De toegestroomde menigte kijkt nieuwsgierig toe. Er maakt zelfs iemand foto's!

We komen aan bij een politiebusje dat voor de bank staat geparkeerd. Ik herken het gebouw met het bordje CHANGE MONEY nog van vanmorgen. De schuifdeur wordt geopend, hierna word ik hardhandig op een bankje achterin geduwd.

De agent die achter me liep, leegt een voor een de tasjes op de zitting naast me.

'Hey, stop it! That's mine!'

Met zijn hoofd dicht bij het mijne ruik ik de walm van zijn kruidige avondmaaltijd als hij me vraagt of ik wil bevestigen dat dit daadwerkelijk mijn spullen zijn.

'Ja, dat zeg ik toch! *Yes!'*

Woedend kijk ik toe hoe de man met zijn slanke bruine vingers door de inhoud van de tasjes woelt. Is-ie nou helemaal gek geworden! Hij moet met zijn vieze curryvingers van mijn spullen afblijven!

Als een illusionist die een konijn tevoorschijn tovert, haalt hij een bruin papieren zakje tussen twee opgevouwen kledingstukken vandaan. Hij ruikt eraan.

'Aha...' Triomfantelijk steekt hij zijn hand in de lucht en toont zijn kameraad die achter hem staat het pakketje. Daarna vouwt hij langzaam, heel langzaam, het papier open. Ik staar naar de handeling die zich in slow motion lijkt af te spelen.

Glimlachend kijkt de agent me aan, hij knipoogt. Met één hand maakt hij een rookgebaar.

Drugs...

Handboeien klikken vast. De deur schuift dicht, de motor wordt gestart.

Het geluid van de stad gaat gewoon door, er zitten geen ruiten in de bus die me als een rijdende attractie stapvoets afvoert.

Ik herken Julia's blonde haardos boven alles en iedereen uit. De boeien snijden in mijn polsen als ik mijn handen door het raampje probeer te steken.

'Juliaaaa!'

Ze kijkt eenmaal achterom en loopt dan bij me vandaan.

Het gevoel van het kille ijzer op mijn huid snijdt door mijn ziel.

DEEL TWEE

Lucht

'Junior Vanishkuram heeft het spul in mijn tas gestopt! *Hey, listen...*'

Geen reactie vanaf de voorstoelen.

'Junior, die moet je hebben.' Nogmaals probeer ik duidelijk te maken dat ik nimmer drugs heb gebruikt, laat staan erin heb gehandeld! Maar of ik nu kalm praat of schreeuw tegen deze agenten, het heeft geen enkele zin. Ik krijg geen enkele reactie op mijn aantijgingen.

Die kutboeien doen pijn en ik moet plassen. Ik knijp mijn benen tegen elkaar en probeer mijn ademhaling onder controle te krijgen.

Fuck Junior, wat een klojo! Wat een vreselijk miezerig ettertje! Vuile werkjes opknappen voor zijn suikeroompje, zodat-ie in zijn stinkende vette proletenbakken kan blijven rondscheuren. Tyfuslijer.

En Julia... Ik snap het niet. Waarom kwam je me niet helpen? Ik snap het echt niet.

Als we aankomen, waar we ook naartoe gaan, zal ik eerst telefoneren. Ik ga de duurste advocaat huren die er te vinden is. Ik moet eerst zorgen dat ze me laten gaan, daarna kan ik pas weer andere problemen het hoofd bieden.

De weg is bonkig, mijn blaas staat op knappen. Ik roep naar voren dat ik moet plassen.

Als ze zodadelijk stoppen, ren ik weg.

Het blijft stil. De auto maakt nu vaart, we hebben het centrum achter ons gelaten.

Klootzakken.

Teringland.

Na een tijdje, ik schat dat we een uur hebben gereden over de hobbelige donkere weg, minderen we vaart. We draaien door een roestige poort een afgelegen, slecht verlicht terrein op. Nadat de deur open is geschoven, word ik aan mijn arm de bus uit getrokken.

'Kut!' Ik verzwik mijn enkel en schreeuw het uit van de pijn.

Ik word meegezeuld naar een huisje met tralies ervoor. Binnen brandt licht. Op het stoepje voor de deur zitten een paar agenten te roken. Als ze me in plaats van naar binnen langs het huisje proberen te loodsen, begin ik keihard te gillen waarbij ik mijn blaas de vrije loop laat. Met mijn hielen in het natte zand breng ik mijn billen richting grond. De agenten voor het huisje, stoten elkaar lachend aan, de mannen die mij meenemen geven nog steeds geen enkele reactie. Er wordt mij onrecht aangedaan en dit stelletje klootzakken doet geen ene moer om me te helpen.

Ik word, nog steeds krijsend, voortgesleept. We komen aan bij een soort dierenkooi, de voorkant bestaat uit ijzeren spijlen. Het dak, de vloer, de zijwanden en de achterwand zijn van staal. Ik word naar binnen geduwd. De eerste de beste kans die ik krijg, zal ik uithalen, als een leeuwin in het circus. De mannen wisselen een paar woorden en maken mijn boeien los.

Ik laat me hier niet zomaar opsluiten! De deur achter hen staat nog open. Krijsend vlieg ik degene die het dichtst bij me staat naar de strot.

Klets!

De mep in mijn gezicht van de agent die voor mij staat, belandt vol op mijn neus. Het zoete bloed stroomt langs mijn lippen. Ik spuug zijn kant op en mis.

'*I want a lawyer!*' En die zal jullie imbecielen laten inzien dat jullie zojuist de grootste fout van jullie leven hebben gemaakt. Ik ben onschuldig!

De sleutel draait achter hen in het slot.

Sinds de ochtendschemering kijk ik vanachter de tralies naar het huisje bij de poort. De hele nacht heb ik in deze kooi doorgebracht. Met enkel een bekertje smerig water en een schijtemmer met aangekoekte randen in de hoek. Ik heb niet geslapen op het rieten matje dat bij wijze van matras op de grond ligt. Mijn enkel is opgezwollen, mijn neus is niet gebroken, maar doet nog steeds erg veel pijn.

Eindelijk komt er iemand aanlopen. De man met de enorme pet – de uniformen lijken veel te groot voor die tengere Indiërs – schuift een klef uitziend broodje tussen de spijlen door naar binnen. Ook zet hij een nieuwe kop water voor me neer. Mijn dorst is zo hevig dat ik de beker meteen leeg drink. Als de agent teruggaat naar het huisje, schreeuw ik hem na dat ik een advocaat eis. Hij kijkt niet één keer achterom.

Het lijkt erop dat ik op een verlaten industrieterrein gevangen word gehouden. In de verte staan diverse gebouwen, maar deze zien er vervallen uit. Alleen bij het huisje waar ik gisterenavond agenten op de stoep zag zitten, valt levendigheid te bespeuren. Ik heb er slechts gedeeltelijk zicht op, maar zie regelmatig iemand richting de auto's lopen of van het parkeerterrein terugkomen. Tot het middaguur hoor ik elk uur de poorten, die achter me liggen, piepend openen en sluiten. Wagens rijden af en aan, bij het keren knerpt het zand onder de wielen.

Het is twaalf uur. De zon brandt op volle sterkte op het platte dak van mijn kooi. Als lunch krijg ik een bordje rijst met onbekende prut en nog een beker water toegeschoven. De agent doet nog steeds alsof hij doofstom is. Hierna is er geen enkele beweging meer rond het huisje, het terrein verkeert in diepe rust.

Ik scheur een brede strook van mijn matje, hiermee wapper ik mezelf koelte toe. Het helpt niets. Met gesloten ogen lig ik in de hoek van de ruimte met mijn benen languit gestrekt op het beton te smelten, totdat ik ben veranderd in een hoopje mens dat om verbetering van de situatie smeekt.

Vandaag zal de geschiedenis ingaan als de ongelukkigste dag van mijn leven. Of was dat de dag dat Gidon werd vermoord? Of was dat gisteren, toen Julia me achterliet bij Junior, wetend dat ik gearresteerd zou worden? Want dat zij wist wat er zou gaan gebeuren, staat inmiddels voor me vast. Die laatste blik in haar ogen toonde geen enkele vorm van schrik of berouw. Ze deed niets om mij te helpen en heeft ook nu nog niets van zich laten horen. Je moeder laten afvoeren en opsluiten, dat zijn nog eens tactieken om u tegen te zeggen. Daar heb ik inderdaad niet van terug. Althans, voorlopig niet.

Ik moet zorgen dat ik mag telefoneren. Ik zal bellen naar... naar wie eigenlijk? De ambassade? Op zondag? Naar Vanishkuram bellen heeft geen enkele zin. Een advocaat bellen zou het beste zijn, maar hoe moet ik er hier aan eentje komen? De kans dat deze agenten me aan een telefoonnummer gaan helpen, is nihil. De Indiase Gouden Gids erbij pakken? Ik grinnik. Het gaat niet goed met mij.

De zon is gezakt, over een uur is het donker. Mijn hoofd en nek steken pijnlijk door de hitte, uitdroging, stress en schijterij. Bijna een heel etmaal zit ik opgesloten zonder dat ik heb mogen uitleggen dat ik onschuldig ben. Zonder dat ene telefoontje naar een familielid – niet dat ik Julia zou hebben gebeld, maar toch. Een advocaat, de ambassade... één enkel telefoontje, naar wie dan ook! Niemand lijkt het ook maar een reet uit te maken dat ik in deze apenkooi ben opgesloten!

Met hangend hoofd wordt een jongen met een lange, dunne paardenstaart langs mijn cel afgevoerd naar een plek die buiten mijn gezichtsveld ligt. Ik roep naar de agenten als ze voorbij mijn hok lopen. Niemand kijkt op. Het is alsof ik niet besta, alsof ik een geest ben, een luchtspiegeling. Ik ben De Vliegende Hollander! Ik lach met hysterische uithalen totdat de tranen over mijn wangen rollen.

Een kwartiertje later worden er nog een broodje en een beker naar binnen geschoven. Ditmaal verdeel ik mijn slokken water over de hapjes. Na elke twee happen van het weke, zoete deeg neem ik een slokje, anders is die kleffe rommel niet weg te krijgen. Hoelang gaan ze dit volhouden? Waarschijnlijk tot na de jaarwisseling, als 'de grote man', zoals Junior hem noemde, weer veilig en wel is vertrokken. Wie is hij, waar woont hij, hoe ziet hij eruit? Gidon zou het weten, maar Gidon is dood.

Er komen twee agenten aanlopen, aan hun houding te zien hebben ze een missie. Ze lopen mijn cel voorbij. Even later komen ze terug, ze hebben de jongen met de paardenstaart opgehaald. Hij is een stuk langer en magerder dan de twee mannen die hem stevig tussen zich in geklemd houden. Hij sloft op leren teenslippers in compleet overgeleverde houding met hen mee naar het huisje.

Waarom wordt hij wel verhoord en krijg ik geen enkele kans om mijn zegje te doen? Mijn rechten worden geschonden! Ik ga niet nog een nacht met mijn billen op de harde ondergrond zitten wachten. Niet nogmaals mijn behoefte doen op de schijtemmer in de hoek, terwijl elk moment iemand om de hoek kan komen kijken. Mijn darmen hebben moeite met het nieuwe eten en vooral het drinken. Hun water komt vast niet uit een fles, ik herken de krampen. Er is geen wc-papier. Ik stink naar zweet, urine en poep.

Ik pak mijn beker en sla ermee tegen de spijlen. Een protest waarop geen enkele reactie volgt. Ik hobbel met mijn dikke enkel op en neer langs het hekwerk terwijl ik met de beker een weinig muzikale toonladder ten gehore breng. Ik eis een advocaat! Ik eis dat ene telefoontje! Ik eis met respect te worden behandeld!

De jongen met de paardenstaart wordt teruggebracht. Hij hangt met zijn armen over de schouders van de agenten heen en wordt tussen hen in meegezeuld. Ik staar vanachter de tralies naar het bloed dat over zijn gezicht stroomt.

Mijn protest is voorbij.

Maandagochtend word ik wakker van het broodje en de beker die naar binnen worden geschoven. Vannacht had ik last van jeuk over mijn hele lichaam. Bij daglicht zie ik dat deze wordt veroorzaakt door kleine rode bultjes; een enkele vertoont een allergische reactie en is hard opgezet. De jeuk is een goede afleiding van de aanhoudende stekende hoofdpijn en de pijn in mijn neus. Mijn enkel lijkt iets te zijn geslonken.

Er staat iemand voor me, hij gebaart me dat ik moet opstaan. Als ik in mijn zij word geschopt, doe ik wat hij zegt. Eindelijk is het zover; tijd voor verhoor. Ik zie op m'n horloge dat het alweer bijna lunchtijd is.

Ik zak door mijn linkerbeen, het slaapt. Ik gebaar dat ik een paar tellen nodig heb. Mijn uitgestoken pols krijgt onmiddellijk een handboei om.

Het huisje waarin mijn buurman lens is geslagen, is nou niet bepaald een plek waar ik veel vertrouwen in heb, totdat ik zie dat er een glimmend blauwe auto met chauffeur op het parkeerterrein staat. Zonder twijfel hooggeëerd bezoek. Het zal verdomme tijd worden.

Binnen moeten mijn ogen eerst wennen aan het halfdonker. De luiken zijn, op een enkele na, gesloten.

'Meneer Van Schaik.' Met uitgestoken hand loopt een in kaki maatpak gestoken knul op me af. Vijfentwintig jaar schat ik hem, hooguit. Ik zal het ermee moeten doen en geef hem – nadat mijn boeien zijn losgemaakt – een hand. Dan pas zie ik dat hij niet alleen is gekomen. Achter hem staat een grote kale man. 'Dat is Steve,' stelt hij zijn metgezel aan me voor. Steve geeft me bij wijze van begroeting een knikje.

'Mevrouw Fisher, gaat u zitten.' Hij gaat me voor naar een houten bureau, erboven draait een ventilator. De kamer is gevuld met houten kasten waarvan de deuren openstaan, ze puilen uit met dossiers. Boven op de kasten staan dozen waar nog meer papierwerk bovenuit steekt. In de hoek zitten drie agenten, onder wie de twee mannen die zojuist met mij mee zijn gelopen. Ze zitten aan een bureau waarop een ouderwetse typemachine staat, ze lijken druk in gesprek. Er rinkelt een telefoon, maar niemand lijkt van plan te zijn deze op te nemen.

'Mevrouw Fisher?' Meneer Van Schaik kijkt me vragend aan,

waarmee hij lijkt te willen zeggen dat ik tegenover hem en Steve moet plaatsnemen. Ik neem plaats op de stoel die voor me staat.

'Hoe maakt u het?'

Wat denk je zelf?

'Ik begrijp dat het een hele nare ervaring voor u moet zijn, we gaan er alles aan doen om u zo snel mogelijk hieruit te krijgen. Luister...'

Ik luister.

'Ik heb goed en ik heb slecht nieuws.'

'Heeft u misschien eerst iets te drinken voor me?'

Hij buigt naar zijn aktetas waar hij een flesje water uit tevoorschijn haalt.

Gretig drink ik de helft leeg. De rest bewaar ik voor straks. 'Doe eerst maar het goede nieuws.'

'We hebben geregeld dat u morgen zal worden overgebracht naar Aguada. Dat is een gevangenis waar de omstandigheden beter zijn dan hier.'

Gevangenis. En dat is het goede nieuws?

'En dan nu het slechte nieuws. De aanklacht is rond. U bent gearresteerd met 125 gram cannabis op zak. Daar staat tien jaar celstraf op.'

Je kunt zeggen wat je wilt van meneer Van Schaik, maar hij valt wel lekker met de deur in huis.

'Ik...' Ik schraap mijn keel. 'Ik doe niet aan drugs. Iemand anders heeft het in mijn tas gestopt.'

'Dat begrijp ik.'

Hij gelooft er geen zak van.

'Maar dat doet nu niet ter zake.'

'Dat lijkt me toch wel. Ik heb nooit drugs gekocht of gebruikt, dan zou het toch een beetje vreemd zijn als ik daarvoor tien jaar de cel in moet, denken jullie ook niet?' Ik kijk ze een voor een aan.

Steves gezicht verraadt niets. Ik vraag me af wie hij is en waarom hij überhaupt mee is gekomen.

Van Schaik legt zijn aktetas op tafel en haalt een krant tevoorschijn. Op de voorpagina prijkt een foto van mij. Hij is genomen op het moment dat ik naar de bus werd afgevoerd. Ik zou mezelf niet hebben herkend, ik schreeuw, mijn ogen zijn gesloten, mijn haar staat alle kanten op. Het onderschrift vermeldt dat er een Nederlandse drugstoerist is gearresteerd.

'Als deze foto niet was genomen, hadden we het eventueel op een akkoordje kunnen gooien. Vaak doet een kleine afkoopsom al wonderen. Maar nu, tja...'

Ik scheur mijn ogen los van de krant die voor me ligt.

Van Schaik kijkt me bezorgd aan. 'Nu kan de Indiase overheid niet anders dan tot vervolging overgaan. Uw argumenten zullen niet eerder aan de orde komen dan tijdens de rechtszaak. Maar zover is het nog lang niet...' Hij begint te vertellen over de procedures die me te wachten staan.

Verbluft leun ik achterover terwijl ik woorden opvang als voorgeleiding en bewijsvoering. 'Tien jaar voor een stuk stuff?' onderbreek ik hem.

Hij haalt zijn schouders op. 'Dit is India, mevrouw Fisher.'

'En dat allemaal omdat ik in de krant sta?'

'Tja, maar bekijk het ook van de andere kant. Als uw foto niet in de krant zou hebben gestaan, hadden we nu nog niet geweten dat u was gearresteerd en dan had het Nederlands consulaat me vandaag niet hierheen gezonden.'

Lucky me. 'En wie bent u eigenlijk?' richt ik me tot Steve.

'Steve is onze liaisonofficier,' antwoordt Van Schaik.

'En wat houdt dat in?'

'Ik ben hier gestationeerd namens het KLPD, Korps Landelijke Politiediensten. Ik bezoek, in eerste instantie samen met een vertegenwoordiger van de Nederlandse ambassade, de Nederlandse gedetineerden in deze regio.'

Van hem hoef ik duidelijk ook niets te verwachten. 'Nou, dat is dan mooi. Dus als ik het goed heb begrepen, zou ik, als ik niet in de krant had gestaan, over een paar dagen weer vrij zijn geweest?'

'Het heeft weinig zin om ons daar nu nog druk over te maken. Zoals gezegd, de aanklacht is definitief.'

'En wat was ook alweer het goede nieuws?'

'Aguada heeft een milder beleid dan deze politiedependance. Dat brengt me bij de volgende vraag.' Hij roept iets naar een van de agenten. Deze staat op en loopt naar de kast om er iets in te gaan zoeken.

'Wij willen graag uw moedervlekken noteren.'

'Mijn wat?'

'Standaardprocedure, voor uw eigen bescherming. Het gaat erom dat er dient te worden vastgesteld dat er geen geweld of andere ontoelaatbare ondervragingsmethodes worden toegepast.'

Ik kijk nog steeds vragend.

'Zoals elektroshocks bijvoorbeeld.'

'Wat?!'

'U bent tot nog toe niet verhoord, heb ik begrepen? Daar heeft u dan geluk bij gehad, het gaat er hier anders aan toe dan bij ons.'

Ik buig voorover en fluister: 'Als u nog een keer durft te beweren dat ik geluk heb gehad...'

Hij knippert niet één keer met zijn ogen. 'Mevrouw Fisher, geloof het of niet. Ik ben in deze zaak uw beste vriend. Met drugs op zak rondlopen in Goa, en dan nog wel met zo'n grote hoeveelheid, dat is vragen om ellende.'

Inmiddels heeft de agent een gestencilde tekening van het menselijk lichaam voor ons op tafel gelegd, het soort plaatje waarop je vroeger bij biologieles de maag en het hart mocht intekenen. Vragend kijkt Van Schaik me aan. 'Uw moedervlekken alstublieft.'

Er volgt een zotte vertoning waarbij ik uiteindelijk zelfs mijn ontblote rug moet laten zien. De agenten die inmiddels allemaal binnen zijn gaan zitten, kijken geamuseerd toe.

Als de tekening door iedereen goed is bevonden, onderteken ik hem.

'En dan wil ik het nu hebben over mijn verdediging. Ik wil een advocaat. Weet u een goede?'

'Daar hebben we het de volgende keer over. Het is een rottijd, zo tussen kerst en oudjaar.'

Vertel mij wat!

'Kunnen we ondertussen met iemand anders contact voor u opnemen?'

Ik schud mijn hoofd.

'Familie?'

Terwijl de bewakers aangeven dat de tijd voorbij is – alsof ik ergens een dringende afspraak zou hebben –, drink ik snel mijn water op.

'Vrienden?'

'Laura, maar ik heb alleen een e-mailadres van haar.' Ik geef het, Van Schaik belooft haar te zullen mailen. Ondertussen worden mijn handboeien weer omgedaan.

We lopen gezamenlijk naar buiten. De middagzon brandt pijnlijk op mijn huid, mijn ogen worden verblind.

'Wanneer mag ik naar Aguada?' vraag ik in een poging me te focussen op het goede nieuws.

'Zo spoedig mogelijk. Waarschijnlijk morgenochtend al.'

En dat was het dan. Een blik op mijn nabije toekomst, waar ik de hele middag in mijn eentje in de bloedhitte over mag nadenken.

Mijn eten staat bij terugkeer op me te wachten, de vliegen zijn er al aan begonnen. Terwijl het traliewerk op slot wordt gedraaid, hoor ik hoe de auto het terrein afrijdt, op weg naar de bewoonde wereld.

Pas op dinsdagavond word ik weer opgehaald. In de verhoorruimte krijg ik een pak papier voor mijn neus gelegd. Iemand heeft zich het rambam getypt; de letters staan half over elkaar heen, hier en daar is een zin met Tipp-Ex verwijderd en vervolgens met pen overgeschreven.

Een agent vertelt me in gebroken Engels dat ik dit document moet ondertekenen.

'*Not without a lawyer*,' antwoord ik.

Er wordt me uitgelegd dat de bus die me naar Aguada zal brengen, voor me klaarstaat.

Ik lees de aanklacht door. Het document bevat niets meer dan ik al wist, namelijk dat ik vastzit wegens drugsbezit. Liefst wil ik het doormidden scheuren, maar liever nog verlaat ik de kooi waarin ik de afgelopen dagen in alle eenzaamheid doorbracht. Nog een dag langer en ik word gek. Ik teken.

Door de ramen waait een verkoelende wind, ik doe mijn ogen dicht en geniet. Zouden ze Laura al hebben gemaild? Ze zal zich dood schrikken.

Voor in de auto zie ik mijn plastic tassen met kleding liggen. Het is onvoorstelbaar dat ik ze pas zaterdag kocht, het lijkt zo veel langer geleden.

Hoe ziet Aguada eruit? De afgelopen dagen droomde ik regelmatig weg bij de gedachte aan stromend water, zeep, een tandenborstel, tandpasta en schone kleren. Misschien ligt dit alles nu binnen handbereik.

We staan stil vanwege een opstopping. Scooters halen het busje links en rechts in, getoeter, verkopers met hun standjes langs de weg, toeristen in een riksja. Alles wordt vaag, warme tranen glijden langs mijn wangen naar beneden.

We slaan rechtsaf. Mijn richtinggevoel doet me vermoeden dat we naar de kust rijden. Ik meen de omgeving te herkennen van de dag dat ik met Julia naar de markt in Anjuna ging. Na een poosje maken we een scherpe bocht naar rechts, we draaien een kronkelig pad op dat de auto bergopwaarts leidt.

Wat staat me nu weer te wachten? Ik heb deze gevangenis gemaakt tot een plek om naar uit te kijken, maar terwijl we onze eindbestemming naderen, dringt de harde realiteit tot me door: ik word zodadelijk voor onbepaalde tijd opgesloten.

Ik voel hoe de hyperventilatie de kop opsteekt. De boeien houden mijn handen stevig bijeen op m'n rug. Happend naar lucht voel ik mezelf steeds lichter worden in mijn hoofd, totdat het zwart wordt voor mijn ogen en ik mezelf onderuit voel glijden.

Ik lig op de grond van de bus en word hardhandig overeind gezet. Uit angst dat de agent mijn arm uit de kom zal trekken, schuif ik snel met mijn kont richting openstaande deur.

Op de binnenplaats met bloeiende bougainville, is een groepje mannen aan het voetballen. Door de luidsprekers schalt luide Bollywoodmuziek. Ik word meegenomen naar een cellencomplex dat op nog geen vijf meter van de poorten ligt. Felle tl-verlichting schijnt door het traliewerk. Een groep vrouwen kijkt op, ik voel mijn schamele maaltijden van vandaag omhoog borrelen. Ik kots ze uit op de zanderige grond. Beter hier dan binnen. Omdat mijn handen nog steeds op mijn rug vastzitten, kan ik het snot en slijm dat zich bij mijn mond en neus hebben verzameld niet wegpoetsen. Ik moet doorlopen, de gezichten achter het ijzerwerk staren me aan. Verveeld, ongeïnteresseerd en vol berusting trekken ze aan me voorbij totdat de bewaakster stilhoudt bij een hekwerk, erachter zitten ongeveer vijftien vrouwen in een kale cel opgesloten.

De bewaakster die de handboeien losmaakt, vangt mijn panische blik op.

'*You want private cel?*' vraagt ze me bars. Haar wijsvinger heeft ze achter het bandje van mijn horloge gehaakt.

Ik hoef geen seconde na te denken en doe het af.

Ze loopt door naar een cel waarin drie vrouwen opgesloten zitten. Een van hen ziet er Europees uit. De bewaakster pakt haar sleutels en maakt het hekwerk open. Ruw duwt ze me naar binnen.

De ruimte is hooguit drie bij vier meter. In de hoek staat een emmer, ernaast is een gat in de grond. De ammoniakgeur van verschaalde urine prikt in mijn neus. Alleen de temperatuur is hier aangenamer dan in de kooi waarin ik de afgelopen dagen doorbracht. Op de betonnen vloer liggen rieten matjes.

'*Hai, I'm Donia,*' stel ik mezelf voor. Alleen het meisje dat opgekruld tegen de tralies leunt kijkt op, de twee anderen lijken te slapen. Ze heeft donkere ogen, een lichte huid en halflang donker haar dat steil langs haar gezicht piekt. De twee andere vrouwen lijken te slapen, ze reageren niet.

'*Hai, I'm Nicole,*' antwoordt ze. Haar uitspraak lijkt Nederlands!

'Ben jij Nederlands?' vraag ik voorzichtig. In haar ogen zie ik mijn hoop bevestigd worden.

'Ja.'

Het puur Nederlandse 'ja' maakt me onverwachts supergelukkig.

'Wat fijn,' fluister ik.

Ook al weet ik dat het gevoel dat ik hier slechts op bezoek ben een illusie is, vraag ik haar of ze het goed vindt dat ik naast haar kom zitten. Onwennig ga ik zitten en vouw ik mijn armen rond mijn benen, net als Nicole. Zij staart voor zich uit. Ik schat haar om en nabij Julia's leeftijd, misschien een paar jaar ouder.

'Goed...' begin ik, maar ik heb geen idee meer wat er goed is of wat ik wilde gaan zeggen.

Na een tijdje wordt de avondmaaltijd gebracht, eenzelfde soort broodje waaraan ik inmiddels gewend ben. Alleen het water ontbreekt. Als ik hiernaar vraag, wijst Nicole naar de emmer in de hoek.

'Elke dag krijgen we een emmer, deze zal vanaf nu door vieren moeten.'

Ik sta op en wil erheen lopen.

'Onze voorraad van vandaag is op.'

Ik ga weer zitten.

De twee andere gevangenen richten zich op.

'Dat zijn Sunjala en Kali.' Nicole is intussen begonnen te eten. 'Ik noem ze altijd Snip en Snap, da's makkelijker. En verder kan je echt om ze lachen.'

Dat is hun niet aan te zien. Sunjala kijkt nors, ik schat haar een paar jaar ouder dan ik. Kali zal rond de dertig zijn en kijkt vooral slaperig. Beide dames hebben met zwarte kohl omrande ogen en een rode stip op hun voorhoofd.

'*Hai, I'm Donia.*'

Ze zeggen niets terug.

Ik richt me weer tot Nicole. 'Wat een herrie buiten,' doel ik op de onophoudelijke Bollywood die uit de boxen kermt.

'Elke dag van 's ochtends zes tot 's avonds zeven.'

Ik sper mijn ogen wijd open. 'Dat is onmenselijk!'

Ze haalt haar schouders op.

111

'Hoe vaak mogen we naar buiten?' Ik ben hier nog geen uur, maar ik heb het eigenlijk wel weer gezien. De afgelopen dagen heb ik mijn portie kleine ruimtes wel gehad.

'Niet.' Weer haalt ze haar schouders op.

'Maar ik zag een groepje kerels voetballen toen ik binnenkwam.'

'De mannen wel.' Ze heeft een schouder-ophaaltic.

Dat is niet eerlijk. Heel oneerlijk zelfs. Vreemd ook. Hoe kom je dan aan je beweging? Niet dus. Mijn broodje blijft aan mijn verhemelte kleven, zoals ontbijtkoek of pindakaas dat ook kan doen. Een broodje pindakaas, een plak ontbijtkoek... Nederland lag nooit eerder zo ver weg. Als ik mijn ogen dichtdoe, loop ik door de Albert Heijn bij mij om de hoek. Ik ga langs de schappen en pak een fles jus d'orange, draai de dop los en neem een paar flinke slokken. Dan loop ik door naar de broodafdeling, ik kies vers afgebakken chocoladecroissants, de chocolade is gedeeltelijk gesmolten aan de binnenkant. De kruimels vallen op mijn kin. Hier hoort een kopje cappuccino bij, ik loop door naar de automaat waaruit gratis koffie wordt verstrekt. Ik doe er twee suikerklontjes in, roer even, en geniet. Als ik alles op heb, lik ik mijn mondhoeken af en doe ik mijn ogen weer open. Nicole kijkt me verbaasd aan. Nu is het mijn beurt om mijn schouders op te halen.

Kali staat op en loopt naar het gat in de hoek. Ze hurkt diep en begint te poepen. Ik sluit mijn ogen, maar als ik tot de ontdekking kom dat mijn oren zich dan des te scherper lijken te focussen, open ik ze weer. Voor iemand die luiers wisselen zag als iets ondraaglijks, is de strontlucht van een compleet vreemde om van over je nek te gaan. Een gesprek aanknopen lijkt de beste oplossing en dus vraag ik Nicole waarvoor zij vastzit.

'Ik heb geen zin om het te vertellen.' Na een stilte kijkt ze me aan. 'En jij?'

Ik zucht diep. 'Drugs,' vat ik het hele verhaal voor het gemak samen.

'Veel?'

'Genoeg.' Raar eigenlijk dat het onderwerp dat ons hier samen heeft gebracht in deze cel, niet prettig is om over te praten. Liever sluit ik mijn ogen en ga ik terug naar de Albert Heijn.

'Moet jij nog naar de wc?'

Als je het gat in de grond zo wilt noemen. Het lijkt niet op onze schitterend betegelde ruimte met geruisloze afzuiginstallatie, wastafel en designkraan waaruit op elk gewenst moment vers leidingwater stroomt. Mijn lila handdoekjes die de geur van wasverzachter verspreiden, en het bakje potpourri met takjes verse lavendel. Ik ruk me los uit mijn gedachten.

'Hoezo?'

'De lichten gaan zo uit en het is moeilijk mikken in het donker. Zeker in het begin.'

Ik werp een blik op Snip en Snap, en besluit het risico te nemen.

Zonder voorafgaande waarschuwing gaan het licht en de muziek gelijktijdig uit. Nog steeds zit ik met opgetrokken knieën. Naast me hoor ik hoe Nicole gaat liggen. In de hoek van de cel wordt er in een onverstaanbaar taaltje gerateld.

Buiten hoor ik allerlei nieuwe vreemde geluiden: gepraat dichtbij, geschreeuw in de verte, krekels en een pauw. Bruisen. Ik luister scherper en hoor de zee!

'Nicole?'

'Ja.' Ze klinkt klaarwakker.

'Zitten we hier vlak bij het strand?'

'Aguada is een oud fort, het ligt op de rotsen boven de zee.'

Als ik opnieuw luister, hoor ik hoe de golven onder ons stukslaan. Een ritme waarop ik me wil laten meeslepen. Morgen is het oudjaar. Het zal minstens twee dagen duren voordat ik weer bezoek zal ontvangen. Als ik niet in de krant had gestaan, was ik waarschijnlijk overmorgen vrij geweest. Ik heb een hele goede advocaat nodig.

'Nicole?'

'Ja.'

'Heb jij een goede advocaat?'

'Ik weet niet of hij goed is, ik zit hier al twee jaar.'

Twee jaar lang, dag in dag uit, je leven op deze paar vierkante meters doorbrengen. Ik probeer me er een voorstelling van te maken, maar dat blijkt onmogelijk. Hoe overleef je twee jaar zonder geliefden om je heen, zonder beweging, zonder medische zorg, zonder normaal eten en drinken?

'Wat vreselijk voor je.'

'Misschien kom ik in januari vrij, dan dient mijn zaak in hoger beroep.'

'Ik hoop het echt voor je.'

Zo'n meisje heeft nog nauwelijks geleefd, ze ging waarschijnlijk direct uit school de cel in. Wat ze ook heeft gedaan, zo erg kan het toch niet zijn? Of wel?

'Heb je... eh... iemand vermoord?'

'Ja.'

Fuck!

'Geintje.'

Bij het zwakke maanlicht zie ik haar tanden schitteren. We moeten allebei even lachen.

'Nee, als je het dan toch wilt weten, ik zit hier voor hetzelfde als jij. Drugs. Ik was op een feestje en daar ontmoette ik een jongen en... ach, laat ik het zo zeggen, ik was erg naïef. Ik was nog jong.'

'Hoe oud ben je nu?'

'Vierentwintig.'

Zou Daniel, jurist en voormalig zakenpartner van Gidon, me hieruit kunnen krijgen? Dat zou wel mijn laatste oplossing moeten zijn, hij werkt immers voor de Vanishkurams. Maar verder ken ik eigenlijk niemand. Misschien kan Van Schaik me aan een goede advocaat helpen?

'Ken jij ene Van Schaik?'

'Heb je niets aan.'

Ik zal iets anders moeten verzinnen. En snel ook.

'Ik ben pas een paar dagen geleden gearresteerd. Ik kon tot nog toe niets regelen. Ik mocht zelfs niemand bellen! Ik denk dat ze al ik weet niet hoeveel regels hebben geschonden, daar zullen ze zich voor moeten verantwoorden. Heb jij ook op dat politieterrein gezeten?'

'Ja.'
'Afschuwelijk, hè?'
'Maar wel lekker rustig.'
Ik vat de hint en houd verder mijn mond.

De geluiden in het cellencomplex sterven weg, buiten steekt de wind op. De geur van de bloeiende bougainville streelt mijn reukorgaan. Als ik mijn ogen sluit en me concentreer op het geluid van de zee, lijkt het bijna alsof ik de druppels van de branding op mijn huid voel.

Nicole ligt op haar zij, ze heeft een regelmatige ademhaling. Als ik languit ga liggen, raak ik haar aan en maak ik haar misschien wakker. Ook Kali en Sunjala slapen inmiddels. Hoe kunnen ze allemaal zo moe zijn? Ze hebben de hele dag al op de grond gelegen. Ik wil het liefst mijn benen strekken, een ommetje maken, een stuk rennen, fietsen of zwemmen, zoals ik in de maanden van mijn revalidatie heb gedaan. Ik krijg jeuk aan mijn benen, maar verbied mezelf hieraan toe te geven. Hoe minder ik eraan probeer te denken des te erger wordt de jeuk.

Zouden ze nu allemaal bij elkaar zitten om te vieren dat ik vastzit? Zouden ze bij het zwembad proosten op mijn ondergang? Op het feit dat ik me buiten spel heb laten zetten door een stuk stuff, dezelfde rotzooi die in Amsterdam te koop is in elke coffeeshop, een plek waar ik in mijn hele leven niet binnen ben geweest? Hoe ironisch, we leefden en feestten van drugsgeld. Nu zit ik vast alsof ik een of andere junkie ben. De handelaren vieren op grote schaal feest in de Vanishkuram-villa en ik, als zogenaamde drugstoerist, zit opgesloten.

Er glijdt iets over mijn hand, ik spring gillend overeind. In een oogwenk staat Sunjala tegenover me. Ze grijpt mijn arm en maakt een sissende klank, ik ruik haar rotte adem. Mijn hart gaat als een razende tekeer. Het schijnsel van de maan is, verder bij het hekwerk vandaan, nauwelijks voldoende om haar te onderscheiden.

Nicole is naast me komen staan en maant in het Hindi, althans ik denk dat het Hindi is, haar celgenoot tot kalmte.

'Shhhh,' sist Sunjala nogmaals mijn kant op. De spetters spuug zitten op mijn gezicht.

'Kom mee.' Nicole pakt mijn hand. 'Ga liggen.'

Ik doe wat ze zegt. Ik moet plassen, maar ik durf me niet meer te verroeren. Pas als ik zeker weet dat iedereen slaapt, stap ik voorzichtig over hen heen naar het gat. Ik plas me leeg, de spetters ketsen tegen mijn enkels. Bij het wegstappen begint de lege wateremmer te tollen, voordat hij omrolt zet ik hem overeind. Mijn hart klopt in mijn keel.

'Slaap lekker,' fluister ik eenmaal veilig terug op mijn matje.

Na lange tijd antwoordt ze: 'Slaap lekker.'

Ik heb me nog nooit zo wakker gevoeld.

Vroeger keek ik altijd met mijn oma naar 'Het kleine huis op de prairie', een serie over de zeer hechte familie Ingalls. Elke aflevering vertelden ze elkaar hoeveel ze van elkaar hielden. Aguada heeft allerminst iets weg van hun huis in de heuvels, ik begrijp niet dat ik juist nu aan die serie terugdenk. Laura, de hoofdpersoon, rende in het begin van elke aflevering met haar armen wijd gespreid als een vliegtuig een helling af. Ik droomde weg hoe het zou zijn om in zo'n groot liefdevol gezin op te groeien. Ook al was oma Doetie nog zo lief, het gebrek aan ouders, broertjes en zusjes was een gemis dat ze met geen mogelijkheid goed kon maken.

Op de lagere school werd ik regelmatig gepest, ik schaamde me voor mijn thuissituatie. Waar iedereen een moeder had die ze stond op te wachten aan het einde van de dag, had ik alleen een oma. Ze was een schat van een mens, maar kocht altijd de verkeerde kleren voor me, en de meeste maakte ze zelf. We hadden niet veel geld. Toen ik klein was, maakte dat nog niet zoveel uit, maar vanaf de derde of vierde klas begonnen dat soort dingen een belangrijke rol te spelen. De meeste kinderen bij mij op school in Haarlem zaten op hockey of tennis en woonden in een groot huis. Ik was, met mijn zelfgemaakte kleren en m'n oude oma, een outcast.

Op 86-jarige leeftijd overleed oma Doetie en kwam er aan mijn leven in Haarlem een einde. Ik verhuisde naar verre familie in Amsterdam; een tante, waar ik niet echt welkom was. Na een half jaar kwam ik Gidon tegen en al snel gingen we samenwonen. Ik heb die tante en haar gezin heel lang geleden voor het laatst gesproken. Ook na Gidons dood heb ik niets van hen gehoord, realiseer ik me nu. Het stond toch in alle kranten.

Nu ook Gidons moeder is overleden, de laatste die nog leefde van zijn gezin, heb ik behalve Julia en Maxime geen familie meer. Ik ben alleen op de wereld gezet. Dat kan natuurlijk niet, verbeter ik mezelf, ik heb mijn ouders alleen nooit echt gekend. Een spookrijder die laveloos achter het stuur zat, maakte abrupt een einde aan hun avondje uit toen ik anderhalf was.

Papa en mama, als jullie ergens zitten, daar ver boven de sterren, stuur me dan de kracht om dit te doorstaan.

Papa, mama, ik hou van jullie.

Slaap lekker.

De ochtend is aangebroken in Aguada. Keiharde muziek, felle lampen en pijn in mijn nek brengen een ware adrenalineschok in mijn lichaam teweeg. Ik zit rechtop en aanschouw het surrealistische beeld om mij heen. Slapende vrouwen op de grond in een kleine ruimte, spijlen met daarachter een strakke wolkeloze lucht die oranje oplicht vanwege de opkomende zon. Ik hoor een sleutelbos rinkelen, hekken openen en sluiten, het geluid van ijzer op ijzer.

Ik stap als eerste van mijn matje en ga snel plassen. Het lijkt onmogelijk, maar ik heb niet slecht geslapen. Mijn mond is gortdroog en ik proef een onbekende, dode smaak. Mijn nek en rug voelen gebroken, met mijn armen draai ik rondjes om de doorbloeding op gang te helpen.

Er worden een emmer water, een bord met broodjes en vier koppen thee binnen gebracht. Op mijn '*good morning*' tegen de bewaakster volgt geen reactie.

Ik zit te ontbijten als Nicole zich gapend uitrekt. 'Ik krijg vandaag bezoek,' is het eerste dat ze zegt.

'Oh ja, van wie?' Ik hoor dat de jaloezie in mijn stem doorklinkt, ook al ben ik nog zo blij voor haar.

'Mijn vader.' Ze staat op en gaat poepen en plassen. Dat hele gedoe met alles en iedereen in één ruimte zorgt ervoor dat mijn eetlust abrupt weg is. Zij lijkt het niet te merken, waarschijnlijk slijten dit soort gevoeligheden in de loop der tijd. Ze wast haar gezicht met een beetje water uit de emmer.

'Dat is het drínkwater!' Ik zie erg op tegen het feit dat er zo weinig is en dat we het met z'n vieren moeten delen.

'Dit is ons wáter,' verbetert ze me. 'Als ik bezoek krijg, gebruik ik mijn gedeelte om me op te frissen.' Ze zegt het alsof ze het over een douchebeurt heeft. 'Ik krijg zodadelijk wel wat te drinken van papa.'

'O.' Mijn jaloezie neemt toe.

'Verwacht jij bezoek?'

'Nee.' Als de mail eergisteren is verzonden, zou het natuurlijk kunnen dat Laura... 'Ik denk het niet, maar dat gaat nog wel gebeuren, hoor. Ik ben blij voor je, echt waar.'

Sunjala en Kali zijn inmiddels ook wakker geworden. Als blikken konden doden! Het wasbeurtje van Nicole is niet onopgemerkt gebleven en ze schelden haar zo te horen uit. Met een felle blik in haar ogen en de donkere haren die piekend rond haar gezicht hangen, snauwt Nicole van zich af. Ze is om de dooie dood niet bang.

'Lastige types,' fluister ik haar toe terwijl ze aan haar broodje is begonnen.

'Je moet ze op afstand houden. Ze haten ons blanken vanwege de luxe behandeling die we krijgen.'

Ik zet grote ogen op.

'Je moet je realiseren dat wij met advocaten en gedoe hier uiteindelijk wel weg zullen komen. Zij daarentegen...' Nicole maakt een nauwelijks zichtbare hoofdbeweging hun kant op. 'Kali heeft haar baas vermoord. Ze handelde in kleding op het strand en moest elke dag een percentage aan haar zetbaas afdragen. Haar hele gezin, ze heeft drie kinderen, was afhankelijk van het geld dat zij verdiende. Toen hij op een dag haar hele omzet in beslag nam, heeft ze hem neergestoken. Dat is het verhaal zoals ik het heb begrepen. Nu zit ze de komende 25 jaar vast, geld voor een advocaat heeft ze niet. Ze zit hier in deze rustige cel omdat ze familie is van iemand van de bewaking.'

'En Sunjala?'

Ze reageert als door een wesp gestoken; komt overeind, loopt op me af en begint te schelden. Nicole neemt het onmiddellijk voor me op. Sunjala werpt me nog een vuile blik toe en gaat dan weer terug naar haar eigen plaats.

'Wat heb je gezegd?' Ik merk dat mijn stem beeft.

'Dat ik vanmiddag waarschijnlijk een verrassing bij me heb en dat zij ook iets zal krijgen. Mits ze zich een beetje koest houdt.'

Waarvoor Sunjala in Aguada zit, hoef ik niet meer te weten. Naar alle waarschijnlijkheid heeft ze ook iemand vermoord.

Het uur voordat ze werd opgehaald, heeft Nicole eerst haar haren uitvoerig gekamd en vervolgens haar nagels gebeten totdat er niets meer van over was. Daarna is ze begonnen een boekje te lezen en heeft ze het weer weggelegd. Het is duidelijk dat het ook voor haar na al die jaren nog moeilijk is om haar geduld te bewaren.

Nu ben ik alleen met de twee oosterse kenaus. Ik besluit te doen alsof ik slaap. Maar vanwege mijn onverwacht goede nachtrust en de stijve ledematen die dit heeft opgeleverd, houd ik dit maar lastig vol. Als ik mijn ogen open, zie ik dat ze me aanstaren. Ik voel me geïntimideerd, maar ben vastbesloten dit niet te laten blijken.

Ik pak het boekje van Nicole, ze heeft gezegd dat ik het mocht lenen tijdens haar afwezigheid. *Nieuwe buren* van Saskia Noort. Op de achterkant prijkt een sticker van de boekhandel op Schiphol, ik strijk er met mijn vingers overheen. Zo dichtbij en toch zo ver weg. Ik sla het boek open en begin te lezen.

Buiten neemt de hitte toe. De mannen brengen hun tijd op het binnenplein luidruchtig door, een schofterig voorbeeld van rechtsongelijkheid. Waarom zij wel? Er wordt geschreeuwd, gebald en gelachen. Als ik niet beter zou weten, klonk het als een strandtent. Hoever ligt Aguada eigenlijk hemelsbreed van de dichtstbijzijnde strandtent verwijderd? Ik schat nog geen paar honderd meter.

Het boek kan me niet boeien, ik lees een enkele bladzijde over mensen die ik niet ken, met problemen die me op dit moment buitengewoon aantrekkelijk lijken.

Snip en Snap hebben het over mij, ik voel het. Hoelang zal Nicole nog wegblijven? Wat zou het toch heerlijk zijn om iemand te hebben die onvoorwaardelijk van je houdt en die je hier in deze ellende komt opzoeken.

Hoelang zullen ze me hier vasthouden? Maxime, lieve schat. Over een paar weken ben je me weer helemaal vergeten. Straks verdwijn ik uit jouw geheugen, net als mijn ouders uit dat van mij. Als ik door de afgelopen jaren heen in totaal een uur aan hen heb gedacht, gisterenavond en vandaag buiten beschouwing gelaten, is het veel. Misschien is het waar en mis je iemand pas echt als je 'm het hardste nodig hebt.

Ik sta op om een slokje water te pakken. Sunjala sist tussen haar tanden naar me. Mijn hart gaat iets sneller kloppen, maar ik negeer haar. Wat zit ik mezelf hier depressief te maken? Denken dat ik nu mijn ouders nodig heb, waar slaat dat op! Is het de hitte? Is het misschien het gebrek aan vocht? Wat ik nodig heb, is een advocaat en wel een hele goede. En snel!

Ik probeer me net weer op het boek te concentreren als Nicole terug wordt gebracht.

Ze straalt. 'Je kent mijn vader!'

Ik ken hier toch helemaal niemand?

'Thomas. Toen ik vertelde wie mijn nieuwe *cellmate* was, wist hij mij te vertellen dat jij een Friese naam hebt. Da's toch ook toevallig.'

'Thomas is jouw vader...' Daarom is hij dus elk jaar een paar maanden in Goa.

'Hij zei dat hij zich niet kon voorstellen dat jij drugs gebruikte. Hij dacht dat er misschien wel een heel heftig verhaal achter zou zitten dat jij hier bent. Iets met die magnaat, die familie met die Formule 1-coureur, hoe heten ze ook alweer?'

'Vanishkuram.' Ik laat mijn hoofd hangen, maar niet voordat ik vanuit mijn ooghoek heb opgemerkt dat deze naam ook bij Sunjala en Kali de nodige reacties teweegbrengt.

'Ja, die ja. Dat zijn hele grote boeven, dat weet iedereen. En jij hebt ruzie met ze, zei papa.'

'Zeker weten dat ik ruzie met ze heb. Ze hebben mijn man vermoord.'

'Wauw...' Nicole kijkt me opgewonden aan, in de kennelijke hoop dat er een bloedstollend verhaal volgt.

'Dat is het wel zo'n beetje,' stel ik haar teleur. Ik voel me niet goed worden als ik zelfs maar aan hen denk. Na een poosje voeg ik eraan toe. 'Oh ja, en mijn dochter Julia heeft een kind van Deepak Vanishkuram; Maxime.'

'Wauw, jij bent dus echt onschuldig.'

'Ja, ik ben er ingeluisd, zoals dat heet.' We zitten zwijgend naast elkaar. Ik voel me uitgeput, waarvan weet ik niet precies. Maar de hitte buiten in combinatie met de drang om te poepen en de weerzin om boven het gat te gaan hangen zijn genoeg redenen voor me om op mijn zij te gaan liggen in de hoop dat ik in slaap zal vallen om niet meer wakker te worden.

'Dank je wel voor het lenen van je boek.' Ik geef het haar terug.

Ze legt het in 'haar hoekje': een stapeltje persoonlijke bezittingen dat minder omvat dan de gemiddelde inhoud van mijn handtas. Dan bedenkt ze zich en reikt het mij aan. 'Je mag het wel houden hoor, ik heb het toch al uit.'

Ik leg het onder mijn hoofd bij wijze van kussen en draai me om.

De temperatuur in de cel bereikt zijn hoogtepunt na de lunch. Er hangen hier geen ventilatoren omdat je je eraan zou kunnen verhangen, legde Nicole me uit. Een gedachte die mij niet onaantrekkelijk voorkomt, nu ik me reeds na een dag voel afglijden in een afgrond die dieper is dan de diepste zeetrog, waarvan de bodem nog niet eerder is bereikt.

De oranje avondlucht zie ik als een verlossing. De koelte die hij met zich meebrengt, maakt een einde aan een dag waar voor mijn gevoel geen einde aan leek te komen.

Nog steeds is Nicole monter. 'Vanavond is het vuurwerk. Dat was de afgelopen jaren ook zo mooi.'

Het idee dat er iets mooi kan zijn aan het feit dat je verschillende jaren achter elkaar vanachter tralies de pijlen door de lucht ziet schieten, komt op mij zeer onwaarschijnlijk over.

'Wat ben je stil. Gaat het wel goed met je?'

'Jawel.' Aan mijn maagkrampen zal ik pas toegeven als de lichten uit zijn. Ik kan het gewoon niet, poepen terwijl anderen toekijken. Zover ben ik nog niet gedegenereerd.

'Waarom ga je niet naar de dokter? Als je een briefje met een verzoek indient, dan moeten ze je laten gaan. Wij gaan allemaal elke vrijdag naar het ziekenhuis.'

'Elke week?'

'Ja, het is wel een leuk uitje. Je moet straks even doorgeven dat je je niet goed voelt, dan kan je overmorgen nog met ons mee.'

'Ik zie wel.' Mijn ogen houd ik gesloten.

Maar Nicole neemt hier geen genoegen mee. Ze vraagt een aanvraagformulier voor de dokter bij de bewaakster die ons het avondmaal brengt; zoete broodjes. Hierna praten ze nog even samen, er wordt geritseld met geld.

'Kijk eens wat ik heb geregeld,' door een oogspleetje zie ik dat ze twee sjekkies in haar hand heeft. 'En ik heb ook vuur. Vanavond is het tijd om een lekker stickie te roken.'

'Doe normaal,' fluister ik te hard. 'Ze...'

'Wat? Ze kunnen me niet meer in de bak gooien, of wel dan?'

'Ze...' en weer weet ik niet te verzinnen wat 'ze' kunnen gaan doen. Mijn maagkramp is bijna ondraaglijk aan het worden.

'Iedereen blowt zich hier suf. Dat vinden ze niet erg, het houdt ons kalm, maak je geen zorgen.'

Terwijl de zon definitief achter de horizon verdwijnt, laat ik deze nieuwe informatie op me inwerken.

De muziek en de lichten zijn uit. Godzijdank. Tijd om te poepen. Als ik eenmaal boven het gat hang, kan ik niet meer.

'Lukt het niet?'

'Uh, nee.'

'Kijk! Wakker worden!' Als eerste zie ik een brandende kegel. Nicole neemt een trekje, haar gezicht licht op. Ook de dames aan de overkant zijn aan het roken. Als ik een knal hoor, richt ik me op zodat ik naar buiten kan kijken. Een vuurpijl spat uiteen, de sterrenregen daalt neer. Er klinkt gejoel vanuit het mannenverblijf verderop.

'Het is bijna twaalf uur.'

Een volgende pijl schiet door de lucht en verdwijnt dan uit het zicht. De groene, gele en rode sporen vallen een paar seconden later in ons gezichtsveld naar beneden.

Oudejaarsavond bij ons in Amsterdam is een kwestie van tegen elkaar opbieden wie het meeste vuurwerk heeft. Gidon kocht altijd voor een vermogen in, vanaf oktober liet hij de illegale pakketten uit België aanrukken. Ik stond altijd achter het raam met Zoë toe te kijken, Gidon en Daniel staken af.

Vanavond geen champagne, geen Gidon, en ook geen Julia en Maxime. Terwijl boven de zee de lucht oplicht in zilver, rood, oranje, groen en blauw zijn mijn tranen niet meer te stelpen.

'Hier.' Nicole houdt de joint voor mijn gezicht. 'Kom op nou.'

'Nee, dat is niets voor mij.'

'Toe nou!'

Ik neem een hijs om van het gezeur af te zijn. Mijn longen kriebelen vol genoegen bij de aanvaarding van de rook. Het zware gevoel in mijn lijf en mijn hoofd verdwijnt bij het tweede trekje. Nog steeds huil ik, het verschil met ervoor is dat ik vergeten ben waarom. Ik neem een derde haal.

'Da's beter,' zegt Nicole en ze pakt de joint, die ik inmiddels stevig tussen mijn vingers klem, weer terug.

Terwijl de lucht buiten vrolijk verder knettert, voel ik hoe mijn darmen – waarschijnlijk mede dankzij de nicotine – in actie komen. Ik sta op en loop, bijgelicht door het vuurwerk, naar de poephoek. Niemand let op me, iedereen kijkt naar buiten. Ik schijt me leeg en dat lucht op.

Papier ligt er niet meer. We krijgen hier een rol per week om met z'n allen te delen, daarna moet je zelf bijkopen of het door bezoek mee laten nemen.

Het water is op....

'Nicole?'

Ze begint keihard te lachen als ik zeg dat het wc-papier op is.

'Bel roomservice!' giert ze.

'Hou op! Het is niet leuk, wat moet ik nou doen?'

Ik hoor het geluid van scheurend papier, ze overhandigt me een paar bladzijdes uit *Nieuwe buren*.

'O, dank je wel.'

Eenmaal terug op mijn matje voelt mijn lijf zich beter dan de afgelopen dagen. Ik voel me intens opgelucht en tevreden. Er lijkt geen einde te komen aan alle gekleurde ballen die met hun bijbehorende knallen buiten door de lucht schieten. Oudejaarsavond is een grote, spetterende, door kruit aangedreven, jaarlijks terugkerende diarreeaanval. Het aansteken van de lont werkt als een klysma, en schenkt de afsteker orgastische genoegens.

'Waarom lach je?' vraagt Nicole.

Ik was me er zelf nauwelijks van bewust. 'Gewoon...' giechel ik nog even door.

'Gelukkig Nieuwjaar.' Ze geeft me een kus.

Ik word overspoeld door een gevoel van dankbaarheid voor haar aanwezigheid. 'Jij ook, gelukkig Nieuwjaar.'

Ik ken Nicole amper twee dagen, maar ze is op dit moment een betere vriendin voor me dan mijn bloedeigen dochter. Ik zucht. 'Zou Julia vanavond aan me denken?'

'Ik weet het niet.'

In de verte klinken de laatste knallen, maar steeds minder frequent. Ook hoor ik muziek, soms zachter, soms harder, al naar gelang de wind.

'Of zou ze feestend bij het zwembad rondhangen?'

Ik krijg slechts een licht gekreun als antwoord op mijn vraag. Sunjala en Kali lagen al eerder te slapen.

'Party-Julia, met als rolmodel Paris Hilton, moeder van Maxime. Hoe moet het nu verder?'

'Slapen.' Nicole is op haar zij gaan liggen, de foetushouding neemt eigenlijk net iets te veel plaats in beslag, ik zal me straks naast haar vouwen.

'Slaap lekker,' fluister ik klaarwakker terug.

Julia, als de rollen waren omgedraaid en jij vast zou zitten, was ik allang bij je langs geweest. Wat je ook hebt gedaan, hoe belangrijk en interessant je leventje nu ook moge zijn, zo laat je je moeder niet stikken.

Een lichte bries aait mijn gezicht. Ik ga op mijn zij liggen, sluit mijn ogen en proef de zilte zee. Een aangename prikkel glijdt door mijn lichaam. Het idee van kolkende golven geeft me een gevoel van vrijheid. Ik verzet me niet meer en laat me meevoeren met de sterke stroming, in een vrije val, de diepte in.

In het souterrain van mijn huis in Amsterdam rommel ik wat in de keuken. Ik zet een cappuccino, ga aan tafel zitten en wil er een sigaretje bij opsteken. Als ik zo snel geen aansteker voorhanden heb, ga ik op zoek naar mijn handtas. Helaas, ik heb weinig geluk, ook deze zie ik nergens.

Ik loop naar het aanrecht en zie tot mijn verbazing een deur in de muur, waarvan ik zeker weet dat deze er niet eerder heeft gezeten. Nieuwsgierig duw ik de kruk naar beneden. Ik weet niet waarom, maar ik verwacht dat er een gang achter zal liggen. Mijn verbazing is groot als ik een ruime slaapkamer aantref. Ik stap de ruimte binnen. Achter het bed is een raam met uitzicht over de weilanden, er staan wilgen langs een sloot, in de verte loopt een kudde schapen.

Ik voel me klaarwakker en realiseer me dat dit uitzicht vreemd en onwaarschijnlijk is, aangezien ik me in het hartje van de hoofdstad bevind. Halverwege deze gedachtegang raak ik afgeleid. Tegenover me ligt een volgende deur, ik ben opnieuw nieuwsgierig wat daarachter ligt en maak hem open. Ik stap een grote hal binnen. Een grote raampartij waarachter ik bossen en een vijver kan zien, zorgt voor helder daglicht, aan weerszijden bevinden zich trappen; eentje houdt halverwege op te bestaan, de andere voert tot aan een nieuwe deur.

Ik besluit deze trap te beklimmen en zo sta ik even later buiten adem voor een eikenhouten deur met koperen hang- en sluitwerk. Ik probeer hem te openen maar hij zit op slot. Als ik achterom kijk, is de trap die ik zojuist opliep verdwenen. Vreemd, ik heb er niets van ge-

merkt. Ik bevind me op een klein plateautje, een soort bordes. Als ik
een stap naar achteren zet, zal ik er vanaf vallen. Waar moet ik heen?
Wat moet ik doen?!

Bollywoodmuziek! Ik schrik wakker en sluit direct mijn ogen weer.
Kortstondig voel ik me opgelucht dat ik tenminste weer vaste grond
onder mijn voeten heb. Wat zou mijn droom te betekenen hebben?
In de periode vlak na Gidons dood had ik allerlei vreemde dromen
die ik niet kon verklaren. Daarvoor droomde ik niet of nauwelijks,
toch? Ik probeer me te herinneren of ik vroeger ooit zo intens fanta-
seerde in mijn slaap, maar de herrie leidt me te veel af. Ik druk mijn
handen tegen mijn oren. Het kattengejank snerpt door merg en
been. Elke dag weer, van 's ochtends vroeg tot 's avonds laat, deze
muziek aan te moeten horen is een straf op zich. In feite zit je in
Aguada een dubbele straf uit.

In gedachte zie ik de film *Groundhog Day* voor me. De hoofdpersoon heet Phil, hij is een chagrijnige, egocentrische weerman
die naar een of ander onbekend klein dorp wordt gestuurd om
daar het jaarlijks terugkerend evenement Groundhog Day te ver-
slaan. Groundhog Day is volgens de lokale traditie de dag waarop
een bosmarmot voorspelt hoelang de winter nog zal aanhouden.
Cynische Phil kan het niet nalaten om constant de draak te steken
met het dorp, zijn inwoners en de traditie. Als aan het einde van
een lange werkdag blijkt dat de televisieploeg is ingesneeuwd en iedereen in het plaatselijke hotelletje moet overnachten, neemt hij
zich voor om de volgende morgen zo snel mogelijk te vertrekken
en nooit weer terug te keren. Maar als Phil de volgende morgen
wakker wordt, zegt de dj op zijn wekkerradio: '*Good morning, it's
Groundhog Day!*' Phil kijkt uit het raam en ziet dat de festiviteiten
opnieuw beginnen. Hij snapt er niets van. Al snel komt hij erachter
dat hij, als enige, deze dag opnieuw beleeft. Nog chagrijniger dan
ervoor gaat hij aan het werk. 's Avonds – ze zijn opnieuw ingesneeuwd – slaapt hij weer in hetzelfde hotel. Ook de volgende ochtend wordt hij weer wakker van de wekkerradio: '*Good morning, it's
Groundhog Day!*'

En zo gaat het de volgende dag, en die daarna... enzovoort. Uiteindelijk ziet hij in dat hij zijn leven zal moeten beteren, wil hij niet tot in de eeuwigheid dezelfde dag opnieuw beleven.

Deze legendarisch grappige film is inmiddels zo vaak op de televisie herhaald dat ik, als ik hem tegenkom met zappen, zelf het Groundhog Day-gevoel ervaar: heb ik ditzelfde verhaal niet eerder voorbij zien komen? Pas hier, in deze gevangenis, zal ik leren begrijpen hoe het daadwerkelijk is om elke dag onder precies dezelfde omstandigheden te moeten doorbrengen.

Het is nieuwjaarsdag, hetgeen betekent dat ik ook vandaag hoogstwaarschijnlijk geen bezoek zal ontvangen. Ik draai me nog een keer om. Mijn ontbijt, dat zojuist binnen werd gebracht, kan nog wel even wachten.

Het is na de lunch als de bewaakster vanachter het traliewerk iets naar ons roept. In eerste instantie voel ik me niet aangesproken, pas als Nicole me aanstoot, begrijp ik dat het om mij te doen is.

'*Fisher!*' herhaalt de vrouw in uniform bars.

Ditmaal versta ik maar al te goed wat ze zegt. Ik spring op, verlies bijna mijn balans – het is ook zo godvergeten heet – en loop snel naar het inmiddels openstaande hekwerk. Ze gebaart me achter haar aan te komen; in tegenstelling tot mijn verblijf op het politieterrein krijg ik geen handboeien om.

Zal Julia me dan eindelijk komen opzoeken? Of is het meneer Van Schaik? Ik hoop niet Senior of een andere ellendeling van het Vanishkuram-geslacht aan te treffen. Misschien is het wel...

Ik herken Laura al van een afstandje. Ze is, zoals altijd, in het zwart gekleed en staat naar me te zwaaien. Mijn lichaam reageert met hevige uithalen terwijl ik op haar afloop.

De bewaakster pakt me stevig bij mijn arm en loodst me de bezoekersruimte in. Pas daar laat ze me los. Schokkend stort ik me in Laura's armen.

Ze aait zachtjes over mijn rug. 'Shhht, rustig maar.'

Ik moet haar loslaten, gebaart de bewaakster. We nemen tegenover elkaar plaats aan een van de houten tafeltjes.

'Wat ben ik...' Ik maak mijn zin niet af. Eerst zet ik de fles water die ze me overhandigt aan mijn mond.

'Zo blij je te zien.' Ik ben buiten adem van het drinken.

Ze buigt over de tafel en veegt de tranen van mijn gezicht.

'Het is hier zo klote.'

Laura trekt een wenkbrauw op. Haar piercing – de enige opsmuk van haar mooie open gezicht – beweegt hierbij op en neer. Haar zwarte haar heeft ze praktisch, met brede gekleurde band, naar achteren zitten. Ze kijkt me bezorgd aan.

'Ik weet dat ik niet als mezelf overkom...' Ik begin weer te huilen en voel dat ik hier voorlopig nog wel even mee door zal gaan.

Langzaam kom ik bij, in deze ruimte die in velerlei opzichten overeenkomt met de verhoorruimte waar ik een aantal dagen geleden zat... Twee? Drie? Of was het pas gisteren? Nee, toen was het oudjaar. Ik laat mijn hoofd in mijn handen vallen.

'Gelukkig Nieuwjaar.' Mijn gelukswens met hysterische uithaal klinkt ongeëvenaard belabberd, we moeten er allebei om lachen. Ik drink nog een paar slokjes, ditmaal rustiger, terwijl Laura begint te vertellen.

'Meteen nadat ik het bericht kreeg dat jij wegens drugsbezit in Aguada zou zijn opgesloten, ben ik naar Goa gevlogen. Gisterenavond ben ik eerst bij Julia langsgegaan, ik wilde weten wat er aan de hand was. Ik had de uitnodiging voor hun oudejaarsfeest oorspronkelijk afgeslagen, maar het leek me een goede gelegenheid om poolshoogte te nemen.'

'En?'

Ze kijkt me serieus aan. 'Wil je eerlijk weten hoe het met haar gaat?'

Ik vrees het antwoord, maar zeg toch: 'Ja.'

'Uitstekend! Ze repte met geen woord over jouw arrestatie en genoot van de party. Pas toen ik haar, het zal een uurtje of twee zijn geweest, even apart kon spreken – tot die tijd stond er altijd wel een of andere Vanishkuram bij haar in de buurt – hebben we het even over jou gehad.'

'En?'

'Donia, ze is volslagen de weg kwijt.'

Laura's oprechte verbijstering is verontrustend, ik schat haar mensenkennis hoog in. 'Hoe bedoel je?'

'Ik vermoed dat ze aan de coke zat. Nou, eigenlijk weet ik dat wel zeker; ze stond helemaal strak.'

Julia's oude vriendin moet niets hebben van drugs, noch van het gebruik, noch van de handel. 'Wist jij dat ze gebruikt?'

Ik denk terug aan de eerste keer dat ik Deepak ontmoette en dat er pakjes met pillen en nog iets – ik weet niet meer precies wat – van tafel werden gehaald toen ik onverwachts bij hen langskwam in de hotelkamer. Ik zie haar voorbij rennen aan boord van het jacht, aanstellerig, in de schijnwerpers, niet zichzelf.

'Ja.'

Weer gefaald als moeder.

'Ze doet het zelf, hoor! Ik zit hier niet om jou iets te verwijten. Ik ben vet *pissed* op Julia, er viel werkelijk geen normaal gesprek met haar te voeren. Ik kwam geen steek verder met de vraag hoe het mogelijk is dat jij hier zit. Wegens drugsbezit nog wel!' Ze schudt haar hoofd. 'Vertel me alsjeblieft rustig wat er allemaal is gebeurd.'

Onder het genot van de constante bries van de fan die boven ons hoofd rondjes draait, vertel ik Laura alles wat er de afgelopen paar dagen heeft plaatsgevonden. Ze luistert aandachtig, heeft er pen en papier bij gepakt en schrijft zo nu en dan iets op. Deze jonge vrouw, ooit de beste vriendin van Julia, heeft mij, ons, al eerder haar onvoorwaardelijke loyaliteit geschonken. Mijn dankbaarheid voor haar aanwezigheid valt niet onder woorden te brengen. Als ik dit aan het einde van mijn verhaal toch probeer te doen, begin ik weer te huilen.

De bewaakster geeft aan dat het bezoekuur – of was het een kwartier? – voorbij is en wil dat ik op haar commando onmiddellijk opsta en met haar meeloop. Laura overhandigt haar een pakje roepies: we krijgen vijf minuten extra tijd.

'Ik wil niet dat je gaat,' klinkt het nauwelijks hoorbaar, ik stik in mijn eigen woorden.

Laura pakt mijn handen vast, ze kijkt me recht in de ogen. 'Je komt hier uit, heb je me begrepen?'

Ik knik, maar dat is kennelijk niet naar haar zin.

'Heb je me begrepen?' vraagt ze nogmaals.

'Maar hoe dan?'

'Dat bespreken we een volgende keer. Ik wil dat je me napraat: Ik, Donia Fisher...'

Ik lach door mijn tranen heen: 'Ik, Donia Fisher...' Ik voel me net een van 'haar kinderen'.

'Zal niet...'

'Zal niet...'

'De rest van mijn levensdagen...'

'De rest van mijn levensdagen...'

'In een Indiase cel doorbrengen.'

'In een Indiase cel slijten.'

'En dus maken we een plan waardoor ik hier uit zal komen.'

Ik twijfel.

'Kom op,' spoort ze me aan en ook deze tekst herhaal ik braaf, zij het zonder overtuiging.

'En dus maken we een plan waardoor ik hier uit zal komen.'

Dan is het tijd voor een laatste omhelzing. Ze belooft zo snel als ze het kan regelen weer bij me langs te komen en dan water en wc-papier mee te zullen brengen. Ook zegt ze voor vitaminepillen te zullen zorgen, ze vindt dat ik er maar slecht uitzie. In onze laatste minuut samen vertelt ze me dat ze straks naar Julia toe gaat. Ze hoopt haar nuchter en alleen te spreken te krijgen, en samen met haar een oplossing te vinden voor het feit dat ik in Aguada opgesloten zit.

Het uitzwaaien gaat me door merg en been, zo graag wil ik met haar mee naar buiten lopen, in een taxi stappen en doorrijden naar het vliegveld. Ik had nu in Amsterdam kunnen zitten, in de regen.

De zon is moordend. Als ik word teruggebracht naar de ruimte waar ik voorlopig weer niet uit zal mogen, kijk ik om me heen. Het liefst zou ik een sprintje trekken en wegrennen, maar de poorten van Aguada zijn van ijzer en zien er overtuigend genoeg uit. Een oude vuurtoren doet dienst als uitkijkpost, overal staan bewakers met geweren, ik zal niet ver komen. En dus laat ik me braaf meevoeren en zit ik even later, terug van mijn wereldreis, weer op mijn matje naast Nicole.

'Wie was het? Je dochter zeker. Toch?!'

Ik schud mijn hoofd.

'Je hebt gehuild.'

Ik knik. 'Pfoe.' Ik laat de adem uit me wegstromen.

'Nou, wie was het dan?'

'Laura, een goede vriendin van mijn dochter. En van mij. Ik vertel het je vanavond wel.' Ik ga op mijn zij liggen, mijn ogen steken van de tranen die maar naar buiten willen blijven stromen. 'Ze werkt aan een plan waardoor ik hier uit zal komen.'

'Dat is goed.' Nicole geeft me een klopje op mijn rug en gaat naast me liggen. Het is siëstatijd.

Ik sta weer voor diezelfde dichte deur. Ik kan niet voor- of achteruit en verbaas me over het feit dat een hele trap zomaar kan zijn verdwenen zonder dat ik er iets van heb gemerkt. Waar is-ie gebleven? De diepte onder me is oneindig. Ik kan me niet herinneren dat ik zoveel treden heb beklommen. Gisteren, vannacht, zojuist... Waar ben ik? Hoe laat is het? Waarom zit die deur op slot? Maak open! Ik rammel nogmaals aan de voordeur maar deze geeft niet mee. Ik sla met mijn vuisten op het hout. Geen reactie. Ik schop tegen de onderkant en vouw dubbel van de pijn in mijn teen. Dan zie ik plotseling een bel, hij zit een stuk lager dan je zou verwachten. Een keurige, ronde koperen bel, eronder lees ik het naambordje: VANISHKURAM.

Met weerzin druk ik de bel in, ik kan nergens anders naartoe. Een ouderwets geklingel weergalmt achter de gesloten deur, er verschijnt niemand om open te doen. Nogmaals duw ik op de bel. Weer gebeurt er niks. Dan nog maar een keer, de bel blijft hangen, het lawaai wordt al luider en luider... Ik duw mijn handen tegen mijn oren. Ik kan er niet meer tegen.

Het is vrijdag, tijd om naar de dokter te gaan. Ik heb voldoende klachten, dus daar maak ik me geen zorgen over. Ook al schijn je zonder kwalen – niet dat ik dat voor mogelijk houd onder deze erbarmelijke omstandigheden – in dit ziekenhuis terecht te kunnen.

Het hospitaal waar ik met de rest van de vrouwen naartoe word vervoerd, ligt in het centrum. Het wekelijkse uitje naar de dokter is iets waar zo'n beetje alle vrouwen zich op hebben verheugd. We worden er met verschillende busjes naartoe gereden. Een sensatie die nog het meeste doet denken aan een middagje shoppen, maakt zich van me meester.

De afgelopen twee etmalen zijn als in een roes aan me voorbijgetrokken. Mijn dromen voelen, in vergelijking met de werkelijkheid van alledag, steeds realistischer. Ik vraag me niet meer af wat ze betekenen. Ik heb *Nieuwe buren*, op de paar ontbrekende bladzijdes na, uitgelezen. Een spannend boek, ik zou er goud voor over hebben om nu op de door Saskia Noort beschreven vinex-locatie te zijn. Vroeger zou ik er nog niet dood gevonden willen worden. Tijden veranderen.

De busjes zijn van hetzelfde soort als waarmee ik eerder werd vervoerd. Het ontbreken van glas in de ramen zorgt voor een heerlijke verkoeling. Mijn stinkende jurkje plakt voor het eerst sinds dagen niet aan mijn lijf. Mijn tasjes met nieuwe kleren zouden me erg goed van pas komen, maar ik heb begrepen dat ik die pas terugkrijg als ik hieruit kom.

Na een kwartiertje lopen we vast in het verkeer. De beelden van buiten neem ik in me op om ze straks in de cel nog eens rustig te kunnen afspelen. Verkopers, kooplustige toeristen, spelende kinderen en natuurlijk een verkeerschaos zo ver het oog reikt. We staan stil naast een kraampje waar naar pittige specerijen ruikend voedsel wordt bereid; een verse warme maaltijd waar de lokale bevolking voor in de rij staat. Ik zou een moord kunnen doen voor de afwisseling in mijn menu. De witte rijst met bruine pap – soms smaakt het naar kip, een andere keer lijkt het meer op vis – komt mijn strot uit. Maar ik heb het niet alleen met de lunches gehad, ook die zoete kleffe broodjes kan ik niet meer luchten of zien.

De vrouwen bij wie ik in de bus zit, komen uit Israël. Ik versta hen niet, ze praten druk en proberen armgebaren te maken, die worden belemmerd door de handboeien die we dragen nu we buiten de poorten van Aguada zijn. Het is alsof ik niet besta en dat ervaar ik als wel zo rustig.

We trekken het nodige bekijks wanneer we met z'n allen, onder politiebegeleiding, het aftandse ziekenhuis betreden. Tussen het gezelschap bevinden zich ook een paar moeders met kleine kinderen. Ze komen niet uit mijn cellenblok maar van een naastgelegen afdeling, zag ik vanmorgen toen we op het binnenterrein verzamelden.

Opgroeien binnen de muren van een gevangenis, een situatie die ondenkbaar zou zijn in Nederland. Liefst zou ik de kleintjes onder mijn hoede nemen en meenemen naar Amsterdam. Maar wie ben ik? Een vreemde blanke vrouw die een jarenlange gevangenisstraf boven het hoofd hangt. De kinderen kijken trouwens niet ongelukkig, ze vinden het leuk om met elkaar te spelen en rennen rondjes door de gangen. Ze zijn hier samen met hun moeder en dat is meer dan ik van mijn dochter en mij kan zeggen.

De gangen zijn pas gedweild, maar dat is dan ook meteen het enige hygiënische aspect van dit hospitaal. God bewaar me als ik ooit iets zal mankeren en hier terechtkom. De stoelen en de roestige brancards met smoezelige lakens die langs de muren van de gang staan, de jassen van het personeel, de loketten met vensterglas waar nauwelijks doorheen gekeken kan worden: dit ziekenhuis is een broedplaats van bacteriën. De kans dat ze je hier als je ziek bent beter maken, is kleiner dan die op een onbevlekte ontvangenis. Ik grinnik om mijn eigen gedachten, terwijl ik de wachtruimte binnenkom. Nicole is met een ander busje vervoerd en zit er al. Ik ben blij dat ik iemand heb om naast te gaan zitten.

'Ik zei je toch dat dit leuk zou zijn.'

'En dat is het.' Ik kijk om me heen. De vrouwen smoezen onderling met elkaar. Een groepje Engelsen dat ik nog niet eerder heb gezien, staat op een kluitje bij elkaar. Een Australisch meisje, een accent dat je er direct uitpikt, gaat bij hen staan.

'Vertel, wat is jouw kwaal?' vraag ik Nicole.

'Hetzelfde als altijd. Hoofdpijn, koorts en buikloop. Dan krijg je de meeste pillen mee, paracetamol plus. Ik weet niet precies waar dat plus voor staat. Je valt er in elk geval als een blok van in slaap. Meestal heb ik ze al op zaterdag op. Mijn partypillen, noem ik ze. Dat is omdat ik ze in het weekend slik, niet omdat ik er zo te gek op feest.'

Ik besluit dezelfde klachten aan de dokter te zullen voorleggen, ze zijn niet eens bezijden de waarheid en het komend weekend van de wereld verdwijnen lijkt me op dit moment een uitstekend vooruitzicht.

Het onderzoek door de vrouwelijke arts, in het bijzijn van een bewaakster, neemt nog geen vijf minuten in beslag. Ze spreekt keurig Engels en beklopt me, luistert naar mijn hart en overhandigt me vervolgens acht pillen in zilverpapier. Mijn buikklachten en hoofdpijn zullen hiermee verdwijnen, belooft ze me.

Trots op mijn nieuwe aanwinst laat ik me een kleine drie uur later met het hele gezelschap terug vervoeren naar Aguada.

Als de contouren van het oude fort verschijnen, wil ik het 't liefste uitschreeuwen. Heel even, voor slechts een paar uurtjes, was ik vergeten dat ik in de hel ben beland. Het echte leven, buiten de cel, waar mensen je keurig in het Engels te woord staan en er een oplossing wordt gegeven voor een probleem dat je aandraagt, doet me smeken om meer. Het weekend staat voor de deur. Dat betekent geen bezoek. Twee dagen van afzondering, hitte, wachten en slapen. In een poging niet te gaan gillen bal ik mijn handen tot vuisten en druk mijn nagels in het vlees van mijn handpalmen. Pas als deze pijn ondragelijk wordt, voel ik mijn emoties langzaam tot bedaren komen. Als ik mijn ogen open, moeten we uitstappen. Het wekelijkse uitje zit erop.

Op paracetamol plus slaap je inderdaad uitstekend, zo constateer ik nog diezelfde middag. Daarnaast heeft Nicole nog twee stickies gekocht en onder de absolute belofte dat ik deze week zelf aan geld zal komen, deelt ze deze met me. Het weekend verloopt in een aan-eengesloten droomloze coma. In de luttele wakkere uren houd ik me vooral bezig met het bestuderen van de plaatselijke fauna. Buiten krijst een pauw, binnen schuilt een hagedis tegen de felle zon. Het beest is gestoord, hagedissen horen toch juist van de zon te genieten? Ook kijk ik vele uren gefascineerd naar de beestjes die onze celwanden bevolken: spinnetjes, torren en een heleboel *bugs*. Luizen, het krioelt ervan. Als je lang genoeg kijkt, lijkt het alsof wij hier met onze grote lijven in hun miljoenenstad zijn neergestreken, als een stel buitenaardse indringers.

Wanneer het Bollywoodgejammer me op maandagmorgen wekt, voel ik me plakkerig en uitgeput.

'*Good morning, it's Groundhog Day!*' groeten Nicole en ik elkaar gelijktijdig. Zij bleek de film ook te kennen, zo kwam afgelopen weekend uit een van onze schaarse gesprekken naar voren. Het dagelijkse ritueel van licht en muziek aan, licht en muziek uit is om helemaal gek van te worden. Als ik mijn ogen sluit, zie ik de werkelijkheid voor me, Aguada is surrealistischer dan welke droom of fantasie dan ook.

'Hoe ben jij zo normaal gebleven?' vraag ik terwijl ik een slokje neem van de zoete ochtendthee die zojuist binnen is gebracht.

Nicole zit haar haar te kammen. 'Normaal? Ik?' Als ze klaar is, overhandigt ze mij haar kam, die ze me elke ochtend laat gebruiken. Ook wassen we allebei aan het begin van elke dag ons gezicht met een paar druppels water. Oksels daar doen we niet aan, de zweetgeur van anderen is walgelijker als je zelf fris ruikt, heeft ze me uitgelegd. Daar heeft ze vast gelijk in en ik ruik het trouwens toch al niet meer.

'Ja, jij ja. Ik voel me langzaamaan gek worden. Als ik hier al zolang als jij...'

'Geen keuze. Het is of gek worden of niet gek worden. Ik heb het kennelijk niet in me, of het moet nog gebeuren. Als mijn hoger beroep wordt afgewezen, weet ik niet hoe ik zal reageren.'

Ik vraag me af in hoeverre ik het in me heb om niet door te

draaien onder de huidige omstandigheden.

'Soms draait hier wel eens iemand door. Een paar maanden geleden werd een Engels meisje van een paar cellen verderop letterlijk gillend gek. Nachtenlang hoorden we geschreeuw, het was niet om uit te houden. Uiteindelijk werd ze afgevoerd naar een psychiatrische inrichting, ze is nooit meer teruggekomen. In het ziekenhuis hoorde ik van een cellmate van haar, dat ze er een einde aan heeft gemaakt. Ze heeft zich in die inrichting aan haar laken verhangen.'

Ik leg mijn broodje weg, het smaakt me niet vanmorgen.

'Dus je kan maar een ding doen en dat is gewoon doorgaan totdat je eruit mag. Je mag de moed niet opgeven, anders houd je het hier niet vol.'

De zon is begonnen aan haar dagelijkse klim naar het hoogste punt. Snip en Snap zijn onrustig. Ze pakken hun spullen bij elkaar alsof ze elk moment kunnen opstappen, iets dat me zeer onwaarschijnlijk lijkt. Ze zijn op me aan het vitten, ik zie het in hun blikken en ze wijzen mijn kant op, voor het geval ik niet door zou hebben dat ze mij bedoelen. Ik begrijp niet wat er aan de hand is, maar aangezien Nicole lijkt te slapen, ben ik van plan hen te negeren. Een bewaakster komt ze ophalen. Sunjala sist naar me en spuugt vlak naast me op de grond voor vertrek. Ik snap er niets van.

'Ze gaan werken en vinden ons luie stinkerds,' legt Nicole, met haar ogen gesloten, aan me uit. 'Ze zoeken meestal doordeweeks rijst uit, dan halen ze er steentjes en zo tussenuit. Dan kunnen ze iets bijverdienen.'

'O.' Ik hoop dat ze lang wegblijven.

Nicole richt zich op, steekt een zorgvuldig bewaard restje joint aan, en overhandigt me na een paar hijsen het laatste trekje. Zo'n stickie is nog best lekker.

Misschien krijg ik vandaag wel bezoek, van Laura, van Van Schaik of van Julia. Er ligt een hele nieuwe week voor me, maar ik kan niets anders doen dan afwachten.

De aanhoudende diarree zorgt ervoor dat ik verzwakt ben, ik voel me koortsig. Glazig staar ik naar het mottige witte pleisterwerk en de diertjes die zich erin hebben genesteld. Ook daar is het maandagochtend, de familie wandluis wandelt op en neer. Misschien gaan ze wel boodschappen doen of schoonmaken, een wasje draaien, handdoeken en kleren opvouwen, strijken. Allemaal schattige, piepkleine kleertjes met daaronder schattige, piepkleine laarsjes met daarin nog kleinere vetertjes waar een ieniemieniestrikje in moet worden gelegd. En daarna gaan ze naar luizenschool. Alle kleine luisjes krijgen 's ochtends les in luizentaal en luizenrekenen van de luizenjuf. Zouden ze ook luizenmoeders hebben op de luizenschool? En hoofdluis? Ja natuurlijk, kijk, daar staat de hoofdluis! Ze heeft haar pootjes streng over elkaar heen gevouwen.

Ik voel hoe Nicole een koude natte lap op mijn voorhoofd legt, ik kan haar nauwelijks onderscheiden. De luizen zijn kwaad op me. Ik heb hun geheim ontrafeld, ben ongevraagd hun wereld binnengedrongen. Ik voel hoe ze over mijn lijf lopen, het overnemen. Mijn lichaam is vanaf nu van hen, het is veroverd en bezet gebied.

Nicole zet me rechtop en geeft me een paar slokken water, Sunjala en Kali kijken me broedend aan. Ik staar naar hun zwartomrande ogen en wil ze duidelijk maken dat ik niet bang voor hen ben. Onverwachts gaan het licht en de muziek weer uit.

De beestjes lopen over mijn armen, alles en iedereen gaat richting hoofd. Ze zijn van plan een stad in mijn haar te bouwen. Ik durf ze niet tegen te houden, ik mag niet bewegen, uit angst voor het grote, gevaarlijke monster dat zich in mijn darmen heeft genesteld. Nog even en hij blaast de boel van binnenuit op. Een aanslag. Terrorisme. 'Kijk uit!'
Mijn nek doet zeer, een helse pijn.
Laat me liggen. Nee, ik wil geen water. Laat me toch met rust.
'Laat me met rust!'
Wie gilt daar zo?

It's Groundhog Day, en ik heb diarree. Dat rijmt... wat hilarisch!
Moet je horen...
    'Nicole... Nicole, waar ben je? Nicole?'

Het is nacht, ik strompel met mijn luizenpopulatie op en neer naar
de pot. Het worden er steeds meer, mijn hoofd voelt zwaar. Ik krab
om ze te doden, maar ze zijn me te vlug af. Ze bouwen een luizen-
stad, met luizenwolkenkrabbers en luizencrèches voor hun luizen-
baby's. Ik moet ze tegen zien te houden, anders gaan ze nooit meer
weg. Ik trek zo veel mogelijk haren uit mijn hoofd om ze het bouwen onmogelijk te maken. Dat zal ze leren! Als er geen haarwortels
meer zitten, kunnen ze niet meer heien. En dat heien dat moet nu
echt ophouden, want ik kan er niet meer tegen.
    Mijn handen worden vastgegrepen, maar ik weet me los te vech-
ten. De tijd dringt. Als ze zich voorgoed gevestigd hebben dan maken ze... Shit! Het licht gaat weer uit.
    Gingen die kutluizen nu maar weg, dan zou ik eindelijk kunnen
slapen.

Het is donker. Het darmmonster perst de poep met kracht naar
buiten. Brullende geluiden. Het geweld doet me kokhalzen. Nicole
begeleidt me terug naar mijn matje. Ik begin te lachen. Het monster heeft de luizen stil gekregen.
    'Haha! Daar hebben jullie niet van terug, hè, stelletje kleine ty-
fuslijers. Ja, er zit een monster in me! En dat zal doorschijten totdat
jullie allemaal op de vlucht zijn geslagen. Allemaal! Gore tyfuslij-
ers! Mij krijgen jullie niet klein!'

De tl-verlichting springt aan. Ik kijk om me heen en ben nog steeds
in de cel. '*It's Groundhog Day*,' fluister ik richting plafond. De eerste
luizen hebben hun koffertjes gepakt. Ze verlaten mijn lichaam en
gaan terug naar hun muur. Het monster heeft ze overwonnen. Het
was geen vijand, geen terrorist, maar mijn beste vriend.
    Nicole ziet er moe uit, ze kijkt me bezorgd aan.
    '*Good morning, it's Groundhog Day*,' groet ik haar.

Ze lacht, tegelijkertijd stromen de tranen over haar wangen. 'Jij bent niet goed.'

De rest van de ochtend slaap ik.

Tegen lunchtijd word ik opgehaald door een bewaakster. Zoals zij het woord *visitor* uitspreekt, heeft het nog het meeste weg van een griezelige zwart glimmende spin met harige poten.

'*It's Groundhog Day*,' groet ik haar.

Ze schudt haar hoofd en neemt me mee naar de wachtruimte waar ik bezoek mag ontvangen.

Aan Laura's gezicht valt in één oogopslag af te lezen dat ik het slecht maak. Ook zij begint spontaan te huilen.

'Nicole, mijn celmaatje, maakte ik vanmorgen ook al zo verdrietig,' zeg ik enigszins bedremmeld. Ik ben blij om haar te zien en wil haar niet ongelukkig maken.

'Wat is er met je gebeurd?' Ze bijt op haar onderlip in een poging haar tranen terug te dringen.

'Nou, eh, eigenlijk niet eens zo heel veel. Of juist weer wel, ik weet het niet eens meer precies. Er waren een heleboel luizen in de cel en die kwamen allemaal op me zitten. Ik werd er gek van, dus...' Ik strijk met mijn handen door mijn haren en voel dat ik de nodige plekken kaal heb getrokken. 'Ik dacht, als er nou geen haar meer zit...' Ik ben me ervan bewust dat ik het waarschijnlijk niet zo goed maak, maar ik kan de confrontatie met mezelf nu niet aan, dus haal ik mijn schouders op. 'Het groeit wel weer aan, verder is het wel lekker koel.' Ik probeer het af te doen als gekkigheid in plaats van complete geschiftheid.

Ze legt fruit, vitaminepillen, wc-papier, water en een brief voor me op tafel. Er komt een bewaker naast ons staan die met zijn harige handen de boel inspecteert. Ik sta op en onderwerp hem op mijn beurt aan een grondige inspectie. Vreemd, ik kan geen luizen bij hem ontdekken.

Hij kijkt in de dikke envelop. Behalve een brief zit er een dik pak roepies in. Ik geef hem een stapeltje smeergeld en maak een gebaar van 'vort en nu wegwezen'. Het werkt, de bewaker vertrekt naar een hoek van de ruimte. Hierna neem ik eerst een paar flinke slokken water. 'Zo. En hoe is het met jou?'

'Dat is minder belangrijk, we moeten...'

'Nee, dat vind ik juist heel belangrijk. Vertel me iets over het leven buiten deze muren. Deze fantastisch mooie, eeuwenoude muren, die zo schitterend bewaard zijn gebleven.' Ik kijk om me heen en zie buiten enkele bootjes voorbijvaren.

'Nou, ik ben om je eerlijk te zeggen niet zo heel erg opgeschoten. Ik logeer in...'

Terwijl Muis vertelt dat ze in een *guesthouse* hier niet ver vandaan verblijft, en dat ze de afgelopen dagen hemel en aarde heeft bewogen om een goede advocaat voor me te vinden, staar ik naar de zee. Ik zie hoe een groepje mensen vanaf een voorbijvarend schip richting Aguada zwaait. Ik loop naar het venster en begin terug te zwaaien. Laura komt naast me staan.

'Deze gevangenis is een toeristische attractie voor die lui. Ik ben zo blij voor ze dat ze hier niet hoeven te wonen. Het is hier verschrikkelijk, wil je me geloven?'

'Natuurlijk geloof ik je.' Ze heeft een brok in haar keel.

'Heb je Julia al gesproken?' Ik draai me naar haar toe.

'Ja.'

Ik wacht totdat ze verder vertelt.

'Ze is in de war. Ze voelt zich schuldig.'

'En terecht. Heb je haar dat gezegd?'

Laura zucht.

Ik begin te lachen. 'Ik heb jou nog nooit horen zuchten. Jij bent degene die mij moet vertellen dat we een plan maken om mij hieruit te halen, *remember*?'

'Julia is de oude niet meer. We hebben vroeger een hele goede tijd gehad samen, ze was mijn allerbeste vriendin, dat weet je. Maar sinds ze met Deepak omgaat en een kindje heeft gekregen, is ze veranderd. Dat begreep ik eerst wel, mensen groeien nu eenmaal uit elkaar. Maar de laatste tijd is het alleen maar erger geworden.'

'Wat is precies erger geworden?'

'Ze is opgehouden met zelf nadenken en laat alle beslissingen via hem lopen. Ze denkt gewoon niet helder meer na, verdomme! En dat ze ook nog eens drugs gebruikt en te veel zuipt, helpt natuurlijk al helemaal niet. Ze weet niet wat ze nu moet doen, zegt ze. Maar zo moeilijk kan dat toch niet zijn!'

'Ik heb de afgelopen week voor het eerst in mijn hele leven drugs gebruikt,' beken ik.

Ze trekt bleek weg.

Ik haal weer mijn schouders op, dit ultieme '*I don't care*'-gebaar heb ik van Nicole overgenomen en het bevalt me uitstekend. 'Ik heb een paar trekjes genomen van een joint, maak je niet druk. Dat doen ze hier allemaal. Het houdt je rustig. En verder heb ik mijn pillen niet bij me, dus...'

'Dat spul is niet goed voor jou, Donia. Jij moet je hoofd helder houden.' Ter illustratie legt ze haar koele hand op mijn voorhoofd. 'Je hebt koorts.'

'O, is dat het. Ik dacht dat ik in een tropisch land zat.'

'Doe even normaal, je hebt echt koorts. Hoge koorts.'

'Ik voel me ook niet zo heel erg lekker,' beken ik.

'Hoelang is dat al zo?'

Ik probeer de dagen terug te rekenen. Vandaag is het maandag, nee dinsdag.

'Vandaag is het donderdag,' helpt ze me.

'Donderdag?' Ik kan het nauwelijks geloven.

'Ja.'

'Dan mag ik morgen weer naar het ziekenhuis.'

'Ziekenhuis? Wanneer was je in het ziekenhuis?'

Ik geef haar een indruk van de dagelijkse en wekelijkse routine van het verblijf hier in Aguada. Nadat we tot tweemaal toe geld op tafel hebben gelegd om extra tijd te kopen, voel ik me een stuk rustiger dan ervoor. Ik beloof haar niet meer te zullen meeroken met Nicole en dat ik de pillen die ik morgen krijg, niet allemaal tegelijk zal innemen. Zij zal morgen naar New Delhi vliegen om mijn potentiële advocaat te ontmoeten. Een man die kennelijk een zeer goede staat van dienst heeft. Geld is geen probleem. Ik heb haar nog niet zo lang geleden een flink bedrag overgemaakt voor haar goede doel en aangezien zij, zoals ze het zelf zegt, de boel wel kan opdoeken als ik in de bak blijf zitten, zal dit – desnoods in zijn geheel – aan mijn verdediging worden gespendeerd. Ik vraag haar hoe de kinderen het nu moeten redden zonder haar.

'Ze missen me vreselijk. En ik hen ook. Maar zonder jou zouden we niet bestaan, en los daarvan weet ik echt wel waar mijn prioriteiten liggen. Ik ga niet terug voordat we jou vrij hebben, begrepen?'

Tijdens deze laatste woorden word ik bij mijn arm vastgepakt door een bewaker die het de hoogste tijd vindt om dit bezoekuur te beëindigen.

'Begrepen!' schreeuw ik haar over mijn schouder na, terwijl ik word meegenomen. Dan draai ik me naar de bewaker. 'Hé klootzak, doe 's effe rustig. Heb je haast of zo?'

Mijn nieuwe aanwinsten stal ik uit op mijn matje alsof het prachtige trofeeën zijn, het geld heb ik in mijn bh verstopt. Ik ben misselijk, misschien moet ik iets eten. Ik bestudeer de banaan van alle kanten, ruik er zelfs aan voordat ik hem begin te pellen. Nicole ligt diep te slapen. Snip en Snap zijn er niet, ze zijn naar hun werk. De banaan smaakt me niet, halverwege vouw ik de schil weer dicht.

Die kutherrie bezorgt me koppijn. Kon ik die muziek maar uitzetten.

Ik pak de halve banaan en breek hem doormidden. In elk oor duw ik een stuk naar binnen. Dat is beter.

Ik ga op mijn zij liggen en hoor het bloed door mijn hoofd suizen, het klinkt een beetje als de zee. Ik fantaseer dat ik op zo'n bootje langs de kust vaar om dat mooie oude fort te bekijken, het fort dat ooit dienst deed om de Portugese bezetters te huisvesten, maar waar nu mensen worden opgesloten te midden van de dieren. Het lijkt hier wel een fucking zoo. Een paar honderd mensen op een paar miljoen beestjes. Het lot heeft me hierheen gevoerd zodat de luizen in India een plek hebben om te schijten, namelijk op mijn hoofd. Ik voel de beestjes jeuken, maar neem niet meer de moeite om te krabben. Ze doen maar. Ik sta helemaal onder aan de ladder en leg me erbij neer. Ik ben een openbaar luizentoilet, met banaan in mijn oren.

Nogmaals bel ik aan bij het bordje VANISHKURAM. *Het bordes waarop ik sta, waar ooit een trap aan vast heeft gezeten, begint onder mijn voeten af te brokkelen. Als deze deur niet snel opengaat, zal ik nooit meer wakker worden. Ik weet dat ik droom. Hé, dat is raar! Ik weet dat ik droom, maar tegelijkertijd heb ik geen keuze om wakker te worden. Het is nooit meer wakker worden en in de oneindige diepte verdwijnen of nu door deze deur naar binnen gaan. Ik bereid me net voor om in een laatste poging mijn lijf tegen de deur aan te gooien als hij voor mijn ogen soepel openzwaait. Een kort moment sta ik versteld, dan treed ik binnen. Pastelkleurig marmer, koel en zacht gepolijst. Groene planten en bomen. Schaduw. Stilte.*

Er wordt aan mijn arm geschud. De diepbruine ogen van Nicole staan ongerust. Ze houdt een beker thee in haar hand, hetgeen betekent dat het ochtend is. Ik zie haar tegen me praten maar ik kan haar niet verstaan. Als ik naar mijn oren grijp, begraven mijn vingers zich in de derrie. Nicole gebaart van alles en nog wat terwijl ik de banaan eruit peuter – nog een hele klus. Mijn vingers ruiken mierzoet en als het er niet zo walgelijk uit zou zien, zou ik overwegen om ze af te likken.

'*What the fuck?*' zijn de eerste woorden die ik opvang.

'Banaan. Heb wel lekker geslapen. En lang ook.'

'Ik dacht dat je dood was.'

'Had even een dipje,' geef ik toe terwijl ik me uitstrek.

Ook al plakt de zijkant van mijn gezicht van het bananensap, mijn hoofd voelt helder. De chagrijnige maar desondanks nieuwsgierige blikken van mijn overbuurvrouwen – onze voeten raken elkaar bijna – beantwoord ik met een glimlach. Het voelt goed om wakker te zijn. Niet dat de plek waar ik me bevind plezierig is, geenszins, maar het feit dat ik nog leef, ervaar ik gezien de omstandigheden als een klein wonder.

Iedereen is naar het ziekenhuis vertrokken, ik kon niet mee omdat ik daar geen formulier voor had ingevuld. Dat ik dat niet had gedaan omdat ik daar te ziek voor was, is een logica die ik niet duidelijk heb kunnen maken aan de bewaakster. Zelfs niet toen ik haar geld aanbood. De 'boes' was 'foel'.

Als ik wat verveeld om me heen kijk, zie ik de brief liggen. Gisteren heb ik er vreemd genoeg helemaal niet meer aan gedacht. Ik schud mijn hoofd, ik was niet goed de afgelopen dagen. Post! Ik klem hem eerst tegen me aan. Ik krijg post, dus ik besta.

De envelop bevat een uitgedraaide mail van meneer Van Schaik gericht aan Laura. Mijn eerste voorgeleiding zal volgende week donderdag plaatsvinden. Hij adviseert advocaat A. de Souza uit New Delhi en heeft maandag een afspraak voor haar geregeld.

Ik staar een tijdje voor me uit met de brief in mijn handen. A. de Souza. Zal hij me hier uit krijgen? Het wordt tijd dat ik ga aankloppen bij de verantwoordelijken voor mijn hachelijke situatie, te beginnen bij mijn dochter. Ik snap niet waarom ze nog niet bij me langs is gekomen. Natuurlijk voelt ze zich schuldig, maar dan nog!

Ik buig me naar het stapeltje eigendommen van Nicole en pak er een pen uit. Op de achterkant van de brief begin ik te schrijven:

Julia, kom alsjeblieft bij me langs. Ik zit in Aguada.

Ik staar een tijdje naar de woorden die ik geschreven heb, mijn handschrift is onregelmatig, bijna onherkenbaar. Zo mooi mogelijk vervolg ik:

We komen er samen uit.
Ik hou van je,
Je moeder.

Ik pak mijn geld, tel een stapeltje biljetten uit en roep de bewaakster. Ik laat haar het geld zien, ze kijkt hebberig. De ene helft kan ze nu van me krijgen, de andere pas als Julia langskomt, herhaal ik verschillende malen. '*Personally, only personally!*' maak ik haar duidelijk. Ze lijkt het te snappen en pakt de bankbiljetten aan. Maar mijn antwoord op de vraag waar zij mijn dochter kan vinden, doet haar het reeds geaccepteerde geld aan me teruggeven. Ze loopt weg zonder nog een woord tegen me te zeggen. De Vanishkurams zijn geen mensen waar je mee spot en, ook al kan ze hier omgerekend een maandsalaris mee verdienen, ze wil erbuiten blijven. Ik roep haar na, maar ze komt niet meer terug.

'Toen ik haar zei dat ze de brief alleen aan Julia persoonlijk mocht geven en dat meneer Vanishkuram hem onder geen beding mocht zien, weigerde ze er nog iets mee te maken te hebben,' vertel ik later die middag aan Nicole – ik ben nog steeds verontwaardigd.

Ze is blij teruggekomen van het wekelijkse doktersbezoek en klaarblijkelijk opgelucht mij in redelijk normale doen aan te treffen.

'Misschien doet papa het wel voor je.'

'Wanneer komt-ie weer?'

'Dinsdag, maar weet je?'

'Nou?'

'Als ik deze brief nu eens bij hem laat bezorgen? Dan schrijf ik er voor hem iets bij zodat hij weet wat hem te doen staat.'

En zo schrijven we onder aan de bladzijde een kort briefje aan Thomas. We doen hem een suggestie hoe hij het zou kunnen aanpakken. Hij kan het beste gewoon aanbellen bij het paleis en zeggen dat hij een oude vriend van de familie is.

Met deze brief heeft de bewaakster geen enkele moeite, ze kijkt zelfs verheugd. Voor omgerekend een paar euro verlaat de post op vrijdagmiddag alsnog de cel. Mijn ziekenhuis-aanvraagformulier voor volgende week heb ik ook al meteen ingeleverd. Tevens heb ik een schriftje en een pen gekocht. Ik wil een dagboekje beginnen om mezelf een bepaalde discipline aan te leren. En zo sluit ik deze week vol tevredenheid af, voor het eerst sinds tijden heb ik het idee dat ik iets nuttigs heb gedaan.

ZATERDAG: Vandaag stond er vis op het menu. O wat mis ik de oer-Hollandse aardappel en bruine boterham met kaas (niet aan denken!). Mijn maag begint zich iets beter te gedragen, maar ik blijf diarree houden, zoals iedereen hier. Er is nooit genoeg water. In het regenseizoen schijn je meer te krijgen, maar ik hoop ver voor de zomer weg te zijn. Zolang ik niet genoeg kan drinken, blijf ik hoofdpijn houden. Dinsdag zal Nicole vertrekken voor haar hoger beroep. Ik zal haar missen, ze blijft misschien wel twee dagen weg, heeft ze me verteld. Ze ligt te slapen. Ook van Snip en Snap heb ik weinig last, de pillen doen hun werk. Donderdag zal ik voor het eerst een rechter zien. Nicole waarschuwde me dat het heel goed mogelijk is dat mijn zaak die dag niet eens aan bod komt. Het rechtssysteem in India zou overbelast zijn. Ik zal het allemaal over me heen laten komen. In elk geval ben ik komende week twee dagen uit de cel, donderdag en vrijdag.

Ik weet verder niets te verzinnen om op te schrijven. Jammer dat ik niet kan tekenen, maar desondanks probeer ik een schets te maken van de ruimte waarin ik me bevind. Als ik daarmee klaar ben, nog geen tien minuten later, weet ik het zeker. Ik verveel me. Voor het eerst sinds ik hier ben, weet ik werkelijk niet te verzinnen wat ik moet doen. De eerste dagen na mijn arrestatie was ik boos en gefrustreerd. Daarna, in Aguada, raakte ik compleet de weg kwijt. En nu ik me relatief beter voel, verveel ik me te pletter.

Ik staar naar de wand tegenover me, maar verbied mezelf om de beestjes en hun wandelgang te volgen. De waanvoorstellingen van afgelopen week heb ik als levensecht ervaren en ik ben bang dat ze terugkomen.

Liggen met mijn ogen dicht werkt niet zonder pillen of een joint. Een tweede keer de inmiddels gehalveerde *Nieuwe buren* lezen, spreekt me ook niet aan.

Hoe heeft mijn leven onverwachts zo'n desastreuze wending kunnen nemen? Hoe ben ik hier terechtgekomen? Hoe kom ik er weer uit? Wachten op allerlei zittingen, advocaten, beroepen, enzovoorts. Dat is nu mijn leven, mijn toekomst. Zal ik me erbij neer kunnen leggen? Ik heb geen keus, ik zal wel moeten.

Ik pak mijn schriftje, waar ik eerst de luizen vanaf schud. Ze belanden op mijn matje. Ik teken een driehoek. Daarna kras ik er schaduw omheen. Het enige wat hier in de loop van de dag verandert, is de schaduw. De zon buiten is sterker dan de tl-verlichting binnen. Staat de schaduw van de derde spijl bij Kali's plek, dan is het lunchtijd. Staat de zon laag en bereikt de buitenmuur onze matjes, dan krijgen we ons avondbroodje.

Mijn driehoek is inmiddels driedimensionaal geworden. Het is een soort piramide met drie zijden. Eronder zet ik de naam van de man met wie ik mijn leven deelde: Gidon. Alleen al bij het zien van zijn naam voel ik me minder alleen. Gidon, help me! Hoe kom ik hier uit?

Ook bij zijn naam teken ik een schaduw. Zijn werkende leven speelde zich af in de schaduw. Hij heeft me buiten al zijn criminele activiteiten gehouden. Had ik moeten weten wat voor werk hij deed? Deze vraag heb ik me het afgelopen jaar vaak gesteld. Het antwoord luidt ja. Ik wilde kennelijk niet weten wat hij allemaal uitspookte. Nooit heb ik ook maar een moment getwijfeld aan zijn integriteit en dat is natuurlijk niet normaal. Zeker niet gezien het feit dat er bakken met geld binnenkwamen en we een politie-inval en een huiszoeking hebben gehad. Waarschijnlijk was ik zo naïef omdat ik vanuit een kalverliefde in de relatie ben gegroeid. Gidon was mijn eerste liefde en ik ben romantisch ingesteld. Ik legde mijn lot in zijn handen en ik was blind van vertrouwen.

Maar er is nog een reden waarom ik zo lang onwetend bleef. De overvloed aan materiële zaken ervoer ik als bijzonder prettig en het maakte me blind. Een andere verklaring is er niet. Waar al het – voornamelijk zwarte – geld vandaan kwam, wilde ik simpelweg niet weten. Maar hoe zou ik hebben gereageerd als ik het wel zou hebben ontdekt, of als iemand het me had verteld? Waarschijnlijk was ik bij mijn man gebleven.

Ach, wat maak het allemaal nog uit. Gidon is dood. Zijn baan als bankier van de onderwereld is overgenomen. Ons geld wordt nu door iemand anders beheerd, althans dat heb ik van Daniel begrepen. Natuurlijk heb ik erover doorgevraagd. Zo wil ik graag weten om hoeveel geld het gaat. Honderdduizenden of miljoenen euro's? Misschien wel tientallen miljoenen? Als ik Daniel ernaar vroeg, iets dat ik het afgelopen jaar meermalen heb gedaan, gaf hij nooit een concreet antwoord. Hij beloofde altijd alleen dat het allemaal goed zou komen. Wat hij precies met 'het' bedoelde? Geen idee. Ik liet me afkopen met honderdjes.

Ik schrijf de naam Daniel naast die van Gidon, de twee broeders in het kwaad, naast elkaar, verenigd op een luizig stuk papier, zoals ze ooit samen een naambordje deelden: FISHER & KOPPELMAN CONSULTANCY.

Waarom zou ik me ooit nog tot Daniel richten? Omdat ik ook niet weet hoe ik het anders moet aanpakken. Naar de politie of een gerenommeerd accountantskantoor stappen met de vraag of zij mijn verdwenen tegoeden willen opsporen, is geen optie. Al ons geld is verdiend met illegale praktijken. Daniel heeft me verschillende keren uitgelegd dat Gidons vermogen is ondergebracht in een trustmaatschappij met een rekening onder nummer. Alleen de bewindvoerder van die maatschappij is gevolmachtigd om geld van die rekening te halen en die bewindvoerder is de opvolger van Gidon. De man die zijn plaats heeft ingenomen, heb ik nooit mogen ontmoeten. Het komt allemaal behoorlijk vaag op me over.

Ik zet een vraagteken door Gidons naam en focus me op het tweede vlak van de driehoek: de handel. De geïmporteerde drugs worden geleverd aan dealers door heel Europa. Dit levert natuurlijk weer bakken met cash geld op. Daar moet iets mee gedaan worden; witwassen is de meest voor de hand liggende oplossing. Gidon was een genie in het bedenken van witwasmethodes. Maar sinds ik, na zijn dood, van zijn activiteiten op de hoogte ben, is het me opgevallen dat niet alleen hij zich hiermee bezig hield. Zo las ik een tijdje geleden in de krant dat bijvoorbeeld een zonnebankcentrum regelmatig als dekmantel fungeert om zwart geld wit te wassen. De truc is eenvoudig: ze doen alsof ze de hele dag vol zitten en geven aan de belastingdienst pakken met bankbiljetten afkomstig van de straat op, alsof het door allerlei bruingebakken mensen is afgerekend. Lucratieve handel. Ze doen in feite hetzelfde wat Gidon deed, maar dan op kleinere schaal.

Jim is de man van de handel en vanwege zijn connecties met de straat, naar alle waarschijnlijkheid ook verantwoordelijk voor het opknappen van smerige zaakjes. Hij heeft zijn positie nu kennelijk aan iemand anders afgestaan, hij woont immers op Curaçao. Toch zet ik zijn naam op het papier. Het is lastig dat iedereen steeds van plek wisselt in zo'n organisatie. Maar ja, we hebben het nu eenmaal niet over de ambtenarij. In drugs valt sneller carrière te maken.

Het derde vlak is bestemd voor transport. Drugs worden ingescheept in het land van productie, dan moet de verzending worden geregeld en natuurlijk verdient het stukje opvang op de plaats van bestemming ook de nodige aandacht. Voor zover ik er zicht op heb, zijn de Vanishkurams de grote financiers; ze gebruiken hun geld om transporten die door de grote baas worden georganiseerd, te regelen. De winstmarges zijn enorm, maar moeten ook weer worden witgewassen door te investeren in dekmantelbedrijven. Hier kwamen Gidon en Daniel weer om de hoek kijken.

Ik staar naar de driehoek waarin gouden zaken worden gedaan en die zich geheel buiten het zicht van justitie en politie bevindt. Zolang niemand inzage heeft, kan deze lucratieve business floreren en blijven de hoofdrolspelers buiten schot. Dat blijkt ook maar weer uit het feit dat er nooit iemand is opgepakt voor de moord op Gidon. Bizar maar waar. Op de televisie verdwijnt de schuldige na vijftig minuten CSI of Law and Order achter tralies. Realiteit is dat de echte boeven op deze wereld met alles wegkomen.

En ik? Ik zit vast. Als mijn leven niet zo diep ellendig zou zijn, zou ik er hard om hebben kunnen lachen. Wrange humor, met mezelf in de hoofdrol. Deze organisatie speelt al jarenlang hoog spel en ik heb hen tegen het zere been geschopt.

Boven aan het papier teken ik een vogel. Het lijkt niet echt op een vogel en dus zet ik er met grote sierlijke letters KRAANVOGEL boven.

'Zo, en nu is het setje compleet,' zeg ik hardop.

'Huh?' Nicole draait zich naar me toe.

'Niets, ga maar weer slapen.'

In het donker lig ik nog steeds met mijn ogen open. Ik ben steenrijk, maar ik kan niet aan mijn geld komen. Er staan wel enkele tienduizenden euro's op mijn bankrekening, maar de rest zit vast. Vast in een trust bij een man die *untrustworthy* is. Maar het is en blijft geld dat door Gidon is verdiend en waar Julia en ik recht op hebben. Zullen we het ooit terugzien?

Dat ik hier niet eerder mee naar de politie ben gegaan, heeft alles te maken met het feit dat ik mijn geld niet wilde kwijtraken. Nu mijn toekomst zich de komende jaren hier in deze cel dreigt af te spelen, begin ik er voorzichtig anders tegenaan te kijken.

Zou de politie belangstelling hebben voor mijn informatie? Weet ik eigenlijk wel genoeg? Wat gaat Vanishkuram met mij doen? Wat is hij van plan? Nog meer mensen omkopen om me hier te houden of me helpen om zo snel mogelijk vrij te komen?

Ik schiet recht overeind. In het stikdonker zie ik voor me hoe ik word vermoord. Het zou Senior niet slecht uitkomen als ik van de aardbodem zou verdwijnen. En momenteel heeft hij alle touwtjes in handen. Een functie binnen de drugsorganisatie heb ik niet, behalve als notoire lastpost, mijn staat van dienst spreekt boekdelen.

ZONDAG: de zon schijnt onverbiddelijk en ik ben bang dat ik India niet levend zal verlaten. Ik ben bang dat de rechter me de komende jaren hier opgesloten houdt. Bang dat ik voordat ik vrijkom word vermoord in opdracht van Dhawal. Bang dat als dit niet gebeurt, ik gek zal worden in deze kleine ruimte. Of dat ik anders wel een dodelijke ziekte zal oplopen en een langzame, pijnlijke dood zal sterven.

MAANDAG: Ergens ver hiervandaan, in New Delhi, is Laura nu onderweg naar advocaat De Souza. En ik kan alleen maar wachten, gelegen op mijn rechterzij. Op mijn linkerbil heb ik een puist ter grote van de Mount Everest en hij doet ongelofelijk veel pijn. Volgens 'dokter' Nicole is het een steenpuist.

'*Visitor!*'

Ik wil opspringen maar 'De Bruin' – een naam die nauwelijks verstaanbaar wordt uitgesproken – wordt aangewezen. Nicole zal met haar vader en advocaat haar zaak voorbereiden. Morgen vertrekt ze voor haar hoger beroep naar Panjim, de hoofdstad van Goa. Ze belooft me aan Thomas te vragen of het bezorgen van de brief aan Julia is gelukt.

Ik hoop niet dat Nicole komende week wordt vrijgesproken, ik zou niet weten wat ik zonder haar zou moeten. Ho, stop! Dit kan ik niet maken. Wat ongelofelijk gemeen van me om zo te denken.

'*Visitor!*' Even kijk ik om me heen, maar ik ben echt alleen.

'Au!' Ik trek me op aan een ijzeren spijl achter me zodat ik niet met mijn bil over het beton hoef te schuren, en ga snel naar het openstaande hekwerk.

Julia heeft een shawl met tijgerprint om haar blonde haren gebonden, ook draagt ze een extravagant grote zonnebril. Waarschijnlijk in een poging incognito over te komen, maar het effect is tegenovergesteld. Ze is kennelijk met Thomas meegekomen en heeft zich schuin achter hem opgesteld. Nicole en haar advocaat zijn al druk in gesprek.

'Dank je wel,' fluister ik naar Thomas.

Hij geeft me een ongemakkelijk klopje op mijn schouder, daarna laat-ie ons alleen. Hij gaat bij zijn dochter zitten.

Julia bijt op de hoek van haar onderlip. Ze deed dit vroeger als ze verlegen was met een situatie. Zoals die ene keer toen ze vier jaar oud was en haar gezichtje vol met mijn make-up had gesmeerd.

Ik glimlach naar haar. 'Hai, lieverd.'

'Mam...'

'Kom bij me.' Ik vouw mijn armen open, maar ze komt niet van haar plaats. Zo staan we een poosje als standbeelden tegenover elkaar. Vanuit mijn ooghoek zie ik dat we door Thomas worden gadegeslagen.

Hij staat op en loopt naar Julia. 'Ik heb je hier niet mee naartoe genomen om stommetje te spelen. Dat is je moeder! Nicole zou willen dat haar moeder nog in leven was. Ga naar haar toe!'

Julia, niet gewend dat er op deze directe toon tegen haar wordt gesproken, zet haar zonnebril af. Ze loopt naar Thomas toe.

'Je moet niet bij mij zijn,' zegt hij.

Ik zie de vertwijfeling door Julia's lichaam trekken. Dan rent ze op me af en stort ze zich huilend in mijn armen. Godzijdank.

Na niet al te lange tijd wordt onze omhelzing abrupt onderbroken door een bewaker die ons nadrukkelijk en onomwonden uitlegt dat Julia zal moeten vertrekken als we nogmaals lijfelijk met elkaar in contact komen. Ik zeg hem dat ik het goed heb begrepen en geef hem geld, afkomstig van het bundeltje dat ik opgerold in mijn bh met me meedraag. We nemen tegenover elkaar plaats aan een wiebelende houten tafel.

Julia's rood omrande ogen staan flets en angstig.

'Weet Deepak dat je hier bent?'

Ze schudt ontkennend haar hoofd.

'Hoe gaat het met je?'

'Goed.' Ze klinkt beroerd.

'En met Maxime?'

'Goed.' Dit antwoord klinkt geloofwaardiger.

'Ik ben blij dat je er bent.'

'Ik wist niet...'

Hier red ik haar niet uit, ik wil graag precies weten wat ze niet wist.

'Junior zei dat hij gewoon iets met me wilde gaan drinken. Ik wilde allang weg, en toen kwam jij plotseling. Ik had geen idee dat hij...'

Opluchting, als ik zie dat ze niets met mijn arrestatie te maken had.

'Maar waarom ben je dan niet eerder bij me langs gekomen?'

'Ik wist niet dat je nog vastzat, echt niet! Niemand heeft me dat verteld. Ik kan het gewoon niet geloven dat ze zo ver zijn gegaan.'

'Geloof me, ik ook niet. Toch hebben de Vanishkurams dit op hun geweten. Ik kan voor tien jaar veroordeeld worden.'

Deze zware boodschap wordt direct door haar weggewimpeld.

'Nee mam, dat zal heus niet gebeuren. Senior heeft me beloofd dat hij dit zaakje zo spoedig mogelijk zal oplossen.'

'Dit zaakje? Dit zaakje?!' Ik leun achterover en wijs naar mijn hoofd. 'Kijk naar me! Ruik aan me!' Ik ruik demonstratief aan mijn jurk, maar ik zie niets in haar ogen waardoor ik geloof dat ik daadwerkelijk tot haar doordring. 'Julia, ik woon in een cel! Wat denk je dat hij eraan gaat doen? Een rechter omkopen? De kans is groter dat hij me van kant laat maken, net zoals ze je vader hebben omgebracht.'

'Dat heeft hij niet gedaan!' kaatst Julia terug.

'Luister, we weten allebei dat de opdracht is gegeven door iemand binnen de organisatie. En maakt dat niet iedereen die voor De Kraanvogel werkt mede verantwoordelijk?'

Ze wil haar zonnebril weer opzetten, maar ik pak haar hand en houd haar tegen. Als de bewaker naast me komt staan, laat ik haar weer los. Ik beloof dat het echt niet meer zal gebeuren en schuif een paar roepies zijn kant op.

'Hoe kwam jij in contact met de organisatie?' fluister ik zo ver mogelijk over de tafel gebogen. 'Wil je me dat nu wel vertellen? Ik kan er hier toch niets meer mee.' Mijn plannetje om wellicht informatie te gaan lekken zal ik, zolang zij niet weet aan welke kant ze staat, voor me moeten houden. Mijn vraag is doorzichtig, maar meer informatie betekent een grotere kans op vrijheid en dit lijkt me een goede gelegenheid om het een en ander te weten te komen.

'Ik was helemaal niet blij toen ik van jullie van school af moest. Ik kende helemaal niemand op Beverweerd, alles was nieuw voor me. Jullie hadden wel vaker gedreigd me naar kostschool te sturen, maar ik had nooit gedacht dat jullie dat uiteindelijk ook echt zouden doen. Ik wilde er niet heen, maar ik moest. Van jou!'

'Je vader en ik dachten dat het goed...'

'Ja ja, dat een *International Boarding School* goed zou zijn voor mijn internationale contacten. Bullshit! Je wilde me gewoon niet meer in huis hebben. En nou ja, toen heb ik precies gedaan wat jullie hoopten dat ik zou gaan doen: netwerken!' Haar ogen staan strijdlustig.

'Het is dus allemaal mijn schuld?' Ik kan nauwelijks geloven welke wending dit gesprek heeft genomen. 'Nou?' dring ik na een langdurige stilte aan.

'Hé? Nee, natuurlijk niet! Je begrijpt me niet.'

'Leg het me dan uit. Alsjeblieft... kijk naar me. Julia, ik heb je nodig. Ik heb je verdomd hard nodig. Als...'

'Als wat?' vraagt ze als ik midden in mijn zin blijf steken.

'Als alles anders was gelopen dan zaten we hier nu niet. Maar het is gegaan zoals het is gegaan. Het spijt me verschrikkelijk dat je het niet fijn vond op Beverweerd. Maar je vader en ik dachten toentertijd dat het de beste oplossing was, voor jou en...' Ik besef dat ze gelijk heeft. Gidon en ik wilden graag meer tijd voor onszelf, we hadden geen zin meer om elke dag een onhandelbare teenager om ons heen te hebben.

Ik neem een slokje van het flesje water dat ze heeft meegebracht en laat de wind die vanaf de zee binnenwaait mijn gedachten verkoelen. Het geluid van de roterende wieken van de ventilator boven mijn hoofd werkt hypnotiserend. 'Misschien hadden we je er niet heen moeten sturen.' Ik hoor mezelf als van een afstand praten. Kon ik maar wegdrijven op de koele wind. Ik voel me onderuit glijden.

Thomas zet me recht op mijn stoel en duwt zijn hand stevig in mijn nek. Hij geeft me de opdracht terug te duwen. Er loopt water langs mijn gezicht. Eerst denk ik dat het zweet is, maar dan voel ik dat hij scheutjes water uit de fles over me heen gooit.

'Kom op, Donia, rechtop zitten.'

Ik voel het bloed langzaam weer naar mijn hoofd stromen en richt me op.

'Jij bent ook een mooie, Julia. Zit jij je moeder hier nu verwijten te maken terwijl...'

'Het is goed, Thomas, dank je wel.'

Mopperend loopt hij terug naar zijn stoel.

'Gaat-ie?' Benauwd staart Julia me aan.

'Ja, het gaat wel weer. Komt denk ik door de buikloop. Ik ben verzwakt.'

'O mama, sorry.'

'Je hoeft je niet te verontschuldigen. Jij kon kennelijk ook niet weten dat ik zou worden gearresteerd. Maar ik heb wel je hulp nodig, begrijp je dat? Julia?'

Ze kijkt me verward aan. De tijd is op. Ik kan en wil niet meer bijkopen, ik heb genoeg gehad voor vandaag.

'Alsjeblieft, kom nog een keer bij me langs. Dan praten we verder.'

'Maar, als Deepak erachter komt...'

'Dan zorg je er maar voor dat hij er niet achter komt!' Ik geef haar mijn strengste blik. Hoe is het mogelijk dat ze is opgegroeid tot zo'n egocentrische vrouw? Plotseling zie ik mezelf in haar terug en besef ik dat ik de enige ben bij wie ik met dit verwijt kan aankloppen.

Nicole en haar advocaat zijn inmiddels al vertrokken, haar vader heeft bijgelapt om nog even bij ons te mogen blijven.

'Heb je geld voor me?'

Als Julia haar portemonnee pakt, zie ik dat haar handen beven.

'Wil je de volgende keer ook eten en drinken voor me meenemen?' vraag ik bij wijze van pressiemiddel om haar nogmaals hier langs te laten komen; ondertussen pak ik nagenoeg alle biljetten uit haar portemonnee. Dan blijft mijn blik op een fotootje van Maxime rusten. 'Mag ik deze hebben?'

'Natuurlijk.'

Snel peuter ik het plaatje achter het plastic vandaan. Op de foto, die recent is genomen, bollen Maximes dikke wangetjes zo hoog op van het lachen dat haar ogen nauwelijks meer zichtbaar zijn. Ik schiet vol. 'Geef je die lieve schat een dikke kus van me?'

Haar antwoord versta ik niet meer, ik word weggeleid.

'Nou dat was allesbehalve saai!' ontvangt Nicole me opgewonden.

In vergelijking met de dagen ervoor was het afgelopen uur inderdaad zeer enerverend. Ik plof neer op mijn matje waarvan ik direct weer opveer als ik aan mijn steenpuist word herinnerd. Het is rechtop zitten of op mijn zij liggen. Ik vlij me op mijn zij. 'Pfieuw!' Ik loop leeg als een lekke band.

'Pittige dochter heb je...'

'Sorry, Nicole, nu even niet.' Ik voel voorzichtig aan de foto die ik in mijn hand geklemd houd. Als ik het tandeloze smoeltje naar me zie lachen, breek ik.

'*Visitor!*' hoor ik door mijn tranen heen. Het zal niet voor mij zijn.

Nicole duwt tegen mijn rug. Ik wimpel haar weg.

'*Visitor! Fisher!*'

'Kom op Donia, het is voor jou. Het gebeurt nooit dat iemand twee keer op een dag bezoek mag ontvangen. Dus, schiet op! Huilen doe je maar in je eigen tijd.'

Me nauwelijks realiserend dat ik alweer aan de beurt ben, probeer ik me te focussen op de vraag wie ik kan verwachten. Ik snel achter het uniform aan, het gezicht erboven geeft geen enkele sjoege als ik informeer wie er op me wacht. Ik voel me niet opgewassen tegen een volgende emotionele veldslag en hoop meneer Van Schaik aan te treffen.

Als ik naar binnen word geleid in dezelfde ruimte waar Julia nog geen half uur geleden tegenover me zat, staat Dhawal met zijn rug naar me toe naar buiten te kijken. Ik prevel binnensmonds een dankwoord dat ze elkaar zijn misgelopen. Of weet hij dat ze zojuist hier is geweest? Ik verberg de foto van mijn kleindochter in mijn samengebalde vuist. Dhawal begint te praten, zonder dat hij zich naar me omdraait.

'De zee, zo vérstrekkend als het zicht reikt, niemand kent de diepte en de rijkdom die er prijkt.'

Zijn complete bullshittactiek herken ik van kerstavond. De Kraanvogelsage, zo kleurrijk verteld, als creatieve afleidingsmanoeuvre. Ik weet niet wat ik moet zeggen en houd dus maar mijn mond. Dat lijkt me sowieso het beste, ik ga zitten en probeer me een ongelukkige houding aan te meten. Ik hang schuin over mijn stoel en leg een arm op tafel, mijn hoofd laat ik leunen in mijn handpalm. Ik kijk naar beneden en wacht af. Wat zal hij als eerste aan me vragen? Wat is het doel van zijn bezoek? Ik hoor een stoel naar achteren schuiven, maar kijk niet op of om. Geconcentreerd bestudeer ik de houtnerven in het tafelblad. Vele droeve gesprekken heeft deze tafel al moeten aanhoren, van ouderdom en pure ellende staat hij op het punt van bezwijken. Minuten – of zijn het slechts seconden? – verstrijken. Uiteindelijk hoor ik een kuchje. Het is een keurig kuchje. Verbaasd kijk ik op.

'Hallo, Donia.' Als suikerstroop zo zoet.

Achter mijn blanco gelaatsuitdrukking passeren verschillende gedachten de revue: Vanishkuram is de vijand, ik moet hoogte van hem krijgen, maar ik mag op mijn beurt niet weggeven hoe het met mij gaat. In mijn hand houd ik het bewijs dat ik Julia zojuist heb gezien. Ik wend mijn blik weer van hem af.

'Het is compleet misgelopen tussen ons. Ik ben hier om het goed te maken.'

Ik wacht op wat er verder komt.

'Het was nooit de bedoeling dat je daadwerkelijk officieel zou worden aangeklaagd. Dat er uitgerekend die avond een fotograaf van de krant op die plek aanwezig was, is wat je noemt pure pech. Dit had natuurlijk nooit mogen gebeuren. Nu konden ze niet anders dan je hiernaartoe brengen. Het is helemaal misgelopen, dit is een grove fout vanuit de organisatie waarvoor ik je mijn welgemeende excuses kom aanbieden.'

Eenentwintig, tweeëntwintig...

'Donia, kan je me horen?'

Achtendertig, negenendertig, veertig...

'Donia, ik ga je helpen.'

Drieënzestig, vierenzestig...

'Donia!'

Ik veins verbazing, alsof ik wakker word uit een diepe slaap. 'Ja?'

'Heb je me gehoord?'

'Uh, ja.' Geen woord heeft hij gezegd over het feit dat ze verantwoordelijk zijn voor mijn arrestatie, alleen over het feit dat ik ben aangeklaagd en dat ze dat niet hadden voorzien.

'Ik ben hier om te kijken hoe we je hier uit gaan krijgen.'

Zou hij me in zijn eigen land niet veel eerder op vrije voeten hebben dan een advocaat die ik nog niet eens heb ontmoet? Hij heeft het tenslotte ook voor elkaar gekregen om mij te spreken, als tweede bezoeker op één dag, iets dat op zich ook al bijzonder is.

'Het spijt me.' Het rolt uit mijn mond zonder dat ik er erg in heb.

'Wat spijt je?'

Tsja, wat spijt me eigenlijk? 'Dat ik het jullie zo moeilijk heb gemaakt.' Mijn nederige houding is een schot in de roos. Ik zie de twijfel in zijn ogen opdoemen. Is de feeks getemd? Heeft ze nu dan eindelijk haar lesje geleerd?

Ik focus me op de foto die ik onder de tafelrand verborgen houd. Maxime, voor jou zal ik hier levend uitkomen. Je oma zit in de penarie, mijn lieverd, maar ze is niet voor een kleintje vervaard. Ik laat mijn hoofd weer hangen, als ik een verendek zou hebben gehad, had ik mijn kop erin gestoken.

Daarmee is het gesprek afgelopen. Dhawal verlaat de bezoekersruimte onder de plechtige belofte dat hij een manier zal verzinnen om mij hier uit te krijgen.

'Wie was het?'

'Julia's schoonvader.' Ik vermijd zijn achternaam om mijn medegevangenen niet te alarmeren.

'En wat had-ie je te zeggen?'

'Hij kwam excuses maken, en zegt dat hij me zal helpen.'

'Dan komt het goed! Heb je gezegd dat je vriendinnetje ook wel wat hulp kan gebruiken?'

Ik schud mijn hoofd.

Ze reageert gepikeerd.

'Geloof me,' zeg ik, 'aan hem heb je niets. Hij wilde alleen weten of ik nog een gevaar vormde. Ik kan alleen maar hopen dat ik hem ervan heb weten te overtuigen dat dit niet zo is. Het liefste zou hij me dood zien.'

'Kom op nou.'

Pas als ze me recht in de ogen kijkt, beseft ze dat ik geen wartaal uitsla, maar juist precies weet wat ik zeg.

'O.'

DINSDAG: Wil ik hier levend uitkomen, dan moet Dhawal erop vertrouwen dat ik gek maar onschadelijk ben, alleen dan zal hij me met rust laten. Ik hoop dat ik hem hier gisteren van heb overtuigd. Mij hier uit halen, daartoe heeft hij geen enkele reden, dat moet ik goed voor ogen houden.

Nicole is vanmorgen opgetogen vertrokken. Kali is thuis, ze voelt zich kennelijk niet zo lekker. Sunjala is wel naar haar werk gegaan. Alweer een nieuwe dag die zich warm en oneindig lang voor me uitstrekt. Ondragelijke kop- en puistpijn maken dat ik stilletjes op mijn zij blijf liggen.

Als ik klaar ben met schrijven, probeer ik te slapen. In de verte hoor ik een kind huilen. Ik probeer me een voorstelling te maken hoe het moet zijn om op te groeien tussen deze gevangenismuren. Hoe ziet je leven eruit als je niets anders gewend bent?

Ik hoor hoe anderen in de naastgelegen cellen worden opgehaald om hun bezoek te ontvangen. Vreemd genoeg vormt elke cel in de gevangenis een huisje op zich. Net zoals ik mijn buren in Amsterdam amper ken, weet ik nauwelijks wie er in de cel naast me zitten opgesloten of wat er zich afspeelt.

Kali staat op en komt op mij af. Het is een ongeschreven regel dat we niet op elkaars matje komen, ik kijk haar verbaasd aan.

Ze brengt haar gezicht vlak bij het mijne. 'Ssst,' sist ze. De rotte lucht van haar adem doet me terugdeinzen, maar het beton geeft niet mee. Haar hand glijdt langzaam in mijn jurkje. De rol met bankbiljetten heeft ze snel te pakken. Met nog een paar vingervlugge gebaren heeft ze al mijn spullen.

Terug op haar mat, kijkt ze vuil mijn kant op. Naast haar liggen Maximes foto en mijn vitaminepillen. Een op een, jij en ik, lijkt ze te willen zeggen. Net als vroeger op het schoolplein, wachten tot de juf de andere kant opkijkt en dan je boekentas in een plas leegkieperen. Mijn twijfel en schrik tracht ik weinig succesvol te verhullen. Mijn beschermengel is nog geen uur weg en de rollen worden al opnieuw verdeeld. Kali is niet ziek, maar bedacht een slimmere manier om aan geld te komen.

Klagen bij de bewaking is geen optie, dat kost meer dan dat het oplevert. En verder schijnt er hier familie van haar te werken. Ik moet dit zelf opknappen.

'Hmm.' Ze kijkt keurend naar de foto van Maxime en scheurt hem vervolgens langzaam doormidden.

Vechten dan maar? Ik betwijfel of ik kans maak, ik ben twee koppen groter maar erg verzwakt. Zij aan de andere kant werkt dagelijks, is gewend aan de hitte en inmiddels ook aan het verblijf in de cel. Ik zal het tegen haar afleggen.

Ze moet weten dat ik me niet door haar laat intimideren. Ik sta op en loop naar het water, in eerste instantie wil ik gewoon iets gaan drinken. Plotseling weet ik wat me te doen staat. Voordat Kali doorheeft wat ik van plan ben, hurk ik boven de emmer en begin ik erin te piesen. Mijn eigen urine drink ik nog wel op als het moet.

Eerst slingert ze onverstaanbare woorden naar mijn hoofd, dan schiet ze op me af. Ze rukt een pluk haar uit mijn hoofd, ik geef geen krimp. De helse pijn trekt na enkele ogenblikken weg, weet ik inmiddels.

Haar gekohlde ooglid trilt als ze mij recht probeert aan te kijken, ik kijk strak terug. Uiteindelijk wendt ze zich af en loopt ze terug naar haar plaats. Ik loop met haar mee en blijf achter haar staan terwijl ze bukt om me de spullen die ze zojuist van me heeft gestolen terug te geven.

Strak van de adrenaline neem ik weer plaats tegenover haar. De twee stukken foto duw ik tegen elkaar aan. Mijn kleinkind, verscheurd. Of ze groeit op in India, of ze groeit op in Nederland. Ze kan niet op twee plaatsen tegelijkertijd zijn. Ik moet vechten, voor haar, anders kom ik hier nooit uit!

'Fuck!' Ik spring impulsief op en begin op en neer te benen.

Kali kijkt me angstig aan.

'Ja, wees maar bang voor me.' Ze weet niet wat ze van deze gekke *move* moet vinden. Ikzelf ook niet. Waarschijnlijk heb ik nog last van de adrenaline.

Ik moet voldoende blijven drinken en vul de mok met water uit de emmer. Ik neem een paar flinke slokken, de smaak is niet anders dan anders. Dit water is altijd al ranzig.

WOENSDAG: Sunjala en Kali zijn samen vertrokken vanmorgen. De cel is vandaag helemaal voor mij alleen. Vannacht heb ik liggen wachten of ze met z'n tweetjes iets tegen me zouden ondernemen. Maar waarschijnlijk had Kali haar plannetje niet gedeeld met Sunjala en dus is er niets gebeurd.

Gelukkig is mijn steenpuist doorgebroken en dus kan ik weer van de ene zij op de andere rollen zonder dat ik het uit wil gillen.

De terroriserende herrie die ze hier overdag draaien, maakt me doof. Behalve mijn eigen gedachten die door mijn hoofd spoken, hoor ik nauwelijks iets. 's Nachts is het anders, dan hoor ik nog wel eens geschreeuw of gegil, ook daar heb ik me voor afgesloten. Binnen de celmuren heb ik mijn eigen isolement gecreëerd, ik hoor voornamelijk mijn eigen innerlijke stem die constant tegen me aan ouwehoert. Laat me hier nog langer alleen en ik hoef niet meer voor gek te spelen: dan ben ik het geworden.

'*Visitor!*'

Het is al laat in de middag. Wie heeft er nu nog betaald om me te zien? Laura? Laat het alsjeblieft Laura zijn. Mijn hoofd staat niet naar nog een rondje Dhawal-poker.

Ik kan alleen maar lachen als ik haar naast haar trofee zie staan, trots als een hengelaar op een zojuist gevangen reuzesnoek.

'Mag ik je voorstellen, meester Arthur de Souza.'

'Je bent een kanjer.'

Mijn advocaat heeft een indrukwekkend opgekrulde snor en donker haar. Hij zit keurig in het pak, maar zijn uitstraling doet denken aan variété uit de oude doos; de Marx Brothers. Hij is uiterst serieus en gaat nauwgezet te werk. Aan het einde van het bezoek dat zeker een uur heeft geduurd, hebben we mijn zaak tot in detail doorgesproken. Ik weet wat ik morgen kan verwachten, in het beste geval komt mijn zaak heel even aan de beurt om vervolgens vooruit te worden geschoven. In het slechtste geval komt de rechter niet aan ons toe en verschijnen we allemaal voor niets. Dat hoort er hier in dit land allemaal bij, zo wordt me uitgelegd door Snorrenmans. Hij spreekt nauwgezet en humorloos, wat hem gek genoeg tot grappig en plezierig gezelschap maakt.

De betaling – niet te vergelijken met de bedragen die Nederlandse advocaten durven te rekenen per uur – wordt door Laura geregeld. Ze heeft komende maand nog voldoende op de rekening staan, garandeert ze me.

In een paar zinnen vertel ik Laura over mijn bezoek; Dhawal en Julia, op een en dezelfde dag.

Ze schrikt ervan maar zegt dat het een goed voorteken is dat ze elkaar niet tegen zijn gekomen. 'Het lot is ons goed gezind,' zegt ze vol overtuiging.

Voor vertrek vraag ik haar om de volgende keer dat ze me ziet, een aantal boodschappen voor me mee te brengen. Ze schrikt dat ze er zelf niet aan heeft gedacht. Laura is een en al goedheid, en dat terwijl ik vroeger dacht dat ze een slechte invloed op Julia had. Iets dat ik alleen op uiterlijkheden baseerde. Haar zwarte kleding en piercing stonden me niet aan. Ik heb tijden lang de wereld van de andere kant bekeken. Hier in Aguada moet ik onder ogen zien dat ik overal naast heb gezeten. Wat ik zag als goed, was slecht en hetgeen ik zag als slecht, blijkt juist goed te zijn. Zo ziet mijn wereld er nu uit, bekeken vanaf de andere zijde van de aardbol.

DONDERDAG: De rechter gaat zich vandaag voor het eerst over mijn zaak buigen. Alhoewel me gisteren door De Souza is verteld dat ik me hier niet te veel van voor moet stellen, doe ik dat toch. Wat zou het heerlijk zijn als hij me direct vrijspreekt. Als er zich bewijs aandient dat ik die drugs nooit zelf heb gekocht. Of als Dhawal de juiste mensen heeft omgekocht. Onwaarschijnlijk, maar toch, het kan. Alles kan! Eindelijk gebeurt er iets!

En nog meer goed nieuws: ik krijg vandaag eindelijk schone kleren. De Soeza vertelde me gisteren dat ik me voor de zitting mag omkleden. Veroordeelden in Aguada dragen een soort uniform. Degenen die nog op hun proces wachten, dragen burgerkleding. Een stapeltje schoon goed mogen we niet hebben, er kan van alles in verstopt worden en er is niet genoeg ruimte voor.

Ik kan nauwelijks wachten wat deze dag me nog meer gaat brengen.

Vanavond zal ik weten hoe het Nicole is vergaan. Als ze terug-komt, heeft ze verloren, als ik haar niet meer zie, is ze een vrije vrouw.

Ik verstop mijn schriftje onder mijn mat. Maxime, nog steeds in twee helften, steek ik tussen mijn bh en mijn linkerborst. Ruimte zat, ik ben vele kilo's kwijt, en zo draag ik haar op mijn hart met me mee.

In het busje heb ik geen raamplaats. Ik word samen met een aantal andere vrouwen naar de rechtbank vervoerd. Roekeloos rijdende brommers en scooters doen de chauffeur meermalen op de rem trappen, waarbij ik hard mijn knie stoot aan het bankje voor me. Toch geniet ik van de rit, al is het alleen maar omdat het uitzicht voortdurend verandert.

Op de plaats van bestemming aangekomen zie ik als eerste Julia die naast Laura op me staat te wachten. Haar had ik hier niet ver-wacht. Hoe haar oude vriendin dit voor elkaar heeft gekregen, is me een raadsel. Ik mag niet op hen afstappen maar moet meelopen met de andere verdachten naar de wachtruimte die nog ouderwet-ser en rommeliger is ingericht dan de bezoekruimte op Aguada. Pas als iedereen is losgemaakt, worden de advocaat en familie naar binnen gebracht. Bij de deur staan gewapende bewakers om ons in de gaten te houden.

Vandaag ben ik vastberaden om niet te bezwijken onder hitte en emoties. Ditmaal dus geen geopende armen waarmee ik afwach-tend tegenover mijn dochter ga staan. Ze mag mij komen kussen als ze daar behoefte toe voelt, iets dat ze klaarblijkelijk niet kan op-brengen. Laura pakt haar tas uit. Nadat de inhoud ervan grondig is geïnspecteerd en goedgekeurd, vertrek ik naar het toilet om me te wassen en om te kleden. De gebarsten spiegel die me bij binnen-komst het beeld laat zien van een compleet vreemde, bezorgt me een hartklopping. Maar hoe goor de ruimte ook is, ik geniet van het stromende water en was, wanneer ik eindelijk aan de beurt ben, mijn oksels en gezicht met water en zeep. De lange linnen broek en het topje staan als een vlag op een modderschuit. Mijn ogen liggen diep, mijn wangen zijn verdwenen, mijn huid is dof en mijn kapsel clownesk. De uitgetrokken plukken beginnen aan te groeien, de korte stekeltjes zorgen voor een vreemde combinatie met de vettige massa die alle kanten op piekt. Ik borstel het haar zo veel mogelijk uit. Het poetsen van mijn tanden maakt mijn opknapbeurt compleet. Neuriënd verlaat ik de toiletruimte.

De wachtruimte is gevuld met gezellig geroezemoes. Een voorgeleiding lijkt voor iedereen een uitje te zijn. Als een vleesgeworden Bermudadriehoek, alle aandacht en energie naar zich toe trekkend, zit Julia tegenover me naast De Souza. Laura staat naast haar.

'Julia, waar denkt Deepak dat je nu bent?' richt ik me tot mijn dochter.

'Weet ik niet.'

'Ben jij bereid om zo dadelijk tegen de rechter te zeggen dat Junior de drugs tussen mijn spullen heeft verstopt? En dat ik nooit in mijn hele leven iets met drugs te maken heb gehad?'

Haar ogen staan geschokt.

Ik had beter moeten weten. 'Dan is het beter dat je nu gaat. Er is van alles dat ik graag met je zou willen bespreken.' Ik buig over de tafel en pak haar handen vast. 'Maar dit is niet de plaats of het moment daarvoor.'

Ze kijkt op naar Laura alsof ze haar toestemming nodig heeft om te vertrekken.

'Ik weet het zeer te waarderen dat je gekomen bent, echt waar. En ik begrijp je...'

'Nou ik niet,' bemoeit Laura zich ermee.

'Geloof me, ik wel,' val ik haar in de rede. 'Wat zou er gebeuren met Maxime als Julia het nu voor me opneemt?'

Ook al denk ik niet dat dit Julia's reden is om me te laten barsten – zij is kennelijk te zwak om het tegen Deepak en Dhawal op te nemen – ik denk niet dat haar aanwezigheid vandaag enig praktisch nut heeft. 'Het is beter dat je gaat. Maar kom me alsjeblieft weer snel een keertje opzoeken in Aguada.'

Nagestaard door de bewakers verlaat Julia de wachtruimte van het gerechtsgebouw.

'Ik kan het niet geloven!' Laura beent woedend op en neer.

'Ik wel. Ze is er nog niet aan toe.'

En daarmee sluiten we het onderwerp Julia voorlopig af. Er dienen nu belangrijker zaken te worden besproken. De Souza heeft met zijn grote, kinderlijk twinkelende ogen het hele gesprek gevolgd. Ook al spreekt hij geen Nederlands, hij heeft wel begrepen dat zijn enige getuige vandaag niet zal gaan getuigen. Maar, zo vertelt hij me, dat maakt niet zoveel uit. Als we vandaag al aan de beurt komen, zal er slechts sprake zijn van het aanhoren van de aanklacht. We nemen uitvoerig de tijd om de juridische kant van mijn zaak door te spreken. Mijn relatief goede humeur van nog geen half uur geleden smelt als sneeuw voor de zon.

Het afkopen van een officiële aanklacht zoals hij is neergelegd, naar aanleiding van die foto in de krant, is van de baan. Dat wist ik al, maar het blijft een gemiste kans. Door naar de feiten zoals die er nu voorliggen. Een heel lang verhaal kort samengevat: met grote mazzel kom ik over drie jaar vrij. Zit het tegen, dan worden het er acht of negen. Het feit dat ik onschuldig ben, wordt door De Souza, net zoals eerder door Van Schaik, van tafel geveegd. Hiermee irriteert hij me enorm. Ik ben onschuldig! Hoe kan het zijn dat dit er helemaal niet toe doet?

De Souza belooft mijn zaak zo goed mogelijk te zullen uitleggen aan de rechter. De familie Vanishkuram erbij betrekken is hiervoor noodzakelijk, iets waar ik meteen al een slecht gevoel over heb. Als hij mij vraagt waarom, kan ik alleen maar antwoorden: 'Omdat ze altijd winnen.'

Net als ik denk dat mijn zaak vandaag niet meer aan de beurt komt, wordt mijn naam omgeroepen.

De rechter richt zich tot me in gebrekkig Engels. Als John Cleese op de houten verhoging had gezeten, had de zitting niet lachwekkender kunnen zijn. Dat de inzet van het geding de komende jaren van mijn leven is, is surrealistischer dan alles wat ik ooit eerder heb meegemaakt. Gelukkig hoef ik alleen mijn naam te bevestigen, anders zou ik waarschijnlijk in lachen zijn uitgebarsten.

Het is vier uur wanneer de verdachten de boeien weer omkrijgen en naar de bus worden gebracht. Laura kijkt verslagen.

'Kop op,' zeg ik haar. 'Jij hebt het goed gedaan...'

Ik moet met de rest mee instappen. 'Kom alsjeblieft snel weer bij me langs,' vervolg ik vanachter de tralies.

Dan gegint de bus te rijden. Laura blijft in tranen achter.

'Nicole!' Ik klink te enthousiast. Het koppie met piekhaar hangt verslagen naar beneden.

'Hoe...?' Laat maar, stomme vraag.

De rest van de avond spreken we geen woord met elkaar. Nicole bijt op haar nagels en gaat als deze op zijn door met haar nagelriemen. Ze laat haar broodje voor mij om op te eten. Door alle vermoeienissen van het afgelopen etmaal kan ik het wel gebruiken.

Als de lichten uit zijn, steekt Nicole een stick op. Het trekje dat ze me aanbiedt accepteer ik na een korte aarzeling. Een trekje kan vast geen kwaad. Vorige keer had ik koorts, daar kwamen die hallucinaties vandaan. Alsof er een baksteen op mijn kop is gevallen, stort ik in slaap.

De volgende dag, op de terugweg van het wekelijkse ziekenhuisritueel – het blijft een achterlijke manier om ons vrouwen ook even te laten luchten – hoor ik van een Israëlische dat ze vanavond met een groepje medegedetineerden buiten de muren van Aguada gaat stappen. Als ik haar vraag wat ze hiermee bedoelt, legt ze me uit dat ze een deal hebben gesloten met het hoofd van de bewaking om één keer per week, drie uur lang – in ruil voor vijfhonderd dollar – naar buiten toe te mogen. Als ik aangeef dat ik niet kan geloven wat ze me vertelt, word ik uitgedaagd om zelf een keer met ze mee te gaan. In ruil voor het geld laat de omgekochte bewaking je om tien uur vertrekken. Je moet je dan uiterlijk om één uur 's nachts weer melden. Als je te laat verschijnt, moet je flink dokken om weer naar binnen te mogen. En als je helemaal niet terugkomt, wordt er direct groot alarm geslagen en zal de politie naar je op zoek gaan.

Aangezien deze nieuwe informatie voor mij nauwelijks te bevatten is, vraag ik door over de ontsnappingsmogelijkheden. Ze legt me uit dat als je op de vlucht gaat, er meteen een opsporingsbevel zal worden uitgevaardigd waarbij alle stations en het vliegveld zullen worden gealarmeerd.

Op mijn vraag hoe dat dan zit met de boten voor de kust, heeft ze ook haar antwoord klaar. Soms is er iemand voorgoed weggekomen, maar in bijna alle gevallen worden de ontsnapte gevangenen opgepakt. Met een beetje pech krijg je dan zomaar tien jaar celstraf extra opgelegd. Je kunt dus maar beter gewoon terugkomen, redeneert ze. Zelf heeft ze nog zes maanden te gaan.

Ik vraag haar voor volgende week vrijdag voor twee personen een 'visum' – zoals zij dit noemt – te regelen. Als ze vraagt wat er voor haar bij zit, antwoord ik tien procent. Ze vraagt twintig, we maken het af op vijftien.

Eenmaal thuis probeer ik Nicole – ze was niet meegegaan vanmorgen – op te vrolijken met dit onvoorstelbare plan. Ik droom hardop dat we misschien samen op een vrijdagnacht met een boot kunnen ontsnappen.

Terwijl ze het velletje langs haar duimnagel stukbijt, hoort ze me zwijgend aan. Als ik klaar ben met mijn hele verhaal, zie ik dat ze woedend op me is. 'Vertel me, waar haal ik zomaar vijfhonderd dollar vandaan? Ben jij niet helemaal lekker of zo?! Mijn hele familie leent inmiddels bij voor mijn advocaat, papa kan zijn verblijf hier al nauwelijks financieren. Laat staan dat hij een boot zou moeten regelen. Los van het feit dat niemand hem hier zal helpen, want wie wil er nou het gevaar lopen om zelf te worden gearresteerd? En o ja, als je al weg komt op deze manier, sta je direct internationaal bekend als ontsnapte gevangene, ook niet echt lekker. Heb je daar al over nagedacht?'

'En als we dan alleen gaan stappen, even een paar uurtjes ertussenuit? Ik betaal.'

'Als je wordt gepakt door een niet omgekochte cipier of een politieagent, kom je in de extra bewaakte afdeling waar al je bezittingen worden afgepakt en je geen bezoek meer mag ontvangen! De bewaking zal je haten, want vanzelfsprekend vallen er naar aanleiding van zo'n incident enkele ontslagen. Je zal ook geen joints meer kunnen kopen. En je krijgt nog minder water en eten. Je zal wegrotten in een donkere cel totdat je doodgaat aan een of andere vreselijke ziekte, zoals aids. Kijk nou maar niet zo geschokt. Wat denk je zelf dat die meiden gaan doen tijdens het stappen? Scoren. Mannen en drugs, daar gaat het ze om. En dan? Dan lekker het hele weekend bijkomen, zo stoned als een aap. Nee, ik hou mijn toekomst liever open.'

'Maar, die ligt juist vast...' probeer ik. Ik ben ervan overtuigd dat de mogelijkheid om de poorten uit te wandelen bepaalde kansen met zich meebrengt die goed dienen te worden bekeken.

'Kijk, jij zit hier onterecht. Logisch dat je vecht om eruit te komen, maar geloof me, zo maak je het er alleen maar erger op. Ik heb me daarentegen zelf in deze ellende begeven. Snap je? Het is mijn eigen stomme fout dat ik hier zit. Ik kan die klojo van een vriend van me wel de schuld geven dat hij me heeft overgehaald om die shit te gaan vervoeren, maar ik was zelf degene die zich door hem liet verleiden. Het is mijn eigen schuld dat iedereen die om mij geeft nu in de stress zit, en daar moet ik mee leven, elke dag opnieuw. Maar op een dag kom ik uit Aguada, levend en wel. Ik heb mijn hoger beroep in eerste instantie dan wel verloren, maar we kunnen nog een stap hoger gaan, als we het kunnen betalen. Papa gaat geld van mijn zus proberen te lenen. Als dat lukt, zal ik haar, als ik hieruit ben, tot op de laatste cent terugbetalen, dat zweer ik. Lukt het niet, dan zit ik hier tot mijn dertigste, alsof het mij nog ene fuck kan schelen!'

Ik heb mijn handen voor mijn gezicht geslagen. Deze overdaad aan informatie heeft tijd nodig om te bezinken. 'Was het de eerste keer dat je drugs vervoerde?'

Haar nagelriem begint te bloeden, ik pak haar pols en duw deze zachtjes bij haar mond vandaan.

'Ik beweer van wel natuurlijk, tegenover de rechter en de politie en zo, maar dat is niet zo. De eerste keer ging het zo eenvoudig, Donia. Mijn vriend wist dat ik geld nodig had en had voor mij een transport geregeld. Ik liep zo langs de douane, met mijn koffer met dubbele bodem volgeladen met coke. En toen na een paar maanden het geld op was, ging ik terug voor meer. En toen...' Ze staart verzonken in het verleden voor zich uit.

'En je vriend?'

'Tja, wat denk je zelf?'

Nooit meer gezien dus.

'Hij heeft mij geofferd.'

Ik geef aan dat ik niet snap wat ze bedoelt.

'Ja, zo gaat dat, ze tippen de douane om er iemand tussenuit te halen zodat de grotere ladingen kunnen doorlopen. Ik begreep toen al niet dat ik niet meer spul meekreeg. Het was de vorige keer immers juist zo goed gegaan.'

Ik sla mijn arm om haar heen en druk haar zachtjes tegen me aan terwijl ze begint te huilen.

Dat ik hier vastzit, is in zekere zin ook mijn eigen stomme schuld. Ik ging ondoordacht tekeer tegen de Vanishkurams, en ik leefde jarenlang met oogkleppen op in weelde. Maar meisjes zoals Nicole...

ZATERDAG: De diarree blijft aanhouden, ik heb vanmorgen nieuw wc-papier gekocht, heb ik nog flink voor moeten soebatten. Ik deel alleen met Nicole, net zoals ik de helft van mijn pillen aan haar heb gegeven. Volgende week wil ze gaan werken. Ze krijgen hier een hongerloontje, maar ze is vastberaden haar steentje bij te dragen. Ik zit onterecht vast, gek genoeg lijkt dat steeds minder uit te maken.

Hierna blader ik door mijn schriftje, scheur een leeg vel uit het midden en begin een brief te schrijven.

Lieve Laura,

Wil jij er ajb voor zorgen dat meneer Van Schaik op korte termijn mijn kant op komt?
Ik kan je nu niet schrijven waarover het gaat, dat vertel ik je de volgende keer wel.
Ik zag dat je donderdag erg aangeslagen was. Het doet me goed dat er iemand is die genoeg om me geeft, die om me kan huilen. Maar ik heb het niet verdiend, dat weten we allebei. Als ik hier levend uitkom, zal ik mijn leven voorgoed anders aanpakken.
Liefs,
Donia

De brief zal ik later laten bezorgen, ik vouw 'm zorgvuldig dicht. Daarna blader ik naar de tekening die ik enkele dagen geleden maakte. Ergens heb ik het idee dat het papier me de goede kant op zal wijzen, me een manier zal laten zien om naar huis te komen.

'Is dat je verdedigingsstrategie?' vraagt Nicole na een poosje.

'Zoiets.' Ik leg het schrift naast me neer. 'Mag ik je iets persoonlijks vragen?'

'Tuurlijk.'

'Hoe oud was je eigenlijk toen je moeder overleed?'

'Poeh, eh, ik was zes. Ze had kanker, er was niets meer aan te doen. Papa was gebroken.'

'Heb je broertjes of zusjes?'

'Een zus, maar die is een stuk ouder en getrouwd en zo. Ze helpt me door af en toe wat geld op te sturen, maar zij en haar man hebben het ook niet breed. Ze hebben een zoon en een dochter en geven allebei parttime les op een middelbare school.'

'Schrijven jullie wel eens?'

'Twee keer heeft ze me geschreven. Ze begrijpt niet hoe ik zo stom heb kunnen zijn. Haar man vindt het mijn eigen schuld, hij heeft natuurlijk groot gelijk. Maar om daar nu een brief vol over te ontvangen, daar knap ik ook niet echt van op.'

'Waarom ben je het gaan doen?'

'Wat? Drugs smokkelen?'

'Ja.'

'Wat denk je? Geld natuurlijk. Ik ging erg veel uit in die tijd en dat kost allemaal bakken met geld. En ik wilde ook wel graag in leuke kleren lopen. Daarnaast gebruikte ik regelmatig coke en dat kon ik anders niet meer betalen. En toen leerde ik mijn vriend kennen, ik was smoorverliefd, ik dacht zelfs dat we zouden gaan samenwonen. Ach ja, de rest van het verhaal ken je inmiddels.'

'En je vader, wat vond die ervan?'

Ze geeft me een blik zoals ik die maar al te goed ken van Julia: stomme vraag. 'Die wist van niets natuurlijk. Hij werkte toentertijd vijf dagen per week en liet me mijn eigen gang gaan. Hij had nooit gedacht dat ik ooit zoiets zou doen. Mijn zus lette een beetje op me, maar toen zij het huis uit was, kon ik doen en laten wat ik wilde. En ik wilde zoveel. De wereld zien bijvoorbeeld.' Ze staat op, gaat plassen en pakt een beetje water. 'Nou, als ik ooit vrijkom, hoef ik nooit meer op vakantie.' Na deze woorden neemt Nicole een pil en gaat ze op haar zij liggen.

Een jonge vrouw, feestjes aflopen, in contact komen met de foute mensen, leuke verre reisjes en paf! Afgelopen is haar leven. Als ze niet vrij wordt gesproken, en wat ik ervan heb begrepen, wordt de kans steeds kleiner dat dit gaat gebeuren, dan is ze rond de dertig als ze vrijkomt. En wat moet ze dan? Helemaal opnieuw beginnen, al haar kansen op een normaal leven zijn verkeken. En dat alles vanwege drugs.

De handel krijgt een heel andere gevoelslading nu transport en consument een gezicht hebben gekregen. Nicole kocht haar cocaine van een dealer en werkte voor iemand die de rommel naar Nederland moest halen. Soms is dat een en dezelfde persoon, maar meestal niet, weet ik inmiddels.

Gidon was een drugscrimineel. Aardig voor zijn vrouw en dochter – al denkt Julia daar nu soms anders over – maar meedogenloos in het draaiende houden van een organisatie, met als enig oogmerk: geld verdienen. Dat was zijn grote hobby. Dat dit ten koste van alles en iedereen ging, kon hem duidelijk niet schelen.

Op het heetste uur van de dag voel ik hoe mijn bloed begint te koken. Sunjala slaapt, Kali niet. Sinds het plasincident kijkt ze af en toe boos mijn kant op. Alsof ik daarvan onder de indruk ben. Ik beeld me in hoe ik op haar afstap en vervolgens in het gezicht spuug. Ze kijkt eindelijk de andere kant op.

Ik sta op, verlos me van mijn darmkrampen en neem een slok water met een pil, in de hoop dat het me zal kalmeren. Maar ik blijk niet te kunnen slapen. Mijn oren suizen van het bloed dat met een sneltreinvaart door mijn hart wordt rondgepompt.

'Kut!' gil ik met gesloten ogen, mijn handen tot vuisten gespannen.

Ik voel hoe Nicole zich omdraait.

'Mijn man was een drugscrimineel. Ik heb jarenlang geleefd van drugsgeld; geld dat mensen zoals jij voor ons verdienden. Ikzelf deed niets anders dan shoppen in de P.C. Hooftstraat, modeshows aflopen en 's avonds uit eten gaan in de allerduurste restaurants.' Ze heeft haar ogen nauwelijks open als ik haar vraag: 'Mag ik je verdediging betalen?'

'Eh...' klinkt het dromerig. 'Tuurlijk,' haast ze zich erachteraan te zeggen. Ze komt naast me zitten. 'Dat zou natuurlijk best cool zijn, maar...'

'Geen gemaar.'

'Oké. Cool.'

Het blijft lang stil.

'Ben jij zo'n pc-trut?'

Ik moet grinniken om het woord. 'Ja, dat ben ik.'

'Zou je ook niet zeggen.'

MAANDAG: ondanks mijn toezegging aan Nicole om haar verdediging te betalen is ze vanmorgen aan het werk gegaan. Ze denkt dat het haar goed zal doen. Misschien is het nog niet eens zo'n gek idee. Een dag in deze cel duurt langer dan een heel jaar in Amsterdam. Hoe oud zal ik zijn als ik hier uitkom?

'*Visitor! Fisher!*'

Het kan Van Schaik nog niet zijn, de brief aan Laura heeft Aguada zondag pas verlaten. Misschien is het Julia of Dhawal? Dan liever Laura.

Daar staat Daniel, jurist, voormalig zakenpartner van Gidon, ooit onze beste vriend. Sinds de liquidatie van mijn man, een van hen: de vijand.

'Wat doe jij hier?' vuur ik mijn openingsvraag op hem af.

'Jou opzoeken natuurlijk.'

'En verder?'

'Ik wil graag een paar zaken met je bespreken.'

Dhawal heeft hem op me af gestuurd en mijn eerste reactie staat haaks op het beeld dat ik hem eerder heb gegeven. Hoe kan ik nu nog overstappen naar mijn act van verwarde en uitgeputte gevangene? Shit!

'Maar allereerst: hoe gaat het met je?'

Hij heeft me zelfs nog geen hand gegeven. Uit zijn lichaamstaal spreekt pure afschuw van de staat waarin hij me aantreft. Zelf is hij, zoals altijd, onberispelijk verzorgd en gekleed. Hij ziet eruit als een Italiaanse playboy die zojuist van een duur jacht afkomt. Dit laatste is waarschijnlijk ook het geval.

'Het is hier verschrikkelijk.' Ik wil er 'klote' achteraan zeggen, maar ik slik het scheldwoord in, al weet ik niet precies waarom. 'Hoe gaan de zaken bij jou?'

'Heel goed, dank je wel.'

Naar zijn privéleven vraag ik niet, hij is hier voor zaken, dat is duidelijk. Ik wacht af. Hij draait om de daadwerkelijke reden van zijn komst heen als hij begint te vertellen over Amsterdam en hoe hard het nieuws van mijn arrestatie daar is aangekomen. Ook laat hij me weten dat zijn vrouw Zoë, ooit mijn allerbeste vriendin, haar medeleven wil betuigen. Bla, bla, bla.

'Maar goed. Hoe krijgen we je hier uit?'

'Als je een goed idee hebt, hoor ik het graag.'

'Dhawal is bereid de juiste mensen om te kopen,' fluistert hij. Daniel weigert nog steeds om te dicht bij me in de buurt te komen.

Waarschijnlijk is hij bang dat de vlooien overspringen, een klein pleziertje dat ik mezelf niet wil onthouden, dus ik doe alsof ik hem niet heb verstaan.

'Wat een herrie hè, die muziek,' zeg ik op luide toon. 'Ik ben geloof ik een beetje doof aan het worden.' Ik schuif mijn stoel zo dicht mogelijk naar de rand van de tafel.

Met weerzin buigt hij voorover. Hij herhaalt zijn belangrijke boodschap, maar voegt eraan toe dat de hulp van Dhawal alleen plaats kan vinden in ruil voor de absolute garantie van mijn kant, dat ik me vanaf nu nergens meer mee zal bemoeien.

'Fair,' fluister ik zacht.

Hij verstaat me niet.

'Fair!' roep ik luid wanneer hij nog iets dichterbij is gekomen.

Doe niet zo kinderachtig, spreek ik mezelf toe terwijl Daniel rijkelijk tijd bijkoopt bij de hebberige toezichthouder van dit gesprek. Als ik overtuigend wil overkomen, heb ik daar inmiddels nog maar een kwartier voor. Wat is zijn zwakke plek, waar kan hij niet tegen?

'Sorry, ik was gewoon zo...' Zowaar, ik produceer oogvocht. Ik kijk hem dramatisch aan. 'Het is hier zo afschuwelijk, Daniel, ik was er niet op voorbereid jou hier te zien. Het spijt me allemaal zo verschrikkelijk hoe het is gelopen. En ik mis Gidon zo! Hij maakte alles altijd goed. Nu woon ik in een cel die ik deel met drie andere vrouwen. We poepen met zijn allen in hetzelfde gat in de vloer.' Hij kijkt geschokt. 'En het is hier vergeven van de luizen.' Ik stort mijn hoofd over de tafel heen vlak voor zijn handen en produceer hevige schokbewegingen.

Als ik vaag en waterig opkijk, heeft hij zijn handen keurig voor zich op zijn schoot gevouwen, in zijn ogen lees ik pure afschuw. Mijn spel wordt niet doorzien.

Na nog een flinke portie klaagzang weet ik zeker dat hij naar Dhawal zal teruggaan met de mededeling dat ik vol berouw zit, wanhopig ben en nu mijn lesje wel heb geleerd. Als mijn tijd erop zit, de laatste minuten heb ik kreunend met mijn handen voor mijn ogen op en neer geschommeld, ben ik helemaal op. Ik laat me gebroken afvoeren naar mijn cel, ik kijk niet één keer achterom.

Het is vandaag woensdag, inmiddels heb ik van Nicole begrepen dat zij Van Schaik in totaal slechts drie keer heeft gezien, en ik weet dus dat ik maar beter met een goed verhaal kan komen. Ik geef Laura, die dit bezoek voor me geregeld heeft, een kus. Daarna richt ik mijn volle aandacht op haar gezelschap.

'Meneer Van Schaik. Wat fijn dat u zo snel kon komen.'

'U bent een bijzonder geval.'

'Oh ja, waarom is dat?'

'Uw bijzondere band met de familie Vanishkuram is ook bij ons op de ambassade bekend. Ik was nieuwsgierig waarover u mij wilde spreken.'

'Dat is toch ook toevallig, juist daarover.'

Een half uur later heb ik hem zo'n beetje alles verteld wat ik heb meegemaakt sinds de moord op Gidon. Ik eindig met de vraag: 'Kan ik niet voor jullie werken, in ruil voor vrijlating?'

Bedenkelijk strijkt hij met zijn handen door zijn haar. 'U heeft het over infiltratie.'

'Donia, als ik had geweten wat je van plan was.' Laura kijkt me kwaad aan.

'Sorry, maar dit is de enige manier om definitief een einde te maken aan alle ellende. En, meneer Van Schaik, denkt u dat er belangstelling is voor mijn voorstel? Werkt Interpol – zo heet dat toch – ook in landen als India?'

'Zonder enige twijfel, al moet ik u er direct eerlijk bij zeggen dat ik er nog nooit mee te maken heb gehad. U realiseert zich dat u als het uitkomt ernstig gevaar kan lopen?'

'Zie je wel!' werpt Laura me toe.

'Ik zal uw zaak eerst eens moeten bespreken met de liaison van het KLPD, u heeft hem ontmoet, Steve. Persoonlijk heb ik in deze kwestie geen precedent om naar te handelen.'

'Ik heb nog een voorstel. Het lijkt me namelijk geen goed idee om dit verder hier te bespreken.' Ik doel op de bewaker die gevaarlijk dichtbij is komen staan.

'Vrijdagnacht zal ik buiten de muren van Aguada doorbrengen...' fluister ik.

In het laatste aangekochte kwartier vertel ik ze op zachte toon het verhaal over de Israëlische stapavondjes, waar ik vrijdag voor het eerst aan zal deelnemen. Als ik vraag aan Laura of ze me hier voor die tijd het geld voor wil verschaffen, schudt ze stellig haar hoofd, ze noemt het een krankzinnig project. En zo gaan we uit elkaar, zonder duidelijke afspraak en zonder dat ik mijn geld heb. Laura en Van Schaik lopen bij me vandaan, de laatste met de belofte zo snel mogelijk iets van zich te laten horen.

Donderdagavond, een kwartier voordat het licht uitgaat ontvang ik post.

'Fisher. Mail.'

Ik krijg de brief pas na de overhandiging van een stapeltje roepies. Nicole weet waarover het gaat en rolt zich kwaad op haar zij, waarmee de belangstelling van Kali en Sunjala is gewekt. Ik laat de dikke envelop dicht totdat de lichten uit zijn, ik voel door het papier heen dat hij is gevuld met een flink pak bankbiljetten. Ik scheur 'm pas open als ik zeker weet dat iedereen slaapt. Mijn vingers glijden langs de stapel briefjes. Als hier het bedrag in zit waarvan ik denk dat het erin zit, zouden ze er in een land zo arm als India, een moord voor plegen. Ik voel dat er om de biljetten een papiertje zit gevouwen. Ik leg mijn hoofd te rusten op de bruine envelop, alsof het een zacht kussen is. Slapen doe ik nauwelijks.

VRIJDAG: Ik heb vanavond een afspraak met Steve. Als alles goed gaat zal ik hem om half elf ontmoeten in de Red Snapper, een café in het centrum. Het is surrealistisch maar waar. Ik moet mezelf soms knijpen om te geloven in wat voor een idiote situatie ik terecht ben gekomen.

Het blijkt onmogelijk me een voorstelling te maken van wat me vanavond staat te wachten. In de loop van de dag word ik steeds zenuwachtiger. Bega ik geen grove vergissing? Dit is de eerste keer in mijn leven dat ik bewust een overtreding bega. Op een enkele bon voor te hard rijden na ben ik altijd een braaf mens geweest. Als alles fout gaat, heb ik de komende tien jaar spijt van deze actie.

Nadat ik mezelf uren in het donker heb zitten opvreten van de zenuwen, hoor ik naderende voetstappen en het geluid van een sleutelbos. Kali schiet rechtovereind. Ik gebaar haar verder te slapen en sluip stilletjes naar buiten.

Voor de poort staan vier meisjes en zeker acht of negen jongens te wachten. Niemand geeft een kik, iedereen weet dat we hier met een uiterst serieuze zaak bezig zijn. Dit is geen dropping of speurtocht, maar potentieel een zaak van leven of dood. Een bewapende man in burger, ik heb hem niet eerder gezien, zegt slechts: '*One o'-clock*.' Het nalaten van enigerlei waarschuwing wat er zal gebeuren als we rond die tijd niet verschijnen, doet me vermoeden dat Nicole niet heeft overdreven met wat er gebeurt als je niet op tijd terug bent.

Simsalabim, fluister ik als een deur naast het grote hek waardoor we met de auto naar binnen en naar buiten rijden, wordt geopend en we naar buiten worden gelaten.

Het groepje begint direct over het slingerende pad de heuvel af te rennen. Ik kijk enkele seconden om me heen – alsof er een taxi op me zou staan te wachten –, daarna ren ik de anderen achterna. Mijn conditie is achteruit geholc in Aguada, ik ben de rest van de groep uit het oog verloren. In de verte hoor ik auto's starten en wegrijden. Ik verhoog mijn tempo. Als ik onder aan de heuvel aankom, slaan zojuist de portieren van de laatste gereedstaande taxi dicht. Buiten adem bonk ik op de achterklep van de optrekkende auto, een typisch Indiase rammelbak. De chauffeur buigt zich verbaasd uit het geopende raam en gebaart me in de afgeladen auto te stappen. Ik maak me zo dun mogelijk, iets dat nauwelijks moeite kost gezien mijn huidige dieet.

Wanneer de auto optrekt, klem ik de roestige deurhendel met beide handen stevig vast, uit vrees dat ik in de bocht uit de auto zal vallen.

Eenmaal onderweg kijk ik opzij. Naast me zit een brede vent, hij grijnst verlekkerd naar me en zegt 'Hi...' Ik kijk zo ongeïnteresseerd mogelijk terug, fysieke afstand creëren is niet mogelijk. Rechts van ons is een stelletje aan het vrijen. Ik herken het meisje dat het visum heeft geregeld. Op de voorstoel zit een stelletje bij elkaar op schoot, zij zijn eveneens in een innige omhelzing verstrengeld. De stevige hand die plots tussen mijn dijen verdwijnt, leg ik resoluut terug op zijn eigen been.

Bij het licht dat van buiten naar binnen schijnt – we rijden inmiddels door de bewoonde wereld – zie ik even later hoe een ontblote borst ruw wordt vastgepakt, mijn buurman heeft zijn aandacht verlegd naar het koppel naast hem.

De kreunende geluiden uit dit rijdende bordeel versmelten met de Indiase klaagzang die krakend door de speakers schalt.

We naderen het centrum. Ik buig me voorover, nog een heel gedoe, en vraag de chauffeur naar The Red Snapper. Nadat ik de naam drie keer heb herhaald omdat ik niet zeker weet of hij me goed heeft verstaan, trapt hij plotseling op de rem. We staan stil voor een huis dat ik niet direct zou herkennen als uitgaansgelegenheid, het heeft meer weg van een garage. Voor het gebouw staan een heleboel oude brommers geparkeerd waarvan het merendeel in reparatie lijkt te zijn. Nadat ik heb betaald, stap ik uit de taxi.

Ik baan me een weg door het slagveld van motoronderdelen en trek hierbij het nodige bekijks van een stel Indiërs die op de slecht verlichte veranda zitten. Ik knik hen in het voorbijgaan vriendelijk toe en loop de zaak binnen die een stuk groter is dan ik had verwacht. De inrichting, vies en onverzorgd, doet denken aan een ouderwetse snackbar met een vitrine met daarin diverse gerechten. Achter de counter hangen grote flessen met amberkleurige alcoholische drank, waarschijnlijk lokale whisky. De aanwezige gasten drinken bijna uitsluitend waterglazen gevuld met dit spul, op eentje na, hij drinkt cola.

'Hai, Steve.'

'Iets drinken?'

'Hetzelfde,' zeg ik en ik wijs op zijn blikje.

Hij staat op en loopt naar de bar. Aangezien hij minstens twee koppen groter is dan de andere aanwezigen bestelt hij met gemak, over de hoofden van de paar mannetjes die voor hem staan, een cola voor me.

'Dit leek me niet een plek waar een lid van de familie Vanishku-ram,' hij spreekt de naam uit zonder dat er geluid over zijn lippen komt, 'iets gaat drinken.'

'Nee.' Lachend open ik het blikje; een bijzonder gebaar, een lek-ker geluid, een voortreffelijke eerste slok. De hele situatie voelt zeer onwerkelijk.

'Hoelang heb je precies?'

'Assepoester moet om een uur thuis zijn,' zeg ik tussen een paar slokken in. 'Kan je misschien eerst uitleggen wat voor werk je pre-cies doet?'

'Ik werk als liaison voor het KLPD in Azië en maak als zodanig onderdeel uit van Interpol. Daarnaast ben ik runner. Dat houdt in dat het tot een van mijn taken behoort om in deze regio inlichtin-gen over criminele activiteiten te vergaren ten behoeve van de Nederlandse politie en justitie. Als ik het goed heb begrepen, zou je graag internationale steun willen ontvangen in ruil voor informa-tie. Dat is correct?'

'Correct.'

'Het is belangrijk om vooraf te weten dat we voor je vrijlating af-hankelijk zijn van zowel de Indiase en Nederlandse autoriteiten, als van bureau Interpol. Daarbij is het van het allergrootste belang dat Dhawal nooit te weten mag komen van onze samenwerking, an-ders loop je gevaar. Maar daar kom ik later nog wel op terug. De eerste vraag is nu, en daarvoor heb ik hier vanavond met je afge-sproken, wat jij precies voor ons zou kunnen betekenen.'

'Dat vraag ik me ook af.' Het is de slechtste verkooptactiek die ik ooit heb gehoord, maar ik heb het gezegd voordat ik er erg in heb.

Steve kijkt me recht in de ogen, het is alsof hij dwars door me heen kijkt. 'Het is helemaal niet erg dat je dit zegt. Overmoed komt voor de val en we beginnen niet aan een zaak als we niet het volste vertrouwen hebben dat het tot een goed einde kan worden ge-bracht. Er zijn in dit werk geen zekerheden. Louter onzekerheden. Maar de balans moet aan het begin wel naar de positieve kant doorslaan.'

'Dat begrijp ik.' Ik leeg mijn blikje.

'Nog een?' Ik twijfel of ik om een biertje zal vragen. Misschien later.

'Ja graag, doe mij nog maar een cola. En zou je ook iets te eten voor me kunnen meenemen? Niets pittigs, verder vind ik alles prima. Een boterham met kaas verkopen ze hier toch niet.'

Terwijl Steve bestelt, kijk ik om me heen. Dronken Indiërs, in de leeftijdscategorie van acht tot tachtig, uitsluitend mannen. De televisie zendt een sportwedstrijd uit. Vanwege de sneeuw op het scherm duurt het even voordat ik doorheb dat er cricket op te zien is. De wereld van televisie en Coca-Cola is er een die ver van het leven in Aguada af staat. Ik besluit om van elke seconde van deze avond te genieten. Het is niet eng of spannend – natuurlijk is het dat juist wel – maar het is bovenal een verademing om er even tussenuit te zijn.

Steve is terug en zegt pannenkoekjes gevuld met groente voor me te hebben besteld. Hij legt een krantenknipsel voor me op tafel. Ik zie Dhawal poseren en proosten met een paar andere mannen, iedereen keurig in pak. De foto is genomen op eerste kerstdag. Het Engelse onderschrift vertelt me dat Dhawal Vanishkuram, president-directeur van Bilah Staal India en vooraanstaand politicus, die middag een werkbespreking hield aan boord van zijn jacht.

'Ik was erbij toen deze foto werd genomen. Niet bepaald een politieke arena.'

'We zijn ervan overtuigd dat zijn politieke functie louter fungeert als dekmantel voor zijn handel. Graag krijgen we meer zicht op zijn doen en laten.'

Ik neem nog een paar slokken cola en dan haal ik het papier dat ik voor vertrek uit mijn schrift scheurde tevoorschijn. 'Zo zie ik mijn bijdrage voor me.' Ik vertel hem hoe naar mijn idee de organisatie in elkaar steekt.

Hij pakt een opschrijfboekje uit zijn zak en tekent mijn driehoek erin over.

Als het eten arriveert, stop ik het vel weer terug in mijn zak.

'Hoe laat is het eigenlijk?' vraag ik met volle mond. Mijn tafelmanieren zijn er de laatste weken niet op vooruit gegaan.

'Kwart over elf,' stelt hij me gerust.

'Eet eerst even rustig je bord leeg. Dan bespreken we daarna de eventuele mogelijkheden.'

Hier hoopte ik al een beetje op. Een concreet omlijnd plan van wat de volgende stap zou moeten zijn, heb ik niet kunnen verzinnen. Steve staart een tijdje in zijn boekje terwijl ik genietend van elke hap mijn eten opeet.

'En, zie je mogelijkheden?' informeer ik tussendoor nieuwsgierig.

Gestoord in zijn diepe gedachten kijkt hij me recht aan. Hij zegt niets maar staat op en koopt een pakje sigaretten. Een onbekend merk, we steken er allebei een op.

'Mijn plan is als volgt. Als...'

De klemtoon ontgaat me niet.

'Als we jou vrij krijgen, kan dit gebeuren op basis van het WOTS-verdrag. Er zijn echter twee problemen. In de eerste plaats heeft Nederland geen verdrag met India gesloten, en in de tweede plaats kom je hiervoor pas in aanmerking als de zaak onherroepelijk is geworden, oftewel, als je helemaal uitgeprocedeerd bent. En je weet dat dit nog jaren kan gaan duren.'

'Dus dat wordt helemaal niets', onderbreek ik Steve.

'Nou, dat moet je niet zeggen. We kunnen beide landen vragen om te anticiperen op het WOTS-verdrag, er vinden namelijk wel al gesprekken plaats over een eventuele toetreding.'

'En het feit dat ik uitgeprocedeerd moet zijn?'

'Als je niet in hoger beroep gaat na je eerste veroordeling, wordt je straf onherroepelijk. Je zou dus, in theorie, na de eerste veroordeling in aanmerking kunnen komen voor terugkeer. Dan zou jouw zaak inclusief strafmaat naar Nederland overgaan. En in Nederland is er altijd wel een achterdeur te verzinnen om je vrij te krijgen, maak je daar maar geen zorgen over.'

Dat klinkt al beter.

'Maar dan is er nog een probleem. De Nederlandse autoriteiten hebben, grofweg gezegd, wel iets beters te doen dan zich te bekommeren om Nederlanders die gevangen zitten in het buitenland. Het probleem zit 'm dus in Nederland en niet andersom, zoals zo vaak wordt gedacht. India is je namelijk liever kwijt dan rijk.'

Ik frons mijn voorhoofd ten teken dat ik hem niet meer volg.

'Ik zal de Nederlandse autoriteiten er dus van moeten zien te overtuigen dat jij een belangrijke slag kan toebrengen aan de internationale georganiseerde misdaad. Alleen dan kan er misschien iets geregeld worden. Maar dat is pas het begin, hierna komen we bij het volgende obstakel dat overwonnen moet worden.'

Na het aanhoren van alle hindernissen van deze juridische stormbaan, kan er best nog wel een probleempje bij.

'Als de Nederlandse justitie zich voor je terugkeer gaat inspannen in ruil voor informatie – hier kom ik later op terug –, zal Vanishkuram argwanend worden. Hij zal zich afvragen wat justitie ervoor terug krijgt. De waarheid mag hij natuurlijk nooit ontdekken. Gelukkig zullen zijn contacten op justitieel niveau hier verder reiken dan bij ons, maar toch is het iets om rekening mee te houden. Dit risico valt te ondervangen, bijvoorbeeld wanneer jij in Nederland de kranten haalt met je verhaal. De politiek gaat eerder door de knieën wanneer er sprake is van druk vanuit de publieke opinie. Dus we zullen je in de spotlights moeten zetten. Ik denk dat dit moet lukken, je bent tenslotte al een beetje bekend.'

Hij doelt op alle berichtgeving rond de moord op Gidon.

'Hierna zijn we aangekomen bij het laatste obstakel: de Indiase politiek. Maar zoals ik al eerder aangaf, is de kans klein dat we hier tegengewerkt gaan worden. Bovendien kent de familie Vanishkuram de te bewandelen wegen goed. Met een beetje smeergeld, dat als we het slim spelen ook nog eens door Dhawal zelf wordt betaald, hebben we je als alles meezit over een paar maanden precies waar je wezen moet, namelijk in Amsterdam.'

Steve is een genie. Dit klinkt allemaal een stuk beter dan ik had kunnen verzinnen.

'Maar...'

Natuurlijk is er een maar.

'...dan begint jouw aandeel in dit hele verhaal. En ik ben er eerlijk gezegd niet van overtuigd – en mijn oordeel is hierin uiteindelijk doorslaggevend – of jij je oude vrienden zal verraden. Misschien kies je er wel voor om de boel de boel te laten en door te gaan met de levensstijl die je tot nog toe gewend was.'

Begrijpelijk, hij wil weten wie hij tegenover zich heeft. 'Ik ben geen P.C.-trut.' Hiermee heb ik hem nog niet voor me gewonnen, hij heeft vast zijn huiswerk goed gedaan. 'Meer,' voeg ik eraan toe. Dan begin ik te vertellen. Ik vertel hem zo'n beetje mijn levensloop vanaf mijn zestiende. Dat ik vroeg ben gehuwd, smoorverliefd op Gidon was, me beschermd en thuis bij hem voelde en dat ik werkelijk geen idee had waar mijn man zijn geld mee verdiende. Ik vertel hem over mijn verwikkelingen met Daniel vorig jaar en over Julia, die lid is van dezelfde internationale bende. Ik vertel hem over de problemen tussen mij en mijn dochter. Als ik begin over Maxime, schiet ik vol. We lassen een pauze in. Steve haalt alsnog dat biertje voor me.

'Hoe laat is het?' Het bier smaakt me uitstekend.

'Kwart over twaalf.'

'Shit!'

'Ik breng je zo achter op de scooter terug.'

'Heb ik je overtuigd?'

'Ja.' Steve is geen twijfelaar. Zijn ogen staan helder en blauw.

We hebben een goede connectie, denk ik, terwijl ik er zelf om moet lachen. Wat een truttige gedachte!

'Waarom lach je?'

'Waarschijnlijk van opluchting.' En dat klopt ook.

Een fractie van een seconde later glimlacht hij terug, uiterst professioneel, hij laat zich niet afleiden. Hij vouwt zijn armen over elkaar en leunt op de tafel, als een dokter die de negatieve uitslag van een onderzoek met me wil bespreken. 'Maar zonder medewerking van Julia gaat je dit niet lukken.'

Deze mededeling valt rauw op mijn dak. 'Hoe...?' Ik weet niet precies wat ik wil vragen.

'Je hebt momenteel geen informatie waar wij iets aan hebben. Deze namen,' hij tikt even op zijn boekje waarin hij eerder aantekeningen maakte, 'hadden we al.'

Shit, shit, shit.

Hij pakt mijn hand en kijkt me recht in mijn ogen. 'Zonder bewijs hebben we niets om ze op te pakken. Daarentegen, als jij en je dochter samenwerken, kunnen we er misschien achter komen wie die Kraanvogel is waar jij het over had. We hebben al eerder gehoord dat er een zogenaamde allesweter binnen de organisatie werkzaam zou zijn. Via jou zouden we meer over hem te weten kunnen komen en de organisatie misschien zelfs kunnen ontmantelen. Dat is de moeite waard. Maar Donia, dat gaat jou nooit alleen lukken.'

Ik kan geen reactie geven, want ik denk of voel helemaal niets meer. Het is voorbij, ik ben op. In stilte roken we een laatste peuk. Dan sta ik op om te gaan plassen, het toilet bevindt zich in het steegje om de hoek, vertelt de tandeloze baas me lachend.

Dit land kent erbarmelijke sanitaire voorzieningen, de pot is overstroomd en de deur van het toilet kan niet dicht. Ik vraag me af hoe het mogelijk is dat ik me daar nu nog steeds over kan verbazen. Waarschijnlijk om mijn gedachten even ergens anders op te vestigen. Want door de noodzaak om met Julia samen te werken valt mijn hele plan in duigen, en zo voel ik me ook. Gebroken.

Als ik weer naar buiten kom, staat Steve op me te wachten.

'Wat dacht je? Als ze er maar niet vandoor gaat?'

'Zo onverstandig lijk je me niet.'

Steve heeft mensenkennis.

'Kan jij niet eens met haar gaan praten?'

Hij zwijgt terwijl we naar zijn scooter lopen. De terugweg is kil. Halverwege het pad naar Aguada halen we de taxi's in. Hij zet me vlak voor de poort af.

'Dat laat ik je de volgende keer weten,' antwoordt hij een half uur nadat ik hem de vraag stelde.

'Dat is goed.' Er is dus sprake van een volgende keer.

Om ons heen nemen de anderen innig zoenend afscheid, ik voel een steek van jaloezie. Steve slaat, ondanks het feit dat ik stink als een otter, een arm om me heen. Ik druk me tegen zijn warme lichaam aan. Steve heeft aftershave op, zijn oksel ruikt naar deodorant. Ik neem zijn geur in me op totdat de roestige ijzeren deur opengaat.

'Dank je wel.' Ik kijk niet meer achterom en ga de gevangenis-muren binnen.

Klaarwakker herkauw ik de afgelopen avond. Steeds weer stap ik het café binnen, zitten we tegenover elkaar en doe ik aan deze vreemde mijn levensverhaal. Elke keer dat ik over Gidons werk en mijn naïviteit hierover nadenk, raak ik opgefokter. Hoe kon hij, mijn eigen man, me zo respectloos behandelen? Hoe kan het dat ik nu in feite hetzelfde laat gebeuren door de wijze waarop Julia met me omgaat? Waar heb ik dit aan verdiend?

'Wie wind zaait, zal storm oogsten': dat stond op een tegeltje dat vroeger bij ons in de gang naast de wc-deur hing. Ik ben er als kind duizendmaal langs gelopen, maar stak er niets van op. Wat heb ik in hemelsnaam gezaaid al die jaren?

Heeft Julia genoeg ruggengraat om mij te helpen? Als ze me laat stikken, zal ik mijn tijd achter de tralies moeten uitzitten, maar dat is dan de prijs die ik moet betalen voor mijn eigen fouten. Een zware, maar misschien niet eens onterechte straf.

Toen ik zestien was, doodongelukkig en alleen op de wereld, had ik maar één ding voor ogen: nu ben ik aan de beurt! Gepest, door het noodlot, klasgenoten en het hele leven tot dan toe, greep ik de kansen die zich voordeden met beide handen aan. Maar een leuker mens ben ik er niet van geworden. Ik verlang terug naar dat kleine meisje dat naar 'Het kleine huis op de prairie' keek.

Opgebrand val ik, als de lichten en de muziek zijn aangegaan, in een rusteloze slaap.

Het is het heetste uur van de dag, ik heb een houten hoofd. Toch draaien mijn hersens op volle toeren vanaf het moment dat ik mijn ogen opende. Julia, hoe kan ik jou ervan overtuigen dat je de juiste beslissingen moet gaan nemen? Hoe kan ik – die zoveel fout heeft gedaan in haar eigen leven – mijn dochter laten inzien wat goed en fout is? Op hulp van Laura mag ik wat dit betreft niet rekenen, zij doet al genoeg voor me. En verder ben ik ervan overtuigd dat alleen ik Julia kan laten inzien dat ze stappen zal moeten ondernemen om te doen wat juist is. De vraag is in hoeverre ze inziet dat ze nu fout bezig is. Ze gedraagt zich alsof ze spijt heeft van hoe de dingen zijn gelopen. Maar zal ze bereid zijn de man van wie ze houdt op te offeren voor haar moeder, een vrouw die er misschien wel nooit voor haar is geweest?

Ik schrijf een brief die ik vervolgens weer verscheur. Later nog een. Ook deze is niet naar mijn zin.

De ruimte in de cel lijkt kleiner dan de voorgaande weken. Nu ik gisteren buiten de muren ben geweest, is het verlangen om Aguada te verlaten heviger dan ooit. De tralies staren me aan, dagen me uit. Wij laten je er lekker niet doorheen, lijken de spijlen me te treiteren.

De bewaakster die het eten komt brengen, heeft dezelfde barse blik als altijd in haar ogen. Ik spring op en bestel drie joints terwijl ze de bakken gelig voer naar binnen schuift. We eten kerrie-iets, zo te ruiken.

Zonder verdoving sla ik echt door dit weekend. Ik ben inmiddels gewend aan de pillen die we van de dokter krijgen en val er niet meer zo gemakkelijk op in slaap als de voorgaande weken.

Ik neurie mee met de muziek in een poging de tijd te doden totdat de verdovende middelen arriveren. Deze muziek kent toch geen enkele toonhoogte; ook doe ik geen moeite om maat te houden. Mijn celgenoten kijken me misprijzend aan. Nicole ergert zich en vraagt me meerdere malen om stil te zijn. Ik vertik het om te stoppen.

'Houd godverdomme nu je smoel!' Nicole pakt mijn arm stevig vast om te onderstrepen dat het haar menens is.

'En waarom dan wel?' daag ik haar uit.

'Je moet weten wanneer je moet ophouden, Donia. Als je een volgende keer zo terugkomt van een avondje stappen dan...'

'Nou, wat dan?'

'Dan zoek je het verder maar alleen uit! Dan laat ik je volgende keer dat je gek wordt barsten, dan sluiten ze je op in de isoleer en mogen ze je er van mijn part houden. Ben ik lekker van je af, hysterisch wijf.'

De gespannen gezichten van Kali en Sunjala houden ons nauwlettend in de gaten.

'Toe maar... nog een grote bek ook! En dat terwijl ik je verdediging betaal. Een beetje dankbaarheid zou je niet misstaan,' schreeuw ik terug.

Klets! Mijn wang brandt na van de harde klap die Nicole me heeft gegeven.

'Stik toch in je centen, stomme trut!' Daarna draait ze zich op haar zij van me af.

Gek genoeg voel ik me opgeknapt.

Als ze zich een uur later weer omdraait, kan ik alleen maar 'sorry' zeggen. Gevolgd door een welgemeend 'dank je wel, ik had het verdiend en geloof ik ook een beetje nodig.'

'Het is oké. Maar niet meer doen, hoor.'

Schuldbewust schud ik mijn hoofd.

Onze geestverruimende middelen arriveren.

Niet alleen de joints gaan rond, ook de muren zijn in beweging. De wand voor me deint op en neer. Ik zit op volle zee, alleen is er nergens een horizon te bekennen. Tegen het einde van de middag zie ik de spijlen voor mijn ogen openbuigen. Ik kan zo naar buiten lopen als ik wil, helaas ben ik inmiddels te lui om op te staan.

Hijgende ademhaling, voor mijn gevoel is het midden in de nacht. Ik hoor gekreun en vraag me af of ik nog steeds aan het hallucineren ben. Mijn ogen zijn wijd open maar het is vannacht aardedonker buiten. Onmiskenbaar wordt er in deze kleine ruimte aan seks gedaan, ik probeer niet te luisteren.

Als je zegt: 'Denk niet aan de Eiffeltoren', dan heb je vrijwel direct een afbeelding van het Parijse monument voor ogen. Als je niet probeert te luisteren terwijl iemand duidelijk hoorbaar opgewonden is – of zijn het er meer? – dan kan je niet anders dan meeluisteren en je er een beeld bij vormen.

Ik zie voor me hoe de clitoris van Kali zachtjes wordt gelikt, haar ogen samenknijpen en haar bekken naar boven is gekanteld. De betonnen vloer beweegt zeker niet mee, toch voel ik de ritmische beweging in mijn onderlijf kloppen. Voorzichtig tast ik in het duister naast me, Nicole ligt niet op haar plaats. Mijn bloed stroomt sneller, de kern van mijn lichaam wordt langzaam opgewarmd. Het gehijg wordt sneller. De zweetdruppels parelen langs mijn gezicht, tussen mijn borsten en langs mijn buik.

Met een hand voel ik aan mijn tepels, deze voelen hard en geven prettig pijnlijke steken bij elke aanraking van de harde knobbels. Mijn clitoris raakt gezwollen en terwijl ik hoor hoe er aan de overkant van me een verschuiving van personen plaatsvindt, laat ik mijn hand voorzichtig tussen mijn benen verdwijnen. Doodsbenauwd dat ik bij het kennelijke liefdesspel word betrokken, houd ik mijn ademhaling zo veel mogelijk onder controle, ook al zal niemand er hier aandacht voor hebben.

Het tempo van het gekreun wordt weer opgevoerd, net als de schokken die door mijn schaamlippen trekken. Voorzichtig wrijf ik met mijn ene hand op en neer, terwijl ik met de andere over mijn tepel streel. Ik zie voor me hoe Steve voor me staat, zijn erectie hard en glanzend, net als zijn stoere kale kop. Ik vouw mijn lippen om zijn eikel terwijl mijn vingers in mijn vagina verdwijnen. Er ontsnapt een kreun. Was ik het die dit geluid maakte? Mijn bovenlichaam baadt in het zweet.

Mijn rechterhand is niet vergeten wat-ie moet doen om het lekker te hebben. Eerst zachtjes, later sneller en steviger masseer ik mezelf naar een hoogtepunt. Als ik fantaseer hoe Steve diep in me stoot, bereik ik gelijktijdig een orgasme met iemand anders op nog geen twee meter afstand. Ik wil niet weten wie het is. Nagenietend wrijf ik over mijn lichaam, ik proef mijn vingers en beeld me in dat ik het vocht van zijn slapper wordende lul aflik. Dan rol ik tevreden op mijn zij, luisterend en genietend van een paar zachte ontsnapte gilletjes tegenover me.

Even later hoor ik Nicole terugkomen naar haar plaats. Ze vouwt haar lichaam tegen het mijne. Lepeltje aan lepeltje, zoals ik vroeger met Gidon het liefste in slaap viel. Alles zal goed komen.

'*Visitor!*'

Voor jou of voor mij? Nicole en ik kijken elkaar aan. Zij is gisteren niet met me over zaterdagnacht begonnen en dat was een hele geruststelling voor me. Ons contact was na een paar uur niet meer ongemakkelijk en is inmiddels alweer helemaal als vanouds.

'*Fisher!*'

Daniel en Julia zitten naast elkaar alsof ze in de P.C. Hooftstraat zojuist een espresso met een Panini Pastrami hebben besteld. Een komisch gezicht onder deze omstandigheden.

'En doet u er voor mij maar een cappuccino bij,' denk ik hardop terwijl ik ze lachend tegemoet treed.

Ze kijken me stomverbaasd aan.

'Sorry, ik...' Aangezien ik deze grap onmogelijk kan uitleggen, besluit ik dat dan ook maar niet te proberen.

'Mama, ik ben zo blij je eindelijk te zien. Sorry dat ik niet veel eerder langs ben gekomen, maar...'

Blijf bij de les, Donia!

'Lieverd, ik ben zo verschrikkelijk blij dat je eindelijk de moed hebt kunnen opbrengen om bij me langs te komen, na al die ellende die ik voor je heb veroorzaakt.' Terwijl ik haar omhels, voel ik hoe ze voor me terugdeinst. Ik doe alsof ik het niet doorheb, maar het doet me vreselijk veel pijn.

'Dank je wel, Daniel, dat je mijn dochter hiernaartoe hebt gebracht.' De woorden blijven als dikke brokken in mijn keel steken. Ik spoel ze weg met een slokje gereedstaand water.

'Graag gedaan,' zegt hij eveneens gespeeld ontroerd, zoals al zijn emoties zijn terug te voeren naar een toneelstukje. Als we de eerste akte hebben gehad, zitten we in stilte tegenover elkaar. Ik voel dat ze met een belangrijke mededeling naar me toe zijn gekomen.

'Ik heb de afgelopen dagen niet stilgezeten,' begint Daniel. 'Ik heb een plan ontwikkeld waarmee ik je hier op korte termijn uit krijg.'

Wat moet het toch heerlijk zijn als je je zo intens tevreden over jezelf kunt voelen.

Julia knikt, haar blauwe ogen vol opwinding, haar blonde haren schoon gewassen meedeinend langs haar gezicht.

'Vertel.'

'Luister.'

Tijd voor de opening van de tweede akte. Ik luister.

'Ik heb het volgende met Senior besproken. De enig juiste verdediging, in overeenstemming met datgene wat je in de rapportages naar de politie toe hebt beweerd, is dat je onschuldig bent. Jij gebruikt geen drugs, heb je ook nooit gedaan, je hoeft het niet te vervoeren om aan je geld te komen en hebt overigens geen strafblad in Nederland. Wij gaan in jouw zaak simpelweg voortborduren op hetgeen jij al die tijd hebt lopen beweren, namelijk dat je onschuldig bent. Iemand heeft iets in jouw tas gestopt, zonder dat jij er weet van had.'

Het teruggaan naar de kern van de zaak voelt uitstekend, dat moet ik hem nageven. 'Ga door.'

'Nieuw is dat jij je zal weten te herinneren wie het heeft gedaan, althans dat je in staat bent een omschrijving te geven van hoe diegene eruitziet. Deze man zullen we vervolgens opsporen en laten arresteren. Hij zal worden ondervraagd en uiteindelijk zal deze persoon de hele zaak bekennen. Hierna zal de rechter niet anders kunnen beslissen dan jou op vrije voeten te stellen. En als we er een beetje vaart achter zetten,' tussen duim en wijsvinger maakt hij het geldgebaar, 'dan ben je over een paar weken vrij.'

'Maar, ik geloof niet dat ik het helemaal snap. Gaat Junior dus bekennen?'

Daniel en Julia beginnen gelijktijdig te lachen. Kennelijk heb ik iets grappigs gezegd.

'Wat bedoel je dan?' Ik kijk Daniel recht aan. Het is tijd voor de derde akte: de ontknoping.

'We hebben een dertigjarige man op het oog, hij heeft al een flink strafblad opgebouwd. Wie hij precies is dat doet er verder niet toe, maar waar het wel om gaat is het volgende: hij zal toegeven dat hij de drugs bij jou in de tas heeft gestopt omdat hij meende dat er een politie-inval zou plaatsvinden bij de strandtent. Met zijn bekentenis, die jouw verklaring onderbouwt, breien we de zaak rond. Deze man heeft zich bereid verklaard om voor jou in Aguada te zitten. Zijn leven stelt momenteel toch niet veel voor en – vanzelfsprekend – hij zal er rijkelijk voor worden beloond. En natuurlijk zal ook aan zijn familie worden gedacht. Zijn moeder krijgt een eigen huisje en zijn zuster een baan ten huize van de familie Vanishkuram aangeboden. De hele familie is dolgelukkig. Dit is de gouden kans waar ze hun hele leven voor hebben gebeden.'

Ze willen er dus iemand anders voor laten opdraaien, ik had het kunnen raden.

'Jeetje mam, kijk niet zo sip, het is toch een goed plan? Hun leven zal er alleen maar op vooruit gaan.'

'En dan nog iets, de mannen hebben het hier lang niet zo slecht als de vrouwen, zo heb ik begrepen. Onze held zal nooit meer hoeven werken en krijgt bovendien elke dag op tijd zijn bordje met eten.'

Daniel laat Aguada klinken als een luxe resort.

'En hij voelt zich hier toch al thuis. Hij zat al eerder vast wegens mishandeling, drugshandel en samenzwering. Hij vindt het helemaal niet erg om terug te gaan.'

Hij zou zijn eigen moeder nog kunnen verkopen – ik betwijfel of de man in kwestie ooit een overtreding heeft begaan. Sterker nog, of hij überhaupt al van het plan op de hoogte is gebracht.

'Heeft hij kinderen?'

'Nee.' Aan zijn stem hoor ik dat hij hier nog geen moment over heeft nagedacht.

'En dan? Wat gebeurt er daarna?'

Mijn toeschouwers kijken opgelucht, ze denken kennelijk dat ik me heb laten overhalen.

'Dan ga jij lekker terug naar Amsterdam. Over een paar weken zit je weer gewoon in je eigen huis, ga je eerst lekker flink shoppen en zal ik je daarna eens goed mee uit eten nemen.' Hij lacht zijn George Cloony-imitatielach.

Hoe zal ik ooit van mijn oude leven kunnen genieten in de wetenschap dat er hier iemand vastzit voor een daad die hij net zomin heeft begaan als ik? Mijn oude leven was al een grote ellende, op de oude voet verdergaan lijkt me sowieso niets, maar al helemaal niet als ik door moet leven in de wetenschap dat ik hier tijdens de kerstvakantie een compleet gezin te gronde heb gericht. De woorden van de Vanishkurams zijn niets waard, zoveel heb ik in de korte tijd van mijn verblijf hier wel geleerd. Woorden die uit de mond van Daniel komen, zijn minder dan niets waard, dat weet ik al langer.

'Mam, je ziet eruit of je twijfelt. Maar dit is toch juist helemaal te gek!'

Mijn dochter speelt met mensenlevens alsof het pionnen zijn, zij ziet het hele leven als één groot spel. Vanishkuram bepaalt de zetten. Pionnen worden geofferd. Julia is de koningin, Daniel de loper, en ik...

'Wat ben ik eigenlijk?'

Ze kijken elkaar vertwijfeld aan.

'Mam, wat bedoel je?'

Kennelijk heb ik dit laatste hardop gezegd.

Ik ben de toren, ik mag af en toe een stapje naar voren doen, dan moet ik weer terug. Maar op een dag schuif ik onverwachts het hele veld over en dan zal ik de afloop van deze wedstrijd bepalen. En als ik dan verlies, heb ik tenminste strijd geleverd.

'Ik moet erover nadenken.'

'Wat valt hier in hemelsnaam over na te denken?' De loper heeft geen zin om zo dadelijk zijn verliezen aan de koning kenbaar te maken.

Omdat ik niet weet wat ik nu nog tegen ze moet zeggen, besluit ik om de resterende tijd van hun bezoek op te vullen met tranen. Ook doe ik een beetje gek, gewoon omdat ik er zin in heb. Ik leun voorovergebogen snikkend op tafel en murmel een onverstaanbare woordenbrij tegen mezelf. Tegen de tijd dat ik uitgeput begin te raken, is het bezoekuur gelukkig voorbij.

'Een cappuccino alstublieft!' zeg ik blij verrast tegen de bewaking die me bij mijn arm pakt om me mee te nemen.

Daniel en Julia wisselen geschokte blikken uit. 'Die redt het hier niet lang meer,' hoor ik hen nog tegen elkaar zeggen, voordat ze uit het zicht verdwijnen.

Ik wandel monter terug naar mijn cel. Ik heb weer een heleboel nieuwe informatie om op me in te laten werken.

In een poging mijn hoofd te ordenen bespreek ik 's middags mijn zaak met Nicole. Ik weet niet wanneer ik Laura weer kan verwachten, en verder stond zij niet open voor mijn 'wilde' ideeën. Nicole kijkt nog fris tegen de zaken aan. Tegen de tijd dat ik mijn hele levensverhaal uitvoerig uit de doeken heb gedaan – we hebben tenslotte alle tijd van de wereld – staart ze me aan alsof ze naar een spannende film kijkt.

Welkom in mijn leven.

Aan het einde van de dag neem ik met Nicoles hulp enkele besluiten. Ik schrijf twee brieven. Een voor Julia, gericht aan Thomas met de vraag of hij deze weer persoonlijk zou willen overhandigen. De andere is voor Daniel. Deze tweede brief moet het beeld dat ik helemaal aan het einde van mijn Latijn – en dus ongevaarlijk – ben, nogmaals bevestigen. Verder bedank ik hem voor zijn goede idee en laat ik weten dat ik niet aan zijn plan zal meewerken. Ik schrijf hem dat ik het zielig vind voor de man die ze ten onrechte de cel in willen sturen.

De brief aan Julia is van een geheel andere orde, het is een smeekbede om rede. Ik herlees mijn woorden ontelbare keren en uiteindelijk schrijf ik de brief wel tien keer opnieuw.

Voordat de brief aan Daniel mijn cel verlaat, controleer ik meerdere malen of ik niet de verkeerde afgeef. Verwisseling zou desastreuze gevolgen hebben.

De post voor Julia zal morgen Aguada pas verlaten, als Thomas bij zijn dochter op bezoek komt.

Dinsdagochtend, na het ontbijt, lees ik de brief voor mijn dochter een laatste keer door:

Lieve Julia,

Ik kan me nog goed herinneren hoe je met uitgestrekte armpjes op me af liep, je was één en leerde lopen. Zo zullen ook jouw dochters eerste stapjes op jouw netvlies gegrift worden.
Ik was bijna van dezelfde leeftijd toen ik jou kreeg. Mijn mooiste geschenk.
In Aguada heb ik veel tijd gehad om goed over mijn leven na te denken.
Mijn grootste fout is geweest dat ik jouw opvoeding grotendeels aan anderen heb overgelaten.
Ik heb hier voor mezelf een verklaring voor gevonden, maar deze doet er nu niet toe.
Jij bent, ondanks mijn opvoedkundige blunders, een prachtige vrouw geworden; uiterlijk, maar – veel belangrijker – ook innerlijk. Je groeide op in Amsterdam-Zuid tot een mondige puber.
Toen je dertien was, ging je graag stappen met Muis zoals we Laura indertijd allemaal noemden. Ook winkelden jullie samen voor zwarte kleding op het Waterlooplein, ik vond het gruwelijk. Maar het moet gezegd worden, je had al vroeg je eigen stijl. Een eigen identiteit.
Ik heb veel nagedacht hoe anders je leven zou zijn verlopen als je vader en ik niet zouden hebben besloten om je naar kostschool te sturen, maar dat is nakaarten en dat heeft nu geen zin. Gedane zaken nemen geen keer.
Jij bent op je vijftiende op Beverweerd een nieuwe richting ingeslagen, een richting waar ik je naartoe heb gewezen. Een wereld van designkleding en party's, meerdere talen en verre reizen. Jij, mijn lieve dochter, bent een natuurtalent in het aangaan van sociale contacten (misschien is de appel toch niet zo heel ver van de boom gevallen).
En ziehier: je straalt, bent verloofd en je hebt een prachtige dochter. Je hebt zelfs een goedbetaalde baan, ook al heb ik geen idee wat je precies doet voor werk. Er is geen enkele re-

den voor mij om aan te nemen dat je niet gelukkig bent. Toch wil ik je vragen om je leven te heroverwegen en na te denken over de volgende vraag: wil je uiteindelijk net zo'n moeder worden als ik voor jou ben geweest?

Graag zie ik je bij me langskomen, alleen. Spreek met niemand over deze brief.

Zoals je kunt lezen gaat het niet zo slecht met me als Daniel en Senior denken en dat wil ik graag zo houden.

Hoe dat in elkaar zit, leg ik je dan ook graag meteen uit.

Liefs, je moeder.

PS: Neem alsjeblieft 600 dollar voor me mee, ik zal je later uitleggen waarvoor ik deze nodig heb. En ook heb ik vitaminetabletten en wc-papier nodig.

De kernvraag: wil je eindigen net als je moeder, is me ingegeven door Nicole. Julia is net als ik op jonge leeftijd zwanger geraakt van een man die werkt voor de drugsmaffia. En ook zij leidt het liefst het leven van een blonde, leeghoofdige shopaholic – zo weet Nicole het lekker bot te verwoorden. Maar gelukkig weet ik dat Julia en ik veel meer zijn dan dat. We hebben emotioneel gezien samen intense tijden beleefd na Gidons dood, ondanks het feit dat ze toen al – kennelijk – werkzaam was voor De Kraanvogel. Ik ken mijn dochter lang genoeg om te weten dat ze een goed mens is; ik moet erop vertrouwen dat dit naar buiten zal komen, ondanks de druk van haar schoonfamilie en haar huidige baan.

Ik zie alles op deze maandagmorgen een stuk positiever. Misschien omdat ik geen keuze meer heb, Daniel heeft zijn brief toch al gekregen. Het door hem voorgestelde plan is definitief van de baan. Dat maakt me niet uit. Het is veel belangrijker voor me dat ik niet in Amsterdam wil wonen terwijl Julia verloren gaat in de wereld van de Vanishkurams. Misschien was dat wel de achterliggende gedachte om Daniels aanbod af te wijzen en ging het me niet alleen om het feit dat er anders een onschuldige achter de tralies zou gaan. Het is mijn taak als moeder om er alles aan te doen zodat mijn dochter en kleindochter een veilig bestaan kunnen opbouwen. En deze oma weet als geen ander dat de onderwereld vol gevaren zit. Dit is voorlopig de laatste kans om Julia ervan te overtuigen dat ze er verstandiger aan doet het roer om te gooien.

Toch is in feite de hele redenatie puur egocentrisch, namelijk dat ik niets liever wil dan een nieuw leven opbouwen met Julia en Maxime in Amsterdam. Maar daar voel ik me niet schuldig over. Elk mens vecht voor zijn eigen geluk, daar ben ik hier wel achter gekomen. Neem nou Nicole. Ze weet dat ze fouten heeft gemaakt, toont berouw en pikt rotopmerkingen van een P.C.-trut omdat ze in geldnood zit – het zijn haar eigen woorden. En dan Kali, ze is bereid te roven en te moorden voor haar gezin. Hoe kan iemand als ik, die altijd heeft gezwommen in het geld, hierover een oordeel vellen?

Het is ieder voor zich in deze wereld, en ik vecht voor wat van mij is: mijn dochter en kleindochter. Als ik daarbij de kans weet te creëren om de moordenaar van Gidon onder ogen te komen, hem kan laten arresteren of – in het beste scenario – een hele drugsbende kan laten oprollen, is dat mooi meegenomen.

Ik zie het als een tweede kans. Een kans op geluk voor ons Fisher-vrouwen. Een kans waarvoor ik bereid ben alles te riskeren, nu ik niets meer te verliezen heb.

Julia is langsgekomen, ze is alleen. Het komende gesprek zal allesbepalend zijn.

'Wat maak jij me nou? Jij bent echt een ongelofelijke trut, weet je dat?! De wereld draait niet alleen om jou. Denk niet dat ik niet doorheb wat je aan het doen bent.'

'Wat ben ik dan aan het doen, volgens jou?'

'Een beetje de moeder uithangen, dat ben je aan het doen. Nou, ik heb het tot nu toe prima zonder jou afgekund. Ik denk dat ik het verder ook wel zonder je red. Dus, vriendelijk bedankt voor het aanbod, maar nee, dank u wel!'

Ze reageert nijdig als haar wordt gevraagd haar stem gedempt te houden. Ik koop het snel uit de hand lopende conflict tussen Julia en de bewaking af. We krijgen een tweede kans.

'En hoe zat dat dan met dat gezeik: "Mag ik een cappuccino alstublieft?"' Ze doet me treffend na. 'Jij schrijft in je brief dat je zo normaal bent. Nou die scène kwam anders echt niet normaal op mij over hoor. Ik lig er al nachten wakker van.'

'Sorry.'

'Je stinkt, je haren lijken wel – weet ik veel – een misvormde pruik of zoiets. Je ziet er gestoord uit en je doet gestoord, en dan schrijf je me dat het allemaal maar een spelletje is en dat ik het tegen niemand mag zeggen. Nou mam, je kan mij nog meer vertellen. Jij bent knettergek!'

Ik kijk haar zo lucide mogelijk aan.

Ze houdt mijn blik enkele seconden vast om zich dan van me af te draaien. 'Ik snap er geen fuck meer van, maar ik vind gewoon niet dat je dit kunt maken.'

Ik zeg alleen: 'Je hebt gelijk.'

Ze kijkt me volstrekt ongelovig aan.

'Sorry,' probeer ik haar voor de tweede maal milder te stemmen.

'Sorry? Sorry?! Rot op met je sorry. Dat wil ik helemaal niet horen. Sorry waarvoor? Dat je mijn leven hebt verpest? Dat je mij op de wereld hebt gezet?'

'Nee, jij bent het beste dat me ooit is overkomen.'

'Wat moet je dan van me? Ik ben precies geworden wie jij wilde dat ik zou worden. En nu is er in ene niets meer goed aan wat ik doe. Het is gewoon niet eerlijk. Wat is hier aan de hand?!'

Ik zie een dochter voor me die nog steeds op zoek is naar bevestiging van haar moeder. Dit voelt als een grote opluchting.

Er stijgt gejoel op vanaf de binnenplaats. Buiten horen we enthousiast geschreeuw vanaf het water. Een boot met toeristen, zwaaiend met hun T-shirts boven hun hoofd, vaart voorbij.

'Ik heb nagedacht...' wil ik dit gesprek voorzichtig de juiste richting op sturen.

'Nou, dat kan je voortaan maar beter weer laten,' klinkt Julia ad rem.

Enkele seconden lachen we gelijktijdig naar elkaar. Waarschijnlijk omdat we ons – voor het eerst sinds lange tijd – begeven op bekend terrein.

'Waarom doe je alsof je gek bent?' Ze lijkt eindelijk de rust te vinden om me aan te horen.

'Je hebt gekken en gekken. Ik viel voor Dhawal in de categorie gevaarlijke gek, en dus liet hij me opsluiten. Maar ik wil niet dat hij nu nog denkt dat ik de organisatie schade zou kunnen toebrengen, en dus koos ik ervoor om me voor te doen als een ongevaarlijke gek. Ongevaarlijke gekken zijn namelijk een stuk minder gevaarlijk dan gevaarlijke. En ik wil niet op een nacht in mijn slaap vermoord worden, snap je?' Ze snapt het niet, toch ga ik verder. 'Ik wil ook niet worden vrijgelaten om vervolgens in een val te lopen omdat ik ze *pissed-off* heb gemaakt. Daarom doe ik alsof ik in de war ben, want Julia, jij weet net zo goed als ik, dat Dhawal tot erge dingen in staat is.'

Haar ogen worden groot. Ik weet dat ik haar aan het twijfelen heb gebracht.

'Het wordt tijd dat ik mijn lot in eigen hand neem. Maar dat wil en kan ik niet alleen, het is namelijk ons lot.' De gealarmeerde blik van mijn dochter weet me niet af te remmen. 'Nog geen paar weken geleden zag ik de verwarring op je gezicht toen ik je vroeg naar De Kraanvogel.' De vraag wat voor werk ze precies voor de organisatie doet, durf ik nu niet te stellen, ik ben bang dat ze dan alsnog opstapt. 'En toen ik die nacht was opgesloten in het paleis, zag ik de volgende ochtend de blik in je ogen, ik kon zien hoe ongerust je was geweest. En ook heb ik je woede meegemaakt toen je er per se achter wilde komen wie papa had vermoord. Jij bent geen doelbewuste crimineel, daar ben je te zacht voor. Maar je zit er dieper in dan je van tevoren ooit voor mogelijk hebt gehouden. Als je niets aan deze situatie verandert, eindig je misschien zelf wel op een dag met kogels in je lijf, net als je vader. Je hebt een dochter om voor te zorgen, een moeder die van je houdt, het is nooit te laat. Het is in elk geval nu nog niet te laat.'

'Wat wil je van me?' vraagt ze na een lange pauze. Haar stem klinkt hees, ik heb moeite om te achterhalen welke emotie hieraan ten grondslag ligt. Woede, verdriet, angst misschien?

'Stel jezelf de vraag of het leven dat je nu leidt daadwerkelijk een keuze is geweest, of dat je er achteraf gezien geleidelijk aan in bent gerold. Is dit het leven dat je vroeger voor ogen had, of had je toen heel andere dromen over de toekomst? Wil je je de rest van je leven omringen met mensen die hiertoe in staat zijn?' Ik wijs om me heen. 'Of zit jij anders in elkaar?' Met het stellen van deze laatste vraag wil ik doelbewust inspelen op haar schuldgevoel, ze zegt niets terug.

Julia heeft tijd nodig, ik besluit het hierbij te laten. De resterende vijf minuten stap ik over op een ander belangrijk punt van de agenda: de reden waarom ik het geld nodig heb. Met mijn handen onder tafel – ik verstop het pak biljetten in mijn onderbroek – doe ik kort en bondig verslag van vorige week vrijdag, maar laat Steve buiten beschouwing, er is te weinig tijd voor en ik wil haar niet af-schrikken. Ik vertel haar dat ik met wat andere gevangenen iets ben gaan drinken.

Met trillende handen voor een bleek weggetrokken gezicht kan ze geen antwoord geven op de vraag of ik haar ga ontmoeten in The Red Snapper. Ik herhaal tot tweemaal toe de naam van het café, dan zit ons gesprek erop voor vandaag. Ze staat me toe haar te omhelzen en houdt me zowaar eventjes stevig vast.

DONDERDAG: Van Schaik is vanmorgen langs geweest, er staat weer een afspraak voor morgenavond gepland! Laura zit deze week in New Delhi, ze is op zoek naar voorbeelden uit de jurispru-dentie, samen met De Souza. Als het plan met Steve niets wordt, zal ik me meer bezighouden met de formele juridische strijd, ook al hebben Nicoles verhalen me behoorlijk moedeloos gemaakt. Voor mijn verweer maakt het helemaal niets uit dat ik onschuldig ben, dat blijft onvoorstelbaar (niet aan denken!).

Vrijdagmiddag verloopt traag en loom. Kali, Sunjala en Nicole hebben alle drie een pil genomen, ze slapen. Ik heb niets geslikt en voel me rusteloos. Maar ik wil vanavond wanneer ik Steve ontmoet bij mijn volle verstand – voor zover aanwezig – zijn. Het ene mo-ment denk ik zeker te weten dat Julia langskomt, het volgende ga ik ervan uit dat ze het zal laten afweten. Of misschien wil ze wel, maar kan ze niet ongezien wegkomen? Het kan allemaal.

Als de lichten uit zijn, kan ik nauwelijks meer stil liggen. Per ongeluk stoot ik Nicole wakker.

'Zenuwachtig?'

'Heel erg.'

'Dat begrijp ik. Denk je dat ze zal komen?'

'Ik weet het niet, wat denk jij?'

'Natuurlijk zal ze er zijn. Je bent haar moeder. Ik zou er alles voor over hebben om zo'n moeder te hebben als jij.'

Ik slik moeizaam voordat ik kan antwoorden. 'Dank je wel.'

Om tien uur hoor ik rumoer in het cellenblok verderop. Even later gaat ook bij mij de celdeur open. Ik ben klaarwakker en *ready for action.*

Ik sluip achter de bewaakster aan door de donkere gangen. Buiten, als we vlak bij de groep aankomen, pakt ze me onverwachts bij mijn arm en duwt ze me tegen een stuk muur. Mijn hart bonkt in mijn keel. Ze houdt haar hand voor mijn gezicht en maakt een geldgebaar. Bang dat als ik een kik geef, ze anderen zal waarschuwen die niet van onze wekelijkse ontsnappingen op de hoogte zijn, geef ik haar nagenoeg al mijn roepies. Hierna worstel ik me los en ren ik naar de groep, die op dezelfde plek als vorige week staat te wachten. Ik ben nog net op tijd.

Nauwelijks van de schrik bekomen begin ik, zodra ik buiten sta, met de anderen de heuvel af te rennen. Ik weet een plek voor in de taxi te bemachtigen en weet deze zowaar voor mij alleen te houden.

De voorruit toont me een sterrenhemel zonder spijlen ervoor. Met mijn neus tegen de voorruit, bijna euforisch, staar ik de ruimte in. Een stevige hobbel in de weg schudt me wakker, ik heb een bult op mijn voorhoofd. Het maakt niet uit, ik ben vrij! En als alles vanavond goed gaat, zal ik Aguada binnenkort voorgoed verlaten. Ik voel de tranen langs mijn gezicht lopen. Pas nu ik van mijn vrijheid ben beroofd, leer ik begrijpen wat het inhoudt.

Steve kijkt me neutraal aan wanneer ik bij binnenkomst mijn laatste overpeinzing met hem deel. Op zijn vraag waar mijn dochter is, beken ik dat ik niet zeker weet of Julia zal komen opdagen.

Het eerste half uur vullen we derhalve met 'normaal' en 'gezellig' doen, waarbij ik voornamelijk het woord voer. Ondertussen doe ik me te goed aan kleine hoeveelheden eten en grotere hoeveelheden drinken. Steve kijkt regelmatig over mijn schouder naar buiten, maar Julia is in geen velden of wegen te bekennen. Pas als de klok kwart voor elf aanwijst durf ik hem de vraag te stellen die op mijn lippen brandt.

'Zonder Julia, geen deal?'

'Ik heb ruggespraak gehouden met mijn superieuren, en het wordt – zoals ik al vreesde – een zeer lastige zaak om de boel op de rit te krijgen zonder een directe ingang binnen de organisatie. Jij hebt nooit voor De Kraanvogel gewerkt en dus er is geen enkele reden voor hem om jou te willen ontmoeten. Maar, misschien heb je hem al een keer ontmoet?'

Ik vertelde Steve de vorige keer uitgebreid over mijn leven met Gidon. Het was mijn taak om voor een zakelijke bespreking het gezelschap van de nodige versnaperingen te voorzien. Daarna liet ik mijn man met zijn cliënten alleen, zodat ze in alle rust hun zaken konden bespreken. Zou ik toastjes ganzenlever, sushi of petitfourtjes hebben geserveerd aan de man die mijn echtgenoot heeft laten ombrengen?

'Zou kunnen,' weet ik uiteindelijk uit te brengen.

'Misschien kunnen we dan samen naar wat foto's kijken.' Steve legt een dikke envelop op tafel en haalt hier een stapel zwart-witafdrukken uit. De mensen die erop staan, hebben geen van allen door dat ze in de gaten worden gehouden. Ze wandelen, zitten op een bankje in een park of achter glas in een restaurant. Op een van de foto's meen ik Parijs te herkennen, maar het kan ook Antwerpen zijn. Ontegenzeggelijk herken ik Daniel.

'Dat is Daniel.' Het is vreemd om hem hier plotseling tussen deze voor mij onbekende mannen te zien opduiken.

'Dat weet ik. Ken je die man met de bril, die naast hem zit?'

'Ja. Nee. Ik weet het niet. Van gezicht misschien, geloof ik. Wie is het?'

'Dit spelletje werkt andersom.'

'O ja.'

Op een volgende foto zie ik twee donkere mannen over het Leidseplein in Amsterdam lopen. In het midden herken ik Johanna, mijn laatste au pair. Ik breng Steve op de hoogte van de nare geschiedenis waarbij zij op Schiphol werd gearresteerd wegens drugssmokkel. Het moment waarop voor mij alle ellende begon. Achteraf gezien was zij via de Vanishkuram-familie bij ons in huis gekomen. Johanna zou – onder Gidons toezicht – meewerken aan een experiment: het vervoeren van vloeibaar gemaakte cocaïne in borst- en bilprotheses. Maar voordat zij de borstingreep onderging, werd ze op Schiphol gearresteerd met een lading cocaïne en xtc-pillen in haar koffer, tijdens een zogenaamd regulier transport. Ik vraag me hardop af of vervoer in borsten en billen inmiddels gangbaar is geworden.

'Ja, dat is het zeker.'

Ik kijk om en zie Julia voor ons staan. 'Mijn dochter,' stel ik haar vol trots voor aan Steve.

'Aangenaam.' Julia's schoonheid laat hem niet ongemoeid. Hij is voor haar gaan staan en schuift een stoel naar achteren waarop ze kan gaan zitten. 'Laten we snel beginnen, het is half twaalf.'

'En wie bent u?' klinkt Julia ijzig.

Steve werpt een snelle blik mijn kant op en vertelt dan kort en bondig over de afspraak die hij voor mij probeert te regelen in ruil voor informatie, geleverd door moeder en dochter.

'Wat kan je mij vertellen over de zaken van de familie Vanishkuram?'

Julia kijkt zwijgend naar haar handen, ze zijn goed verzorgd en voorzien van extreem lange nagels. Na een poosje steekt ze van wal.

'Ik was vijftien toen ik naar een internaat werd gestuurd. Beverweerd, dat ligt in Bunnik, in de provincie Utrecht.' Ze spreekt het uit met de arrogantie van een Amsterdamse. 'Gelukkig leerde ik daar al snel Deepak kennen. Hij was ouder, knap, sexy; ik viel als een blok voor hem. Inmiddels is hij de vader van mijn dochter, Maxime heet ze. Voor haar zit ik hier, Steve.' Ze kijkt hem recht aan. 'Het is niet goed als mijn dochter opgroeit bij drugshandelaren. Ik realiseer me nu pas waartoe ze in staat zijn. Wat ze mama hebben aangedaan... ik had echt geen idee.'

Ik pak Julia's hand vast.

'Mama, het spijt me zo.'

'Het is oké liefje, het is oké.'

Ons mooie moment wordt verstoord door Steve, hij vraagt haar verder te vertellen over Deepak. Julia maakt haar hand los van de mijne.

'Met hem was het elke dag feest. Al snel vormden we een groep met mijn vriendinnen en zijn vrienden erbij. We waren altijd samen, gingen 's avonds vaak stappen. Dat kon daar makkelijk, want hoewel papa ruimschoots betaalde voor mijn verblijf, was er nauwelijks toezicht en al helemaal niet in de weekends en vakanties. We konden doen en laten wat we wilden. Ik kwam steeds minder vaak naar Amsterdam, ik bleef de weekends liever daar.'

'Had je in die tijd al zicht op het werk dat Deepaks vader deed?'

'Nee, maar ik had toen ook nog geen flauw benul van wat voor werk papa deed. Net zoals ik niet wist dat Senior en papa elkaar kenden, laat staan samenwerkten. Daar kwam ik allemaal pas veel later achter, toen papa was vermoord. Toen bleek dat ik naar Beverweerd was gestuurd omdat Senior had gezegd dat ze daar zo'n goede opleiding hadden. Maar nogmaals, daar wist ik in dat eerste jaar niets van. Ik wilde gewoon lekker feesten en Deepak wist als geen ander hoe dat moest. We gingen veel uit. Hij regelde dan een limo die ons groepje kwam ophalen, we...'

'Gebruikten jullie drugs?' wil Steve weten.

Ik weet het antwoord al.

'Ja, vooral in het weekend. We namen soms een pilletje en Deepak zorgde ook altijd dat er coke was. Op school werd sowieso wel elke dag geblowd. Deepak leverde alles, meestal gaf hij het gewoon weg.'

Terwijl Julia verder vertelt over haar drugsgebruik – ze praat over cocaïne en blowen alsof het de normaalste zaak van de wereld is –

vraag ik me af of zij nou een junkie is. Of noem je dat alleen zo als iemand heroïne gebruikt? Ik weet er duidelijk veel te weinig vanaf.

'Deepak wist altijd waar de beste feesten waren. Antwerpen, Parijs, Rotterdam. Soms gingen we naar het casino. Dan regelde Deepak valse papieren zodat we binnen konden komen. Natuurlijk was dit, ja, hoe zal ik het zeggen, onrechtmatig. Maar het leek geen kwaad te kunnen... Het was gewoon voor de lol.'

Ik zie haar nog zo afgemat en met rood omrande ogen thuiskomen, die enkele keer dat ze in het weekend naar Amsterdam kwam. Ik heb haar nooit gevraagd wat ze allemaal uitspookte, zogenaamd uit respect voor haar privacy. Nu weet ik beter, ik ben een slechte moeder voor haar geweest.

'Enfin, op een avond vertelde Deepak me, we hadden toen al een paar maanden een relatie, dat hij later zijn vader zou gaan opvolgen in het familiebedrijf. Natuurlijk vroeg ik hem wat voor werk zijn vader deed. Deepak antwoordde dat hij een handelsmaatschappij runde. Ik dacht dat het ging om handel in, ach laat ik eerlijk zijn, ik dacht er helemaal niet verder over na.'

Zo moeder, zo dochter.

'Op Deeps kamer stond een houten beeldje; een kraanvogel. 's Avonds, als we kaarsjes aanhadden, dan danste de vogel als het ware tegen de muur. De schaduw bedoel ik. Ik vond het zo'n mooi gezicht. Toen vertelde hij mij die oude Indische legende, hezelfde verhaal dat Dhawal met kerst aan jou heeft verteld, mam.'

Ik knik. We slaan het sprookje verder over, sprookjes bestaan niet.

'Toen ik met jullie mee op zomervakantie moest naar Marbella vanwege papa's verjaardag, miste ik Deepak natuurlijk verschrikkelijk. Ik dacht continu aan hem en vond jullie feestjes maar stom, dat weet jij ook wel.'

Ik kan me haar obstinate gedrag nog helder voor de geest halen.

'Op een avond toen papa en ik naar de sterren keken, vertelde ik hem het verhaal van de dansende kraanvogel. Hij luisterde aandachtig, ik dacht dat dit kwam omdat hij het ook zo'n mooi verhaal vond. Later begreep ik pas dat hij er op dat moment niet alleen achter kwam dat ik veel tijd doorbracht met de zoon van zijn zakenpartner, maar dat hij die avond ook op het idee werd gebracht voor zijn nieuwe code. Hij had die voorgaande weken ruzie gehad met Daniel en overwoog zijn computersysteem opnieuw te beveiligen. Toen ik hardop verder droomde dat ik wel graag een tattoo wilde zetten van een kraanvogel, ik had daar als teken van mijn liefde voor Deepak al een paar keer over nagedacht, reageerde hij tot mijn stomme verbazing enthousiast. Ik snapte er niets van. Achteraf bleek dat hij er rekening mee hield dat hem iets zou kunnen overkomen, en dat hij op deze manier een aanwijzing achterliet. Maar in elk geval kreeg ik zijn toestemming voor die tattoo – niet dat ik die nodig had hoor – en kregen jullie ruzie.'

'En niet zo'n beetje. Maar waarom heb je me dit dan niet gewoon verteld toen ik hier was en niet begreep hoe het zat?'

'Omdat ik inmiddels natuurlijk wel voor hem ben gaan werken, daarin had je groot gelijk. Ik wilde gewoon niet dat je je ermee zou gaan bemoeien.'

'Wat voor werk doe je precies?' Steve is eindelijk aangekomen bij het punt waar hij wil wezen.

'Ik maak vriendinnen...'

'Je ronselt meisjes,' verbetert hij haar.

Julia laat haar hoofd hangen.

'En dan?'

'Als ze verslingerd zijn geraakt aan onze levensstijl, met alles erop en eraan, dan leg ik ze uit hoe ze op een makkelijke manier heel veel geld kunnen verdienen.'

'Jij weet dus waar en wanneer er transporten plaatsvinden?'

'Niet per se, maar meestal wel. Ik reis nooit met ze mee.'

'En ben je ook op de hoogte van de grote transporten?'

'Ja, vaak reist Deepak erachteraan om een partij door de douane te helpen. Hij is bijna nooit thuis.'

Steves gezicht spreekt boekdelen. Hij is meer dan tevreden.

'En nu? Wat moet ik nu doen?' Ze lijkt plotseling jong en onzeker.

'Waar denkt je schoonfamilie dat je nu bent?'

'Stappen, met Laura. Ze is vanmiddag uit New Delhi aangekomen.'

Ik kijk om me heen.

'Ze wacht buiten op me. Ze zei dat ze er niet bij hoefde te zijn.'

'Verstandige vriendin heb je. Luister, ik ga hiermee aan de slag en ik hoop je volgende week vrijdag hier weer te treffen. Beloof me, praat met niemand, echt helemaal niemand, over dit gesprek.'

'Beloofd.'

'Dan is het nu de hoogste tijd dat ik je moeder terug naar huis breng.'

'Shit!' roep ik. Ik zie dat het tien voor een is.

Steve legt geld op tafel voor de drankjes en het eten. Ik geef Julia een kus, zwaai naar Laura die in de verte onder een lantaarn een boekje zit te lezen en word vervolgens achter op de scooter terug naar Aguada vervoerd. Het is een ware dodemansrit in het pikkedonker. Als we aankomen, staat er niemand meer buiten voor de poort.

'Kut!' vloek ik hartgrondig.

Steve klopt onverschrokken op de deur. Na de vierde keer gaat de ijzeren deur alsnog open. De bewaakster kijkt nijdig en houdt zonder een woord te zeggen haar hand voor ons op. Steve spreekt haar aan in Hindi en betaalt uiteindelijk een smak geld om me terug naar binnen te krijgen. Dit is de omgekeerde wereld.

'*Goodmorning, it's Groundhog Day!*' Ik lach naar Nicole. De lichten zijn zojuist aangegaan en ik zit te genieten van mijn kopje thee bij de opgaande zon.

'Jij bent er vroeg bij vanmorgen.' Tijdens haar slaapweekends wordt ze nooit makkelijk wakker, ze trekt haar t-shirt over haar gezicht. 'Julia is gekomen?' klinkt het door het katoen.

'Ja.'

'Dan zal je binnenkort wel vertrekken.'

'Ik hoop het.'

'Dat hoop ik ook voor je.'

Zo klinkt ze niet. Ik begrijp haar.

WOENSDAG: Gelukkig nam Laura ondanks al haar bezwaren tegen mijn plannen, gisteren wel weer een pak met dollars voor me mee. Ze zal binnenkort een weekje naar Nederland gaan voor familiebezoek en om mijn bankzaken te regelen, ik heb inmiddels meer geld nodig. Ze vertelde me dat ze de afgesproken vierduizend euro voor Nicoles verdediging had overgemaakt.

Nicole keek me, toen ik haar dit nieuws vertelde, aan alsof ik niet goed snik was. 'Dat is bijna net zoveel als ik met het transport zelf zou verdienen,' aldus haar wijze van bedanken.

Ze heeft haar vrijheid opgeofferd voor een bedrag dat ik met gemak aan twee jurken zou uitgeven. Vanaf de andere kant van de aarde, vanachter mijn roestige spijlen, geneer ik me voor het gemak waarmee ik tot voor kort exorbitante hoeveelheden geld uitgaf.

Voor het eerst heb ik de hoop dat ik hier vandaan kom en dat brengt een hele hoop onrust met zich mee. Ik mis Julia verschrikkelijk, dat is alleen maar erger nu ik haar heb gezien.

Vanmorgen kwam De Souza bij me langs. Hij gaat een verzoek tot terugkeer voor me indienen bij de Nederlandse Staat, dit in overleg met Van Schaik. Volgende week dinsdag mag ik weer bij de rechtbank verschijnen, maar daar verwacht ik niet al te veel van, het is weer niet zeker dat mijn zaak die dag wordt behandeld. Van de juridische procedure hoef ik niets te verwachten. Ik weet zeker dat ik de juiste weg bewandel met Steve, dit is mijn enige kans wil ik hier niet jaren vastzitten.

Eindelijk is het weer vrijdagavond. In de taxi op weg naar The Red Snapper knijp ik 'm flink. De afgelopen week is voorbijgekropen, mijn zenuwen voelen permanent alsof ze op knappen staan. Nooit geweten dat het bewaren van je geduld zo lastig kan zijn. Zal Julia er zijn of heeft ze zich bedacht?

Julia is gekomen! Ik geef haar een kus, maar er is geen tijd voor sentiment.

Steve neemt meteen het woord: 'Wat fijn dat jullie allebei weer gekomen zijn. Het zal de laatste keer zijn dat jullie elkaar hier op vrijdagavond ontmoeten. Vanaf nu mogen we het risico niet meer lopen dat jullie samen worden gezien. Het plan is als volgt: Julia en jij zullen in de komende weken naar de buitenwereld toe een knetterende ruzie opvoeren. Want om Julia in de toekomst buiten alle verdenking te plaatsen, moet ze nu eerst definitief alle contact met haar moeder verbreken.'

'Mag ik je eerst even iets vragen?' Ik houd het niet langer vol. 'Betekent dit dat alles doorgaat?'

'Dit betekent dat we gaan kijken of we het plan kunnen laten doorgaan,' formuleert Steve zorgvuldig.

'Yes!' fluister ik, mijn middelvingers kruis ik over mijn wijsvingers.

'Dus mama en ik gaan ruziemaken?'

'Ja, maar wel opvallend, het mag Deepak en zijn vader niet ontgaan.'

'Ik zal mijn best doen.' Julia's stem is hoger dan normaal. Ze lijkt ook niet genoeg gegeten te hebben de laatste week. 'Deepak komt morgen weer thuis, hij zit momenteel in Amsterdam.'

Steve trekt een wenkbrauw op en gaat dan verder met zijn verhaal. 'Doel is om alle contact tussen jullie te verbreken. Naar de buitenwereld toe, want natuurlijk zullen er tussentijds wel momenten van overleg moeten plaatsvinden. Jullie vragen je vast af hoe dat dan moet, e-mail en mobiele telefoons zijn allang niet meer veilig, dat weten we allemaal. Maar let op, dat geldt alleen wanneer berichten daadwerkelijk worden verstuurd. Wat ik wil voorstellen is zowel eenvoudig als doeltreffend. Jullie kunnen elkaar via de mail bereiken, via de map "Concepten" van een van jullie adressen. Hebben jullie allebei een e-mailaccount?'

We knikken gelijktijdig.

'Het gaat erom dat jullie de mail niet meer verzenden, maar opslaan in de mailbox van de ander. Een voorbeeld: Julia kijkt in de map "Concepten" van jou, Donia, ze leest jouw bericht, wist het en laat daar vervolgens een antwoord voor je achter. Wat niet verzonden wordt, kan ook niet worden onderschept, zo simpel is het. Jullie moeten alleen wachtwoorden uitwisselen en dan...'

'Deepak kent het mijne, dat is wel gebleken. Kunnen we beter die van jou doen, mam. Wat is je wachtwoord?'

Ik geef het haar.

'Laten we er voor het gemak even van uitgaan dat we jou uit Aguada krijgen zodat je ons vanuit Nederland kan gaan helpen aan informatie over de organisatie.'

Ik ben een en al oor.

'Dan kan Julia jou op deze manier informatie toespelen. Denk hierbij aan het tippen van een transport, groot of klein, het maakt niet eens uit wat het is. Het doel is om De Kraanvogel te alarmeren, hem uit zijn tent te lokken, en daarvoor moet er sprake zijn van een lek binnen de organisatie. Een lek waarvan Donia aangeeft op de hoogte te zijn. Dat is niet zo moeilijk, want het wordt in feite door haarzelf, via haar dochter, veroorzaakt. En daarom is het van het allergrootste belang dat jij buiten alle verdenking komt te staan.' Hij kijkt Julia ernstig aan.

Ze werpt hem een nijdige blik terug. 'Sorry hoor, maar dit plan lijkt me dus helemaal niks. Jij wilt, als ik je goed heb begrepen, dat ik mijn eigen koeriers offer, zodat jullie ze kunnen oppakken? Nou, daar werk ik dus niet aan mee. Heb je dat goed gehoord?'

'En als het om een schip gaat, een grotere partij?' Steve countert professioneel.

'Dit gaat me gewoon allemaal veel te ver. Ik wil mama helpen, natuurlijk wil ik dat. Maar hier hebben we het nog helemaal niet over gehad.'

'Je moet een keuze maken, Julia. Het gaat ons niet om die ene partij. We willen tot de kern van de organisatie doordringen, de leider te pakken krijgen. Maar goed, laten we het eerst eens over hem hebben. Ken jij De Kraanvogel?'

Julia krijgt jeuk aan haar kin, ik ben bang dat ze zich open zal krabben.

'Ik neem aan dat zwijgen toestemmen is.' Hij pakt haar aan zoals haar vader en ik nooit hebben gedaan. De autoriteit die Steve uitstraalt, heeft een verbluffend goede uitwerking op Julia.

Ze knikt braaf. 'Mama heeft hem misschien ook wel ontmoet, althans dat denk ik. Hij was op eerste kerstdag ook aan boord van het jacht.'

'Wat?! Wie is het?'

'Hij heeft de hele middag aan de roulettetafel gezeten, ik geloof dat ze hem flink hebben laten winnen.'

'O mijn god.' Ik was zo dichtbij, ik zat tegenover hem! Twee keer op een en hetzelfde nummer winnen, dat is ook onmogelijk. Ik probeer me zijn gezicht voor de geest te halen, maar kan het me niet goed herinneren.

'Julia, vertel me wanneer je hem voor het eerst hebt ontmoet.'

'Het is best een aardige man.'

Stilte.

'Dat vroeg ik niet. Wanneer en waar ontmoette je hem voor het eerst?'

'In Antwerpen, in een nachtclub. Ik wist toen nog niet wie hij was natuurlijk. Hij was samen met een man die zichzelf Stanford noemt.'

'Hoezo, is dat niet zijn echte naam?'

'Ik weet het niet.'

'Ga verder.'

'Ze hebben de hele avond met Deepak zitten praten, ik heb alleen maar staan dansen. Afgelopen jaar is hij tweemaal in de villa langs geweest. Ik heb nauwelijks een woord met hem gewisseld, wel nam hij een cadeau voor Maxime mee met oudjaar. Een prachtig *My little pony*-kasteel, met alles erop en eraan. Ze is nog veel te jong om ermee te spelen, maar het heeft lichtjes en muziek, ze vindt het schitterend.'

'Waarom denk je eigenlijk dat hij De Kraanvogel is?'

Ze haalt haar schouders op. 'Dat is gewoon zo.'

'Want?'

'Hij is erg belangrijk, hij heeft altijd bodyguards bij zich. Maar ik weet het vooral zeker omdat zijn komst de reden is dat mama werd opgesloten in Aguada, dat heb ik Deepak met Senior horen bespreken. Nadat hij erbij was geweest dat mama op eerste kerstdag zo tekeerging, gaf hij hun opdracht maatregelen te nemen.'

Steve grijnst een enkel moment. 'Lijkt me goed genoeg.' Hij haalt zijn stapel foto's tevoorschijn. 'Wil je met me meekijken of hij hiertussen zit?'

Daar heeft Julia geen enkel probleem mee. Terwijl ze samen door de stapel heen gaan, besluit ik te gaan plassen. Ik heb de foto's al gezien en moet nodig ruimte maken voor mijn wekelijkse biertjes.

De steeg is donker, het is nieuwe maan. Ik struikel over een overvolle vuilnisbak. Er schiet iets voor mijn voeten weg, vast een kat of misschien een rat.

De toiletruimte is nauwelijks verlicht, er hangt een zwak peertje. Ik til mijn broekspijpen omhoog zodat de overstroomde pot – hij is afgelopen week niet gerepareerd – de stof niet nat maakt als ik door mijn benen zak. Vanaf de pot waar ik gehurkt boven hang, heb ik direct uitzicht op de hoofdweg, de deur sluit niet. Ik zie Junior zijn scooter parkeren. Hij loopt op een man af die mijn kant op lijkt te wijzen. Ze roken samen een sigaretje.

Ik ren de wc uit. Waar ik een mauwende kat zijn nagels tegen ijzer hoor slaan, vind ik op de tast de keukendeur.

De kleine keuken is rokerig – er wordt op hout gekookt. De vloer is bezaaid met pannen en voedselresten. Ik stap door de plastic vliegenslingers de zaak in, kom uit achter het barretje, negeer de man die erachter staat en kruip over de grond naar Steve.

'Junior loopt over enkele ogenblikken de zaak binnen.'

Julia wil opstaan.

Steve beslist in een fractie van een seconde: 'Jullie hebben hier afgesproken om de boel uit te praten en krijgen nu slaande ruzie. Succes.' Hij grist de foto's van tafel en verdwijnt gehurkt achter de counter.

Geblokkeerd staren we elkaar aan.

'Egocentrisch trut!' gilt Julia plotseling.

Achter haar zie ik Junior de veranda op lopen, ik kan alleen maar hopen dat hij niet heeft gezien dat op deze plek nog geen halve minuut geleden een kale dertiger zat, en niet ik.

'Stom wijf!' Ze leegt haar flesje water boven mijn hoofd en kijkt me met grote ogen aan.

Junior stapt naar binnen.

Ik sla mijn handen voor mijn ogen, ik kan zo snel niets verzinnen om te zeggen.

'Hai, Julia. Donia.'

Het water druipt langs mijn haren mijn nek in. Ik durf nauwelijks op of om te kijken.

Junior trekt mijn handen opzij.

'Ik wist niet dat je iemand mee had genomen,' kat ik naar Julia.

'Durfde je soms niet alleen naar je eigen moeder toe te komen?'

'En wat dan nog?! Ik ben hier om te zeggen dat ik niets meer met deze zielige vertoning te maken wil hebben. Je bent mijn moeder niet meer!'

'Hoe kom jij hier?' Juniors stem is lager dan gebruikelijk, zijn ogen staan kil en rustig.

'Met de taxi,' zeg ik. Te bijdehand. Ik vervolg: 'Eén keer per maand' – week zou betekenen dat ik hier al eerder was geweest – 'kan je tegen betaling uit Aguada om... om wat te gaan drinken.' De greep om mijn polsen verslapt niet.

'Gezellig, even bijkletsen met je dochter.' Zijn ogen laten de mijne geen moment gaan.

'Ik wilde proberen het goed te maken, kan je me dat kwalijk nemen?! Ik heb helemaal niemand meer! Ik krijg geen bezoek, ik krijg geen post. Oh Julia, laat me niet in de steek. Julia, ik smeek je, vergeef me.'

Ze kijkt me onverschrokken aan.

'Ik zit dag en nacht opgesloten in een cel, die kleiner is dan deze zaak. Veel kleiner. Met drie anderen! Ze vechten, stelen en piesen in de drinkvoorraad. Julia, je moet me helpen!'

Junior laat mijn polsen los, hij komt naast me zitten.

Ik richt me nu tot hem. 'Verraad alsjeblieft niet dat ik hier ben, Junior. Als de politie me betrapt, wordt het de isoleercel, daar ga ik zeker dood. Geen politie, alsjeblieft, laat me gewoon gaan. Als ik straks te laat terugkom, krijg ik er nog eens tien jaar cel bovenop. Alsjeblieft?'

Hij geeft geen enkele reactie, zijn blik is gevestigd op Julia.

Zij barst los voordat hij een kans heeft om haar iets te vragen. 'Dus Deepak laat me in de gaten houden, hè? Hij zit in Europa met weet ik veel wie, en is bang dat zijn prinsesje hem bedriegt. Is dat het? Er is helemaal geen ander, dat heb ik die jaloerse neef van je al zo vaak gezegd. Wie heb je dit keer achter me aangestuurd? Nou?' Ze kijkt uit het raam alsof ze iemand zoekt. 'Als ik een geheime minnaar zou hebben dan was ik die *loser* allang kwijtgeraakt. Ik ben niet zo dom als ik eruitzie. Jij daarentegen...'

'Weet Deepak dat je hier bent?'

'Natuurlijk heb ik hem niet verteld dat ik mama vanavond zou ontmoeten. Maar als hij in Goa was geweest, had hij het wel geweten, dan had hij zelf kunnen meegaan. Maar nee, hij moest weer eens zo nodig naar Nederland, hij liet zijn waakhond achter om op me te passen. Nou Junior, als jij zo graag met me mee op pad had gewild, had je het ook gewoon aan me kunnen vragen. Maar daar was je natuurlijk niet opgekomen. Jullie Vanishkurams gaan liever sluw te werk.'

'Rustig, rustig...' De familienaam is heilig. Hij kijkt zoekend om zich heen.

'Bestel voor mij ook maar een biertje,' probeer ik hem af te leiden voor het geval Steve nog ergens verstopt zit.

'Natuurlijk, mam, zuip jij je maar lam, daar ben je toch zo goed in? Neem nog een biertje, waarom bestel je er niet meteen twee? Het was altijd zo ontzettend gezellig vroeger thuis als jij weer eens een flesje wijn te veel op had. Maar dat is nog tot daar aan toe. Dat je achter de gesloten deuren van je eigen huis regelmatig kotsend boven de wc-pot hing, dat kan ik je nog vergeven. Maar die scène aan boord, die vergeef ik je nooit. Hoor je me? Helemaal nooit! Ik ben in mijn hele leven niet zo voor schut gezet. Hoe kon je?' Ze staat op, daarbij valt haar stoel achterover. 'Ik wil je nooit meer zien.'

Ze beent bij ons tafeltje vandaan richting de deur, halverwege draait ze zich om. 'Je zou jezelf hier moeten zien zitten, je ziet er niet uit! Volgens mij kruipen de vlektyfus en cholera al door je aderen. Ik hoop dat je wegrot in Aguada.'

Dan loopt ze weg, maar ze bedenkt zich opnieuw en loopt nog eenmaal terug naar de tafel. 'O ja, Junior. Ik laat het je vast weten, ik kom voorlopig niet thuis. Ik ga nog even een borrel pakken in de stad.' Ze loopt naar hem toe en zegt vlak voor zijn gezicht: 'Met uw welbevinden.' Dan loopt ze alsnog de zaak uit en verdwijnt uit het zicht.

Ik ril over mijn hele lijf. Mijn uiterlijk heb ik mee, Junior ziet in mij slechts een zielig hoopje stervend mens. Hij zal geen hand uitsteken om me te redden, ook al is het door zijn toedoen dat ik in Aguada zit. Bij het uitdelen van mededogen, spijt en wroeging stond hij niet vooraan in de rij.

'Dus als je te laat thuiskomt, Cinderella, dan is het sprookje definitief voorbij? Eenzaam in de isoleer, tot aan je dood?'

Hij vocht zich naar voren bij het loket waar ijdelheid en machtswellust werden uitgedeeld.

'Dat zou ons een heleboel problemen schelen.'

Je hebt geen idee. 'Ik moet naar huis.'

'Huis?!' Hij begint zachtjes te lachen, daarna harder en harder. Hij heeft twee kanten, onze Junior, een onschuldige naam voor zo'n gevaarlijke gek. Ik hoor hem nog steeds in de verte lachen als ik even later op straat sta. Het is half een, ik probeer een taxi aan te houden. Na een paar honderd meter lopen komt er een scooter achter me rijden. Als ik mijn naam hoor, durf ik pas achterom te kijken. Steve gebaart dat ik achterop moet springen.

Voor de deur hebben we nog een kwartier over. Ik krijg van hem een stuk papier. Hij dicteert:

Lieve Julia,

Ik heb eenmalig de kans om 's avonds de stad in te gaan, en wel op vrijdagavond a.s. om 11 uur. Ik moet je spreken, ik mis je vreselijk. Neem alsjeblieft geld voor me mee. Ik hoop dat ik je zie in The Red Snapper. Ik heb dan maar anderhalf uur om met je te praten, dus kom op tijd.
Ik hou van je.
Je moeder.

Hij stopt de brief in zijn binnenzak en zegt ervoor te zorgen dat Julia deze krijgt voordat Deepak thuis komt. Als ik vraag hoe hij dat gaat aanpakken, haalt hij zijn schouders op een dusdanige manier op, dat ik weet dat het wel goed komt.

De anderen arriveren, het moment van afscheid is aangebroken.

Hij voelt de vertwijfeling in mijn lichaam, pakt me bij mijn schouders en drukt me dicht tegen zich aan. 'Welterusten, Assepoes.'

Zijn geur wil ik vastpakken, in me opslaan en mee naar binnen smokkelen. Zodat ik daar in mijn eenzaamste momenten op weg zal kunnen dromen.

WOENSDAG: Het bezoek aan de rechtbank was een farce, mijn zaak kwam weer niet aan bod. Laura zit in Nederland, ze is een weekje op familiebezoek, ik mis haar nu al. Ik heb haar gemachtigd voor mijn rekeningen. Ik heb meer geld nodig. Zou ik een leven zonder geld aankunnen? Als ik hier eerst maar uitkom.

'*Visitor! Fisher!*'

Deepak heeft een *Telegraaf* voor me op tafel gelegd, hij zegt niets, maar kijkt me slechts vragend aan. Ik probeer mijn gezicht in de plooi te houden terwijl ik lees.

AMSTERDAMSE MAFFIAWEDUWE IN INDIASE GEVANGENIS
Van een van onze verslaggevers.

Goa, India. Donia F., weduwe van de geliquideerde Gidon F., zit wegens drugsbezit vast in Aguada, de staatsgevangenis van Goa, India. Naar eigen zeggen is zij onschuldig.
Donia F., die naar Goa was gekomen om de feestdagen met haar dochter en kleindochter door te brengen, was voor een drankje neergestreken bij een populaire strandtent in Goa toen de politie haar overviel. De agenten doorzochten haar zojuist gedane aankopen en troffen in een tas met een cocktailjurk verdovende middelen aan. Donia F. beweert dat de drugs, 125 gram cannabis,

door iemand anders in haar tas moeten zijn gestopt.

De reis, die een gezellig familiebezoek rond de feestdagen had moeten worden, eindigde voor Donia F. in een ware nachtmerrie. Sinds de bewuste avond verblijft zij op de vrouwenafdeling van Aguada, een staatsgevangenis die bekendstaat om haar strenge regime. Er hangt haar een gevangenisstraf van maximaal 10 jaar boven het hoofd.

Advocaat De Souza, gevestigd te New Delhi, heeft aangekondigd namens zijn cliënt een officieel verzoek tot terugkeer bij de Nederlandse Staat in te dienen. Hij anticipeert hiermee op het binnenkort te ratificeren WOTS-verdrag.

Er staan twee foto's boven het krantenartikel. De ene is vorige week genomen door Van Schaik in de wachtruimte bij de rechtbank, mijn haren staan alle kanten op. Ik kijk als een vogelverschrikker in de lens. De andere foto dateert van vlak na Gidons dood. Ik poseer bij een modeshow van Mart Visser semi-ontspannen lachend voor de camera. De twee vrouwen hebben niets met elkaar gemeen.

Plotseling zie ik voor me hoe Daniel en Zoë zich verslikken in hun ochtendkoffie bij het zien van mijn spookachtige verschijning.

'Wat heeft dit te betekenen?'

Zo'n toon heeft Deepak niet eerder tegen me aangeslagen. Ik besluit hem te negeren. 'Dit is geweldig!' Verrukt zwaai ik met de krant op en neer, ik klink alsof ik zojuist de straatprijs van de Postcodeloterij heb gewonnen.

'Wist je dat dit erin kwam?'

'Natuurlijk weet ik dat die foto is genomen, maar ik heb nooit gedacht dat ik hem in de krant terug zou zien. Volgens...' Bijna verspreek ik me en zeg ik Steve. Maar niemand, zelfs De Souza niet, mag weten van wie en op welk niveau ik momenteel hulp krijg en wat er allemaal speelt. Hij heeft er dan ook niet veel vertrouwen in dat het verzoek tot terugkeer zal worden gehonoreerd, maar dat mag Deepak niet weten.

'Volgens De Souza maak ik een goede kans met een beroep op de

Nederlandse overheid. Hij is bekend met internationale drugsza-ken en heeft al vele successen op zijn naam staan. Hij is de Indiase Moszkowicz. Is het niet super?'

Deepak geeft me een zuinig knikje. 'Ik heb nog nooit van hem gehoord. Wel slim van hem om de Nederlandse pers in te lichten. Aandacht in de media schudt Buitenlandse Zaken wel vaker wak-ker. Maar wat ik me afvraag: hoe komt hij aan connecties bij de Nederlandse kranten?'

Deepak heeft zijn zonnebril opgehouden, erg irritant. Hij plukt afwachtend aan zijn onderlip.

Na een flinke pauze opper ik: 'Via de ambassade misschien?' Als ik die niet noem, is het verdacht. 'Of Laura, zij zit momenteel in Nederland, misschien heeft zij dit artikel wel geregeld.' Ik hoop maar dat ze Laura met rust laten en ook geen vrienden op de am-bassade hebben werken. Ik stap, zo nonchalant mogelijk, over op een heel ander onderwerp.

'Hoe is het met Julia? En met Maxime?'

'Sinds jullie nachtelijke ontmoeting,' hij zet zijn bril af en focust zijn donkere ogen streng op de mijne, 'gaat het een stuk beter met haar. Ze wil je voorlopig niet zien, Donia. Het spijt me voor je.'

Het plan werkt! Hoe lukt het me nu nog om verdrietig te kijken? Ik denk snel aan de dood van oma Doetie. Als het vijftienjarig weesje dat ik ooit was, die zojuist haar enige familie heeft verloren, kijk ik hem aan.

'Gaat het wel een beetje met je?'

Mannen...

'Ze zal heus wel weer bijdraaien. Het zijn voor ons allemaal hef-tige weken geweest.'

Deepak is lang nog niet de slechtste van de Vanishkurams. Dha-wal en Junior zijn gevaarlijker, schat ik in. Daarna zijn we uitge-praat. Het bezoek van Deepak duurde nog geen kwartier. Als hij weg is, herkauw ik de rest van de middag ons gesprek.

DONDERDAG: Van Schaik was vanmorgen zeer verrast dat ik het krantenartikel al had gezien. Ik heb hem op de hoogte gebracht van mijn gesprek met Deepak. Hij zal mijn ontmoeting terugkoppelen naar Steve. Er staan voorlopig geen vrijdagavondtrips meer op het programma. Het risico, nadat we afgelopen keer ontdekt werden door Junior, is te groot. De raderen zijn in beweging gebracht, ik kan niet anders doen dan rustig afwachten. Gelukkig is mijn zaak niet meer uitzichtloos, maar desondanks is het dagelijks leven in Aguada slopend.

'*Visitor! Fisher!*'

Laura heeft twee tassen met eerste levensbehoeften voor me meegenomen. Nadat de bewaking alles heeft gecontroleerd, een kostbaar ritueel – hoe meer spullen des te meer smeergeld – drink ik eerst een beker vruchtensap leeg.

'Ik ben zo blij je weer te zien! Hoe was Nederland?'

'Koud en nat.'

'Heb je nog iemand gesproken?'

'Behalve mijn moeder nog 'n paar vrienden, en die journalist van *De Telegraaf.*'

'Dus jij zat er inderdaad achter.'

'Kijk, ik ben het natuurlijk volstrekt niet eens met dit idiote idee van je, maar die ene kale man, hoe heet-ie?'

'Bedoel je Steve?'

'Ja, die ja. Hij heeft voordat ik wegging een borrel met me gepakt, en ik moet je zeggen, zoals hij het me uitlegde vind ik het wel verdomd stoer wat je aan het doen bent. Onverstandig, begrijp me niet verkeerd, maar stoer.'

'En de krant had meteen belangstelling?'

'Ja, het ging echt supereenvoudig. Ik mailde ze in het kort jouw verhaal en die foto. Wat is-ie erg, hè, ik heb de lelijkste uitgekozen.'

Ooit zou ik er wakker van hebben gelegen, nu doet dat me helemaal niets.

'Dezelfde dag nog werd ik opgebeld door een journalist. We hebben ook een beetje mazzel gehad, denk ik. Er loopt momenteel een succesvolle serie over gevangenen in het buitenland op televisie. De krant springt daar gretig op in.'

'Dank je wel dat je dit voor me wilde doen.' De eerste stap voor mijn terugkeer is gezet; nu maar hopen dat de Vanishkurams geen argwaan krijgen als ze me laten gaan.

'Ik moet je iets bekennen. Ik heb je naam genoemd bij Deepak. Hij wilde weten wie er achter dat artikel zat. Hij vroeg zich af hoe De Souza dat voor elkaar had gekregen. Ik heb in het midden gelaten of hij het via de ambassade had geregeld of dat jij erachter zat. Maar ik heb het allemaal zo onschuldig mogelijk laten klinken, hoor.'

Als Laura gespannen is, knijpen haar ogen even samen; dat doen ze nu ook.

'Het is volstrekt logisch dat je dit zou hebben gedaan, Laura. Je hebt me tenslotte tot nu toe altijd geholpen. En jij bent immers met De Souza aan komen zetten.'

'Dat weet ik allemaal wel, maar het is nu anders dan vorig jaar. Toen had ik nauwelijks een vermoeden waarmee we bezig waren. Ik hielp je met het zoeken naar die code zonder dat ik wist wie ik ermee voor het hoofd zou kunnen stoten. Nu werk ik, tegen mijn zin, mee aan het...' ze buigt voorover en fluistert, 'oprollen van een internationale drugsbende. Waarom zou ik dat in godsnaam doen? Leg me dat eens uit.'

'Omdat je me aardig vindt,' antwoord ik na een lange pauze.

'Natuurlijk, en je bent ook een schat. Ik hou van jou, en ook van Julia. Maar dit is mijn shit niet en eerlijk gezegd begint het me allemaal ver boven mijn pet te groeien. Ik wil altijd iedereen helpen, waar ik maar kan, dat weet je.'

'Het spijt me.'

'Het hoeft je niet te spijten, jij hebt hier ook niet om gevraagd. Het is prima dat je mijn naam hebt genoemd, maar ik wil je vragen dat vanaf nu niet meer te doen.'

Ik zie dat de angst bij haar heeft toegeslagen en ik kan het haar niet kwalijk nemen. En verder heeft ze groot gelijk: het is niet haar 'shit', zoals ze het zelf noemt. Laura omringt zich in haar dagelijkse leven met kinderen die veelal niets of niemand hebben, en zorgt ervoor dat ze een toekomst kunnen opbouwen. Het is meer dan haar goed recht om afstand te nemen van mijn wilde plannen.

'Het was nooit mijn bedoeling je hierin te betrekken.'

'Het is al goed, echt waar. Maar ik lig er 's nachts wakker van. Ik ben bang voor die lui. En verder kunnen ze mijn werk hier in India onmogelijk maken als ze dat willen. Ik wil geen ruzie met ze. En dat brengt me op het volgende.'

Ik voel dat wat ze me gaat vertellen, iets is dat ik niet leuk ga vinden om te horen.

'De komende week plan ik om terug te gaan naar mijn kinderen. Ik heb hier inmiddels gedaan wat ik kon doen en zij hebben me ook nodig. Ik hoop dat je dat kunt begrijpen.'

Mijn dagen in Aguada, zonder '*visitor*' Laura om naar uit te kijken – de afgelopen week was nauwelijks door te komen –, worden in één klap nog uitzichtlozer dan ze al waren. Een groot zwart gat, dat is waar ik tegenaan kijk. Maar ik mag het haar niet laten merken, ik moet me vermannen en zeg: 'Ik ben je dankbaar voor alles wat je tot nog toe voor me hebt gedaan.'

Laura's zichtbare schuldgevoelens brengt ze onder woorden: 'Het project dankt haar bestaan aan jouw vrijgevigheid, Donia.'

Ik onderbreek haar. 'Dat geld behoort mij niet toe. Het staat slechts op mijn rekening. Wat me op het volgende brengt, ik ben daar nog niet eerder aan toegekomen, maar dit lijkt me een goed moment om het met je te bespreken. Als het eenmaal zover is, zal ik misschien alles kwijtraken.'

Ik zie dat ze ten volle beseft wat ik zeg. Als de organisatie wordt opgerold, zal de Staat proberen mijn geld af te pakken, omdat het van illegale activiteiten afkomstig is.

'Daarom wil ik je, nu ik nog rijk ben, zo veel mogelijk gaan schenken.'

We stappen over op het onderwerp financiën, dat is beter te verhapstukken dan schuldgevoelens en allerlei andere emoties. We bespreken het honorarium dat zij aan De Souza heeft overgemaakt, en het bedrag dat ze hem nog extra zal doen toekomen. Van dat laatste moet hij mij dan tijdens onze ontmoetingen een envelop met zakgeld geven. Dan geef ik haar – ik heb de brief al geschreven – een machtiging om een substantieel bedrag van mijn rekening te halen ten gunste van haar organisatie. Als ze opstaat omdat ze me wil omhelzen, gebaar ik haar dat dit niet nodig is.

'Luister eerst naar mijn volgende plan, want dit is nog niet alles. Tegen de tijd dat ik vrij ben, zal ik in Amsterdam achter mijn zwarte geld aan gaan. En tegen de tijd dat ik eraan kan komen, zal ik het stallen op een aparte rekening, op naam van een nieuw op te richten stichting ten behoeve van Indiase weeskinderen. En wij zullen samen in het bestuur plaatsnemen!'

Laura kijkt me verbijsterd aan.

'Je wilt toch niet zeggen dat ik je stil heb gekregen? Dat zou dan de eerste keer zijn.'

'Dus je bent werkelijk bereid om alles op te geven?'

'Ja, ik geloof van wel. En ach, er zal altijd genoeg overblijven om van te leven. Het huis in Amsterdam staat bijvoorbeeld op mijn naam. Ik denk niet dat ze dat na al die jaren nog terug kunnen draaien, en verder heeft Gidon natuurlijk ook jarenlang gewoon gewerkt.'

'Hoeveel zwart geld denk je dat er is?'

'Ik heb werkelijk geen flauw idee. Het schijnt op allerlei manieren vast te zitten. Daniel heeft me elke keer dat ik hem ernaar vroeg, met een kluitje in het riet gestuurd. Maar ditmaal zal ik doorzetten, want dat Daniel me hier geen informatie over wil geven, is voor mij genoeg reden om aan te nemen dat het om heel veel geld gaat. Waarom zou hij er anders zo ingewikkeld over doen? Mensen liegen alleen als er iets is om over te liegen.'

'Jij bent veranderd van een naïeve en zeg maar gerust egocentrische dame,' Laura kijkt verontschuldigend, 'in een zeer sociale en wereldwijze vrouw. Je bent echt veranderd, je lijkt niet meer op wie je was, Donia.'

'Vertel mij wat, heb je die foto in de krant soms niet gezien?' We moeten allebei heel hard lachen. Ik wil er niet aan denken hoe erg ik haar zal gaan missen.

'Dat komt heus wel weer goed, en dat grijs staat je echt niet slecht.'

'Grijs?'

'Ja, je uitgroei is grijs. Dat heb je toch zeker zelf ook wel gezien?'

'Het is een zwart-witfoto! Mijn haar is niet grijs, maar donkerblond.'

'Het is wel duidelijk dat je hier geen spiegel hebt, maar geloof me, dat zijn grijze haren.' Ze buigt voorover en plukt even aan mijn kruin.

'Shit, dat komt van al die zorgen natuurlijk. Nou, zodra ik hier uit ben ga ik naar de kapper. Ik ben nog te jong om grijze haren te hebben. Ik ben dan wel veranderd, maar je moet ergens een grens trekken. Zolang ik maar genoeg geld overhoud om naar de kapper te gaan, vind ik alles goed.'

We moeten allebei opnieuw hard lachen. Zij lacht me uit, daar is geen twijfel over mogelijk. Ik lach bij het idee dat ik tenminste iets van mezelf heb hervonden.

Dan is het tijd om afscheid te nemen.

'Tot in Nederland,' zegt Laura vastberaden, nadat ze haar armen rond mijn taille heeft geslagen.

Mijn ogen stromen vol. Ik weet niets uit te brengen.

'Desnoods bij de kapper. Gaan we gezellig samen.'

'Afgesproken.' We schudden handen, daarna vallen we elkaar weer in de armen totdat ik word meegenomen.

Met overvolle tassen en een hart dat minstens even zwaar weegt, keer ik terug naar mijn cel.

ZATERDAG: Dinsdag zal mijn zaak weer voor de rechter verschijnen. Dit wordt de derde keer dat ik met De Souza naar de rechtbank ga, en nu maar hopen dat ik ditmaal aan bod kom. Ik moet een uitspraak hebben.

Van Schaik kwam gisteren bij me langs, hij is in elk geval vol vertrouwen dat het plannetje hierna op korte termijn doorgang kan vinden. Hij gokt dat als ik word veroordeeld, ik woensdag al kan vertrekken. Nicole baalt verschrikkelijk, dat weet ik, ze doet niet haar best het voor me verborgen te houden. Ik hoop dat De Souza, die nu ook haar advocaat is, iets voor haar kan betekenen en dat we elkaar over niet al te lange tijd weer zullen zien in Amsterdam. We zullen altijd contact houden, dat hebben we afgesproken.

Het uitzicht op Sunjala en Kali zal ik niet missen. Het voelt als een oude poster waar ik te lang tegenaan heb gekeken en die nodig vervangen moet worden. Bij wijze van afscheidsfeestje heb ik flink wat joints ingeslagen.

Het is zaterdagmiddag, de zon is op zijn terugweg naar zee. Tijd om af te koelen, na te blussen en tot as uiteen te vallen. Het leven in deze hitte en alleen deze gezichten om tegenaan te kijken is, met het idee van vrijheid in het vooruitzicht, nu echt ondraaglijk geworden.

'Nicole?'

'Ja?'

'Weet je...'

'Ja...'

'Het lijkt me zo fijn...'

'Fijn ja.'

'Om...'

'Om, ja.'

'Zeg me nou niet na.'

'Zeg me nou niet na-ha.'

'Lollig hoor.'

'Lullig hoor.'

'Ik zei lollig.'

'Ik zei lullig.'

'Ha, ha, ha,' lach ik zo onoprecht mogelijk.

'Ho, ho, ho.' Nicole klinkt als de Kerstman.

Ik geef haar een duw tegen haar schouder. Ze rolt zich naar me toe en zegt nog eens 'ho, ho, ho'. Dan klim ik boven op haar, ik pak haar bij de polsen en duw haar bovenlichaam tegen de grond. Makkie, ze lag al.

'Ho, ho, ho,' herhaalt ze met grote ogen.

'Ophouden nu!'

'Ophouden nu!'

Als ik haar polsen in één hand neem en haar onder haar arm begin te kietelen met de andere, klapt ze in een reflex dubbel en beland ik met mijn hoofd tegen de spijlen.

'Au!'

'Shit, sorry.' Ze richt zich op en komt naast me zitten.

'Au.' Ik kijk haar zielig aan. Het doet geen pijn. 'Het doet echt heel erg pijn,' zeg ik en ik begin te huilen.

'Shit, is het zo erg?' Nicole kijkt geschrokken.

Ik schud mijn hoofd en probeer me door mijn tranen heen verstaanbaar te maken: 'Ik zal je missen.'

Mijn tranen worden beantwoord met een ware zondvloed van haar kant, onze schokkende lichamen leunen voor ik weet niet hoelang tegen elkaar aan. Haar warmte en zachtheid, ja zelfs haar geur; ik zal ze voor de rest van mijn leven met me mee dragen.

'Toch nog een beetje het kleine huis op de prairie,' snotter ik.

'Wel een verdomd klein huisje.'

'En waar is die prairie?'

'Ik zie alleen prairiehonden.'

We kijken tegelijk naar Kali en Sunjala, zoals we vele dagen hebben doorgebracht met het simpelweg staren naar de gezichten aan de overkant.

'Boe!' doet Nicole.

Schichtig kijken ze weg.

'Je zal ze nog gaan missen, geloof me. Als je "boe" zegt tegen de televisie, gebeurt er helemaal niets.'

Zo had ik het nog niet bekeken. 'Boe!' probeer ik nu ook, maar op mij wordt niet gereageerd.

'Zeg, Nicole?' Het is inmiddels donker, de voorraad stickies hebben we opgerookt.

'Ja?'

'Weet je wat ik wil zeggen?'

'Hoe kan ik dat nou weten?'

'Nou, weet je...'

'Kom op, Donia, wat wil je zeggen.'

'Ik bedenk me net dat ik de afgelopen twintig jaar niet zo'n goedkope maand heb gehad als afgelopen januari.'

'Beetje drastische manier van bezuinigen, vind je ook niet?'

'Niet alleen ik, ook Gidon was verslaafd aan winkelen. Hij kocht vooral hele dure schoenen. Om onze aankopen te vieren dronken we champagne.'

'Elke dag?'

'Nou ja, of in elk geval een goed glas wijn. Maar luister naar me, Nicole, we leefden in een droom, alsof we niet op deze aardbol thuishoorden. Pas toen mijn man werd vermoord, landde ik met beide voeten op de grond. Althans, tot voor kort dacht ik dat ik was geland. Nu blijkt dat ik niet echt kon voelen. Dat weet ik nu pas. Ik heb nog nooit, in mijn hele leven niet, zo veel gevoeld als de afgelopen maand.'

'Zeg, krijg je van al dat gelul geen dorst?'

'De emmer is leeg.'

'Ik weet het, ik heb de hele middag al een plakbek.'

Ik kijk door de tralies naar buiten waar de sterren vanavond nog mooier lijken te schitteren dan de voorgaande nachten. 'Ik dacht dat ik mijn lesje wel had geleerd. Dat de moord op Gidon datgene was wat ik mee moest maken om een normaal leven te kunnen leiden. Maar het was slechts het begin.'

'Slechts het begin...'

'Ik was stuurloos toen hij dood ging. Ik moest alles alleen opknappen, maar ik kon niet op eigen benen staan. Het was alsof alles buiten mijn macht om gebeurde. Ik was een willoos slachtoffer. Het is of ik nu pas echt weet dat ik leef.'

Ze voelt mijn voorhoofd. 'Gaat-ie wel een beetje met je?'

'Jawel. Maar... hoe moet het nu verder?' Het blijft lang stil.

'Uiteindelijk zal de aarde vergaan.'

Niet het antwoord waarop ik hoopte.

'Maar tot die tijd moet je gewoon een beetje vertrouwen hebben. Morgen is er gewoon weer een dag. En dus gaan we nu slapen. Slaap lekker.'

'Slaap lekker.'

'*Love you.*'
'*Love you too.*'

WOENSDAG: Ik had vandaag in het vliegtuig kunnen zitten!!!! Gisteren werd ik niet opgehaald om naar de rechtbank te gaan. De Souza heb ik niet gezien of gesproken. Ik ben zo teleurgesteld, ik kan het wel uitschreeuwen. Dat heb ik ook gedaan, een kwartier zeker, totdat Nicole aangaf dat ik met mijn gedrag kans maakte op de isoleercel. WAT IS ER AAN DE HAND? Waarom krijg ik geen bezoek meer? En geen post? Waarom laat helemaal niemand meer iets van zich horen?

Het is donderdagochtend. In een hoek van de binnenplaats, buiten het zicht van de herenafdeling, staan Sunjala, Kali, Nicole en ik elk met een bewaakster aan onze zijde. We zijn vanmorgen vanuit onze slaap direct naar buiten gecommandeerd. Andere cellen zijn met rust gelaten, alleen wij vieren worden kennelijk ergens van verdacht.

Twee bewaaksters dwingen ons uit de kleren, de andere twee kijken toe. Na een lichte aarzeling van mijn kant en een daarop volgende klap in mijn gezicht, leg ik mijn jurk in de armen van de schreeuwende vrouw tegenover me. Ze voelt met een kwade frons door de zakken, keert ze binnenstebuiten. Vol afgrijzen laat ze de gescheurde stukken foto van Maxime door haar vingers glijden. Als ik haar wil aanvliegen, hoor ik Nicole ergens in de verte mijn naam roepen. Ik sluit mijn ogen en tel hardop, in het Nederlands. Als ik ze weer open ligt mijn jurk voor me op de grond. Ik kleed me snel weer aan.

Terug in de cel is alles overhoop gehaald. Mijn dagboek is verdwenen.

Nog geen twee uur na de doorzoeking van onze cel zit hij tegenover me. Dhawal ziet eruit om door een ringetje te halen. 'Wie is Steve?' Zelfs zijn stem klinkt gepolijst.

Wist ik nog maar precies wat ik over onze ontmoetingen heb opgeschreven.

'Hij werkt voor de ambassade.'

'Ja ja, dat is die Van Schaik zeker.'

'Eh, ja. Inderdaad.'

'En?'

'En hij helpt me hier uit te komen.' Als je toch moet liegen, blijf dan vooral zo dicht mogelijk bij de waarheid.

'En?'

Ik kijk hem zo onschuldig mogelijk aan. Ik durf hem niet te vragen wat hij bedoelt. Ik weet dat de angst door mijn stem zou sijpelen, als water door een zeef. Laat hem eerst maar zijn beschuldigingen op tafel leggen.

'Heb jij een deal gesloten?' Dhawals blik boort tot in het diepste van mijn ziel.

Ik voel in mijn zakken aan het fotootje van Maxime en vraag hem zo verbaasd mogelijk: 'Waar heb je het over?' Gelukkig, mijn stem verraadt niets.

'Een deal met Steve. Je hebt het in je dagboek over een plannetje.' Zijn geduld wordt al minder.

'Steve weet behoorlijk veel over dat WOTS-verdrag. Je hebt de krant toch ook gelezen?' Mijn act, de vermoorde onschuld, verloopt prima.

'Jij hebt tegen Deepak gezegd dat De Souza daarachter zat! Heb je gelogen?'

'Nee, het klopt wat ik heb gezegd. Alleen De Souza werkt niet alleen, hij krijgt hulp vanuit de ambassade.'

'Dus Steve werkt voor de ambassade?' Nog steeds laten zijn ogen me niet los.

'Dat zeg ik toch.' Ik haal mijn schouders op.

'En waarom was het dan zo belangrijk dat je hem zou vertellen over je ontmoeting met Deepak?'

'Omdat die nou niet bepaald enthousiast reageerde op dat krantenartikel, laten we eerlijk zijn. Ik wilde geen tegenwerking van jullie kant, maar hield daar eerlijk gezegd wel rekening mee. Dat kun je me toch niet kwalijk nemen na alles wat er is gebeurd, hè?'

Terwijl hij tergend langzaam door het schriftje bladert, vraag ik me af hoe ik ooit zo stom heb kunnen zijn om alles wat me bezighield klakkeloos aan het papier toe te vertrouwen.

'Je schrijft hier dat je bang was dat ik je iets aan zou doen. En dat je opzettelijk vaag tegenover ons deed. Hoe zit dat?'

'Natuurlijk ben ik bang voor je!' Daar is geen woord van gelogen. 'Wat denk je zelf? Jij hebt mij laten opsluiten! Jij bent in staat om de bewaking hier zover te krijgen dat ze mijn cel doorzoeken. God weet waar je nog meer toe in staat bent. Vind je het gek dat ik bang voor je ben?'

Hij straalt als een kind dat zojuist een groot compliment heeft gekregen. 'Dus je hebt een spelletje met me gespeeld?'

'Wie speelt er nu eigenlijk een spelletje met wie? Hè?! Leg me dat dan maar eens uit. Jazeker, ik wilde laten zien dat je niets van me te vrezen had. Weet ik veel wat je met me van plan bent. Ik wil je niet tot last zijn, geloof mij. Ik heb mijn lesje inmiddels heus wel geleerd. Ik wil nog maar een ding: hier uit komen en terug naar Amsterdam. En Steve zegt me daarbij te kunnen helpen. Ik zal jullie met rust laten, als jij mij verder dan ook maar met rust laat. Dat is alles wat ik wilde zeggen.'

Senior likt aan zijn vinger en bladert in stilte verder.

'En wat bedoel je met: "Zou ik een leven zonder geld aankunnen?"'

Ik doe alsof ik geen idee heb waar hij het over heeft, en kijk hem zo leeg mogelijk aan.

'Nou?'

'De dagen zijn hier lang en warm, Dhawal. Jij hebt mijn dagboek, dus vertel jij me maar wat erin staat.'

Hij observeert me geamuseerd, met een bijna wetenschappelijke houding. Zolang ik hem maar weet te entertainen met mijn pleidooi voor vrijheid, gaat het gesprek de goede kant op. Misschien kan ik hem om een gunst vragen, of ga ik dan te ver?

'Het is eigenlijk wel goed dat we elkaar vandaag even spreken,' begin ik voorzichtig. 'Steve zegt dat we de rechter een handje kunnen helpen. Het gaat ons erom dat ik zo snel mogelijk word veroordeeld, zodat de Indiase autoriteiten hun medewerking kunnen verlenen aan mijn verzoek tot terugkeer naar Nederland. Ik hoopte dat jij me misschien hiermee zou kunnen helpen. Het is tenslotte jouw schuld dat ik hier zit.'

Touché! Ik zie hem nadenken.

'Als je wilt, breng ik je in contact met mijn advocaat, De Souza heet hij. Laura heeft hem voor me geregeld...'

'Ja ja, dat weet ik allemaal al,' antwoordt hij geïrriteerd. Een groot denker wordt niet graag gestoord.

Ik ratel verder. 'Ik snap jullie niet, aan de ene kant doe je alsof je me wilt helpen om hier uit te komen, maar aan de andere kant moet ik alles zelf ondernemen. Nu dat dreigt te gaan lukken reageer je nog *pissed-off* op de koop toe! Wat wil je nu eigenlijk? Dat ik hier zo lang mogelijk zit of dat ik er uit kom?'

Eindelijk slaat hij het schrift dicht, hij legt het voor zich op tafel. 'Natuurlijk wil ik je helpen, het is vreselijk misgelopen en ik wil alles doen om het recht te zetten.'

'Ik ben blij dat je dat zegt.' Ik pers er een glimlach uit. 'Mijn terugkeer is zo goed als rond, we wachten alleen nog op een onherroepelijke veroordeling. Wil je iets voor me doen? Doe dan jouw ding; geef de rechter geld en zeg dat hij opschiet, zodat ik terug kan naar Nederland.'

Dhawal staat op en loopt naar het raam. Als hij zich omdraait zie ik hoe zijn ogen glinsteren. 'Maar dan moet jij iets voor mij doen, Donia.'

'Alles'. Het kost me geen enkele moeite om mijn leugen overtuigend te laten klinken.

'Mijn voorwaarde is dat je onder geen enkel beding nog contact opneemt met Julia. Ze wil je niet meer zien. Hun huwelijk staat gepland voor aankomende zomer; een feest waar jij niet bij zal zijn. Je verzint maar een smoes. Je mag hun geluk niet in de weg staan. Maxime groeit op bij ons.'

Ik probeer mijn antwoord te rekken. Als ik begin te praten breekt mijn stem. 'Dat is beloofd. Het zal gaan zoals jij het zegt. Je zal nooit meer last van me hebben, en Julia en Maxime ook niet. Ik laat ze met rust, voor hun eigen bestwil.'

Hij kijkt tevreden en schudt mijn hand krachtig op en neer, een mannelijke bevestiging dat de zaak beklonken is.

'Nou, dat is dan geregeld. Ik bel vandaag nog met De Souza en neem contact op met de rechter.' Zijn grijns doet me vermoeden dat hij ook het een en ander van doen had met de vertraging die mijn zaak heeft ondervonden.

'Ik neem aan dat De Souza ook weet wie Steve is?'

Ik haal nog maar een keer mijn schouders op, het ultieme Nicole-gebaar. 'Ik denk het wel.' Gelukkig zal hij bij De Souza niet verder komen, mijn advocaat heeft nog steeds geen idee van wat er allemaal gaande is.

'Dan nog één dingetje.' De glimlach is van zijn gezicht verdwenen.

Weer blader ik in gedachten door mijn schrift.

'Dit zijn geen zaken waar jij je verder in verdiept.' Hij houdt mijn tekening van de organisatiestructuur omhoog.

Mijn 'want anders?' slik ik wijselijk in. Het antwoord op deze vraag staat in zijn ogen te lezen. Degene die met de organisatie spot, zal het met de dood moeten bekopen.

'Ik zou het niet in mijn hoofd halen.'

'Mooi zo. Goed, nu we dit alles hebben afgehandeld, is het tijd om te gaan. De komende weken ben ik het land uit. Ik ga ervan uit dat wij elkaar nooit meer zullen tegenkomen.'

'Dhawal, ik heb nog een laatste vraagje. Heb je wat geld voor mij? Alles is hier zo duur. Ik heb honger en dorst.'

Met een groots gebaar krijg ik wat geld overhandigd, maar ik heb veel meer nodig, en snel ook. 'Eh, ik moet deze week ook weer mijn celmaten afkopen, anders slaan ze me in elkaar. Please?'

Hij keert zijn portemonnee voor me om.

Ik bedank hem uit de grond van mijn hart.

Dezelfde avond nog ren ik de heuvel af op weg naar een van de gereedstaande taxi's. Een kwartier later sta ik voor het internetcafé. Voordat ik er binnenga, zoek ik een pet uit bij een van de vele stalletjes die hier tot 's avonds laat zaken doen. De keus valt op een gehaakte rastapet, ik trek hem tot ver over mijn oren.

'*Don't worry, be happy,*' zegt de stralende verkoper me in gebrekkig Engels.

De bittere ironie hiervan ontgaat me niet, want dat is nu juist wat ik de afgelopen uren non-stop heb gedaan: me zorgen maken. Sinds het vertrek van Dhawal heb ik het gesprek keer op keer in mijn hoofd gevoerd. Ook heb ik me proberen te focussen op de passages in mijn dagboek die ik wijdde aan Steve. Totdat ik er waanzinnig van werd.

Ik moet vanavond mijn kop erbij houden en niet gepakt worden, maar bovenal moet ik Steve waarschuwen. Maar hoe? Ik heb geen telefoonnummer, Van Schaik bellen of schrijven durf ik niet, uit angst dat uitgaande post of telefoongesprekken worden gecontroleerd of afgeluisterd. Laura is er niet meer. Er zit niets anders op dan het aan te pakken zoals ik nu van plan ben. Ik loop het internetcafé binnen en bestel een pakje sigaretten en een cola.

Mijn mailbox is leeg. Ik begin te typen:

Lieve Julia,

Dhawal heeft onze cel laten doorzoeken, hierbij is mijn dagboek gevonden. Ik heb geen idee meer wat ik er precies in heb geschreven over Steve. Daarna is Dhawal bij me langsgekomen. Ik heb gezegd dat Steve werkt voor de ambassade en zich voornamelijk bezighoudt met de bestudering van het wots-verdrag. Het is van groot belang dat Steve zo spoedig mogelijk van dit alles op de hoogte wordt gesteld. Je kan hem bereiken via Van Schaik (De Souza heeft zijn nummer).
Dhawal zal eerst bij De Souza aankloppen voor informatie over Steve. Maar die weet van niets en dat houden we zo.
Dhawal heeft me laten beloven dat ik je nooit meer zal benaderen, Maxime nooit meer zal zien en iedereen verder met rust zal laten. Als je het niet aandurft om mij te helpen, zal ik me hierbij neer moeten leggen en zal je geen last meer van me hebben.

Ik wens je alle wijsheid toe met de moeilijke beslissing die je moet gaan nemen. Wat je ook doet en waar je ook bent, ik zal altijd van je blijven houden.

Je moeder.

Ik lees de mail een keer door. Dan sla ik hem op in de map 'Concepten'. De tijd dringt, ik heb vannacht nog meer te doen.

Ook al versta ik er geen woord van, ik geniet van de Engels-Indiase kletspraat van de taxichauffeur. Af en toe knik ik bevestigend, al dan niet aangevuld met een 'yes, yes'. Deze aanmoediging volstaat om me de hele weg naar het hotel te verzekeren van zijn gezellige achtergrondgebabbel.

Ik moet vanavond de tijd extra goed in de gaten houden, want vanaf hier is het zeker een half uur rijden naar Aguada, misschien zelfs wel langer. Aangezien we nog maar een paar honderd meter van de villa van de Vanishkurams verwijderd zijn, wil ik geen enkel risico lopen door straks uitvoerig op straat te zwaaien voor een taxi. En dus geef ik bij het afrekenen een flinke fooi en vraag ik aan de taxichauffeur of hij aan het begin van het steegje op me wil wachten tot ik terug ben. Zijn hoofd knikt, maar dat doet het al de hele weg, ik heb geen idee of hij me heeft begrepen.

'Bye, tot zo. *See you later! Right here. Right?*'

'*Bye. See you. Right?*'

Ik leg voor de laatste keer uit dat ik hoop hem hier zo dadelijk terug te zien, en neem dan het zandpad in de richting van het hotel.

Ik tref Thomas op zijn vaste kruk aan, in de volle bar in de hoteltuin.

'Thomas, wat fijn dat je er bent. Ik moet je heel dringend spreken.'

Als hij zich naar me toe draait, deins ik terug van de whiskylucht. Aan zijn rood aangelopen gezicht en glimmende oogjes te zien, heeft hij vanavond de nodige glazen achterovergeslagen.

'Wa...?' Stomverbaasd kijkt hij me aan.

'Tjemig, Thomas!' Bij de eigenaresse van het hotel, die me overigens niet meer herkent, bestel ik een espresso voor hem.

'Wat doe...?'

Ik leg het hem uit. Hij snapt geen bal van mijn verhaal.

De koffie laat mij te lang op zich wachten. Ik sleur Thomas van zijn kruk en neem hem mee aan de arm. We lopen richting kust.

'Luister goed, Thomas. Jij en ik, wij gaan samen een stukje zwemmen. Oké?'

'Ik houd niet van zwemmen.' Zijn eerste volzin.

'Een frisse duik zal je goed doen, geloof me.' Ik houd hem stevig vast en zet er flink de pas in. Als we boven op de zandheuvel aan het einde van het pad zijn aangekomen, moeten we allebei op adem komen.

De zee strekt zich voor ons uit. De overweldigende hoeveelheid sterren weerspiegelt zich in het gerimpelde oppervlak. Als we onze blote voeten in het water zetten is het net alsof we een sterrenbad in lopen. Een goddelijke reiniging. Hand in hand lopen we gekleed het water in. Onze schoenen en de pet met het geld erin laten we achter op het strand.

'Shit, wat is het koud.' Met zijn harige benen springt hij op en neer alsof zijn voeten in aanraking komen met hete kolen in plaats van water.

'Doorlopen.' Nooit geweten dat ik zo sadistisch kon zijn.

Thomas loopt als een brave jongen met me mee. Al snel verdwijnt de bodem onder onze voeten, laten we de handen los en zwemmen we het onbekende tegemoet. Voor een aantal minuten – of zijn het slechts seconden? – laat ik mijn missie varen. Ik spoel me schoon, voel hoe ik word gereinigd tot in het diepste van mijn wezen. Mijn laatste douchebeurt was eerste kerstdag. Tot tweemaal toe duik ik onder water en sla ik een stevige schoolslag. Het uitblijven van weerstand, het water langs mijn hoofdhuid, het verzuipen van de hoofdluis – mijn hoofd voelt bruisend en fris als ik boven kom. Ik kijk om mij heen om mijn euforie te delen en schrik als ik Thomas nergens kan ontdekken.

'Thomas!' Ik gil zo hard als ik kan.

Als een zeeotter komt hij naast me boven, proestend veegt hij zijn hand door zijn baard.

'Kom we gaan eruit.'

Bij het constante geruis van stukslaande golven en tegen de feestelijke achtergrond van de verlichte hutjes, leg ik uit waarom ik naar hem toe ben gekomen. Thomas belooft dat hij Julia morgenochtend zal gaan vertellen dat ze in mijn mailbox moet kijken. Ongevraagd voegt hij eraan toe met haar te zullen praten, zodat ze tot de in zijn ogen enig juiste beslissing zal komen: partij kiezen voor haar moeder.

Mijn lichaam beeft onophoudelijk. Misschien zijn het de natte kleren, misschien wel de emoties van de onverwachte vrijheid en vriendschap die ik proef, waarschijnlijk een combinatie van beide.

Thomas slaat vaderlijk zijn arm om me heen. 'Ik beloof je dat alles goed komt.'

En dit is alles wat ik nodig heb om mijn lichaam tot rust te brengen.

'Hoe laat moet je terug zijn?'

Het kortstondige vakantiegevoel is voorbij.

'Op tijd. Kom, we gaan. Als het goed is wacht de taxi nog op me.'

'Ik ga met je mee.'

Tegensputteren komt niet in me op. Het zijn schaarse momenten waarin je het gevoel hebt er niet langer alleen voor te staan in de wereld. Ik heb ze de afgelopen tijd leren herkennen en waarderen.

Voor het hotel vragen we een Engelse toerist naar de tijd. Vijf over twaalf. Thomas gaat snel even naar zijn kamer om droge kleren voor ons te halen. Ik kleed me om in het toilet, daarna spoeden we ons naar de hoofdweg.

Ik draag een korte zwembroek die dankzij het koordje om mijn heupen blijft hangen. Erboven een verwassen T-shirt van een of ander biermerk. Op mijn hoofd de rastapet. Als iemand van de Vanishkuram-familie me zou zien, zouden ze me niet herkennen.

'*Hello! Hello!*' Mijn taxichauffeur zit gehurkt bij een van de nog steeds geopende souvenirwinkeltjes iets te drinken en springt op zodra hij ons in het vizier heeft.

'*Hello, madam. Mister. Drive you back. Yes? I get car, yes?*'

Soms is er maar weinig nodig om een mens gelukkig te maken. Een nachtelijke duik met een goede vriend en een taxichauffeur die me heeft begrepen, volstaan vandaag voor mij.

We zijn te vroeg, er staat nog niemand bij de poorten van Aguada te wachten. Ik mag van Thomas zeggen wat ik het liefst wil doen in de resterende tijd, voordat ik straks weer naar binnen moet.

'Er nog even niet aan denken hoe verschrikkelijk het daarbinnen is.'

We wandelen richting de zee. Het lawaai van stukslaande golven tegen de rotsen komt dichterbij. Als hij me plotseling staande houdt, voel ik dat hij me wil kussen. Ik sluit mijn ogen en voel hoe hij zijn armen om me heen slaat. Zijn baard voelt onverwacht zacht, zijn lippen nog zachter. Zachtjes draaien onze tongen verkennend om elkaar, ze spreken hun eigen taal, de taal van de liefde. Zijn handen stralen warmte uit, ik voel ze over mijn nek en schouders glijden. Als onze monden afscheid nemen kunnen mijn mondhoeken alleen nog naar boven wijzen. We zeggen niets tegen elkaar en lopen gearmd terug naar de ingang van Aguada. Hij is groter dan ik, mijn arm past nauwelijks om zijn middel, maar onze heupen lopen perfect synchroon. De laatste minuten druk ik mijn lichaam tegen het zijne, vouw ik mijn hoofd in zijn nek. De poorten gaan open. Ik ben thuis.

'Wat kijk jij vandaag stom uit je ogen. Je ligt maar een beetje suf te grijnzen. Vertel! Wat is er gisterenavond nog meer gebeurd? Kom nou, vertel op. Er is iets, ik zie het aan je.'

'Ik ontken,' zeg ik terwijl ik mijn mondhoeken niet naar beneden geduwd krijg.

'Je hebt me verteld dat je naar het internetcafé bent geweest en dat je daarna papa hebt gewaarschuwd, zoals gepland. Maar dat kan allemaal in een uur tijd, misschien anderhalf. Blijft er anderhalf uur over. Ik denk dat je daarna ergens een leuke rastaman hebt opgepikt.' Ze geeft een tikje op mijn pet die ik tot ver over mijn ogen heb getrokken. 'Nou?'

Ik heb vanmorgen in alle vroegte de kleding van Thomas verwisseld voor mijn eigen inmiddels opgedroogde kleren, die ik mee terug had genomen in de taxi. Ik leun met mijn rug tegen het T-shirt en de zwembroek van haar vader aan. Ik heb er met mijn gezicht op gelegen, bij wijze van kussen. Nu Nicole precies wil weten wat er gisteravond is gebeurd, weet ik niet hoe ik moet reageren. Alles behalve de kus zou een goede optie zijn, ware het niet dat mijn gezicht mijn gemoedstoestand zo slecht lijkt te verhullen. Ik zucht. Een gelukzalige zucht, volgens het nieuwsgierig aagje dat me aanstaart, terwijl ze met haar handen door haar haren woelt.

'Wat heb jij uitgespookt in die resterende anderhalve uur?' Ze trekt mijn pet omhoog om me recht in de ogen te kunnen kijken.

Ik voel me veertien, ook al was ik nooit zo gelukkig in mijn pubertijd. Misschien voel ik me vandaag wel gelukkiger dan ooit tevoren. Nee, dat kan niet. Dat is onmogelijk.

'Nou? Waar denk je allemaal aan? Je kijkt zo... mysterieus. Anders. Het is een man, dat weet ik zeker.'

Of Nicole is zeer intuïtief, of ik gedraag me vanmorgen kennelijk echt anders.

'Ik heb gezwommen.'

'Wat?'

'Wat?' Een koekje van eigen deeg, dat had ze nog te goed.

'Gezwommen?'

'Gezwommen?'

'Hé, kom op, kappen nou.'

'Kappen nou.'

Nicole legt zich erbij neer dat ze op dit moment niet verder komt en trekt haar knieën op. Ze legt haar kin tegen haar hand en haar elleboog op haar knie, als de denker van Rodin. Ze staart zwijgend voor zich uit, maar niet voor lang. 'Ik kom er toch wel achter.'

'Ik kom er toch wel achter.'

Hierna is Nicole de rest van de ochtend stil.

'Toch vind ik het niet eerlijk. Gebeurt er eindelijk iets en dan sluit je me buiten. Je weet alles van mij wat er te weten valt, Donia.'

Het middaguur is aangebroken.

'Nicole, waarom neem je niet een extra pil? Je mag er wel een van mij hebben.'

'Maar we weten alles van elkaar. Toch? Waarom vertel je het me niet gewoon?'

Alleen omdat ik het niet langer voor me kan houden, beken ik haar de kus met haar vader, onzeker over hoe ze hierop zal reageren.

'Papa? Jij?' Dan komt ze na een lange pauze tot haar conclusie: 'Gadver!'

Ik begin te giechelen.

'Maar dat kan helemaal niet.'

'Waarom niet? Zo weerzinwekkend ben ik toch ook weer niet?'

'Nee, maar hij...' Ze maakt haar zin niet af.

'Hij, wat?'

'Laat maar.'

'Nee. Wat?'

'Hij werkt bij Corus, de voormalige Hoogovens.'

Dat is inderdaad een vreemde gedachte. Als je me een jaar geleden, nee zelfs een maand geleden, of sterker nog gisteren had gevraagd of ik ooit zou zoenen met iemand als Thomas, zou ik 'nee' gezegd hebben. 'Dus?' antwoord ik stoer.

'En jij bent...'

'Nou?'

'Nou, je weet wel. Oké. Jij bent wel oké. Maar ik vind het een gek idee. En smerig ook. Het is wel mijn vader waar je het over hebt.'

Ze neemt een pil, maar valt niet in slaap.

Ik lig op mijn zij met mijn gezicht in Thomas' kleren verstopt als ze zich over me heen buigt, ze wil me iets vertellen. Wat precies, daar komen we niet aan toe.

'Lig je nu op zijn T-shirt?!'
Met een grijns van oor tot oor kijk ik haar aan.
'Aaaargh.'

Ruim een week kruipt voorbij. Van Nicole heb ik begrepen dat Thomas Julia heeft bereikt en dat hij zeker denkt te weten dat zij Steve zal waarschuwen. Julia was nerveus overgekomen, maar leek vastberaden haar moeder te helpen. Was het misschien al te laat? Gaat het hele plan nog wel door? Ik maak mezelf gek als ik hier te lang over nadenk. Nicole was overigens spaarzaam met informatie over het gesprek dat ze met haar vader heeft gehad tijdens het bezoekuur. Ik weet alleen dat ze de groeten aan me moest doorgeven. Het maakt me niet uit. Het lijkt me zeer onwaarschijnlijk dat het ooit iets kan worden tussen ons. De kus is een moment om nooit te vergeten. Een schitterende herinnering waar ik de komende jaren mee door kan, ook als alles verkeerd afloopt.

'*Visitor! Fisher!*'
Ik hoop Van Schaik aan te treffen, maar een bezoekje van Thomas zou me nog gelukkiger maken. Het is Van Schaik die op me zit te wachten. Hij heeft een stapel papieren voor zich liggen.
'Mevrouw Fisher, het verheugt me u mede te kunnen delen dat u bent veroordeeld tot acht jaar gevangenisstraf. Als u hier wilt tekenen wordt deze straf onherroepelijk en kunnen we overgaan tot het afhandelen van uw verzoek tot terugkeer.'
Met mijn ogen vraag ik hem: 'Dus?'
'Dus dat betekent dat, aangezien u onherroepelijk bent veroordeeld en de Nederlandse Staat zich al bereid heeft verklaard de tenuitvoerlegging van de straf op zich te nemen, u per direct aan mijn verantwoordelijkheid zal worden overgedragen.'
'En wat houdt dat in?'
'Dat wil zeggen dat u vanmiddag op het vliegtuig wordt gezet.'
In mijn ooghoeken begint een beekje te stromen, direct afkomstig uit de bron, mijn hart. Ik maak geen geluid terwijl ik zijn verhaal aanhoor over allerlei papierwerk dat vanmorgen met spoed

afgehandeld dient te worden. Hij leest hardop voor, in voor mij onverstaanbaar juridisch Engels. Ik teken op de stippellijn.

Er volgen nog meer papieren die ik moet ondertekenen.

Van Schaik staat op, schudt mijn hand en feliciteert me. Hij zegt me over een kwartier te komen ophalen. Zodra hij de laatste handtekening, die van de gevangenisdirecteur, heeft bemachtigd, zullen we naar het vliegveld vertrekken.

De woorden zoemen na in mijn hoofd. Ik zweef door de smalle gangen, voor de laatste keer op weg naar de ruimte die ik de afgelopen tijd mijn thuis moest noemen. Als het hek achter me op slot gaat, draai ik me om naar de bewaakster.

'Dit is de allerlaatste keer dat je dit mag doen, geniet er nog maar van.'

'Wat?!' Vol ongeloof richt Nicole zich op.

Langzaam knik ik met mijn hoofd. 'Vanmiddag zit ik in het vliegtuig.'

'Kut!' Van wanhoop en frustratie trekt ze aan haar haren. 'Wat fijn voor je,' klinkt het er zachtjes achteraan.

'Het spijt me voor je.' Ik ben naast haar gaan zitten en sla mijn arm om haar heen.

'Hoelang nog?'

'Kwartiertje.'

'Zal je aan me denken bij je eerste boterham met kaas?'

'Ja.'

'Beloofd?'

'En niet alleen bij mijn boterham met kaas.'

We zitten in stilte naast elkaar.

'Doe jij je vader de groetjes?'

'Ga je hem dan niet opzoeken?'

'Als hij terug is in Nederland misschien. Ik geloof dat ik nu meteen met Van Schaik mee moet.'

'O.'

Ik begin mijn schamele bezittingen bij elkaar te rapen. Ik vouw het T-shirt en de zwembroek die kennelijk onopgemerkt zijn gebleven bij de bewaking, langzaam op en leg het wc-papier en het restant van de vitaminepillen neer bij Nicole.

'Je bent de eerste met wie hij heeft gekust na mijn moeders dood.'

Ik weet niet wat ik hierop moet zeggen. 'Ik hou van je, Nicole.'

Ze begint hard te huilen, als een kind druk ik haar tegen me aan.

Wanneer ik word opgehaald, zie ik in haar ogen hoe ze terugschakelt naar de enige versnelling waarmee je overleeft in Aguada: z'n vrij.

Ondanks het feit dat ik geen koffer bij me heb – de tasjes die ik meedroeg op de nacht van mijn arrestatie en die ik tot mijn verbazing bij mijn vrijlating keurig overhandigd kreeg, houd ik als handbagage bij me – is het inchecken een langdurige aangelegenheid. De luchthaven is stampvol. Als we eenmaal aan de beurt zijn, voert Van Schaik het woord, ik sta er verdwaasd bij. Geen achtergrondmuziek, maar wel honderden mensen die elkaar lijken te willen overstemmen. Van Schaik heeft een lang onderhoud met iemand van de lokale marechaussee en draagt me dan formeel aan hen over. Ik krijg laatste instructies, een stapel papieren en een goede vlucht toegewenst. Hiermee zit zijn werk erop, hij vertrekt.

Ik word meegevoerd naar de vertrekruimte. Hier neem ik plaats te midden van een groep Russen. Er hangt een walm van duur parfum en aftershave om hen heen. Hun kleding is van toonaangevende designers en hun houding arrogant. Misschien omdat ze denken dat ze lekkerder ruiken dan de rest. In mijn geval niet onwaar. Toch voel ik me niet in staat om me in een toilet te gaan wassen en om te kleden, zoals ik eerst van plan was. Ik ben bang dat ik daar flauw zal vallen en weer bij zal komen in Aguada.

Pas als ik opstijg en de kustlijn van Goa onder me zie vervagen, begint het me te dagen dat aan deze reis een einde is gekomen.

DEEL DRIE

Vuur

Mijn Amsterdamse villa lijkt groter en leger dan ooit, of ben ik misschien gekrompen?

De eerste dagen na mijn thuiskomst ga ik de deur niet uit. Ik breng mijn tijd voornamelijk door in het souterrain, in een slaapzak op de bank. In het tweepersoonsbed op de tweede etage voel ik me verloren. Boodschappen laat ik thuis bezorgen door Albert Heijn. Mijn maaltijden laat ik grotendeels onaangeroerd. Mijn darmen zijn nog steeds behoorlijk van slag. Ik moet voorzichtig wennen aan het westerse voedsel, zei de huisarts die bij me langs is geweest. Een vriendelijke man die me begripvol aanhoorde en me adviseerde het vooral rustig aan te doen. Hij heeft me van alles voorgeschreven, waaronder slaaptabletten. De recepten liggen ongebruikt op de keukentafel.

Minstens driemaal daags neem ik een douche; nog steeds voel ik me vies. Na het afdrogen stap ik rechtstreeks terug in mijn kleren, een joggingbroek met een dikke sweater erboven. Het is kil in huis, ook al heb ik de thermostaat op 24 graden gedraaid.

Regelmatig gaat de deurbel. Zelfgedoopte vrienden – in werkelijkheid niet meer dan vage bekenden – verdringen zich op mijn stoep met bloemen en felicitaties vanwege mijn vrijlating. Ik laat niemand binnen.

Elke dag controleer ik mijn mail, er zijn geen nieuwe berichten. Tot schrijven kan ik me niet zetten. Mijn lichaam moet eerst één worden met wie ik ben en waar ik ben, dan pas kan ik me concentreren op de missie die ik op me heb genomen.

De herinneringen aan Aguada zijn realistisch, mijn verblijf thuis voelt alsof het door een ander wordt gespeeld. Een actrice, een nieuweling, een onbekende. Mijn haar heb ik laten knippen en verven; kort en donkerblond. Het geschetter van de nieuwsgierige kapster die bereid was om aan huis te komen, was een ware martelgang. Met de nieuwe coupe komt mijn evenbeeld meer in overeenstemming met de vrouw die in de ingelijste foto op het buffet staat: Donia Fisher, echtgenote van Gidon, moeder van Julia en jetsetdame. Maar als ik mezelf in de spiegel bestudeer, zie ik een vrouw met ingevallen wangen en een slechte huid. De manier waarop ze naar me terugkijkt, jaagt me angst aan.

Sinds mijn terugkeer staat de radio permanent aan, ik kan niet meer tegen stilte. Terwijl ik luister naar een jazzstation, blader ik door tijdschriften vol onzinnigheden. Jurken uit de jaren vijftig, zestig en zeventig worden herontdekt door de nieuwe rijken die op zoek zijn naar hun eigen identiteit. Vintage-kledingstukken vliegen voor goud geld over de toonbank: de nieuwe kleren van de keizer. 's Nachts kijk ik naar stompzinnige programma's op de televisie. Een Amerikaan die een superbraadpan demonstreert waarbij hij zijn onsmakelijke eetgewoontes – veel en vet – ongegeneerd kenbaar maakt aan de wereld. Vrouwen met nepborsten, zaadvragende ogen en opgeblazen lippen die mannelijke kijkers verleiden tot telefoonseks.

Mijn zoektocht naar een goed boek – Gidon en ik lazen nooit – voert mij naar de schooleditie van *De Avonden* van Gerard Reve. De hoofdpersoon is een afstotelijk, ruggengraatloos mannetje met nietszeggende babbels. Zijn leven verloopt in een krankzinnig makende sleur, waarin hij voor zichzelf geen enkel lichtpuntje weet te creëren. Ik knap er behoorlijk van op. Ik lees tot de letters door elkaar beginnen te lopen en ik mijn aandacht er niet meer bij kan houden.

Ik weet dat ik van alles zou moeten ondernemen, maar kan me er niet toe zetten. Het is nog te vroeg.

Pas na een week kom ik voor het eerst op straat. Hoewel ik me goed heb ingepakt, heb ik het koud. Desondanks ga ik te voet naar Daniel en Zoë, de frisse lucht zal me goed doen en het is maar een kwartiertje lopen. Ze hebben me al een paar keer uitgenodigd en ik kan hen niet blijven negeren. Ze thuis uitnodigen, het alternatief, is nog vreselijker.

Het water in de gracht heeft een gore kleur, langs het water staat een aaneengesloten rij glimmend blik geparkeerd. De bomen buigen zich, gegeseld door de zware windstoten. Als ik bij hen op de stoep sta, twijfel ik of ik al klaar ben voor deze confrontatie. Nog voordat ik heb aangebeld, zwaait de voordeur open.

'We zagen je al staan!' Zoë wijst op een cameraoog dat boven de deur gemonteerd is. 'Kom binnen, Donni, kom bij me. Het is zo heerlijk je weer te zien, lieve schat. Oh, kom hier!'

Er hangt een zware, zoete parfumlucht om haar heen. Ik zie het flesje zo voor me. Het is niet groter dan een pingpongbal, geslepen in de vorm van een diamant en gevuld met cognackleurig vocht ter waarde van enkele honderden euro's. De naam ben ik kwijt. Ik moet moeite doen om niet te kokhalzen. Om van haar los te komen forceer ik een lach, zo spontaan dat mijn kaak kramp oploopt. Direct na binnenkomst gebruik ik het excuus van toiletbezoek om bij te komen van haar omhelzing.

Er speelt een klassiek deuntje op de wc, afkomstig uit een klein Tandberg-boxje dat in de hoek is weggewerkt achter een verchroomd paneel. Zwart wc-papier; ik scheur een velletje af en bestudeer het.

De lange marmeren gang met zijn hoge bewerkte plafonds leidt me naar hun hypermoderne keuken.

'Daniel, goed je weer te zien.' Ik loop op hem af.

Aanvankelijk deinst hij terug, dan geven we elkaar een afstandelijke kus.

We gaan zitten. Er staan hapjes op tafel en Zoë schenkt de wijn in.

'Alles goed?' Er wordt niet gewacht op antwoord. 'Heb je flink genoten van je eerste week vrijheid? Lekker feestgevierd zeker?' Hij grijnst de typische grijns van iemand die nooit de moeite neemt zich in een ander te verdiepen.

'Nou nee, niet echt. Dit is eerlijk gezegd de eerste keer dat ik de deur uit ben sinds ik terug ben uit India. Ik heb de huisarts, de kapper en de Albert Heijn-bezorgservice bij me op de stoep gehad, maar dat is het wel zo'n beetje. Ik woon in de keuken, de rest van het huis voelt groot en leeg. Ik slaap slecht en ben nog behoorlijk in de war.'

Zoë schenkt me een begripvolle blik en aait me vervolgens over mijn rug.

Ik pak snel de draad van mijn verhaal weer op. 'Daniel, in een vlaag van complete verstandsverbijstering heb ik een grote smak geld overgemaakt naar een charitatieve instelling.' Dat ik dit juist zeer weloverwogen heb gedaan, hoef ik hem niet te vertellen.

'Laura zeker?' Een plak kots met haren zou minder walging hebben opgeroepen.

Ik knik en pak een van de miniquiches die voor me op tafel staan. Toen de traiteur het juweeltje afleverde, was het vast knapperig en smaakvol, maar de magnetron heeft het tot een gortdroog sjoelbaksteentje omgetoverd. Ik verslik me. 'Heb je misschien een glaasje water voor me?'

Zoë springt onmiddellijk op.

'Hoeveel precies?' Geld ligt Daniel nader aan het hart dan wie of wat dan ook. Geld moet bijeengeharkt worden, dat is zijn missie in het leven. En als het hoopje – of de berg in mijn geval – uiteen wordt gereten, dan doet dat pijn. Zelfs al is het niet van hem.

'Ik heb geen idee. Je kent me toch?' Ik wist nooit precies hoeveel ik had, op welke rekening het stond of waar het vandaan kwam. Mijn expertise lag op een geheel ander vlak: uitgeven. Ik verzwijg dat ik ditmaal juist precies op de hoogte ben van mijn bankzaken. Het klopt wat ik zeg, mijn rekeningen moeten nodig worden aangezuiverd.

'Hoe heb je dat nou kunnen doen?'

Het is mijn geld, ik heb het geërfd, maar de getallen die onder aan mijn afschriften staan, zijn mede met zijn hulp opgespaard. Op de een of andere krankzinnige manier voelde hij zich minder verantwoordelijk voor het leven van Gidon, dan nu voor het saldo waar ze met z'n tweeën jarenlang zo hard voor werkten. Zijn lichte paniek zou aandoenlijk zijn geweest als de hele situatie niet zo bespottelijk was.

'Ik was in de war,' zeg ik uiteindelijk.

Dat weet hij zich duidelijk nog maar al te goed te herinneren.

Het water bij Daniel en Zoë is nooit zomaar afkomstig uit de kraan. Zoë is een fan van De Waterwinkel, waar de prijs van de duurste fles water 49 euro bedraagt. De fles die ze op tafel zet is versierd met echte Swarovski's, weet Zoë de ijzige stilte met haar onzinnige informatie te verbreken.

Ik richt me tot haar terwijl ik een slokje neem. 'Ik had een vriendin in de gevangenis, een heel ander type dan jij, ze heet Nicole.'

'O.' Haar ogen verraden spanning, jaloezie, maar bovenal sensatie.

'Ze was gepakt met drugs. Een koeriertje.'

Zoë's mond valt open. Wacht maar totdat ze dit aan haar vriendinnen kan doorvertellen.

Daniel kapt het onderonsje af en brengt het gesprek terug op het enige onderwerp van belang. 'Hoeveel geld heb je nodig?'

'Ik zou in de eerste plaats graag willen weten om hoeveel het precies gaat. Verder vraag ik me af hoe ik eraan kan komen.'

'Ik zal zorgen dat je voldoende geld tot je beschikking krijgt. Maar dan moet je me beloven dat je er verder geen domme dingen meer mee zal doen, oké?'

'Dank je wel. Dat beloof ik.' Maar ik wil weten wie de opvolger van Gidon is: alleen hij zal me naar De Kraanvogel kunnen leiden. Dit is het aangewezen moment om hierover te beginnen en dus besluit ik het erop te wagen.

'Maar kan ik niet beter mijn zaken bespreken met degene die mijn geld voor me beheert? Het moet er toch een keer van komen.'

Daniel barst in lachen uit.

Het lachen zal hem nog wel vergaan. Geduld, ik moet gewoon

geduld hebben. Kordaat schuif ik mijn stoel naar achteren, mijn missie voor vandaag is volbracht. 'Nou, ik denk dat ik maar eens ga.'

'Nu al?' Zoë kijkt me smekend aan.

Daniel stopt met lachen en kijkt vooral opgelucht. Voor hem ben ik een lastige kwestie, een overblijfsel uit het verleden. De vrouw van zijn vroegere beste vriend en een permanente herinnering aan zijn grootste fout.

'Ja, ik laat jullie verder alleen. Ik ga liever weer naar huis.'

'Zal ik een taxi voor je bellen?' Zoë heeft de telefoon al in haar hand.

'Nee, ik loop liever. Ik laat mezelf wel uit.'

Ik laat hen verbijsterd achter aan hun keukentafel en wandel zonder verder afscheid te nemen het huis uit.

De man achter de toonbank bij de Febo flirt met me. Dit is voor mij een nieuwe ervaring, zowel dineren bij de Febo als flirten met een lid van een etnische minderheid. Hij zegt een paar keer een woord dat ik niet goed kan verstaan. Uiteindelijk begrijp ik dat ik zijn idee van een 'lekker gapje' ben. Alleen deze opmerking is al twee euro waard! De mayonaise laat ik na twee frietjes voor wat hij is, de goudbruin gebakken patatten eet ik allemaal op. Hierna loop ik een *phone centre* binnen. Ik ga Steve bellen, zijn telefoonnummer vond ik vanmorgen in de 'Concepten' van mijn hotmailaccount.

Terwijl de telefoon overgaat, bestudeer ik het ranzige belhokje, bestaande uit een plakkerig toestel op een stuk aanrechtblad dat getekend is met brandgaten van smeulende peuken.

'Hallo?' Net als Gidon en zijn vrienden neemt hij met neutrale stem op. Laat degene aan de andere kant van de lijn zich eerst maar eens keurig aan me voorstellen, verklaarde Gidon zijn in mijn ogen onbeschofte gedrag ooit aan mij.

'Met Donia. Ben jij het, Steve?'

'Waar bel je vandaan?'

'Vanuit een telefoonwinkel.'

Als Steve na enkele seconden opnieuw tegen me begint te spreken, klinkt zijn stem weer herkenbaar. 'Hai, hoe is het met je? Hoe bevalt het om weer terug te zijn in Amsterdam?'

'Ja, goed. Beetje wennen, dat wel.'

'En het weer?'

'Al helemaal wennen, natuurlijk.' Ik ben nieuwsgierig naar waar hij zit, maar durf er niet naar te vragen. Dat is niet de bedoeling van onze contacten.

'Heb je nog iets gehoord van Julia?'

'Nee.'

'Schrijf haar in je eigen mailbox. Of heb je dat al gedaan?'

'Nee.'

'Maak een mooie brief waarin je haar vraagt hoe het met haar is. Ze heeft ons allemaal erg goed geholpen door me te waarschuwen over die kwestie van het gevonden dagboek. Direct na haar telefoontje heb ik een privénummer vanuit het consulaat naar mijn mobiel doorgeschakeld. Toen Deepak contact met me zocht, heb ik hem op deze manier uitvoerig te woord kunnen staan over de WOTS-wetgeving die ik zogenaamd voor de Nederlandse ambassade bestudeer. Hij kwam als een bijzonder hartelijke en bezorgde schoonzoon op me over.'

'Vroeger ook op mij.'

'Maar goed, ik heb hem dus kunnen geruststellen dat het verhaal dat jij aan Dhawal had verteld, klopte. Bedank Julia daarvoor, maar vraag haar nog om niets en zet haar vooral niet onder druk. Ze weet wat we van haar verwachten. Als ze iets hoort of als ze iets te weten komt, zal ze zelf moeten beslissen of ze doorgaat met deze operatie. We zijn volkomen van haar afhankelijk, dus onderhoud het contact zo goed mogelijk, dat is wat ik je wil meegeven. Oké?'

'Oké.'

'En bel me op dit nummer zodra je iets weet of hoort waarvan je denkt dat het voor mij van belang is om te weten.'

'Goed, dat zal ik doen.'

'En eh... sterkte de komende weken, met alles.'

'Dank je wel.'

'Dag.'

'Dag.'

Even later, tussen de mensen op het Leidseplein, voel ik me ondanks de gure wind voor het eerst weer echt thuis in Nederland. Ik
sta te luisteren naar een groepje Peruaanse panfluitspelers. Ze zijn
gekleed in bont gekleurde wollen gewaden, alleen daarvan fleurt
het straatbeeld al op. Ik geef een paar euro aan een tengere vrouw
die met een mandje rondgaat. Haar ogen verraden dat ze al veel
heeft meegemaakt in haar leven. We kijken elkaar kortstondig aan,
direct gevolgd door het afscheid, maar niet zonder een laatste
vriendelijke groet; een hartverwarmend moment van herkenning.

Achter de muzikanten ligt de zaak waar toeristen massaal hun
drugs inslaan. De grote bulldog in neonverlichting die de gevel
ontsiert, was jarenlang aanleiding tot grote wrevel onder Amsterdammers. Ook Gidon was verontwaardigd geweest toen de coffeeshop zich indertijd pontificaal vestigde aan een van de drukst be-
zochte toeristische trekpleisters van onze hoofdstad: het Leidseplein. Dat deed de reputatie van Amsterdam geen goed, vond hij.

Hypocriet!

Ik stap naar binnen en baan mezelf, tussen een groep Italiaanse
toeristen door, een weg naar de bar.

'Heeft u voor mij een joint, alstublieft?' vraag ik aan een mede-
werkster achter de bar. Maar ze is sinaasappels aan het uitpersen en
heeft verder nergens anders aandacht voor.

'Mevrouw, daarvoor moet u daar de trap naar beneden nemen.'
Een jongen, veel ouder dan zestien kan hij niet zijn, stuurt me in
keurig ABN de goede kant op. Ik bedank hem en neem de trap naar
beneden.

In de kelder bestel ik, als ik eenmaal aan de beurt ben, een joint.
De verkoper achter de balie duwt me een menukaart in handen. Na
kort overleg, de man ziet eruit alsof hij zelf dagelijks van zijn eigen
voorraad snoept, koop ik een voorgedraaide joint met nederwiet.
Opgelucht verlaat ik de coffeeshop.

'You're as cold as ice, you're willing to sacrifice our love...'
Als ik midden in de nacht wakker word, houdt Arrow Jazz FM
zijn nachtelijke soft-rockuurtje. Niet onplezierig. Ik zet een kopje
thee.

Wat Steve en ik van Julia verlangen, is niet minder dan het beschamen van het vertrouwen tussen haar en Deepak; de vader van haar dochter, haar eerste grote liefde en toekomstig echtgenoot. Met deze gedachte in mijn hoofd installeer ik mezelf in Gidons werkkamer achter de pc.

Lieve Julia,

Allereerst wil ik je bedanken voor je telefoontje naar Steve, je hebt hiermee direct bijgedragen aan mijn terugkeer naar Nederland. Ik ben weer veilig thuis en daar zal ik je altijd dankbaar voor zijn.

De boel verklikken, een dubbelleven leiden, dat is wat we nu van je vragen. Eerlijk gezegd heb ik geen idee wat ik zou hebben gedaan als iemand mij ooit voor deze keuze zou hebben gesteld. Als je ervoor kiest om door te gaan met je leventje dan heb je mijn onvoorwaardelijke steun, dat liet ik je al eerder weten. Alleen zal ik dan op afstand moeten blijven, nu en in de toekomst.

Kies je voor een toekomst met Maxime en mij in Amsterdam, dan hoor ik vanzelf van je. Ik zal rustig afwachten. Ondertussen moet ik mijn leven opnieuw invulling geven. Als de moordenaar van je vader wordt opgepakt, is dit wellicht eenvoudiger. Maar toch zal ik het ook dan alleen moeten doen.

Je wordt alleen geboren en je gaat alleen dood...

Deze laatste zin schrap ik, dan drink ik mijn inmiddels koud geworden thee op en sla ik de mail op in 'Concepten'. Ik wens mijn post hardop sterkte toe.

Slapen lukt nu zeker niet meer, ik besluit mijn kledingkasten te gaan opruimen. Ik heb helemaal niets meer dat om mijn graatmagere lijf past en waar ik me happy in voel. De eerdere opschoonactie van voor mijn vertrek naar India was slechts een schamel begin. Ditmaal ga ik rigoureuzer te werk. Na enkele uren waarin ik voor het eerst sinds tijden het idee heb dat ik mezelf nuttig heb gemaakt, overzie ik met enige trots de berg vuilniszakken in de hal. Ik besluit ze meteen diezelfde ochtend in de Leger des Heils-bakken te kieperen. Daarna zal ik naar de Albert Cuyp gaan voor de boodschappen. Mijn nieuwe ik heeft behoefte aan frisse lucht.

Elke dag check ik mijn mailbox. Gisteren kreeg ik een eerste reactie van Julia binnen. Diezelfde ochtend belde ik Steve vanuit een van de vele *phone houses* die Amsterdam telt. We hebben voor vanmiddag in het Amsterdamse Bos afgesproken.

Ik sta stil voor een stoplicht op de Apollolaan. De narcissen tegenover het Hilton staan in volle bloei. Even kijk ik opzij naar het grote bouwwerk waar zoveel herinneringen liggen. Er wordt getoeterd, het licht staat op groen. Ik steek een hand op naar de auto achter me, bij wijze van bedankje, en trek op.

Met moeite parkeer ik mijn terreinwagen tussen twee andere auto's; het laatste plekje. Deze stralende voorjaarsdag wordt door veel moeders aangegrepen om er met hun kroost op uit te gaan.

Op het pad naar de geitenboerderij doet een tegemoet komende bolderkar, die gevuld is met peuters en wordt voortgetrokken door een dikke geit, me hardop schaterlachen. Meteen daarna volgt de omslag. Ik voel de leegte die Maxime bij me heeft achtergelaten. Ik mis haar, elke dag een beetje meer.

Het terrein omvat een winkel en een restaurant met terras. Ervoor ligt een weide met geiten en speeltoestellen voor de kinderen, daarnaast een uitgestrekte open schuur. Ik tref Steve liggend in het stro aan met naast hem een kleine jongen die, met uitzondering van de flinke bos blonde krullen, sprekend op hem lijkt. Het overvalt me dat hij niet alleen is gekomen.

'Hai Donia, dit is Tristan.' Tristan durft het kleine flesje melk niet alleen aan het dorstige babygeitje te voeren, Steve helpt hem een handje.

'Ik heb vandaag papa-dag,' verklaart hij de aanwezigheid van zijn zoontje. Dat zelfs *special agents* kinderen hebben, is iets waar ik nooit eerder bij heb stilgestaan.

Ik neem plaats op het terras in de zon. Even later komen Steve en

zijn zoontje erbij zitten. Na een overheerlijk geitenmelk-softijsje
gaat Tristan schommelen. Van een afstand zal het overkomen als
een toevallige ontmoeting op de kinderboerderij, tussen een
vrouw en een man die er een dagje op uit is met zijn zoon.

'Vertel.'

'20 Maart, Rotterdam.'

'Haven?'

'Ja.' Ik maak mijn handtas open en begin er in te rommelen. 'Ik
heb de naam van het vrachtschip en – hoe noem je dat ook alweer?
– de deklading voor je opgeschreven.'

'Geef me je briefje straks maar.'

Ik doe mijn tas weer dicht. 'Wat wil je dat ik verder doe?'

Hij legt me rustig uit dat ik, als ik mezelf boven elke verdenking
wil plaatsen, mijn oude blonde-shopaholic-routine weer moet oppakken. Ik zie er nu nog veel te alternatief uit, dat is verdacht, zo zal
ik verdenking op me vestigen. Ook moet ik Daniel zo gek zien te
krijgen om me voor te stellen aan de opvolger van Gidon. Via de
man die het geld beheert, kan ik bij De Kraanvogel komen.

'Maar ik vroeg onlangs nog aan Daniel wie Gidon had opge-
volgd en werd recht in mijn gezicht uitgelachen,' zeg ik. 'Waarom
zou het me nu wel lukken?'

Steve zegt het volste vertrouwen in me te hebben dat ik hier iets
op zal verzinnen. We spreken af dat ik hem op de hoogte zal houden via mailberichten in mijn 'Concepten', ik geef hem mijn
wachtwoord. Daarna loopt hij lachend op Tristan af en helpt hem
van de schommel. Ze gaan naar de glijbaan en verdwijnen vervolgens uit het zicht in een klimtoren.

Ik had me mijn eerste geheime missie toch anders voorgesteld.

Als de lucht begint te betrekken en de kleine Tristan huilerig
wordt, loopt Steve langs mijn tafeltje naar de winkel toe. Ik sta op
en loop hem, alsof het de normaalste zaak van de wereld is, achterna.

Wanneer hij zijn kaas afrekent, buk ik vlak achter hem naar de
grond. Als ik overeind kom, zeg ik: 'Sorry, ik geloof dat u iets heeft
laten vallen.' Ik overhandig hem het briefje met de informatie. Hij

bedankt me vriendelijk en wandelt daarna met zijn zoon aan de hand de winkel uit. Hierna ben ik aan de beurt, ik bestel een spannend uitziend brandnetelgeitenkaasje. Dan is het ook voor mij tijd om huiswaarts te keren.

GROTE DRUGSVANGST ROTTERDAM

De voorpagina van *De Telegraaf* maakt in een klein artikel melding van de vangst. De wetenschap dat ik hier medeverantwoordelijk voor ben, voelt wonderlijk. Ik pak mijn telefoon en wil direct Daniel opbellen. Dan realiseer ik me dat ik beter kan wachten.

In joggingpak, op gympen, maak ik een rondje Vondelpark; gedeeltelijk rennend, grotendeels wandelend. De krokussen, de kindjes in hun wandelwagens, ik zou alles en iedereen wel willen kussen.

Elke dag flitsen er herinneringen aan mijn verblijf in de bloedhete cel in Aguada voorbij. Vooral wanneer ik aan het genieten ben, zoals nu. Er gaat geen uur voorbij dat ik niet aan Nicole denk, het gebrek aan water en voedsel, de poephoek met het gat in de grond, de penetrante stank. Elk toiletbezoek zegen ik mijn watercloset, bijbehorend papier en de deur die ik desgewenst dicht kan doen. Ik denk niet dat dit ooit nog overgaat.

Ook denk ik dagelijks aan Thomas. Als ik terugga naar de bewuste avond waarop we kusten, word ik rustig. 's Avonds val ik met mijn hoofd op zijn t-shirt in gedachten tegen hem aan in slaap. Toch zoek ik geen contact, met hem noch met Nicole. Ik ben vrij, zij niet. Ik zou hen alleen maar pijn bezorgen.

Met moeite weet ik me twee dagen te beheersen – ik moet mezelf niet verdacht maken – dan pak ik alsnog de telefoon. Daniel heeft zijn voicemail aanstaan, ik spreek een boodschap in met de vraag of hij contact met me op wil nemen.

Als ik na een week wachten nog niets heb gehoord, besluit ik Zoë op te bellen, zij neemt meteen op. Als ik haar vraag of we iets af zullen spreken, stelt ze voor om te gaan winkelen en aansluitend te lunchen in de Cornelis Schuytstraat bij een nieuwe tent schuin tegenover De Joffers. Deze zaak raakte de afgelopen wintermaanden 'uit', zo leer ik.

Na een *shopping-streak* in de P.C. Hooftstraat, waarbij ik het bespottelijke bedrag van 1750 euro neertelde voor een zwart jurkje, een bijpassend stel laarzen en een paar t-shirts, zitten we als vanouds naast elkaar in een coffeeshop. De zaak op de hoek van de Willemsparkweg is niet meer dan een kleine twintig vierkante meter en is afgeladen met makelaars in uniforme dracht; hippe – ofte-wel dure – jeans met keurig gestreken overhemd erboven en – kennelijk onmisbaar – cognackleurige schoenen eronder. Casual chic, afgemaakt met een rebelse haardracht voor het zogenaamde Beau van Erven Dorens-effect.

Naast geurige koffie serveert deze zaak smoothies, croissants en diverse belegde broodjes. Het is alleen jammer dat het er stampvol is, waardoor je constant van je ongemakkelijk zittende kruk wordt gestoten. Een nadeel dat ruimschoots gecompenseerd wordt door het feit dat de coffeeshop beschikt over een ruit die zich uitstrekt over de gehele breedte van het pand, waardoor je van buitenaf gezien kunt worden. En dat is waar het de bezoekers om te doen is: zien en gezien worden.

'Gezellig hier, vind je niet?' Zoë doet nieuwe lippenstift op.

'Jazeker!' lach ik een stralende neplach, net zoals ik de hele ochtend al zonder enige aanwijsbare reden vrolijk heb gedaan.

Dan bekijkt ze mij goedkeurend van top tot teen, ze is zichtbaar tevreden over hoe ik eruitzie. Ik heb mezelf vanmorgen flink in de make-up gezet en mijn haren voor het eerst sinds tijden weer eens geföhnd.

Na een lange stilte stel ik de vraag die me, sinds ik met haar op pad ging, op de lippen brandt: 'Hoe is het eigenlijk met Daniel?'

'Goed. Hij is een paar dagen weg voor zaken.' Ondertussen kijkt ze naar buiten of ze nog bekenden langs ziet lopen.

Ook al vraag ik me af of de reis onverwachts is en misschien wel iets te maken heeft met de onderschepte drugs, ik vraag niet door.

Ik pak de menukaart op, ze hanteren hier buitengewoon hoge prijzen. Geld is relatief: voor de een betekent vierhonderd euro een maand huur, voor de ander een paar laarzen. Kali en Sunjala moeten er een jaar hard voor werken. Maar er is één overeenkomst: geld is voor iedereen een middel om te krijgen wat je wilt hebben.

Ik moet een manier verzinnen om Daniel zo gek te krijgen me voor te stellen aan...

Een meisje van de bediening zegt er langs te willen, ik zet mijn aankopen opzij: 1750 euro, omgezet in stof en leer, verdeeld over drie tasjes. Plotseling valt bij mij het kwartje. 'Weet je waar ik zin in heb?' Met de kaart nog in mijn hand kijk ik Zoë opgewonden aan.

'Bageltje zalm?' probeert ze.

'Het is tijd voor verandering. Ik wil een totale make-over, een compleet nieuw interieur. Alles in huis doet me denken aan Gidon. Laten we naar Het Arsenaal gaan!'

Ze valt van pure blijdschap bijna van haar kruk. We geven elkaar een high five, waarna ik alsnog een zalmbagel bestel. 'Spenden' gaat nu eenmaal beter met een goed gevulde maag.

Zoë rijdt me in de Porsche Cayenne van Daniel naar Naarden. We parkeren voor de deur die even later vriendelijk voor ons open wordt gehouden. Wandelend door het beeldschone gerestaureerde koetshuis bereken ik dat van de dertigduizend euro die ik van Daniel heb gekregen – een klein gedeelte wit, de rest ligt in biljetten van vijftig in de kluis opgestapeld – ik er hier toch minstens twintig moet kunnen lozen.

'Zonde van het geld!' schreeuwt een stem in mij die ik onmiddellijk het zwijgen opleg.

'Zullen we beginnen bij de slaapkamers?' Zoë wrijft in haar gemanicuurde handen, ik hoor haar ringen tegen elkaar ketsen. Ze heeft al jaren geleden tegen me gezegd dat ze een hekel heeft aan het ouderwetse Laura Ashley-bloemetjespatroon waar ik juist zo op gesteld ben.

'Leuk!' Ach, het is voor een goed doel.

Nauwkeurig op de prijzen lettend komen we in drie uur winkelen – voorzien van een lekker glas champagne en de meest voortreffelijke hapjes – tot het aanzienlijke bedrag van 23 000 euro. Opgelucht verlaat ik met een stralend blije Zoë het gebouw. Vanaf volgende week zullen de bank, het schilderij, het nieuwe bed en alle andere spullen bij me thuis worden afgeleverd. Ook zal Monique des Bouvrie – de vrouw van de vermaarde ontwerper – zelf bij mij thuis de nieuwe gordijnstof komen helpen uitzoeken. Ik heb haar gevraagd stalen van de duurste stoffen mee te brengen.

Op de terugweg in de auto bedank ik Zoë welgemeend voor al haar hulp. Ze stelt voor vanavond ergens samen een hapje te gaan eten, maar ik kan het mezelf nauwelijks aandoen nog meer tijd met haar door te brengen. Het constante toneelspel waarin geen enkele vorm van normale conversatie voorkomt, heeft me leeg gezogen. Terwijl ik een excuus probeer te verzinnen om naar huis te gaan, gaat mijn mobieltje over. Ik neem gauw op.

'Hallo, met Donia.'

'Mam, met mij.' Julia! Ik heb haar niet meer gesproken sinds die ene avond in Goa bij het restaurant.

'O, hai.'

'Daniel is hier.'

'Aha.' Mijn gezicht is nauwelijks in de plooi te houden.

'Check straks je mail even. Oké?'

'Ja.'

'Gaat alles goed met je?'

Ik weet niet wat ik moet zeggen.

'Ben je niet alleen?'

'Nee.'

'O.'

'Ja, ik begrijp het. Dank u wel voor het bellen.' Opgelaten klap ik het toestel dicht.

'Is alles goed?' Zoë's gebotoxte voorhoofd doet een nauwelijks zichtbare poging tot fronsen. Ik gebaar haar dat ze voor zich moet kijken, we rijden over een drukke A1.

Als ik begin te praten, kost het me weinig moeite om te liegen.

'De assistente van de huisarts. Ik schijn last te hebben van een hardnekkig darmvirus.'

Ze gruwt.

'Ik moet onmiddellijk met een antibioticakuur beginnen. Het lijkt me beter dat ik dit eerst even ga regelen. Mijn darmen zijn sinds Aguada niet meer in orde. Het verbaast me niets dat ze wat hebben gevonden, met name de laatste tijd heb ik nogal vaak last van...'

'Nee nee, natuurlijk,' onderbreekt ze me. 'We gaan gewoon gezellig een ander keertje uit eten. Oké?'

'Oké.' Ik probeer niet al te opgelucht te klinken.

Thuis ren ik meteen naar de computer. Ik open mijn mailbox en begin te lezen:

Lieve mama,

Hoe gaat het met je? Ik moet steeds terugdenken aan onze ruzie in het café. Ik meende echt niets van wat ik daar allemaal heb gezegd, ik wil dat je dat goed weet. Ik ben zo opgelucht dat je weer veilig en wel thuis bent, ik mis je, ik wou dat ik naar je toe kon komen. Ik denk niet dat ik het hier nog lang uithoud. Het is hier afschuwelijk, ik ben druk bezig mijn huwelijk voor te bereiden, terwijl Deepak nauwelijks thuis is en ik al weet dat het feest niet door zal gaan. De laatste weken is hij erg gestrest, misschien voelt hij dat er iets mis is tussen ons. Ik denk van wel. Gelukkig is hij druk met zijn werk, net als zijn pa. Omdat de vorige lading is onderschept, bereiden ze met spoed een groot transport voor. Het zal met een vrachtschip plaatsvinden, er wordt aangelegd in de haven van Amsterdam. Het transport zal staan op naam van EB Trading, de deklading is erts. Meer weet ik ook niet. Ik hoop dat je hier genoeg info aan hebt. Ik mis je. Maxime ook, ze kan het nog wel niet zeggen, maar ik weet dat het zo is.
Liefs,
Julia

Elke ochtend lig ik vanaf zes uur te luisteren tot ik de krantenjongen de treetjes naar de voordeur hoor oplopen. Zodra hij op de mat is gevallen, blader ik de krant vol verwachting door. Na een kleine drie weken wordt mijn geduld beloond.

NATIONALE RECHERCHE ONDERSCHEPT GROTE PARTIJ COCAÏNE IN AMSTERDAMSE HAVEN, kopt de voorpagina. De vangst is de grootste die ooit in Nederland is gedaan en bedraagt vijfduizend kilo en heeft een straatwaarde van 175 miljoen euro, aldus het krantenartikel. De journalist spreekt over 'een ongekend groot succes voor de Nationale Recherche'.

Direct na de mail van Julia heb ik Steve gebeld om hem de informatie door te geven. Daarna heb ik niets meer van hem vernomen. Uit *De Telegraaf* van vandaag blijkt dat hij zijn werk goed verstaat.

Maar ook ik ben vlijtig geweest. Mijn 'dagelijkse werk', namelijk winkelen en lunchen met Zoë, heb ik vol overtuiging weten uit te voeren. Het heeft me leeg getrokken, en niet alleen in financieel opzicht. Bij tijd en wijle voel ik me schuldig dat ik haar gebruik, om vervolgens mijn gemoed te sussen met de herinnering aan de maanden na Gidons dood, waarin zij zich van haar slechtste kant heeft laten zien.

Gisteren is in Zoë's bijzijn mijn creditcard gebounced. Mijn opluchting dat aan het absurde spenderen een einde was gekomen, was groot. Zoë schaamde zich rot. Ik twijfel er niet aan of ze heeft dezelfde avond nog aan Daniel doorgegeven dat mijn bankrekening leeg is, daarvoor ken ik mijn oude vriendin goed genoeg.

Eenmaal terug van mijn inmiddels dagelijks rondje hardlopen, besluit ik haar te bellen. Ik stel op luchtige toon voor om te gaan lunchen, liefst met Daniel erbij. Na kort overleg, waarbij ze haar hand over de hoorn houdt, geeft ze door dat hij mee zal komen. We spreken af om elkaar bij De Joffers te ontmoeten.

Nu de zon doorbreekt, is De Joffers weer helemaal *the place to be*. Ik ben een chic kwartiertje te laat, ze zitten al op me te wachten. Stralend loop ik op hen af. 'Wat een heerlijke dag!'

Maar niet voor Daniel, dat zie ik in een oogopslag.

Zoë en ik begroeten elkaar met de gebruikelijke drie kussen in de lucht. Daniel komt niet uit zijn stoel omhoog, hij zit aan de telefoon. Aangezien ik zeker weet dat hij me vanachter de donkere glazen van zijn zonnebril gadeslaat, werp ik hem een kushandje toe.

Mijn lippen heb ik afgelopen week laten bijwerken met nieuwe *fillings*. Niet meer bij dokter Zanouva, mijn vorige plastisch chirurg: zijn kliniek is gesloten. De transporten van vloeibaar gemaakte cocaïne in implantaten zijn dan weliswaar een succes volgens Julia, maar hij had inmiddels te veel aandacht op zich gevestigd. Het schijnt dat hij voor onbepaalde tijd naar Zuid-Amerika is vertrokken, aldus de informatie die ik Zoë heb weten te ontfutselen tijdens een avondje slempen. Iets waar mijn maag een zware prijs voor heeft moeten betalen, ik heb er dagen last van gehad.

Als Daniel eindelijk klaar is met telefoneren, begin ik, zoals ik me heb voorgenomen, over Gidon. Oud sentiment op tafel gooien als je iets van iemand gedaan wilt krijgen, is altijd een goede binnenkomer.

'Daar zat hij altijd...' zeg ik, wijzend naar een stelletje opgeblazen bimbo's dat een tafeltje verderop zit te lunchen.

Gidon werd op dit terras geliquideerd.

'Donia, ik moet het eens goed met je hebben over...' begint Daniel, maar voor hij zijn zin kan afmaken staat er een serveerster voor onze neus. Ik pak de kaart op terwijl Zoë een babbeltje met haar maakt. Als we hebben besteld, zet Daniel zijn zonnebril af. Hij ziet eruit alsof hij de hele nacht aan de telefoon heeft gezeten, en dat doet me goed.

'Het wordt tijd dat je het iets rustiger aan gaat doen,' zegt hij ernstig.

'Ik? Hoezo?' Ik tuit mijn lippen net als de meisjes 's nachts op de televisie: 'Bel nu 0909...'

Hij schraapt zijn keel. 'Het loopt werkelijk de spuigaten uit, Donia.'

Met wijd gespreide armen en hoog opgetrokken wenkbrauwen schenk ik hem mijn blik van 'maar ik ben toch rijk?'

Ongerust kijkt hij om zich heen. Ik zie hem denken dat het misschien niet zo'n heel goed idee was om dit gesprek hier te voeren. Te laat.

'Wat wil je nou van me?' schreeuwt hij onverwachts. Hij slaat met zijn vuist op het wankele tafeltje en stoot daarmee de zojuist neergezette koffie om.

Iedereen kijkt op.

'Ik wil dat je meer geld voor me regelt,' antwoord ik kalm.

De bril gaat weer op zijn neus, gelaten staart hij naar een voorbijrijdende Porsche.

'Ach, en anders kom ik wel bij jullie wonen.' Ik begin te lachen.

Zoë lacht nerveus met me mee totdat Daniel haar kant op kijkt.

'Hé jongens,' verzucht ik, 'wat gezellig om hier zo met z'n allen te zitten. Dat zou Gidon vast zo gewild hebben.'

Mijn optreden was een doorslaand succes. Kennelijk heeft Daniel na onze 'gezellige lunch' in De Joffers besloten dat hij me maar beter mijn zin kan geven, want nog diezelfde avond belt hij bij me aan. Hij heeft zijn auto schuin voor mijn huis op de stoep geparkeerd en zijn knipperlichten aangezet. Naast hem staat een man die ik in eerste instantie niet eens opmerkte. Hij is begin dertig en houdt een aktetas stevig onder zijn arm geklemd. Nerveus wrijft hij over zijn grote glimmende neus.

'Hai Donia. Dit is Bennie, hij regelt tegenwoordig de financiën. Je wilde hem toch zo graag een keer ontmoeten? Nou, hier is hij dan. Gaan jullie maar lekker met elkaar praten.' Daniel spreekt gehaast. Net als in de weken na de moord op Gidon valt het me op dat hij zijn charmante uitstraling af kan zetten, alsof hij er een speciale knop voor heeft. Dit maakt hem niet alleen een stuk minder aantrekkelijk om te zien, maar zorgt er vooral voor dat hij verandert in iemand die ik op straat straal voorbij zou kunnen lopen.

'Kom binnen.'

'Ik moet nog ergens naartoe.' Daniel toont het geduld van een fruitvliegje. Hij richt zich tot Bennie: 'Ik zie je later.'

'Later!' antwoordt Bennie onverwachts populair.

'Later!' roep ik Daniel na die inmiddels alweer bij zijn auto staat.

'Kom verder.' Ik ga hem voor naar het souterrain. Bennie heet hij dus, en hij staat hier bij me in de keuken. 'Wil je misschien iets drinken, Bennie?' Ik klink alsof ik tegen een klein kind aan het praten ben en vraag me af hoe dat komt.

'Alstublieft.'

'Wijn?'

'Liever iets fris.'

Ik ga in de ijskast op zoek. Uit een ooghoek zie ik dat hij ongemakkelijk om zich heen kijkt. Hij draagt de slechtst zittende spijkerbroek die ik in jaren heb gezien. Zijn dijen doen de stof rond het kruis spannen. Zijn trui zit alsof hij zo uit de droger komt.

'Wil je er iets bij eten, Bennie?'

'Nou, eh...'

'Ik heb een heerlijk brandnetelgeitenkaasje.' Misschien moest ik die trouwens maar eens weggooien.

'Nee, dank u wel.'

'Zeg maar je hoor.' Wat een sukkel. De opvolger van Gidon is een uit de kluiten gewassen kleuter met – zonder enige twijfel – zeer veel verstand van geld en computers. 'Zo alsjeblieft, ga maar lekker zitten.' Bij het licht van de lamp die boven tafel hangt, zie ik dat zijn huid slecht verzorgd is.

'Ben je getrouwd?'

'Eh, nee...' Hij schraapt zijn keel. 'Ik ben hier gekomen in verband met uw... jouw financiële situatie.' Hij haalt een mapje papieren uit zijn aktetas tevoorschijn.

'Dat heb ik begrepen, ja. Wat fijn je eindelijk eens te ontmoeten, ik wilde het er al langer met je over hebben.' Ook deze zogenaamd nieuwe Gidon heb ik tijdenlang van de moord verdacht. Maar het is onmogelijk dat deze nerd achter de aanslag op mijn man zit. Bennie richt een onverwachts strenge blik op mij. 'Het is mijn taak je erop te wijzen dat, indien je financiële middelen met een dusdanige snelheid blijven afnemen, ik genoodzaakt zal zijn je van een strikte toelage te voorzien. Ik denk hierbij aan een vast bedrag dat maandelijks aan je zal worden uitgekeerd.'

Hier spreekt de man van de centjes.

'Ik begrijp wat je zegt, maar ik wil eerst graag precies weten wat de omvang van het vermogen is dat Gidon had opgebouwd en hoeveel ik dus in zijn totaliteit bezit. Ik heb er het volste recht op om dat te weten.'

'Dat zit nogal ingewikkeld in elkaar...' Hij vouwt zijn handen samen, een teken dat hij zijn speech voorbereidt.

Ik onderbreek hem voordat hij is begonnen. 'Alleen het getal onder de streep alsjeblieft.'

'Wat ik dus wilde gaan vertellen, is het volgende: het vermogen van wijlen uw echtgenoot...'

'Mijn wijlen wat?'

'Het vermogen van uw overleden man is, door hem zelf wil ik hieraan toevoegen, ondergebracht in een keur aan trustmaatschappijen welke...'

'Keur?' Wat voor studies heeft deze Jodokus allemaal afgerond? Heel wat waarschijnlijk.

'Gidon, uw overleden echtgenoot, heeft zijn geld...'

'Ja ja, ik weet heus wel dat hij dood is.'

'Als u me nou eerst eens zou laten uitpraten, dan zou dit gesprek een stuk soepeler verlopen.'

'Ja en nee. Want wat jij me te zeggen hebt, dat interesseert me niet. Sorry hoor, maar ik heb deze bullshit al zo vaak van Daniel gehoord. Ik hoopte nu eindelijk eens bedragen te horen. De vraag is simpel: kan jij me die geven of niet?'

'Nou, wat ik dus wilde gaan zeggen...'

'Laat maar. Als je hebt uitgerekend op hoeveel geld ik precies recht heb, hoor ik het wel. Graag op korte termijn. Want ook al is dit geld niet bij de fiscus bekend, ik kan ze altijd vragen er voor mij naar op zoek te gaan. En voor nu wil ik onmiddellijk weer dertigduizend euro krijgen, en dan mats ik je. Gebeurt dit niet, dan maak ik zo'n hoop stampij dat je van voren niet weet dat je van achteren leeft. Begrepen?'

Ik sta versteld van mezelf. Het voelt heerlijk om zo tegen hem tekeer te gaan.

Als Bennie zijn stem heeft hervonden, klinkt hij nog formeler dan ervoor: 'Hierover kan ik helaas niet zelfstandig een beslissing nemen. Besluiten van deze orde dienen te worden overlegd.'

'Oh ja? Met wie?'

Zijn mond valt een stukje open.

'Nou, dat lijkt me toch niet zo'n lastige vraag. Met wie moet je overleggen? Als jij over deze kwestie je telefoon oppakt en opbelt, dan zegt iemand aan de andere kant van de lijn: "Hallo?" En dan zeg jij: "Hallo, met Bennie". En dan zegt hij: "Hé Bennie, jongen, hoe gaat het nou met je?" En dan antwoord jij: "Nou, goed puntje puntje puntje." Mijn vraag aan jou is: Wie is puntje puntje puntje? En kijk me nu niet zo suf aan, zulke moeilijke vragen stel ik je niet.'

'Ik bezit niet de bevoegdheid om zijn naam aan u kenbaar te maken,' hakkelt Bennie. Hij zit inmiddels flink te zweten.

'Goed, zeg je baas dan maar het volgende: Donia wil graag dertigduizend euro en een goed gesprek met u voeren. Ze wil graag weten op hoeveel geld ze exact recht heeft. In ruil voor het geld zal Donia u informatie geven waarmee u zich een hoop ellende kunt besparen.'

En daar komt-ie, de opmerking die ik meerdere malen voor de spiegel heb gerepeteerd: 'Het zal je als bankier van De Kraanvogel niet zijn ontgaan dat er deze maand meer geld uit is gegaan dan er binnenkwam. Er zijn de laatste tijd nogal wat partijtjes cocaïne verloren gegaan, nietwaar?'

Bennie zegt niets meer. Hij had een naïef blondje verwacht, spilziek dat wel, maar fanatiek en onderlegd? Geenszins. Hij is vast goed in zijn vak, maar qua persoonlijkheid een stuk kleurlozer dan Gidon.

'Pfieuw, ik heb van al deze commotie nu toch wel erg veel trek gekregen in een joint. Weet je wat, ik ga er eentje draaien, dat praat vast een stuk relaxter, denk je ook niet? Blow jij eigenlijk?' vraag ik terwijl ik mijn tas open. Ik haal er een zakje stuff uit, dat ik bij een coffeeshop kocht.

'Nee.' Hij drinkt zijn glas jus d'orange leeg en begint dan het papierwerk terug in zijn tas te stoppen.

'Zou je toch eens moeten proberen. Of houd je helemaal niet van drugs? Dan ben je als een Italiaan die niet van pasta houdt...' Ik begin het stukje stuff te verbrokkelen op wat tabak en rol hierna langzaam een joint.

Bennie is ondertussen opgestaan en loopt naar de deur.

Ik realiseer me dat ik ben doorgeslagen in mijn hele spel en dat ik mijn boodschap nog niet goed heb doorgegeven. 'Zeg dus tegen je baas dat ik weet wie zijn partijtjes tipt bij de politie. Als hij het lek wil vinden, zal hij eerst mij moeten ontmoeten. Wil hij dat niet? Ook goed, maar dan raakt hij komende tijd nog veel meer handel kwijt.'

Hij heeft me goed gehoord en verdwijnt dan uit het zicht, richting de voordeur.

Ik heb geen zin om op te staan en hem uit te laten. Tevreden steek ik mijn joint op. De ontmoeting met de opvolger van mijn man maakt veel onverwachte emoties bij me los, ik inhaleer diep en leun tevreden achterover. Vanavond ben ik eindelijk een stap dichter bij de moordenaar van Gidon gekomen.

Gisteren ben ik de deur niet uitgeweest. Zoë reageert niet op mijn telefoontjes, dat zal ze wel niet meer mogen van Daniel, die ongetwijfeld uitvoerig verslag heeft gekregen van Bennie. Nu mijn dagelijkse werk abrupt tot een einde is gekomen, verveel ik me. Ik mail Laura. Ik maak geen melding van zaken waar ze buiten wenst te blijven – die kan ik haar toch niet mailen, omdat de boodschap onderschept zou kunnen worden –, maar vertel haar hoe het met mij gaat. Bij nalezing constateer ik dat ik elke dag in vrijheid als een zegening beschouw.

Nu ik niets meer om handen heb, reis ik in gedachten steeds vaker terug naar Goa. Ik google Aguada en lees dat het woord letterlijk vertaald (water)kruik of pisbak betekent. Hoe toepasselijk! Ik schiet in de lach.

Als ik een reisverslag van een enthousiast jong stel aanklik, zie ik het oude fort voor me op het beeldscherm verschijnen. De foto is genomen vanaf het water, een kant waarvandaan ik het bouwwerk nog niet eerder zag. Het ziet er kleiner uit dan in mijn herinnering. Het plaatje verraadt niets van de hel die zich binnen de verweerde muren afspeelt. Vanuit een van de ramen van de mannenafdeling zwaait iemand naar de toeristen.

Nicole zit daar nog steeds in die cel opgesloten. Zij zit nog vast in *Groundhog Day*. Zou ze inmiddels al uitgeprocedeerd zijn? Ze heeft stom gehandeld, maar deze straf heeft ze niet verdiend. De moordenaar van mijn man loopt vrij rond en een koeriertje mag haar dagen, haar vruchtbare jaren, slijten als een hond, opgesloten in een ranzig hok. Wat zeg ik? Honden worden nog beter behandeld dan hoe wij vrouwen opgesloten zaten in Aguada.

Ik besluit een mailtje te schrijven waarin ik Steve op de hoogte breng van mijn gesprek met Bennie. Ik plaats het in mijn 'Concepten'-map.

Een paar uur later verschijnt er een reactie op mijn scherm, hij stelt voor me morgenochtend om negen uur in het park te ontmoeten. Hoe weet hij dat dit precies de tijd is waarop ik tegenwoordig de deur uit ga om te joggen? Ik zal hem morgen vragen of ik continu in de gaten word gehouden. Ach, laat ook maar zitten. Natuurlijk word ik dat.

Na een slopende dag die ik grotendeels voor de beeldbuis doorbreng, weet ik dat een aantal politici ruzie heeft – iets dat in elke nieuwsrubriek aan de orde kwam – en dat een voor mij onbekende Nederlandse zanger zijn vrouw heeft verlaten. Verder keek ik films, soaps, een heleboel commercials, praatprogramma's en quizzen; een geestdodender tijdverdrijf is nauwelijks denkbaar. Dan kun je nog beter in Aguada zitten.

Steve is naast me komen rennen. Ondanks de motregen is het Vondelpark druk, we slalommen om de fietsers en wandelaars heen.

'Wie heeft jou gebeld vanuit een telefooncel in Goa?'

'Julia,' antwoord ik geschrokken.

'Dat is knap stom.'

'Het gesprek duurde niet lang,' hijg ik. Steve houdt er een flink tempo op na.

'Als wij dat weten, dan weet Daniel het inmiddels ook. Heb je al bedacht wat je hem gaat zeggen?'

'Thomas,' antwoord ik na een lichte aarzeling. Ik been hem maar met moeite bij.

'Wie?'

'Nicoles vader.' De rode kleur op mijn wangen komt niet alleen door het hardlopen. 'Hij zit daar in een hotel, we konden het goed met elkaar vinden. Ik zeg gewoon dat hij me heeft gebeld.'

'Oké. Als iemand ernaar vraagt, dan heeft hij jou dus gebeld. Julia moet buiten alle verdenking blijven, dat is van essentieel belang. Als de aandacht naar haar uitgaat, loopt ze direct gevaar en dan blazen we het hele verhaal voorlopig af. Mail haar dat, en benadruk dat ze jou onder geen beding meer mag bellen. Het contact zal uitsluitend nog plaatsvinden via jouw mailbox. Begrepen? Anders is de deal voorlopig van de baan.'

'Oké.' Ik gebaar dat ik even wil stoppen en begin tegen een bankje mijn kuiten te stretchen.

'En meld het me voortaan als er zich verrassingen voordoen.'

'Zal ik doen.' Een ouder echtpaar met een hondje loopt langzaam voorbij. Ik neem het zekere voor het onzekere en wacht tot ze buiten gehoorafstand zijn. 'Ik wil jou nog iets vragen. Zouden jullie misschien hetzelfde voor Nicole kunnen regelen als jullie voor mij hebben gedaan? Ze is nog zo jong...'

'Wie is Nicole ook alweer?'

'Nicole de Bruin. Ik zat bij haar in een cel, ze zit vast wegens drugssmokkel.'

'Beginnen we niet aan.' Dan zwaait hij nonchalant een arm de lucht in en zonder nog een woord te zeggen sprint hij ervandoor.

Ik besluit naar huis te wandelen, ik heb geen puf meer om te rennen.

Ik heb nog maar net gedoucht of Daniel staat bij me op de stoep. Zijn auto staat weer schuin voor mijn deur geparkeerd. Regels zijn op hem niet van toepassing, hij plaatst zichzelf waar het maar kan boven de wet.

'Wat een onverwacht genoegen, kom verder.'

Hij loopt achter me aan naar binnen. 'Bennie kwam terug met allerlei rare berichten.'

Ik draai me om en kijk hem zo kalm mogelijk aan. 'Ik wil De Kraanvogel ontmoeten.'

En zo staan we een tijdje tegenover elkaar in de hal.

'Wie is de informant?'

'Daar wil ik het alleen met hem over hebben. Het wordt tijd dat ik de grote baas ontmoet.'

Zijn linkeroog begint te trekken, een zenuwtik. Plotsklaps grijpt hij me bij de schouders. 'Dhawal en Deepak zijn in Nederland. Ik moet weten wie jou heeft gebeld vanuit Goa!' Hij kijkt alsof hij me wel door elkaar zou willen rammelen.

Dankbaar dat ik nog geen uur geleden de generale repetitie heb gehouden, kan ik hem recht aankijken als ik zeg: 'Thomas.'

Zijn greep verslapt. 'Wie?'

'Thomas, hij is de vader van Nicole, mijn celgenoot. Hij liet me weten dat haar hoger beroep is afgewezen.'

Ik zie dat Daniel twijfelt of ik aan het liegen ben. Ik ben hier goed in aan het worden.

'Thomas dus. En in wat voor business zit Thomas?'

'Hij is maar een gewone jongen, ik heb geen idee wat hij precies doet. Ik weet alleen dat zijn dochter Nicole – ik heb jullie over haar verteld – bij mij in de cel zat.'

Het blijft lange tijd stil.

'Heb je een adres?' klinkt het uiteindelijk.

'Ja.' Te snel geantwoord. Nu wordt Thomas daar straks opgezocht en ondervraagd door Deepaks vrienden.

'Waar kunnen we hem vinden?'

Ik heb geen bedenktijd. Als ik niets te verbergen heb, moet ik deze vraag klakkeloos kunnen beantwoorden.

'De naam van het hotel weet ik eerlijk gezegd niet. Maar ik heb er een aantal nachten geslapen en kan je precies uitleggen waar het ligt.' Ik geef hem een routebeschrijving. En zo verdwijnt Daniel even later met informatie die ik bij nader inzien liever niet had weggegeven, en voel ik me steeds nerveuzer worden over deze onverwachte wending. Natuurlijk gaan ze eerst zelf op zoek naar de tipgever. Stom, stom, stom! Ik zie voor me hoe Thomas in elkaar wordt geslagen. Dan stel ik me gerust met het feit dat het helemaal niet zeker is dat hij nog steeds in Goa is, misschien is hij wel onvindbaar voor ze! Maar dan zullen ze achterhalen wanneer hij naar Nederland is vertrokken en gaan ze hem thuis opzoeken. Dit is allemaal geen goed nieuws. Ik moet weten waar hij is, nog steeds in Goa of al terug in Nederland. Ik moet hem vinden voordat zij hem vinden.

Ik pak mijn autosleutels en ren de deur uit.

Het Coruscomplex tekent zich met zijn grote fabrieken en lange rokende pijpen af tegen de horizon. Het was een half uurtje rijden, het is elf uur als ik stilsta voor de slagboom naast het wachterhuisje. Ik word allervriendelijkst te woord gestaan.

'Thomas de Bruin, zegt u? En u moet hem met spoed spreken?'

'Ja, het gaat over zijn dochter en ik kan hem niet bereiken. Ik heb begrepen dat hij vandaag aan het werk is.' Het is een wilde gok, maar mijn gevoel zegt me dat ik dicht bij hem in de buurt ben.

Terwijl de man voor mij gaat informeren, kijk ik naar het imposante bouwwerk met veel staal en glas. Vrachtauto's rijden af en aan. In de verte hoor ik een zwaar rommelend geluid, alsof het onweert. Gezien de lucht die inmiddels helemaal open is getrokken, is dit ondenkbaar. Het zijn de ovens die met erts gevoed worden, die deze monsterlijke geluiden produceren.

Even later word ik doorverwezen naar de receptie in het gebouw.

De dame achter de balie weet me te vertellen dat Thomas de Bruin vandaag inderdaad aan het werk is en dat ze hem heeft gevraagd hierheen te komen.

Mijn hersens draaien in ijltempo. Godzijdank. Thomas zit niet in zijn eentje nietsvermoedend in de hoteltuin te wachten totdat iemand hem van zijn kruk afmept. Maar als hij al langere tijd terug is in Nederland dan zal de aandacht zich ongetwijfeld op Julia focussen. Zodra ze zijn persoonsgegevens hebben achterhaald, zal duidelijk worden dat Thomas mij niet kan hebben gebeld. Julia is in gevaar!

Waarschijnlijk moet ik nu eerst Steve opbellen, maar ik besluit te wachten op Thomas. Ik wil eerst weten sinds wanneer hij terug is. Ik moet kalm blijven. Vooral kalm blijven.

Als ik de deur achter me hoor opengaan, ren ik op hem af. Thomas' gezicht is smerig, hij draagt een blauwe overall, in zijn ogen lees ik zijn paniek om Nicole. Ik vlieg hem om de hals. 'Het is allemaal goed. Maar ik moest je spreken.'

'Nicole is oké?' Hij houdt me van zich af en kijkt me ongerust aan.

'Nicole is oké.' Mijn stem klinkt hees. 'Sorry dat ik je zo liet schrikken. Maar je moet echt met me meekomen. Het is belangrijk.'

Thomas loopt naar de baliemedewerkster, ik vang het woordje familieomstandigheden op. Hij moet nog even met zijn voorman overleggen en zijn spullen ophalen, daarna vertrekken we.

Als we eenmaal onderweg zijn – we rijden naar de pont die ons over het kanaal naar IJmuiden zal brengen – stel ik hem de vraag waarvan ik het antwoord vrees.

'Sinds wanneer ben je terug?'

'Alweer bijna een maand.'

Hij kan nooit degene zijn geweest die me heeft opgebeld.

'Wat is er?'

Ik kan even helemaal niets meer uitbrengen. Julia, wat gaan ze met je doen als ze erachter komen dat jij het was die me heeft gebeld?

Aan boord van de pont stappen we uit, we nemen plaats aan de reling. Thomas slaat met een vanzelfsprekend gebaar zijn arm om mijn schouders, het voelt vertrouwd. Zijn aanwezigheid en de frisse wind die door mijn haar waait, maken dat ik me voor even kan ontspannen.

Aan de manier waarop hij voor zich uit staart kan ik zien dat hij aan zijn dochter denkt. De cel die ik met Nicole deelde, voelt soms nog zo ontzettend dichtbij.

Het moet maar eens afgelopen zijn! Het is de hoogste tijd dat de verantwoordelijken voor al deze ellende worden opgepakt. Als het aan Steve zou liggen, kan het allemaal nog maanden duren maar ik ben het zat. Zat om me gestrest te voelen, zat om in angst te leven, zat om mijn leven niet zelf in de hand te hebben.

'Gaat-ie wel met je?'

'Ja. Het gaat uitstekend. Ik zal je dadelijk uitleggen wat er aan de hand is. Het is een heel verhaal.'

'Dat is het altijd.'

'Nee, dat is het momenteel bij ons altijd. Het moet maar eens over zijn, vind je ook niet?'

Mijn verhaal is te lang en ingewikkeld om zich te laten vertellen op een lege maag en Thomas wil graag een douche nemen, en dus besluiten we we de bordjes HOLLIDAY INN SEAPORT te volgen.

Even later parkeer ik de auto aan de nieuwe jachthaven en we nemen een kamer. Ik bestel eten en drinken bij roomservice en wacht totdat Thomas zich heeft opgeknapt.

Terwijl er twee borden met hamburgers en patat binnen worden gereden, trekt de stoom uit de douche in nevels door de kamer. Het grote raam waarvoor ik plaats heb genomen, biedt schitterend uitzicht op zee. Vrachtschepen varen door het Noordzeekanaal voorbij, op de achtergrond ligt het immense industrieterrein van Corus, dat enorme rookpluimen de lucht in stuurt.

Gehuld in een kamerjas van het hotel komt Thomas tegenover mij zitten. Nu hij schoon is, lijkt hij weer op de man die ik in Goa ontmoette, de man die mij zo hartstochtelijk kuste.

We proosten met ons biertje en eten eerst ons eten op. Dan vertel ik hem mijn verhaal.

Het is al donker buiten als ik Daniels nummer intoets. Ik bel met een nieuw prepaid telefoontje dat we vlak voor sluitingstijd kochten in een winkeltje op de boulevard. Tegen de futuristische achtergrond van het terrein waar dag en nacht wordt doorgewerkt, en waaruit met enige regelmaat een grote steekvlam uit de ovens opstijgt, krijg ik Daniel aan de lijn.

'Hallo?'

'Hai Daniel, met mij. Ik wil graag een afspraak met je-weet-wel-wie.'

Hij zegt niets terug.

'Amsterdamse haven, vijfduizend kilo, verstopt in een vracht-schip dat erts vervoerde.'

'Wat?!' Deze informatie stond er niet bij vermeld in de krant, iets dat hij zich direct lijkt te realiseren.

'Erts, zei ik.'

'Ik zal kijken wat ik voor je kan doen.'

'Ik bel je morgenochtend.'

Hij heeft al opgehangen.

Thomas kijkt me tevreden aan, we proosten met onze blikjes bier.

'Misschien is het nog iets te vroeg om te proosten,' twijfel ik.

Ik besluit Steve op te bellen. Kort licht ik hem in. Hij zegt onmiddellijk in zijn auto te stappen.

Als er een uurtje later wordt geklopt, gebaart Thomas dat ik kan blijven zitten en doet hij de deur open. 'Hai Steve, ik ben Thomas. Aangenaam.'

Steve reageert nauwelijks verrast, of laat dit in elk geval nergens uit blijken. Ze geven elkaar een hand.

'Hallo, Donia. Vertel, wat is er allemaal aan de hand?'

'Daniel kwam vanmorgen bij me langs. Het was niet slim van Julia om mij te bellen, hij vroeg me inderdaad wie mij had opgebeld vanuit Goa. Kennelijk hebben jullie vergelijkbare contacten.'

'Dat is niet moeilijk, iedereen heeft zo zijn contacten bij de providers. Je kan een beloverzicht krijgen van wie je maar wilt. Alles is te koop.'

'Enfin, ik zei dat Thomas me had gebeld, maar daarna vroeg ik me af of Thomas inderdaad nog wel in Goa was.'

'Kennelijk niet dus,' zegt Steve opmerkzaam. Hij accepteert het blikje bier dat Thomas hem aanreikt en leunt achterover.

'Nee. Maar dat betekent dat Julia gevaar loopt, en Nicole waarschijnlijk ook.' Thomas en ik hebben ons voorgenomen om er alles aan te doen om ook voor Nicole een deal in de wacht te slepen.

'Ik snap waar jullie heen willen. Maar ik zie niet in hoe Nicole hierdoor gevaar loopt.'

Ik vertel hem over het doorzoeken van onze cel, dit geeft namelijk aan hoever de invloed van Dhawal reikt. Ook leg ik Steve voor dat ik de kans groot acht dat Vanishkuram momenteel achterhaalt dat Thomas allang het land uit is. Dit zou betekenen dat er dan nog maar één persoon tussen de ontdekking van Julia als spion in staat: Nicole.

'Pure speculatie.'

'Maar niet ondenkbaar.'

Steve kijkt in stilte uit over het water. Direct naast het hotel ligt aan de boulevard een haventje met een flink aantal boten. De staalkabels van de zeiljachten maken een karakteristiek geluid als ze door de wind en de deining van het water tegen de masten worden geslagen.

'In elk geval zullen ze bij Julia uitkomen. Ze had me niet moeten bellen, nu loopt ze gevaar, en Maxime ook. En dus heb ik Daniel opgebeld.'

'Je hebt het maar druk gehad.'

'Jazeker. Ik heb gezegd dat ik De Kraanvogel zo spoedig mogelijk wil ontmoeten.'

'Zo. En heb je ook aangegeven wanneer?'

'Ik heb gezegd dat ik hem morgen bel.'

Steves geduld is op. 'En dit heb je allemaal gedaan zonder eerst met mij te overleggen?'

'Maar Julia, Maxime en Nicole lopen gevaar. En ik weet niet hoeveel tijd ze daar in Goa nodig hebben om erachter te komen hoe het allemaal in elkaar steekt. We moeten zien te voorkomen dat alles misloopt.'

'Toch had je dit niet moeten doen.'

'Maar ik heb het wel gedaan. En ik heb er geen spijt van. Het moet maar eens afgelopen zijn, vind je ook niet?'

Steve masseert met een hand zijn kale hoofdhuid.

'Vertel, wat is je plan?' vraag ik aan hem.

'Mijn plan?! Jij bent ook een mooie, Donia, nu is het in ene weer mijn plan.'

'Ja, jouw plan. Ik moest ze toch bij elkaar zien te krijgen? Nou, dat krijg ik nu voor elkaar, dat weet ik wel zeker. Deepak en zijn vader zijn ook in Nederland, dat begreep ik van Daniel. Dit is het uitgelezen moment voor actie.'

'Zo'n internationale operatie vergt voorbereiding, iets waar jij kennelijk geen idee van hebt. Hiervoor ben ik afhankelijk van contacten die meestal niet op stel en sprong tot actie overgaan. Als jij De Kraanvogel te spreken krijgt, iets wat ik overigens betwijfel, dan moet hij dusdanig veel informatie uit de doeken doen dat we genoeg hebben om de hele organisatie op te rollen. Anders heeft dit allemaal geen zin gehad. Het enige waar jij nu kans op maakt, is om te worden ontvoerd en te worden ondervraagd tot je doorslaat.'

'Niemand weet dat ik hier ben.'

'Je telefoon?'

'In het water gegooid. Ik heb een nieuwe.' Ik houd het toestel in de lucht.

'Dat is dan tenminste iets.'

Ik krijg honger van dit gesprek en trek een zak chips open. Mijn kaken lijken een oorverdovend lawaai te produceren, ik leg de zak weer weg. Misschien had ik het toch beter eerst kunnen overleggen? Nee. Er lopen mensen gevaar, mensen van wie ik houd. Regels of niet, het zal me een zorg zijn hoe ze het voor elkaar krijgen.

'Ik zorg dat ze hierheen komen en dat ik ze te spreken krijg. Het zal me lukken om alle informatie los te krijgen die je nodig hebt. Aan jou de taak ervoor te zorgen dat je jouw aandeel in het geheel goed afhandelt. Dit is de kans waarop we hoopten, dat weet je net zo goed als ik. We konden niet weten dat Julia me zou bellen, dat was stom van haar, maar er is nu niets meer aan te doen. Regel het, zo goed als je kan. Er zit niets anders op. Het is alles of niets.'

'En Nicole?' Thomas heeft zich tot nu toe buiten het gesprek gehouden.

'Daar kom ik nu op.'

'Ik heb je al gezegd...'

'Ik loop gevaar, mijn dochter en kleindochter lopen gevaar, maar zijn dochter loopt ook gevaar. Een terugkeer meer of minder, ik weet zeker dat jij de juiste personen te spreken kan krijgen. Als je het maar wilt. Anders blaas ik de ontmoeting alsnog af.'

'Dat doe je niet,' hij klinkt behoorlijk overtuigd van zichzelf.

'Zonder Nicole was ik gek geworden in Aguada.'

'En je kan het bijzonder goed vinden met haar vader.' Er vormt zich zowaar een klein glimlachje rond Steves mond.

'Dat ook.'

'Goed, je hebt me overtuigd van het feit dat je genoeg ballen hebt om het gesprek aan te gaan.'

'Dus?'

'Dus zal ik zorgen voor observatie- en arrestatieteams die hier de boel komen versterken. Ik neem aan dat we hier in dit hotel een kamer nemen?'

Zover was ik nog niet gekomen en dus knik ik alleen maar.

'Ik regel morgenochtend meteen de opnameapparatuur. Ook neem ik vannacht nog contact op met Interpol. Die zal in India paraat moeten staan met een huiszoekingsbevel voor het paleis van de Vanishkurams. Dit voor het geval De Kraanvogel inderdaad hierheen komt en doorslaat of als Dhawal iets zegt waarmee hij zichzelf belast.'

Ik pak Thomas' hand vast. 'En Nicole?' vraag ik.

'Ik zal kijken wat ik kan doen voor Nicole. Ik kan niets beloven, behalve dat ik mijn uiterste best zal doen.'

Hiermee nemen we voor nu genoegen.

Vanuit mijn bed staar ik naar een levend schilderij dat nooit verveelt: de schepen met talloze lampjes die voorbij varen. Thomas snurkt zacht. Ook al voel ik me beschermd door zijn nabijheid, de naderende onrust trilt door mijn lichaam.

Ik ga naar de badkamer. Na het doen van een plas en het drinken van een glas water probeer ik zachtjes terug in bed te kruipen.

'Kan je niet slapen?' Hij spreidt uitnodigend zijn armen.

Ik vouw mijn hoofd in het holletje dat ervoor gemaakt lijkt te zijn. Ik druk me zo dicht mogelijk tegen hem aan.

Met zijn linkerhand aait hij over mijn hoofd.

'Ik lig wel heel lekker zo.'

'Ik ook,' bromt hij.

Mijn benen vouw ik om zijn middel om nog dichter tegen hem aan te kruipen. En zo liggen we tegen elkaar aan geklemd, totdat hij met zijn hand mijn kin naar zijn mond brengt en me begint te kussen. Zacht en lief. Zijn rechterhand daalt af naar mijn rug, ik voel het eelt van zijn hand tegen mijn huid. Kippenvel. Ik worstel me boven op hem, zodat ik nog meer kan genieten van het zachte warme matras dat zijn lichaam vormt. Hierna geven we kusjes aan elkaar tot ik het teken geef voor meer. Het is mijn tempo dat de handelingen bepaalt. Hij laat me mijn gang gaan als ik zijn harige borstkas wil verkennen en zijn hoofd wil betasten. Met zijn handen wrijft hij warmte in mijn rug. Bij elke aanraking trekt er een ontlading door me heen. De stress uit mijn lichaam maakt ruimte voor opwinding van een geheel andere orde. Ik wil meer en begin langzaam ritmisch op en neer te bewegen.

Plotseling duwt Thomas me abrupt van zich af. Hij stapt uit bed en gaat naar het toilet. Het tegenlicht, afkomstig van de openstaande badkamerdeur, tekent zijn lichaamscontouren bij terugkomst af. Hij heeft een gezet postuur en is verder op een natuurlijke manier gespierd.

'Ik weet niet of ik dit wel kan. Misschien gebeurt er morgen wel iets vreselijks met je.'

Ik ga rechtop zitten, ik weet niet wat ik hierop moet zeggen. De gedachte dat het wel eens niet goed kan aflopen, heeft mij de afgelopen uren uit mijn slaap gehouden.

Thomas komt bij de rand van het bed staan. 'Is er geen andere oplossing?'

'Niet een waarbij mijn dochter en kleindochter en wellicht ook jouw dochter volgende week op Schiphol landen. Vanishkuram en consorten, en dan met name hun grote baas, zullen ons anders nooit met rust laten. Ze hebben Gidon vermoord, wie weet wat ze met Julia en mij zullen doen nu we hun drugstransporten hebben verraden. Alleen de politie kan een einde maken aan hun imperium. Ik heb a gezegd en ze pisnijdig gemaakt, nu moet ik wel b zeggen.'

'Donia...' Hij komt naast me zitten en strijkt me door mijn haar. 'Ik wil jou niet ook nog moeten verliezen.'

'Ik zal ervoor zorgen dat ik het gesprek tot een goed einde breng, dat beloof ik je.'

Hierna begin ik hem te zoenen, vuriger dan ervoor. En na een minutenlange innerlijke strijd die ik in Thomas voel woeden, smelt ik met mijn passie zijn twijfels. Onze lichamen bevrijden zich van onze geest en raken samen in vervoering.

In de eetzaal waar we onwennig als meneer en mevrouw Fisher – een beetje pijnlijk – naar een tafeltje worden begeleid, doen we ons te goed aan het uitgebreide ontbijtbuffet. Thomas gaat voor worstjes, roerei en witte bonen in tomatensaus, ikzelf neem een croissant met marmelade.

Hierna is het tijd om Daniel te bellen, hij neemt na één keer overgaan de telefoon op. 'Hallo?'

'Met mij. En, is het gelukt?'

'Ja. Hij landt rond vijf uur.'

'Dan bel ik je om zeven uur.' Ik hang op en leg mijn hand op mijn maag, mijn ontbijt is slecht gevallen.

Ik sms Steve: AANKOMST VANMIDDAG OM 5 UUR. OM 7 UUR BEL IK D. WEER.

'Kom, ik neem jou mee voor een lange strandwandeling.'

Als een doorsnee verliefd stelletje verlaten Thomas en ik gearmd de ontbijtzaal.

Van de dreigende lucht die boven onze prille relatie hangt, is op het strand niets te merken. De zon schijnt, maar er staat wel een stevige wind. Uitgewaaid en opgefrist komen we rond een uur of tien terug bij ons hotel.

In de lobby treffen we Steve, hij is in gesprek met een man die zichzelf voorstelt als de manager. Ze hebben een kamer uitgekozen die momenteel geprepareerd wordt voor het gesprek dat vanavond plaats moet gaan vinden.

We stappen met Steve in de lift. De klim naar de bovenste etage biedt door de glazen wand een schitterend uitzicht op de wijde omgeving.

'Allemaal opgekocht door de Amsterdamse penoze.' Hij wijst naar het haventje met zijn inmiddels piepkleine bootjes.

Als de liftdeuren openen, gaat Steve ons voor. 'Hier zijn de conferentiezalen.'

We lopen achter hem aan en betreden een ruime zaal, waar twee mannen opkijken als we binnenkomen. Ze zijn druk in de weer met kabeltjes, ongetwijfeld voor opnameapparatuur. Ik zie mezelf hier vanavond nog niet mijn toneelspel opvoeren, en grijp Thomas stevig bij zijn arm.

'We hebben het als volgt bedacht. Jij neemt het gezelschap mee naar deze ruimte, hiervandaan kunnen we alles en iedereen goed in de gaten houden. Als jij dan hier plaatsneemt...' hij wijst op de voorzittersstoel, '...dan kijken we van daaruit met je mee.' Steve gebaart ons met hem mee te lopen. We gaan door de deur de zaal uit en nemen de volgende deur naar binnen. 'Hierachter zal ik samen met een arrestatieteam klaarzitten. Als er ook maar iets mis gaat, zijn we bij je in de buurt om in te grijpen.'

'En wat als ze niet hier willen overleggen?' vraagt Thomas. 'Als ik hen was, zou ik zelf de plaats willen bepalen waar overlegd wordt.'

'Als ze ergens anders naartoe willen gaan, dan doe je eerst je uiterste best om dit te voorkomen. Lukt dat niet...' Steve loopt naar de kapstok en pakt er een jas vanaf: een zwart bubbeljack dat hij me voorhoudt om aan te trekken. 'In deze jas zitten een zender en opnameapparatuur verstopt. En hier voorin zit een kleine camera.' Hij wijst op het merkje van de jas. De lens is goed verstopt, ik kan hem niet zien, alleen voelen.

Ongelukkig laat ik mijn schouders hangen, waardoor de mouwen tot ver voorbij mijn polsen reiken.

'Je hebt toch geen spijt, hoop ik?' vraagt Steve opgewekt.

Ik zeg niets terug.

De jas gaat weer terug op de hanger.

'Er zijn een paar punten waarvan ik hoop dat je er vanavond aandacht aan kunt besteden. Probeer iedereen recht aan te kijken, zorg dat je een open houding hebt – sla je armen niet over elkaar – en zorg dat je in je verhalen zo dicht mogelijk bij de waarheid blijft. Dat klinkt misschien vreemd, maar zo loop je de minste kans dat je jezelf klem praat. Houd het kort en bondig. Uit onderzoek is gebleken dat mensen die aan het liegen zijn altijd te veel woorden gebruiken. Zo is een mailtje dat naar de baas wordt gestuurd met de mededeling 'Ik ben ziek' vrijwel zeker afkomstig van iemand die te beroerd is om zijn bed uit te komen. Een telefoontje waarin iemand uitvoerig uitweidt over zijn koortsstuipen, doktersbezoek enzovoorts, is daarentegen vrijwel zeker afkomstig van iemand die bijvoorbeeld van plan is om een snipperdagje te houden.'

'Ik voel me niet goed.'

'Ik geloof je. Maar goed, wat ik je mee wil geven is het volgende: blijf je er constant van bewust dat ze jou vanavond net zo goed van alles op de mouw willen spelden als jij hen.'

Ik herinner me de afleidingstactieken van Dhawal. 'Natuurlijk zullen ze liegen. Ze wantrouwen me, en terecht. Misschien nemen ze me voor het gesprek wel mee naar hun auto. Aan de andere kant, als iedereen komt opdagen: Deepak en zijn vader, Daniel en De Kraanvogel, dan wordt dat wel erg krap.'

'Jij gaat niet met ze naar de auto, dat spreken we bij dezen duidelijk af. Jij bent je eigen baas, vergeet dat niet. Je stopt als je er genoeg van hebt of als je denkt dat je misschien wel gevaar loopt. Onthoud dat goed.'

Ik slaak een diepe zucht.

'Er is een aantal vragen waarvan ik graag heb dat ze gesteld worden,' gaat Steve gewoon verder. 'Allereerst: wie heeft Gidon vermoord en in wiens opdracht heeft het plaatsgevonden? Dat is namelijk jouw motivatie om iedereen bijeen te roepen, vergeet dat niet. In de tweede plaats: wie regelt de handel en om welke handel gaat het – ik wil expliciete uitspraken hebben. En in de derde plaats: hoe gaat de financiële afhandeling in zijn werk? Spinnen ze dit voor je uit, dan hebben wij genoeg om ze op te pakken. Maar gebeurt dat niet, dan zullen ze na het gesprek waarin jij moet uitleggen dat je de tipgever helemaal niet kent – iets waarop je voorbereid moet zijn –, allemaal weer naar huis gaan. Dan houden wij ons tot die tijd muisstil in de kamer hiernaast verstopt en is alles voor niets geweest.'

'Niet voor niets. Donia is vrij, dat heeft ze al bereikt.'

Ik loop naar Thomas, sla mijn armen om zijn nek en kus hem stevig op zijn mond.

'En, ben je er klaar voor?' Steve is in zijn element.

'Ja.' Mijn stem klinkt verrassend krachtig. 'Ik ben er klaar voor.'

's Middags maken Thomas en ik nog een lange wandeling. De zee schuimt onstuimig, de vlokken waaien tot ver voorbij de vloedlijn het strand op.

'Ongelofelijk te bedenken dat dit water verbonden is met dat in Goa. Dat alle zeeën in contact met elkaar staan, over de hele wereld. De stroming neemt het water mee op zijn verre reis met onbekende bestemming, net zoals ik nu naar deze ontmoeting toe word gezogen. Ik kan geen andere kant meer op.'

'Nee, dat zie je verkeerd. Je hebt het juist wel zelf in de hand, daarom vertrouwt Steve je dit ook toe. Donia, je hebt zoveel meegemaakt, je hebt geleerd je rust te bewaren en lef te tonen. Jij bent er klaar voor. Maar nu ga ik jou eerst een stevig maal voorzetten. Want er moet gewerkt worden vanavond, niets meer en niets minder. Je doet je best, en verder is het afwachten. Of ze komen, wie er komen, wat ze precies willen, waar je zal zitten... niets is zeker, behalve dat je geen honger zult hebben.'

Om klokslag zeven uur bel ik met Daniel, twee agenten luisteren mee. Ik leg hem uit dat ik wil dat ze naar IJmuiden Seaport komen. Hij stemt in. Ik zie iedereen liefst zo snel mogelijk hier en zeg dat ik ze om acht uur verwacht. Dan hang ik op, gewoonweg vanwege de zenuwen.

Ik zit in de hotelbar met uitzicht op de parkeerplaats. Om acht uur verschijnt er niemand. Ook om negen uur blijft het nog steeds stil. Thomas zit, ondanks het feit dat hem meerdere malen is verzocht om in onze hotelkamer te wachten, bij Steve in de kamer naast de conferentiezaal. In de hoek van de bar zit een man een boek te lezen, hij staat via een oortje in contact met de bovenste etage. De zwarte bubbeljas hangt in de garderobe, ik wens vurig dat ik hem niet hoef te gebruiken. Als ik het gebouw verlaat, ben ik helemaal op mezelf aangewezen. Een aantal congresgangers gooit zich luidruchtig vol. Ik zag ze vanmorgen strak in het pak in de ontbijtzaal zitten, nu zijn de stropdassen los en de jasjes uit. Voor me staat het zoveelste kopje kruidenthee. Net als ik denk dat ze niet meer komen, zie ik de Porsche van Daniel, gevolgd door een geblindeerde Mercedes, door de slagbomen het terrein op rijden. Ik kijk toe hoe de, in totaal vijf, mannen uitstappen. Ik wacht een paar minuten en loop dan naar de lobby.

'*Let the show begin...*' zeg ik tegen mezelf als ik drie mannen door de glazen deuren naar binnen zie lopen. Daniel, Deepak en een derde, onbekende persoon.

'Goedenavond.' Hoe begin je anders?

'Hai, Donia,' antwoordt Deepak. Onder deze omstandigheden begrijp ik niet hoe ik in hem ooit mijn ideale schoonzoon heb kunnen zien.

'We hebben even een bootje geregeld, wel zo rustig, het ligt voor de deur.' Daniels ogen schieten door de lege lobby. 'Ga je met ons mee?' Hij lijkt zowaar zenuwachtiger dan ik.

'Dat is goed, even mijn jas halen.' Ik wil niet verdacht overkomen door tegen te sputteren, daar ik niet denk dat het veel zou uitmaken.

'Graag wil ik dat Micky eerst even met je meeloopt naar het toilet.'

Ze hebben hun plannetje goed doordacht.

'Want?' vraag ik onschuldig. Maar het wordt me duidelijk dat deze rol is uitgespeeld. Daniel en Deepak negeren mijn vraag en dus loop ik mee met een zekere Micky, een niet al te lange donkere jongen die zijn baseballpetje tot ver over zijn ogen heeft getrokken. Armen omhoog, gebaart hij zodra we de toiletruimte betreden. Hij tast onder mijn T-shirt, langs de binnenkant van mijn dijen, en doorzoekt mijn trui, broekzakken en sokken.

'Ga je lekker?' vraag ik op een gegeven moment.

Hij zegt niets terug.

'Hoe is het met Minnie?' Hoe kan ik nu zoiets stompzinnigs zeggen?

Vlak voor mijn gezicht houdt hij stil. 'Jij moet niet zo bijdehand doen, weet je.' Een onvervalst Amsterdams accent, zijn voortand is met diamant ingelegd.

'Zenuwen. Sorry.' Ik sta strak.

Ik pak de jas en ga mee naar buiten. De mouwen heb ik 'n beetje opgestroopt, zodat het niet zo opvalt dat-ie me eigenlijk wat te groot is. De rits is tot aan mijn kin opgetrokken om het beeld van de camera straks zo min mogelijk te laten bewegen.

Het begint zachtjes te regenen terwijl we een trapje nemen, dat bij de houten steigers uitkomt. Daniel en Deepak zijn op gedempte toon in gesprek. Ik loop naast Micky en moet me bedwingen om niet achterom te kijken naar de bovenste etage. Als de boot straks maar niet uitvaart.

We houden stil bij een middelgroot zeiljacht. Ik word als eerste aan boord geholpen. Via het achterdek betreden we door een laag houten luik de kajuit, die zwak verlicht is. Niets wijst erop dat we de zee opgaan, godzijdank. Het luik wordt door Daniel achter me dichtgeschoven en vergrendeld met een stevige schuif.

Ik word door een keukentje naar een ovale tafel, omringd door vaste banken, geleid. Ik herken Bennie bij het zwakke schijnsel van de gaslamp die boven tafel heen en weer zwaait. Naast hem onderscheid ik een gezicht waarvan ik me zo snel niet weet te herinneren waar ik het eerder heb gezien. Is het de man die op eerste kerstdag bij mij aan tafel roulette speelde? Deze man is zo rond de vijftig, heeft grijs haar en draagt een dun gouden brilmontuur. Hij zit strak in het pak, eroverheen een openvallende, lichte kasjmier overjas. Het type keurige zakenman waarmee vliegvelden over de hele wereld dagelijks worden bevolkt.

'Goedenavond, ik ben Donia Fisher,' zeg ik in de hoop dat de man zichzelf aan me voorstelt. Het blijft stil.

'Hai, Bennie.' Ik wuif even met mijn vingers naar Bennie, die er eveneens het zwijgen toe doet.

Micky schuift als eerste de bank in en gebaart me naast hem te komen zitten. Daniel neemt aan de andere kant van me plaats. Ik zit klem. Recht tegenover me neemt de mij onbekende man plaats. Zou dit De Kraanvogel zijn?

Links van hem zit Bennie, rechts schuift Deepak in. En zo zitten we met z'n zessen in de zithoek van het zeiljacht gepr opt.

'Zal ik beginnen?' Daniel heeft het woord genomen.

De baas aan de overkant knikt.

'Wie heeft jou gebeld vanuit Goa?' Iets in zijn stem en zelfverzekerde houding doet me vermoeden dat ze inmiddels achterhaald hebben dat het Thomas niet kan zijn geweest.

Ik heb me voorgenomen om deze vraag te counteren met een wedervraag, maar hoor mezelf verbaasd reageren: 'Dat was jij zelf.'

Grinnikend kijkt Daniel om zich heen.

Het gezelschap staart naar hem terug.

'Ik was het niet,' schiet Daniel automatisch in de verdediging.

Als de stilte lang genoeg heeft geduurd, neem ik het woord, ik richt me tot Deepak. 'Reken maar uit, Daniel was toen bij jullie. En vertel me, hoe zou ik dat anders kunnen weten? Zoë vertelt me nooit iets. Daniel heeft mij gebeld.'

'Ik was het niet!' De herhaling van zijn ontkenning werkt in mijn voordeel.

'Weet je dat zeker?' vraagt Deepak. Het alternatief, namelijk dat zijn vriendin hem bedriegt, staat hem duidelijk minder aan. Iets waar ik al op hoopte.

'Hoe bedoel je "weet ik dat zeker?" Natuurlijk weet ik het zeker, kom op nou, zeg. Je kent me toch?'

'Luister, ik ben hier vanavond niet naartoe gekomen om ruzie te maken. Ik ben Daniel zeer dankbaar. En verder is het, gezien ons verleden, niet onterecht dat hij me heeft geholpen. Hij was me – hoe zal ik het zeggen – nog wel het een en ander verschuldigd. Maar hij heeft me vrij gekregen en dat zal ik zeker niet...'

'Ik heb jou helemaal niet vrij gekregen!' Hij pakt me vast en knijpt me hard in het vlees van mijn bovenarm. 'Je bent geschift, een gestoorde heks, een wandelend gekkengesticht! Overal waar je komt maak je ellende...' Daniel is duidelijk aan het doordraaien.

Ik snap niet waarom hij zich zo makkelijk laat provoceren. Maar in elk geval geeft het me de tijd om mijn gezelschap zo ontspannen mogelijk een voor een recht aan te kijken.

'Laat haar los,' commandeert Deepak.

Ik voel hoe de greep op mijn arm verzwakt. 'Nu eerst een vraag van mij,' neem ik het initiatief. Nog steeds zwijgt de man die recht tegenover me zit als het graf. Ik richt mijn vraag rechtstreeks tot hem. 'Wie heeft Gidon vermoord? Of, laat ik het anders zeggen, wie heeft hem laten vermoorden?'

'Daniel heeft hem laten vermoorden,' antwoordt Deepak slim.

Deze afleidingsmanoeuvre, die ik zojuist zelf ook toepaste, brengt me geen stap dichter bij de informatie die ik hebben wil. Desalniettemin werp ik Daniel een onthutste blik, vol verwijt en afschuw toe.

'Wat?! Dat was ik niet!' Zijn stem is omhoog geschoten, hij springt op.

Daniel staat vanavond stijf van de coke, dat kan niet anders, hij doet zo wild en vreemd. Hij veegt over zijn gezicht, wrijft door zijn haren en ploft dan weer naast me op de bank. 'Stanford heeft de opdracht gegeven,' zegt Daniel en maakt een hoofdgebaar naar de man die tegenover me zit.

Stanford: de man die samen met Daniel op de foto stond die Steve me liet zien in The Red Snapper. Hij kwam me al enigszins bekend voor. Hij werkt samen met De Kraanvogel, Julia vertelde immers dat zij Stanford en De Kraanvogel in Antwerpen had ontmoet. Maar dat betekent dat De Kraanvogel zelf niet is komen opdagen!

Stanford kijkt Daniel kil aan. Vervolgens richt hij zich tot mij:

'Gidon en ik werkten jarenlang nauw samen.' Hij praat met zeer zachte stem, hiermee alle aandacht op zich vestigend. Zijn accent is moeilijk thuis te brengen. 'Ik ben nog eens bij u thuis geweest. Weet u dat niet meer?'

Er kwamen zo vaak 's avonds zakenrelaties van Gidon over de vloer.

'Gidon was een goed zakenman, maar de ontwikkelingen haalden hem in. Ik stelde voor dat hij ging samenwerken met nieuw en jong talent, zoals Bennie hier.' Het braafste jongetje van de klas kijkt op misselijkmakende wijze naar zijn meester. 'Iemand met scherp inzicht, nieuwe contacten en grotere technische kennis. Gidon deed niet mee. Hij wilde alleen door.'

'Hij wilde eruit stappen,' kap ik hem af. Gidon wilde stoppen met werken, dat zei hij me tijdens het laatste etentje voor zijn dood. 'Dat is hem fataal geworden'.

'Niemand stapt eruit.' Hij zegt het nauwelijks verstaanbaar, wat het des te dreigender maakt. 'Ik had geen keus. Daniel heeft de zaak verder afgehandeld.'

Deepak zendt Daniel een waarschuwende blik dat hij niet moet reageren. Opgefokt en onophoudelijk trilt Daniels been naast mij op en neer, een zenuwtic waar ik me voor tracht af te sluiten.

'Maar nu lopen uw zaken spaak nietwaar? Want wie geeft er informatie door aan de politie? Is het Daniel? Is het Junior of is het misschien wel Julia?' Als ik mijn dochter achterwege laat, vestig ik extra de aandacht op haar.

Stanford wisselt buiten mijn gehoor een paar woorden met Deepak. 'Of misschien was het wel heel iemand anders?' richt de grote baas zich dan weer tot mij.

'Wie zal het zeggen?' kaats ik charmant terug.

'Gidon is vermoord in onze opdracht. De uitvoering is overgelaten aan Daniel. Het spijt me dat het zo gelopen is.'

Dit is meer dan ik had verwacht te zullen horen. Draaien de banden? Is dit genoeg om ze op te sluiten? Mag ik nu van boord? Het was dus toch Daniel, ik wist al die tijd dat hij erachter zat. De vuile gluiperd, de teringhond! Nu hebben we hem. En dat miezerige mannetje aan de overkant dat de opdracht heeft gegeven...

— 'Goed, dan wil ik nu graag van u weten wie er vanuit de organisatie informatie over onze transporten naar de politie lekt.'

'Dat vertel ik alleen aan De Kraanvogel.' Mijn hart klopt in mijn keel.

'Het spel gaat als volgt, mevrouw Fisher, laat ik het nog even duidelijk aan u uitleggen. U beantwoordt al mijn vragen en dan zien we wel weer verder.'

Ik knik.

'Mooi, dat is dan afgesproken. Legt u me dan eerst maar eens uit hoe u aan de informatie over de deklading van het laatste vrachtschip bent gekomen.'

Mijn improvisatietalent laat het afweten. 'Ik meen me te herinneren dat ik u dat zojuist al heb verteld.'

'Dan vertelt u het nog een keer.'

Ondanks het feit dat onze adem bij het praten witte wasem doet uitslaan naar de omgeving, begint mijn jas van het zweten tegen mijn rug aan te plakken. Nu is het een kwestie van mijn gezicht in de plooi houden, armen open voor me op tafel spreiden en niet te veel woorden gebruiken.

'Toen Daniel me in Aguada opzocht, legde hij het volgende idee aan me voor. Hij zou contact met de Nederlandse ambassade zoeken om te kijken of er een mogelijkheid bestond om mij te laten terugkeren naar Nederland. In ruil hiervoor zou ik informatie aan ze verstrekken. Informatie die ik via hem aangeleverd zou krijgen. We zijn lange tijd vrienden geweest, hij was de beste vriend van mijn man. Ik dacht dat hij handelde vanuit een zeker verantwoordelijkheidsgevoel. Toen kwam Steve om de hoek kijken. Steve is werkzaam voor de Interpolafdeling van het KLPD.'

Deepak steekt zijn hand in de lucht. 'Steve werkt voor de ambassade, ik heb hem in opdracht van mijn vader nagetrokken.'

'Nee, jij hebt gebeld met de ambassade. Die hebben je als het goed is doorverbonden, niet met een kantoorruimte, maar met een mobiel nummer. Ze werken samen, dat klopt, maar hij zit wel degelijk bij de politie. De KLPD zoals ik zojuist al zei.'

Stanford kijkt Deepak aan.

'Ja ja.' Hij vervloekt zichzelf. 'Ik heb alleen gebeld.'

'Ik heb nooit iets met die hele Steve te maken gehad!' Daniel springt weer op.

'Hoe zou ik hem anders hebben leren kennen?' Mijn blik staat op onschuldig en richt zich op de overkant.

'Weet ik veel hoe jij hem hebt leren kennen. Je bent een lelijke heks, een toverkol, je hebt hem in een glazen bol...'

'Mag ik mijn verhaal nog afmaken of hoe zit dat?'

'Stilte.' Er gaat opvallend meer dreiging uit van Stanfords gefluister dan van het geschreeuw van Daniel.

'Steve legde me uit dat hij me vrij kon krijgen als de Nederlandse pers aandacht aan me zou besteden. En dus verscheen er een artikel over mij in *De Telegraaf*, alweer Daniels werk. Hij had het zeer goed geregeld, mag ik wel zeggen, want daarna liep alles vanzelf. In ruil voor informatie over de organisatie heeft hij me vrij gekregen, dat is wat mij werd verteld. Ik ondertekende een stapel papierwerk en werd op het vliegtuig naar Nederland gezet. Ik was Daniel ongelofelijk dankbaar, zoals u wel zult begrijpen. Maar toen belde hij me op een dag vanuit India. Ik moest maar eens in de krant van vorige week kijken, er was een lading onderschept: zijn werk. En dat zou volgende maand weer gebeuren. Dat had hij allemaal voor mij over. Maar in ruil daarvoor wilde hij het geld dat Gidon had verdiend met me delen, want ook zijn inkomsten gingen nu *down the drain*. Dat waren letterlijk zijn woorden. Maar aangezien ik inmiddels al vrij was, leek het mij pure onzin om zijn eisen in te willigen. Het was Gidons geld, en dat behoort nu aan mij toe. Toch bleef hij aandringen en dus deed ik alsof ik met zijn voorstel akkoord ging, dat was de reden waarom hij mij voorstelde aan Bennie. Want dat gebeurt vast niet zomaar, toch? Dat had hij anders vast nooit gedaan.'

Ik krijg geen reactie, ik haal even flink adem en ga verder. 'Het enige wat ik toen aan Bennie heb gevraagd is wat extra geld voor mezelf, ik leef namelijk graag op grote voet. Daarnaast vond ik het mijn plicht om u te waarschuwen, en dus gaf ik aan Bennie een boodschap voor u door. Want ik ben natuurlijk niet van plan me door Daniel te laten kaalplukken. Geloof me, dat is voor mij een ronduit ondraaglijke gedachte.'

Daniel buigt zich over tafel en kijkt me recht aan. 'Een wandelend gekkengesticht, dat ben je.'

Ik probeer me niet te laten intimideren, knipper niet met mijn ogen en kijk strak voor me uit.

Stanford kijkt naar Micky, maar die kan niet bij Daniel komen zolang hij naast me ingesloten zit op de bank. Dan geeft hij een knikje naar Deepak, die opstaat, vervolgens Daniel bij zijn arm pakt en deze net zolang en zover achter zijn rug houdt, totdat hij begint te gillen. Het is een hoog, fel geluid, dat afkomstig zou kunnen zijn van een vrouw.

Ik wil voorkomen dat ze zo dadelijk de boot bestormen en zeg daarom op luide toon: 'Kom op, Daniel, niet zo gillen. Of wil je soms ontkennen dat je jarenlang zaakjes opknapte voor De Kraanvogel en daar nu wel eens genoeg van had?'

'Ik regelde alle zaken ja, contracten voor dekladingen en dekmantelbedrijven zodat Gidon en later Bennie hiermee aan de slag konden. Ik heb zendingen voor jou opgewacht, Deepak, als je zelf niet kon overkomen. En ik wil dat blijven doen, als je me...'

'Nee, ik vertrouw jou nooit meer. Jij met je vieze praatjes over Julia die achter mijn rug om informatie aan de politie zou lekken. Ik laat jou nooit meer zaken voor me afhandelen. Jij...'

'Senior handelt hem verder af?' Stanford lijkt hiermee te willen zeggen dat hij de meeting gaat opbreken en Daniel nooit meer terug wil zien.

'Mag ik u nog twee dingen vragen alstublieft?' Ik wacht niet op zijn reactie. 'Kunt u ervoor zorgen dat ik Julia nog een keer zie?' Waarom ik het spel zover doorvoer, weet ik niet. Ik stel de vraag op intuïtie, misschien wel om alsnog argwaan te voorkomen. Of is het al te laat?

Hij glimlacht alleen maar.

'Maar dit gaat niet over drugs of geld. Dit gaat om familie, mijn enige familie.'

'Geloof niets van wat ze zegt...'

Micky overhandigt Deepak over tafel een plastic strip die hij handig om Daniels polsen doet waarna hij hem, zo te horen, strak aantrekt. Dan volgt een zakdoek, deze verdwijnt in Daniels mond zodat wij ongestoord verder kunnen praten.

'Sorry, ik kan u niet helpen. Onze verstandhouding is puur zakelijk. Senior investeert in en werkt mee aan transporten van onze organisatie. Ik sta buiten zijn privéaangelegenheden. Voor hem bent u op dit moment een lastpost, en ik zal heel eerlijk tegen u zijn, voor mij bent u inmiddels een nog veel groter probleem. U weet te veel. Senior zal me dankbaar zijn als ik hem van zijn probleem verlos.'

Is nu het moment aangebroken dat ik heel hard om hulp moet gaan roepen? Nee, ik moet nog even volhouden, misschien krijg ik nog meer informatie. Het gaat tenslotte om Julia en Maxime.

Ik kijk Deepak smekend aan, maar lees in zijn ogen dat mijn dood ook hem goed van pas zou komen.

'Met deze eerste kwestie kan ik u dus niet van dienst zijn. Wat is uw tweede vraag?'

De beleefdheid zelve, die Stanford. Ik moet twee keer slikken voor ik mijn laatste restje moed bijeen heb geraapt.

'Wie is De Kraanvogel?'

Hij lacht schamper. 'Aangezien u toch binnen afzienbare tijd beloond zal worden voor uw onophoudelijke, ik mag wel zeggen fatale, nieuwsgierigheid...'

Ik werp een korte blik achterom naar het luik. Dit blijft niet onopgemerkt.

'U zal dit schip niet levend verlaten.'

Het was te zacht! Hij zei het te zacht. Ik hap naar lucht, ik moet zijn opmerking hardop herhalen.

'Het is niet dat ik u niet aardig vind, u bent zelfs zeer charmant. Maar u weet niet van ophouden, dat is uw probleem. Dat is een ongezonde eigenschap. Desondanks heeft u mij goed geholpen met uw informatie, daar ben ik u dankbaar voor.'

Ik kan geen woord meer uitbrengen.

'Mevrouw Fisher, iedereen heeft zijn eigen taak in deze wereld. Die van u was het om liefdevol voor uw man, zijn gasten en uw kind te zorgen. Maar toen u zich met onze business ging bemoeien, ging u buiten uw boekje, en daar kom ik om de hoek kijken. Het is mijn functie om de organisatie te beschermen, in te grijpen waar dit noodzakelijk is, het ijzer te smeden wanneer het heet is.'

Bennie laat een stompzinnig gegrinnik horen.

'U heeft het ver weten te schoppen, dat moet ik u nageven. U heeft onze onverdeelde aandacht gekregen en dat is meer dan vele anderen kunnen zeggen. Maar nu wordt het tijd dat we ons van uw aandacht ontdoen.'

'Ik laat me niet vermoorden!' Ik schreeuw het uit.

Razendsnel schuif ik uit de bank. Micky grijpt me bij mijn arm, ik trek mijn arm uit de te wijde jas. Rechts van me ligt Daniel op de grond. Achter hem staat Deepak, hij maakt aanstalten over Daniel heen te stappen.

Dan kantelt de boot, de voetstappen bovendeks zijn duidelijk hoorbaar. Binnen blijft iedereen – ikzelf incluis – een enkele seconde volstrekt bewegingloos. Als een band die op stop is gezet om vervolgens versneld te worden afgespoeld, trek ik een sprint naar het luik en haal ik de grendel eraf. Zowel binnen als buiten klinkt geschreeuw. Als ik achteromkijk, zie ik hoe Micky een pistool op me richt. Een oorverdovende klap. Over mijn hoofd heen is er van buitenaf op Micky geschoten, hij gilt en vuurt op zijn beurt zijn pistool af. Deepak valt over Daniel heen. Hij is geraakt door Micky's kogel. Stanford en Bennie volgen het bizarre schouwspel vanaf de bank en doen helemaal niets.

Ik word aan mijn arm naar buiten getrokken en glijd op het natte dek onderuit. Ik zie schoenen aan me voorbijkomen en door de nauwe ingang van het schip verdwijnen. Ik hoor geschreeuw in de verte, maar gelukkig geen schoten meer. Mijn oren gonzen, ik duw mijn handen ertegenaan. Ik voel hoe ik van achteren word vastgepakt en omhoog word getrokken, als ik me omdraai beland ik in de armen van Thomas, die me naar zich toe trekt. Ik verstop mijn gezicht in zijn koude, natte baard. Hij leidt me naar de voorste punt, achter ons lopen politiemensen heen en weer. De regen daalt neer op de haven, verlicht door de zwaailichten van de politieauto's die langs de boulevard geparkeerd staan.

'Goed gedaan, meissie.' Thomas pakt me bij mijn kin om me recht in de ogen te kijken.

'Zo voelt het niet,' zeg ik terwijl ik begin te huilen.

Hij geeft me een kus op mijn neus en drukt mij daarna tegen zich aan, de nachtelijke regen en storm van me afwerend met zijn stevige lijf.

DEEL VIER

Aarde

Mijn keuken was nooit eerder gevuld met zoveel levendigheid. Kraaiend kruipt Maxime over de grond, ze probeert te ontsnappen aan Julia, die haar op handen en knieën achternazit. Nicole heeft vanmiddag een belangrijke bespreking met haar advocaat, ze zal zo thuiskomen. Zij is alweer een paar weken terug. Steve is zijn belofte nagekomen, zij is niet lang na het hele gedoe op de boot op het vliegtuig terug gezet. Thomas staat achter het fornuis en bereidt een Indiase lamscurry, een van zijn specialiteiten.

Er is me de laatste maanden veel duidelijk geworden. Onder meer dat ik het land waar ik de grootste dieptepunten van mijn leven heb meegemaakt, onmogelijk kan haten. De geur van het gerecht roept warme herinneringen bij me op. Nu smaakt Thomas' curry gelukkig wel een stuk lekkerder dan die van de koks in Aguada.

Voor me ligt de krant op tafel. Elke keer als ik erin probeer te lezen, raak ik afgeleid. Ik slaap nog steeds zeer onrustig.

'Hoe heb jij vannacht geslapen, Juul?'

'Gaat wel.' Ze komt overeind en stoft haar knieën af. Ze laat Maxime achter bij een speelgoedegel die onder zijn groene schild felgekleurde blokjes verstopt heeft zitten. Mijn kleindochter begint de blokken lustig door de keuken te smijten.

Julia loopt naar de ijskast. 'Jij ook?' Ze houdt een pak vruchtensap de lucht in.

'Ja, lekker.'

'Iets van een crackertje erbij?'

'Ik doe mee,' lach ik naar haar.

Ze let helemaal niet meer op haar lijn en is sinds haar terugkeer flink aangekomen. Het staat haar stukken beter. Maar haar gezicht ziet er ondanks de extra kilo's getekend uit. Deepak is omgekomen, die avond aan boord, de kogel raakte hem recht tussen de ogen. Ik heb haar bewust niets verteld over ons laatste contact. We hebben beiden al genoeg om over na te denken.

'En, valt er nog iets interessants te lezen?' Thomas buigt zich over me heen, hij legt zijn gladde wang tegen de mijne. De baard is gesneuveld op de dag dat hij hoorde dat Nicole naar Nederland zou komen. Op die dag kwam hij de slaapkamer binnen lopen met een glad geschoren gezicht met de woorden: 'Nu is het welletjes geweest.'

'Nee, er staat niet veel in vandaag.' De laatste weken volgde ik de berichtgeving op de voet. Micky is opgenomen in het gevangenishospitaal in Scheveningen. Hij zal ergens in het jaar weet-ik-veel voorkomen wegens doodslag op Deepak. Maar aangezien zijn pistool van richting veranderde nadat hij door de politie in zijn arm was geraakt – een incident waar de kranten schande van spraken, maar hoe had de politie haar werk anders kunnen doen? – zal een goede advocaat hem vrij pleiten of er tenminste een flinke strafvermindering uit weten te slepen. Helaas was er niet voldoende bewijs waaruit zijn intenties naar mij toe bleken en zal hij zich hier dus niet voor hoeven verantwoorden.

Daniel zit voorlopig vast. Als zijn rol ten aanzien van de liquidatie van Gidon bewezen wordt, zal hij een flinke gevangenisstraf opgelegd krijgen. Lopende het onderzoek is er beslag gelegd op zijn financiële tegoeden, dus de kans dat ik Zoë de komende tijd tegen het lijf zal lopen in de P.C. Hooftstraat is klein.

Stanford bleek al eerder door Julia te zijn herkend in India, toen Steve haar een foto liet zien waar hij samen met Daniel op stond. Het ziet ernaar uit dat er onvoldoende bewijs tegen hem is. Op de geluidsopnamen bleek hij onverstaanbaar. Hij is samen met Bennie in voorlopige hechtenis genomen wegens betrokkenheid bij een schietpartij en eventuele deelname aan een criminele organisatie, maar gezien het flinterdunne bewijs zullen ze vast weer snel op vrije voeten komen. Tot nog toe zijn er slechts aanwijzingen dat er een link is tussen de diverse kopstukken. Ook heeft justitie geen bewijs over het bestaan van een allesweter, de man die alle touwtjes in handen heeft, en dus ook niet voor het bestaan van een criminele organisatie. Ondervragingen, zowel in Nederland als in India, hebben niets opgeleverd, en Julia's verklaring alleen over het bestaan van De Kraanvogel is niet voldoende. Het schijnt – zo hoorde ik van Steve, die momenteel weer in India zit voor de verhoren van Dawhal en Junior – dat de FIOD en de Nationale Recherche een onderzoek naar Stanford en Bennie zijn gestart. Als dit geen bewijs tegen de Vanishkurams zal opleveren, en ik heb begrepen dat zo'n onderzoek maanden in beslag kan gaan nemen, zullen ze binnenkort in vrijheid worden gesteld, zo werd ik gewaarschuwd.

Als Senior vrijkomt, zal hij direct op zoek gaan naar mij, naar degene die hij verantwoordelijk houdt voor de dood van zijn enige zoon en de erfgenaam van zijn imperium. 's Nachts zie ik voor me hoe hij achter ons aan komt om zijn kleinkind te ontvoeren. Julia en ik hebben het er zo min mogelijk over, maar we denken er allebei over na. Ik vraag me af of we niet beter kunnen verhuizen. Maar waarheen? Vanishkuram zal ons altijd weten te vinden.

Thomas lacht hardop om de Garfield. 'Deze moet je echt lezen!'

We horen Nicole de trap naar de keuken af komen.

Meteen een stuk serieuzer draait Thomas zich naar haar om. 'Hoe is het gegaan? Ga zitten. Wil je iets eten, wil je iets drinken?'

'Rustig aan, pap. Laat me eerst mijn jas uitdoen, ja.' Dat klinkt niet al te best.

Even later vertelt ze met een kop thee in haar hand dat ze niet in aanmerking komt voor dezelfde deal als ik heb gekregen. Ik hoefde niet meer de gevangenis in, maar smokkel wordt toch anders aangerekend dan bezit. Een kleine teleurstelling na de aanvankelijke euforie over haar thuiskomst.

'En hoeveel krijg je daarvoor?' wil Julia weten.

'Dat hangt ervan af, ik heb natuurlijk al een flinke poos gezeten.

Mijn advocaat denkt dat ik na aftrek van de in gevangenschap doorgebrachte tijd niet meer achter de tralies zal hoeven.'

'Dat is toch goed nieuws?' vraagt haar vader terwijl hij steun bij mij zoekt.

'Ja dat is het ook, maar...' begint Nicole.

'Maar Nicole hoopte vandaag te horen te krijgen dat ze er al helemaal vanaf zou zijn, dat begrijp ik best,' zeg ik.

'Goed, maar ik snap het toch nog steeds niet helemaal. Je bent weg uit Aguada, dat is het allerbelangrijkste.'

'Dat weet ik heus wel...'

Ik luister al niet meer. Nicole en Thomas zijn bij me ingetrokken, net als Julia en Maxime, en ik ben dankbaar voor alle drukte om me heen. Er is veel gebeurd; zolang je er samen over kunt praten, komt alles goed.

Ik begin met Maxime de speelgoedblokjes op te ruimen – ik stop ze in de schildpad, zij haalt ze er weer uit – en zet mijn kleindochter daarna in een kinderstoel aan de grote tafel. Julia geeft haar een soepstengel en zo zitten we even later met z'n allen aan de hapjes die mijn dochter heeft klaargemaakt.

We moeten allemaal hard lachen als Maxime haar soepstengel over tafel gooit omdat ze 'da' wil. Alles bij haar is 'da' of 'dada'. In dit geval is het haar duidelijk te doen om een crackertje met salade, net als wij hebben.

Als Julia vooroverbuigt om de soepstengel op te pakken, blijft ze met het afgekloven stuk in haar hand boven de opengevouwen krant hangen.

'Da!' schreeuwt Maxime stralend naar haar moeder. 'Da! Da!' Ze gaat door totdat ze een reactie krijgt, maar haar moeder reageert niet.

'Wat is er?' vraag ik terwijl ik Maxime een crackertje geef.

'Dat...' Julia wijst naar *De Telegraaf*, alle kleur is inmiddels uit haar gezicht weggetrokken.

Nicole en Thomas, die nog steeds aan het kibbelen waren, vallen stil.

Ik trek de krant naar me toe en bekijk het Stan Huygens-journaal, een vaste societyrubriek die er al in staat zolang ik me kan heugen. Op het eerste gezicht staat er niets bijzonders in. Ik bekijk een foto met daarop een presentatrice van een gala. Aan haar ene zijde staat de minister van Ontwikkelingszaken, aan de andere kant de CEO van Corus Staal Nederland, onlangs overgenomen door Bilah Staal International. Ze lachen naar de fotograaf en houden een vette cheque in de lucht: de opbrengst van de geldinzamelingsavond.

'Dat is ook toevallig,' zegt Thomas, die met me meekijkt.

Hij begint hardop voor te lezen over de benefietavond die ten behoeve van Street Child Rescue is gehouden, een organisatie voor Indiase weeskinderen. Bilah Staal wordt bedankt voor zijn gulle donatie.

'Hoezo is dit toevallig?' onderbreekt Nicole haar vader.

Is dat hem? Is dit de man die tegenover me aan de roulettetafel zat? Ik herken hem niet, hij heeft een nietszeggend gezicht.

'Dat is mijn baas. Het vroegere Hoogovens werd jaren geleden overgenomen door Corus en is daarna weer in andere, buitenlandse handen overgegaan.' Zijn toon is knorrig. 'We hebben geen enkele Nederlandse trots meer, al onze staatsbedrijven zijn te grabbel gegooid.'

'Dat is hem.' Julia's stem hapert.

Een ijskoud gevoel verspreidt zich via mijn rug naar mijn armen, benen, kruin en tenen totdat ik over mijn hele lichaam kippenvel heb. Wat bedoelt ze? Bedoelt ze wat we hier allemaal schijnen te denken dat ze bedoelt? Nee, dat kan ze niet bedoelen. Dat is onmogelijk.

Iedereen aan tafel is stil, zelfs Maxime geeft geen kik.

'Papa's baas is De Kraanvogel? Doe even normaal!' Nicole is als eerste bij zinnen gekomen.

'Alles is mogelijk. We hebben er tegenwoordig allang geen zicht meer op wat voor soort mensen er aan het hoofd van grote bedrijven staan.' Thomas denkt hardop na. 'Het is niet eens zo'n heel gek idee. We hebben doorvoerhavens in Rotterdam, Amsterdam...'

'Geen gedoe meer met smokkelen in koffers of borsten. Geen

bolletjes, maar grote partijen die voorzien van het noodzakelijke officiële papierwerk de hele wereld over varen.' Ook Nicole begint erin mee te gaan.

'Een legale dekmantel voor miljoenensmokkel. De boven- en onderwereld, recht onder de ogen van de buitenwereld, volstrekt met elkaar verweven.' In Thomas' stem klinkt nu zelfs iets van bewondering door. 'Zolang het onopgemerkt blijft...'

'Ja maar, pap, waarom dan deze foto? Dat begrijp ik niet. Zo iemand houdt zich toch permanent schuil, zou je denken?'

'Natuurlijk niet, dat is onmogelijk, hij runt immers een miljardenbedrijf. Hij is een van de grote spelers in de internationale handel. Dan moet je af en toe ergens je gezicht laten zien, daar ontkom je niet aan.'

'Weet je het echt zeker?' vraag ik Julia.

Alle blikken aan tafel richten zich op mijn dochter.

Ze houdt de krant een stukje van zich af. 'Dit is hem. Echt, ik weet het zeker. En ga maar na, Bilah Staal India, dat is de naam van het bedrijf van Senior.'

Ik weet wat me te doen staat.

Na mijn gesprek met Steve trekken we een fles wijn open. Na het eerste glas heeft niemand meer honger, Thomas zet het vuur onder zijn pannen uit. We proosten op een 'eind goed, al goed': een onverwachte, maar gerechtvaardigde arrestatie van de mensen die ons het leven zuur hebben gemaakt en Gidon hebben laten ombrengen.

De euforische stemming slaat om als Julia onverwachts begint te huilen. 'Het spijt me allemaal zo!'

'Wat kan jou nu spijten?' wil Nicole weten. 'Je bent de heldin van de dag!'

'Het spijt me gewoon zoals alles is gelopen. Heb je enig idee hoe kwaad hij op mij zal zijn? De Kraanvogel? Nu zijn we helemaal nooit meer veilig.'

'Nee liefie, dat zie je verkeerd. Nu komt het juist allemaal weer goed.'

Het verlossende telefoontje volgt enkele dagen later. Dagen die we voornamelijk met z'n allen wachtend in de keuken hebben doorgebracht.

'Met Donia.'

'Hai, met mij.'

'Hai, Steve.' Ik houd mijn adem in, ik wil geen woord missen van wat hij me gaat vertellen.

'Ik wilde je alleen even laten weten dat het goed gaat hier. Met behulp van de foto die in de krant stond, is het balletje gaan rollen. We hebben verschillende arrestaties kunnen verrichten, te beginnen met Stanford in Nederland, waar hij nog vastzat. Hij gaf leiding aan de afdeling transport van Bilah Staal International en zat, zoals hij het zelf zo mooi zei, dicht bij het vuur. Bij zijn tweede ondervraging sloeg hij vrijwel onmiddellijk door. De verklaringen, die hij ons in ruil voor strafvermindering aanbood, zijn zeer belastend. In combinatie met onder meer de vluchtgegevens van hem en zijn baas die wij hebben weten te achterhalen, stapelt het bewijs tegen Vanishkuram – eigenaar van Bilah Staal India – zich op. Het ziet ernaar uit dat Senior nooit meer vrij zal komen. Ik dacht dat jullie dat wel graag zouden willen weten.'

'Zeker! Maar dat is heel erg goed nieuws. Vanishkuram zal niet meer vrijkomen.' Dit laatste roep ik naar mijn gevolg dat vlak om me heen is komen staan.

'En De Kraanvogel?' vraagt Julia.

Ik herhaal haar vraag.

Steve pauzeert even.

'Dat is het slechte nieuws. Hij is onvindbaar. Er is een internationaal opsporingsbevel tegen hem uitgevaardigd, maar ik denk niet dat we hem nog te pakken zullen krijgen. Misschien werd het gesprek tussen ons afgeluisterd, misschien is hij gewaarschuwd door andere bronnen, in elk geval heeft hij meteen de benen genomen. Alles wijst erop dat hij zijn werk, gezin en oude identiteit definitief achter zich heeft gelaten. Het laatste wat we van hem weten, is dat hij zich vermoedelijk ergens in Zuid-Amerika bevindt. De kans dat hij er nu al niet meer uitziet zoals op de foto, is iets waar we serieus rekening mee moeten houden.'

Ik bedank Steve voor alles en spreek met hem af dat ik, mocht er zich in de toekomst nog iets voordoen, contact met hem zal opnemen.

'En?' Julia kijkt me gespannen aan.

Hoe groot is de kans dat deze internationaal gezochte crimineel haar op een dag opzoekt? Hij is onvindbaar. Misschien lost het probleem zich vanzelf op en wordt hij op een dag vermoord. Wat voor zin heeft het om Julia hiermee, naast al het andere dat ze al heeft meegemaakt, te belasten?

'Achter slot en grendel,' verzeker ik haar.

Ze pakt Maxime en knuffelt haar totdat haar dochtertje er genoeg van heeft en begint te huilen.

'Volgens mij is Maxime een beetje moe. Waarom breng je haar niet naar haar bedje? Het is al laat.'

Ik geef Maxime nog een lekkere nachtkus, waarna ze samen met haar moeder de keuken verlaat.

Thomas slaat zijn armen om me heen en fluistert in mijn oor: 'En?'

In gedachten bedank ik De Kraanvogel, ondanks alle ellende die hij heeft veroorzaakt. Zonder hem zou ik nooit zijn gekomen waar ik nu ben.

'De Kraanvogel is gevlogen.'

Met dank aan

Wessel van Beelen: het verhaal over jouw verblijf in Aguada gaf voor mij de doorslag om dit boek te schrijven. Realiteit is altijd onwaarschijnlijker dan fictie. Jij bracht ze voor mij in dit boek bij elkaar. Overigens raad ik al mijn lezers aan in jouw restaurant Aguada in Amsterdam de curry te komen proeven.

Emile B.: James Bond bestaat echt! Hij werkt alleen niet als geheim agent maar is runner. Dank je wel voor onze gesprekken, ik heb met rode oortjes naar je geluisterd.

Laura: je bent een geweldige vriendin. Dank je wel voor het aanhoren van mijn gezucht en gesteun, en het helpen zoeken naar de juiste titel voor dit boek.

Mama: wat heerlijk om zo'n grote fan te hebben. Elke keer bracht ik je weer een paar nieuwe pagina's die we bespraken bij de ochtendkoffie, gezellig hoor!

Abel en Lola: geduld, geduld en nog meer geduld, dat moet je wel hebben met een schrijvende moeder. Dank jullie wel, ik hou van jullie.

Alwin: liefde van mijn leven. Wat een irritante correcties maak je altijd in mijn werk. Helaas heb je bijna altijd groot gelijk (en dat staat nu zwart op wit). Dit boek zou zonder jouw redactie nooit geworden zijn wat het nu is.

– SIRENE LEESTIP –

Ariane Meijer
KOUD-ZUID

Wanneer haar echtgenoot Gidon op klaarlichte dag wordt geliquideerd, spat het droomleven van de beeldschone Donia uiteen. Wat Gidon eigenlijk precies deed, en hoe zijn zakenwereld in elkaar steekt, daarvan heeft Donia geen idee. Het liefst wil ze haar comfortabele leventje van winkelen en lunchen in de P.C. Hooftstraat zo snel mogelijk voortzetten. Pas als blijkt dat ook het leven van haar zeventienjarige dochter Julia gevaar loopt, neemt Donia het heft in eigen hand.
Met de hulp van Laura, een schoolvriendin van Julia, gaat ze op zoek naar antwoorden. Al snel komt ze erachter dat niets is wat het lijkt, en dat niemand is wie hij zegt te zijn...

Koud-Zuid is een meeslepende thriller die zich afspeelt in de maffiawereld van Amsterdam-Zuid.

'Ariane Meijer beschikt ontegenzeggelijk over een zeer vlotte pen'
De Telegraaf

'Behalve een geanimeerde thriller over witwaspraktijken, drugshandel, louche plastisch chirurgen en corrupte politieagenten is *Koud-Zuid* ook een ontwikkelingsroman. Spannend en vermakelijk' *Opzij*

'Met vlotte pen geschreven, ideale zomerliteratuur' *Crimezone*

Ariane Meijer (1967) is juriste en was werkzaam als model, actrice en presentatrice. Afgelopen jaren werkte zij als columniste en schrijfster. Eerder verschenen haar *Het mannen ABC* en onlangs verscheen haar tweede thriller, *Wit Goud*.

ISBN 978 90 5831 510 6